SCHERZ

FRAUKE SCHEUNEMANN

TOD ZUR SEE

EIN USEDOM-KRIMI

SCHERZ

MIX
Papier | Fördert gute Waldnutzung
FSC® C014496

Erschienen bei FISCHER Scherz

Dieses Werk wurde vermittelt durch die AVA international GmbH Autoren- und Verlagsagentur, München.

Redaktion: Katja Korintenberg
Satz: Dörlemann Satz, Lemförde
Druck und Bindung: GGP Media GmbH, Pößneck
ISBN 978-3-651-00130-5

Für Iris und Katja.
Und für Katharina, die sich etwas gewünscht hat.

1

»Hey, Franzi, long time no see! Oder besser: no hear.«

Ein Lachen, das fast unsicher klingt. Ich muss zweimal hinhören, bis ich erkenne, wer mir da auf die Mailbox gesprochen hat. Aber dann habe ich keinen Zweifel mehr. Es ist Henning. Henning, der Betrüger. Henning, der Vollidiot. Und Henning, dessen Stimme bei mir bedauerlicherweise immer noch Herzrasen auslöst. Verdammt! Was will der denn von mir? Ich überlege kurz, dann entscheide ich mich für das einzig Richtige. Ich höre mir die Nachricht nicht weiter an und schalte mein Handy aus. Das hätte ich schon längst machen sollen, so knapp vor der Sendung. Was auch immer Henning von mir will, er kann es sich sonst wohin stecken! In fünf Minuten gehen wir beim Strandfest in Ahlbeck live, ich habe keine Zeit für Gedanken an meinen Ex-Freund!

»Chefin, alles okay?« Mein Volontär Janis mustert mich. Als guter Journalist, der er mit Sicherheit mal werden wird, hat er natürlich sofort gemerkt, dass sich meine Stimmung von jetzt auf gleich geändert hat. Nämlich von fröhlich-gestresst zu genervt-gestresst.

»Ja, alles gut«, antworte ich mit einem Lächeln. Von Hennings Anruf erzähle ich nichts, ich habe keine Lust, Janis neugierig zu machen. Die beiden kennen sich flüchtig. Henning war zwei Jahre mit unserer Moderatorin Bille zusammen, da ist er Janis ab und zu in der Redaktion von Bäderland-Radio begegnet.

»Dann kann's ja gleich losgehen!«, ruft Janis gut gelaunt. Ich werfe einen Blick rüber zu Anita, unserer Aufnahmeleiterin. Sie nickt mir zu, dann hebt sie die rechte Hand. Daumen nach oben! Alle auf Position! Ich gehe mit Janis die Seebrücke entlang auf das weiße Gebäude zu, das mitten auf dem langen Holzsteg thront. Es dürfte das bekannteste Haus auf Usedom sein, nur wenige Postkarten von der Insel kommen ohne ein Bild davon aus. Es ist aber auch wirklich wunderschön: Mit seinen Türmchen an allen vier Ecken sieht es wie ein kleines Schloss aus. Schade, dass wir nicht beim Fernsehen sind – vor dem strahlend blauen Hochsommerhimmel gibt es ein tolles Bild ab, das ich unserem Publikum gern zeigen würde.

Direkt vor dem Gebäude führt eine Treppe zum Strand. Janis überholt mich und geht hinunter, ich passiere das Schlösschen, um auf den Teil der Brücke zu gelangen, der weit ins Meer hineinreicht. Dass Janis und ich uns hier aufteilen, hat seinen Grund: Gleich wird es mit der Vorführung der Stuntgruppe Bruno's Brothers einen weiteren Höhepunkt des Ahlbecker Strandvergnügens geben: eine – jedenfalls laut Vorankündigung – Wahnsinnsshow mit tollkühnen Männern auf Jetski, die so schnell sind, dass sie in der Formel 1 mitfahren könnten. Na gut, selbst wenn man jetzt mal 50 Prozent Werbesprech abzieht, wird das bestimmt eine spannende Sache. Bruno Wunderlich, der Namensgeber der Gruppe, hat jedenfalls schon in vielen Filmen als Stuntman mitgearbeitet, bevor er sich auf Usedom mit einem Verleih für alle möglichen Sportgeräte vom Surfbrett bis zum Segelboot selbständig gemacht hat. Jetski verleiht er natürlich auch, und seit einiger Zeit sind noch Mietwagen dazugekommen. Der Mann ist also umtriebig.

Janis wird unten am Strand stehen und die Stimmung unter den Zuschauern einfangen, ich werde von der Seebrücke aus berichten, mit welchen Kunststücken die Bruno's Brothers uns beeindrucken. Eine launige Sommerreportage also, die wir schon deshalb senden, weil Bäderland-Radio in diesem Jahr Medienpartner des Strandvergnügens ist. Ich werfe einen Blick auf die Uhr – kurz nach zehn. Eigentlich müssten die Jetski jetzt schon im Wasser vor der Seebrücke zu sehen sein. Wenn es nun länger dauert, bringt es unseren Zeitplan ziemlich durcheinander – der sieht nämlich vor, dass unser Nachrichtenredakteur Markus direkt aus den Zehn-Uhr-Nachrichten an uns übergibt. Über den Knopf in meinem Ohr kann ich hören, dass er schon beim Wetter angekommen ist, danach kommen nur noch Verkehrshinweise. An einem Sonntagmorgen um zehn Uhr werden die aber nicht allzu lang sein. Der Hauptan- und -abreisetag ist schließlich der Samstag. Die Wunder-Jetskifahrer müssten jetzt also endlich Gas geben, im wahrsten Sinne des Wortes!

»Franzi, du übernimmst in fünf Sekunden«, informiert mich Anita. »In fünf, vier, drei ...« Sie hat noch nicht bis eins runtergezählt, da kündigt ohrenbetäubender Lärm den Start des großen Spektakels an. Es ist so laut, dass ich Mühe habe, genau zu verstehen, was Markus zur Übergabe sagt, aber ich meine, so etwas wie *Auf der Seebrücke in Ahlbeck steht nun meine Kollegin Franzi Mai. Franzi, ganz schön laut bei dir!* zu hören, also quassle ich drauflos.

»Ja, Markus, wirklich ganz schön laut. Aber das ist auch keine Überraschung, denn wir erwarten hier ein Highlight des Strandvergnügens, und zwar ein sehr PS-starkes. Lokalberühmtheit Bruno Wunderlich und seine Bruno's Brothers donnern gerade mit ihren Jetski vor der Seebrücke von Ahlbeck auf und ab!«

»Das klingt stark!«, gibt mir Markus mein nächstes Stichwort.

»Ja, das ist es auch. Gerade in diesem Moment rasen die vier jeweils zu zweit aufeinander zu und ...«, ich schaue genau hin, weil ich selbst nicht weiß, was nun passieren wird, »und jetzt springen sie tatsächlich übereinander. Wow!« Extrem WOW! Die Nummer sieht sehr cool aus, und vom Strand unterhalb der Seebrücke vernehme ich ein Raunen. Das scheint auch Markus mitbekommen zu haben, denn nun übergibt er an Janis. »Janis, du stehst unten am Strand inmitten der Zuschauer. Wie kommt die Show bisher an?«

»Oh, ich glaube, sehr, sehr gut, Markus«, antwortet ihm Janis. »Aber hören wir doch einfach, was die Leute selbst dazu sagen. Darf ich Sie etwas fragen?«, wendet er sich dann offenbar an jemanden, der neben ihm steht. Ich höre ein Kichern über meinen Knopf im Ohr. Janis hält sein Mikro wohl einem jungen Mädchen unter die Nase.

»Ja, klar«, lautet ihre Antwort.

»Wie gefällt es dir?«

»Es ist toll! Ich hätte nicht gedacht, dass man mit den Dingern so hoch springen kann. Wahnsinn, wie in einem James-Bond-Film!«

Das ist ein sehr passender Vergleich, denn in diesem Moment entwickelt sich aus den Sprüngen eine Art Verfolgungsjagd – es sieht so aus, als versuche einer der Fahrer, den anderen zu entkommen. Die rasen ihm hinterher, wobei sie sich in Schlangenlinien immer wieder selbst überholen und sich mal der eine, mal der andere an die Spitze setzt.

»Janis, wusstest du, dass Bruno Wunderlich auch schon in Hollywood-Produktionen mitgewirkt hat?«, streue ich ein paar Infos ein, die unsere Zuhörer hoffentlich beeindrucken werden.

»Wirklich? Nein, das wusste ich nicht«, schummelt Janis.

»Oh, guck mal, jetzt springen sie gleich über zwei Rampen.« Tatsächlich hat Brunos Team vom Strand aus Rampen auf Schwimmkörpern ins Wasser geschoben, und die Jetskifahrer sausen mit Vollgas auf diese zu.

»Also, das ist schon imposant«, beschreibe ich die Szene für unsere Zuhörer, »die Fahrer schlittern über die Rampen und segeln mindestens fünf Meter durch die Luft, bevor sie wieder auf dem Wasser aufsetzen.«

»Faszinierend – aber sie machen auch einen ganz schönen Lärm, oder?«, fragt Janis nun wieder in die Runde.

Zustimmendes Gemurmel, ein der Stimme nach älterer Herr meldet sich zu Wort: »Also für so ein Fest eine prima Sache, aber immer will ich diesen Krawall nicht an unseren Stränden haben. Da kann man sich ja nicht mehr in Ruhe entspannen.«

»Der Lärm stört mich überhaupt nicht«, widerspricht ihm ein junger Mann, »ich bin froh, wenn hier endlich was los ist. So ein Ding würde ich auch gern mal fahren.«

»Du siehst, Franzi«, gibt Janis wieder an mich ab, »die Meinungen über die Jetski sind geteilt hier am Strand.«

»Ja, ich höre es. Aber beeindruckend sind die Profis schon«, übernehme ich dann wieder und schildere den Zuhörern die nächsten paar Minuten haarklein, welche atemberaubenden Kunststücke die Stuntmen auf ihren Jetski vorführen. Immer wieder hält Janis zwischendurch sein Mikro in die Menge und fängt die begeisterten *Ahs!* und *Ohs!* der Zuschauer und einzelne Kommentare ein, um die Stimmung für die Menschen am Radio erlebbar zu machen. Gerade erzählen ihm zwei kleine Jungs, dass sie später auch mal Stuntmen in Hollywood werden wollen. Da sehe ich, dass der Fahrer, den ich für Bruno Wunderlich halte, eine Fackel entzündet, die er an der Seite seines Jetski befestigt hat.

»Markus«, übernehme ich wieder das Wort, »ich glaube, jetzt setzen sie zum großen Finale an – dem Feuer von Vorpommern.«

»Großartig! Was siehst du?«, will mein Kollege wissen.

»Die vier Fahrer haben gerade Fackeln an ihren Jetski entzündet, die in den Landesfarben leuchten: weiß, blau, rot und gelb. Sieht wunderschön aus!« Über den Knopf im Ohr höre ich Applaus und Jubelrufe, offenbar hält Janis wieder das Mikrophon in die Menge. Ich warte kurz, dann spreche ich weiter. »Die Akrobaten fahren in einem Kreis hintereinander her, und der Vierte im Bunde, ich glaube, es ist Bruno Wunderlich selbst, rast über eine der beiden Rampen. Wow, liebe Leute, jetzt springt er in die Höhe, genau in die Mitte des Kreises. Er dreht sich um die eigene Achse. Ein Salto also, der …«

In diesem Augenblick gibt es einen ohrenbetäubenden Knall, und mit einem hellen Lichtblitz zerreißt es den Jetski, mit dem Bruno Wunderlich gerade seinen Salto vollführt. Flammen schlagen aus dem Fahrzeug, Trümmer fliegen durch die Luft, die Menge schreit panisch auf, und ich kann von hier oben aus sehen, wie die Menschen auseinanderrennen. Was ist los? Wo ist Janis? Ich laufe auf die Seite der Seebrücke, die über den Strandabschnitt führt, auf dem ich Janis vermute, dann lehne ich mich über das Geländer und schaue hinunter, aber ich kann ihn nicht entdecken. Zu viele Menschen laufen völlig kopflos durcheinander. Auf dem Meer vor der Brücke schwimmt ein Feuer, die anderen Jetski treiben im Wasser daneben. Zwei Fahrer haben sich einen dritten links und rechts untergehakt und scheinen an Land schwimmen zu wollen. Einen vierten Fahrer kann ich nicht ausmachen, und am Strand selbst regiert das Chaos. Ich höre Schreie, Jammern und Weinen, und jetzt kann ich sehen, dass es auch am Ufer Verletzte zu geben scheint. Jedenfalls liegen Menschen im Sand, andere knien daneben und kümmern sich um diese. Ich selbst bin wie gelähmt.

»Franzi, was ist da los? Ist da gerade was in die Luft geflogen?«, höre ich Markus über den Knopf in meinem Ohr. Ich kann ihm nicht antworten, ich bringe kein Wort heraus. »Melde dich!«, herrscht er mich nun an, und ich erwache aus meiner Schockstarre.

»Es gab eine Explosion, Markus. Der Jetski von Wunderlich ist explodiert, gerade als er seinen letzten Sprung gemacht hat.« Ich muss schlucken. »Das war ein gigantischer Feuerball, ohne Zweifel gibt es hier Verletzte. Ruf die Feuerwehr und die Polizei, Markus, mach schnell!«

Dann reiße ich mir mein Headset vom Kopf, entkable mich und laufe die Treppe hinunter zum Strand. In der Ferne höre ich das Aufheulen von Sirenen, mit Sicherheit haben auch schon andere Zuschauer einen Notruf abgesetzt. Unten angekommen, schiebe ich mich durch Kinder, Frauen und Männer, die genauso fassungslos aussehen, wie ich mich gerade fühle. Wo ist Janis? Verdammt, der muss doch hier irgendwo sein!

»Hey«, schreie ich einen Mann an, der noch halbwegs ruhig zu sein scheint und mit geschätzten zwei Metern so groß ist, dass er bestimmt einen guten Überblick über das Geschehen hatte. »Hey, haben Sie den Radioreporter gesehen? Den, der hier unten Interviews geführt hat?«

Der Mann nickt stumm und deutet dann Richtung Heringsdorf. Ich laufe los, dränge mich durch die Menschenmenge. Ich höre eine junge Frau laut aufschreien, ihre Stimme ist voller Panik. Plötzlich richten sich die kleinen Härchen an meinen Unterarmen auf, und mein Herz beginnt zu rasen. Ich kenne die Stimme! Es ist Helena, die Freundin von Janis. Mittlerweile ist aus dem Schreien ein Schluchzen geworden, ich versuche, die Richtung auszumachen, aus der es kommt. Da! Ich kann sie sehen! Etwa drei Meter von mir entfernt kniet Helena im Sand, vor ihr liegt Janis, der Sand um seinen Kopf herum scheint nass zu sein. Oder ist das Blut? Ich stürze zu Helena und knie mich neben sie. Janis ist ganz blass und hat die Augen geschlossen, an der linken Schläfe rinnt unaufhörlich Blut aus einer großen Schnittwunde.

»Helena!« Ich lege meine Hand auf ihre Schulter, sie fährt zu mir herum. »Was ist mit Janis?«, will ich wissen. »Was ist passiert?«

»Eines dieser herumfliegenden Teile hat ihn am Kopf getroffen. Es ging alles so schnell. Er hat geschwankt, dann ist er zusammengebrochen.«

»Ein Druckverband!«, rufe ich. »Schnell, hast du irgendwas dabei, um die Wunde zu schließen?«

Helena starrt mich an, dann schüttelt sie den Kopf. Ich krame in meinen Hosentaschen. Nichts. Keine Taschentücher, nur eine zerknüllte Moderationskarte, auf der ich mir den Namen des Stuntteams und ein paar Details des Auftritts notiert hatte. *Das Feuer von Vorpommern.* Das Blut rinnt unaufhörlich weiter aus der Wunde. *Was habe ich eigentlich unter meinem T-Shirt an?*, überlege ich. Ich glaube, einen einigermaßen ordentlichen Sport-BH. Kurzentschlossen streife ich das T-Shirt über meinen Kopf, rolle es zusammen und presse es dann ganz fest auf die Kopfwunde von Janis. Für Eitelkeiten oder Sorge um meine Kleidung ist jetzt definitiv nicht der richtige Zeitpunkt!

*

»Hier, willst du meine Jacke?« Nachdem er sich mit der Sanitäterin unterhalten hat, die Janis eben versorgt und dann in den

Krankenwagen geladen hat, kommt Kay wieder zu mir herüber und hält mir seine blaue Segeljacke vor die Nase. Ich bin noch so überwältigt von dem Chaos der letzten Stunde, dass ich nicht sofort reagiere. Also faltet Kay seine Jacke auseinander und legt sie mir vorsichtig um die Schultern. Ich drehe mich zu ihm.

»Danke«, murmle ich, dann schweige ich wieder.

»Mach dir keine Sorgen um Janis«, sagt Kay und lächelt mich aufmunternd an. »Nur eine Schnittwunde. Ziemlich tief zwar, aber du hast die Blutung mit deinem T-Shirt gut stillen können. Außerdem hat er noch zwei Schnitte am Oberkörper, aber die sind längst nicht so schlimm. Er hat wirklich Glück gehabt. Die nehmen ihn jetzt mit ins Krankenhaus und versorgen ihn. Du wirst sehen, bald ist er wieder wie neu.«

Ich versuche, mir ebenfalls ein Lächeln abzuringen. Es gelingt mir allerdings nur so halb. Unter normalen Umständen würde ich mich freuen, Hauptkommissar Kay Lorenz von der Mordkommission in Anklam zu sehen. Heute aber, an diesem Sonntagmorgen, sind die Umstände eben nicht normal. Und wir haben uns hier nicht getroffen, weil wir uns schon seit längerem auch privat sehen. Sondern weil es am malerischen Strand von Ahlbeck einen Toten gab. Bruno Wunderlich hat die Explosion seines Jetski nicht überlebt, und vieles spricht dafür, dass er einem Verbrechen zum Opfer gefallen ist. Weswegen nun auch Kay vor Ort ist. Und ich wieder mehr anhabe als nur meinen Sport-BH.

»Haben wir deine Aussage schon?«, will Kay dann wissen.

»Ja, deine Kollegen haben alles aufgenommen.«

»Du siehst erschöpft aus. Soll ich jemanden bitten, dich nach Hause zu fahren?«

Ich schüttle den Kopf.

»Nicht nötig. Ich bin mit dem Fahrrad hier und ein bisschen Bewegung tut jetzt bestimmt gut. Wie geht es Helena?«

»Ich glaube, die Notärztin hat ihr etwas zur Beruhigung gegeben. Sie war völlig aufgelöst. Wir haben sie in ein Taxi gesetzt, sie müsste mittlerweile schon zu Hause sein.«

»Chef, kommst du mal?« Ein junger Mann in einem Anzug der Spurensicherung taucht neben uns am Strand auf.

»Klar, nur einen Moment noch«, antwortet Kay und dreht sich dann wieder zu mir. »Du siehst, ich muss leider noch fleißig sein. Aber ich melde mich, wenn ich hier fertig bin. Ich wollte dich sowieso noch etwas fragen.«

Normalerweise hätte diese letzte Bemerkung sofort meine Neugier geweckt. Aber gerade in diesem Moment überkommt mich eine so bleierne Müdigkeit, dass ich nicht nachfrage, sondern nur noch nach Hause will. Zumal die nächsten Tage im Sender mit Sicherheit sehr anstrengend werden. Schließlich sieht es ganz so aus, als hätte hier, am Strand von Ahlbeck, vor einer Stunde ein Sprengstoffattentat stattgefunden. Spannende Zeiten also für Radioreporter wie mich. Es wundert mich eigentlich, dass mein Chef Raimund noch nicht verlangt hat, unsere Live-Schalte sofort wieder aufzunehmen und mich darüber berichten zu lassen, wie die Polizei den gesamten Strand abgesperrt und die Feuerwehr selbigen nach Glutnestern und Trümmern durchkämmt hat. Oder war das die KTU, die nach Trümmern gesucht hat? Jedenfalls war es die Wasserschutzpolizei, die die Reste des völlig zerstörten Jetski aus dem Wasser gezogen hat. Ihre Taucher haben schließlich auch Bruno Wunderlich auf dem Meeresgrund gefunden. Ich schüttle mich unwillkürlich.

»Franzi, geht's wieder?« Kay klingt besorgt.

»Oh ja, klar. Ich war nur in Gedanken. Jetzt radle ich in Richtung Heimat und hau mich eine Runde aufs Sofa.«

»Hört sich nach einer guten Idee an.« Er klopft mir auf die Schulter. »Bis später dann.«

Er folgt seinem Kollegen im Schutzanzug Richtung Meer, und ich drehe mich um und laufe zur Strandpromenade hoch. Dort habe ich mein Fahrrad angeschlossen, mit dem ich heute Morgen um neun Uhr hierhergefahren bin. Mein Handy klingelt. Ich fummle es aus der Hosentasche und werfe einen Blick auf das Display: Raimund! Er hatte sich schon kurz nach der Explosion gemeldet, sichtlich geschockt und besorgt. Dass er nun erneut anruft, macht mich misstrauisch. Er weiß, dass mir nichts passiert ist. Was will er denn jetzt? Ich habe eine dunkle Vorahnung.

»Franzi, bist du noch am Strand?« Mit einer freundlichen Begrüßung hält sich mein Chef erst gar nicht auf.

»Ich wollte gerade gehen«, antworte ich wahrheitsgemäß. Keine halbe Sekunde später ärgere ich mich über meine Ehrlichkeit.

»Sehr gut!«, trompetet Raimund nämlich daraufhin fröhlich. »Dann kannst du gleich ein paar Eindrücke senden. Live! Der Übertragungswagen steht noch oben an der Strandpromenade, musst dir nur schnell einen neuen Sender geben lassen.«

»Raimund, ich stehe hier und trage nur einen BH, weil ich mit meinem T-Shirt die Kopfwunde von Janis versorgt habe!«

»Ach, wie gut, dass wir fürs Radio und nicht fürs Fernsehen arbeiten«, erwidert Raimund unbeeindruckt. »Da sieht ja niemand, was du anhast. Oder auch nicht anhast.«

»Vergiss es. Ich steige jetzt auf mein Fahrrad und radle nach Hause. Wenn du eine Live-Reportage willst, musst du jemand anderen schicken. Zum Beispiel Bille. Die ist doch scharf auf jede Sekunde Sendezeit.«

»Aber … aber Franzi!« Raimund scheint nicht glauben zu

können, dass ich es ernst meine. »Das ist eine Riesenchance! Die Zentrale von Megahit-FM hat schon angerufen, die werden das im gesamten Senderverbund bringen.«

Klar, wenn es auf Ahlbeck ordentlich rumst, dann ist unser Muttersender natürlich gleich zur Stelle. Megahit-FM aus Berlin hat Bäderland-Radio vor einiger Zeit gekauft. Zuerst dachten wir alle, den neuen Eigentümern würde es nur um unsere Frequenz gehen und sie würden uns bald dichtmachen. Aber die Berliner lassen uns bisher weitgehend in Ruhe und übernehmen sogar Sendungen von uns, die sie gut finden. So geschehen mit der Sendung von Janis und mir – den *Problemlösern.* Da kümmern wir uns um die Sorgen und Nöte unserer Hörerinnen und Hörer – Schikane beim Amt, Streit mit den Nachbarn, entführte Haustiere, so etwas in die Richtung. Dachten wir jedenfalls, als wir mit der Sendung an den Start gegangen sind. Tatsächlich haben wir aber seitdem schon zwei Morde aufgeklärt, und mittlerweile sind Janis und ich auf der Insel bekannt wie bunte Hunde. Und die Berliner fragen regelmäßig nach, was wir wieder Spannendes am Wickel haben, damit sie es auch für ihre anderen Sender übernehmen können. Win-win also und mit Sicherheit ist ein Sprengstoffanschlag auch für Megahit-FM eine große Sache. Unter normalen Umständen wäre ich begeistert. Aber gerade will ich einfach nur weg hier.

»Tut mir echt leid, Raimund, aber es geht mir nicht gut. Und deswegen steige ich genau jetzt auf mein Rad und …«

In diesem Moment sehe ich es: Wo ich heute früh noch mein Fahrrad angeschlossen hatte, liegt nur noch das geknackte Schloss auf dem Boden.

»Scheiße!«, entfährt es mir laut.

»Was ist los?«, will Raimund wissen.

»Mein Fahrrad – es ist geklaut worden!«

»War es eins unserer Redaktionsräder?«

»Nee, mein eigenes. So ein Mist! Hab ich mir gerade erst gekauft.«

»Versichert?«

»Nein. Warum fragst du?«

»Pass auf, Franzi, hier ist der Deal: Du gehst jetzt zum Übertragungswagen, lässt dich neu verkabeln, und vielleicht hat Anita auch noch ein T-Shirt für dich. Dann lieferst du mir eine Hammerreportage der dramatischen Ereignisse vor Ort. Muss nicht lang sein. *Quick and dirty!* Und um dir deinen Schmerz zu versüßen, zahle ich dir ein neues Fahrrad.«

»Was?« Ich glaube, ich habe mich verhört.

»So schrecklich der Anschlag auch ist – er schafft es mit Sicherheit heute überall auf die Eins. Unsere Chefs in Berlin werden genau registrieren, dass wir diejenigen sind, die ganz dicht an der Geschichte dran sind. Damit rückt mein Jahresbonus in erreichbare Nähe. Wenn ich dir dafür ein neues Fahrrad kaufen muss – bitte sehr.«

»Du bekommst einen Bonus? Für unsere Sendungen?« Ich bin völlig überrascht.

»Für eine Steigerung der Sichtbarkeit, meine Liebe. Denn Sichtbarkeit ist Reichweite, und Reichweite ist Marktwert.«

Raimund klingt wie ein Unternehmensberater, ich sage erst mal nichts. Ein neues Fahrrad wäre verlockend, aber ich stehe hier trotzdem nur im BH rum.

»Haben wir einen Deal?«, hakt Raimund nach.

Ich seufze ergeben.

»Okay. Deal!«

Irgendwie bin ich doch käuflich.

2

Als ich nachmittags endlich zu Hause ankomme, bin ich völlig erledigt. Von wegen *quick and dirty* – aus der kurzen Reportage sind drei weitere Schalten geworden und ebenso viele Zulieferungen für unseren Senderverbund. Vermutlich kann man in den nächsten zwei Tagen nirgendwo in Deutschland sein Radio anschalten, ohne den Namen Franziska Mai zu hören. Was mir allerdings recht gut gefällt.

Eine der Hörerinnen scheint meine Freundin und Vermieterin Katja gewesen zu sein. Sie stürmt regelrecht auf mich zu, kaum dass ich am Hauseingang angekommen bin.

»Gott sei Dank, dir ist nichts passiert! Aber du hättest dich wirklich mal melden können. Ich habe bestimmt zwanzigmal bei dir angerufen, weil ich mir solche Sorgen gemacht habe. Erst als ich dich im Radio gehört habe, wusste ich, dass alles in Ordnung ist.« Katja klingt vorwurfsvoll, aber erleichtert. Ich habe sofort ein schlechtes Gewissen.

»Verzeih mir bitte, dass ich nicht zurückgerufen habe. Es herrschten die ganze Zeit so viel Chaos und Stress, ich habe es erst nicht geschafft und dann nicht mehr daran gedacht«, entschuldige ich mich.

»Aber was ist denn genau passiert? Ein Mordanschlag? Und du warst dabei, als das Teil in die Luft geflogen ist?«

Ich nicke.

»Ja, war ich. Janis und ich wollten über die Jetski-Vorführung beim Ahlbecker Strandvergnügen berichten. Ich oben auf der Seebrücke, Janis unten am Strand. Die Vorführung war spannend, die Jungs haben jede Menge Sprünge gezeigt. Beim Finale haben sie dann alle eine Fackel an ihrem Ski entzündet – so eine Art gigantische Wunderkerze, die in verschiedenen Farben gesprüht hat. Bruno Wunderlich sollte mit seiner rot brennenden Fackel einen letzten Sprung machen. Da ist es passiert: Gerade als er abgehoben hatte, ist sein Jetski explodiert. Mitten in der Luft! Bruno hatte keine Chance.«

Katja schlägt die Hände vors Gesicht.

»Das ist ja schrecklich!« Sie schüttelt sich. »Aber kann es nicht auch ein Unfall gewesen sein? Vielleicht gab es einen Funkenflug, der das Benzin in Brand gesetzt hat.«

Ich zucke mit den Schultern.

»Theoretisch möglich. Die Spurensicherung hat alle Wrackteile eingesammelt. Sie werden sie auf Sprengstoff untersuchen. Schätze, bald wissen wir mehr. Die Polizei rechnet vielleicht schon morgen mit einem Ergebnis der KTU.« Das weiß ich deshalb so genau, weil ich in einer meiner Schalten Kay Lorenz interviewt habe. Der hat sich zwar sehr darüber gewundert, dass ich nicht zu Hause auf dem Sofa, sondern am Strand mit Mikro anzutreffen war. Trotzdem hat er sich bereitwillig befragen lassen, bevor er mit seinem Team nach Anklam zum Sitz der für Usedom zuständigen Mordkommission abfuhr. Das rechne ich ihm hoch an. Ebenso dass er sich jeden Kommentar über mein eilig an einem Souvenirstand gekauftes Ringelshirt verkniffen hat, Aufdruck *Mama war auf Usedom, und ich habe nur dieses doofe T-Shirt bekommen.* Hat immerhin nur drei Euro gekostet. Restposten – kein Wunder!

»Ein Attentat auf Usedom, es ist nicht zu fassen! Hoffentlich vertreibt das nicht die Touristen.« Bei allem Schreck – der

Geschäftssinn ist meiner Freundin offenbar nicht verloren gegangen. Ihre Kneipe *Inseltreff* in Bansin ist zwar eher ein Anlaufpunkt für Einheimische als für Gäste von außerhalb, aber über dem *Inseltreff* hat sie neben ihrer eigenen Wohnung und der, die sie an mich vermietet, noch zwei Ferienwohnungen. Die sind normalerweise bestens gebucht.

»Ich glaube, da musst du dir keine Sorgen machen«, beruhige ich sie. »Kay meint, dass man einen terroristischen Hintergrund ziemlich sicher ausschließen kann. Falls es kein Unfall war, dann mit großer Wahrscheinlichkeit ein gezielter Mordanschlag.«

»Wir haben gerade renoviert, das Geld aus der Vermietung habe ich dabei fest eingeplant. Hoffentlich hast du recht.«

»Bestimmt habe ich das. Es gibt kein Bekennerschreiben, und Usedom ist nicht gerade ein politischer Hotspot«, erläutere ich meine Einschätzung.

»Na gut. Dann gebe ich das mal so an meine Gäste weiter und hoffe, dass sie das auch genau so verbreiten. Apropos – ich muss zurück in den Service, es ist viel los.«

»Klar, geh nur. Ich mache jetzt das, was ich schon seit Stunden will: mich einfach aufs Sofa legen.«

Katja klopft mir auf die Schulter, dann dreht sie sich um und geht in Richtung Terrasse des *Inseltreffs*. Dort sitzen tatsächlich ziemlich viele Leute. Es ist mittlerweile fast drei Uhr, und Katja backt einen ganz hervorragenden Käsekuchen, der zu dieser Tageszeit der Renner im *Inseltreff* ist. Ich schleppe mich Richtung Treppenhaus und dann in den ersten Stock in meine Wohnung.

Endlich auf dem Sofa angekommen, strecke ich alle viere von mir und ziehe mir meine Kuscheldecke über den Kopf. Eigentlich müsste ich dringend duschen, aber dafür bin ich zu erschöpft. Unter der Decke fallen mir sofort die Augen zu, und ich sinke in einen tiefen Schlaf.

Der Jetski brennt lichterloh und rast genau auf mich zu. Ich stehe mitten auf der Seebrücke, eigentlich kann der Jetski hier doch gar nicht fahren! Er tut es trotzdem und kommt unerbittlich näher. Ich will zur Seite springen, aber ich kann mich nicht bewegen, nicht mal schreien. Durch die Flammen kann ich das Gesicht des Fahrers sehen – es ist Henning! Ich spüre die Hitze des näher kommenden Feuers auf meinen Wangen und will schützend die Hände vor mein Gesicht halten, aber auch das ist unmöglich. In meinen Ohren dröhnt der Motor, gleich wird mich der Jetski treffen. In diesem Moment reißt mich jemand zur Seite – es ist Kay, das kann ich aus den Augenwinkeln sehen. Ich stürze mit ihm zu Boden, er hält mich dabei ganz fest. Der Jetski donnert an uns vorbei, über den Steg, hinaus aufs offene Meer. Dann explodiert er in einem riesigen Feuerball. Ich springe mit einem grellen Schrei vom Boden auf und …

… stelle fest, dass ich mich nicht auf der Seebrücke von Ahlbeck befinde, sondern auf meinem Sofa. Neben mir liegt auch nicht Kay, sondern die Kuscheldecke. Es dauert einen Moment, bis mir klarwird, dass ich gerade aus einem Albtraum aufgewacht bin, geweckt von meinem eigenen Schrei. Puh! Mir stehen Schweißperlen auf der Stirn, und ich fühle mich ziemlich zittrig. Was war das denn? Und wieso träume ich auf einmal von Henning? Von dem habe ich doch ewig nichts gehört. Ich muss kurz nachdenken, dann fällt mir ein, dass genau das nicht stimmt. Ich habe von Henning gehört, und zwar heute früh, bevor der ganze Wahnsinn losging. Vor dem Sofa liegt mein Handy. Ich hebe es auf und scrolle durch die Sprachnachrichten.

»Hey, Franzi, long time no see! Oder besser: no hear. Hier ist Henning. Ich ... ich musste gerade an dich denken. Wie geht's dir denn? Ich frage mich, ob wir nicht mal ...«

Wo auch immer Henning stand, als er die Nachricht an mich aufgenommen hat – im Hintergrund wird es auf einmal so laut, dass ich ihn nicht mehr verstehen kann. Eine Melodie scheppert blechern los, die etwas von einer Nationalhymne hat, dann ertönt eine Lautsprecherdurchsage.

»Es folgt eine Durchsage für die Marktbeschicker: Die Marktzeit war um 9:30 Uhr beendet. Der Verkauf ist sofort einzustellen. Die Marktstände sind abzubauen, und die Marktfläche ist zu räumen. Die Marktaufsicht und die Händler wünschen Ihnen einen angenehmen Heimweg ...
Moment, hier ist es gerade so laut. Ich rufe dich gleich noch mal an.«

Henning brüllt über den Lärm hinweg, dann endet die Nachricht. Angerufen hat er danach nicht noch einmal. Seltsam. Was sollte das? Und wo war Henning, als er mich angerufen hat? Irgendwie kam mir die Geräuschkulisse samt Durchsage bekannt vor, aber mir fällt nicht ein, woher, und das ärgert mich ein bisschen. Was mich auch ärgert, aber nicht nur ein bisschen, ist die Tatsache, dass mich Henning offenbar nur einmal anrufen muss und schon in meinem nächsten Traum auftaucht. Gut, kein romantischer Liebestraum, sondern ein Albtraum, in dem er mich umbringen wollte – trotzdem! Eigentlich müsste ich völlig cool bleiben, wenn der Idiot sich bei mir meldet, aber ich bin es nicht.

Auch darüber, dass Kay in meinem Traum auftaucht, freue ich mich nicht. Klar, ich mag ihn. Und zwar sehr. Aber unser

Verhältnis ist irgendwie ungeklärt. Im Grunde genommen kenne ich nicht nur einen, sondern zwei Kays: Wenn ich Kay Nummer eins beim Job in die Quere komme, weil ich als Reporterin einen Fall recherchiere, in dem er auch ermittelt, haben wir schneller Streit, als ich bis drei zählen kann. Dann ist er einfach nur Hauptkommissar Kay Lorenz von der Mordkommission in Anklam, und ob ich Franziska Mai oder Gerlinde Strullenkötter bin, spielt überhaupt keine Rolle. Er findet mich meistens einfach nur lästig und versucht, mich aus seinen Ermittlungen rauszuhalten. Gut, es ist bei unserem letzten Fall ein bisschen besser geworden, und manchmal gibt er sogar zu, dass meine Rechercheansätze auch ihm weiterhelfen. Am liebsten wäre es ihm aber, wenn ich mich in meiner Sendung auf Nachbarschaftsstreitigkeiten und Klatsch und Tratsch beschränken und das Feld der Verbrechensaufklärung ihm allein überlassen würde. So viel zu Kay Nummer eins, dem fiesen Kay.

Dann gibt es da noch den anderen Kay, Kay Nummer zwei. Der ist witzig und charmant und so fürsorglich, dass er mir ohne zu zögern sofort seine Jacke gibt, wenn er mich nur mit einem Sport-BH bekleidet und inmitten eines unglaublichen Chaos am Ahlbecker Strand trifft. Mit Kay Nummer zwei habe ich schon witzige Abende in der *Detroit Bar* verbracht und war mit ihm und seiner kleinen Tochter auf dem Ponyhof, um zu meiner großen Erleichterung festzustellen, dass er genauso viel Angst vor Pferden hat wie ich. Und seit neuestem mache ich sogar einen Tanzkurs mit Kay Nummer zwei – im neugegründeten Salsa-Club in Ückeritz. Dort habe ich dann sogar Kay Nummer drei kennengelernt: den feurigen Tänzer, der seinen karibischen Vorfahren alle Ehre macht. Kays Vater ist nämlich Kubaner. Kay hat ihn leider nie kennengelernt und gibt sich vor allem als Kay Nummer eins lieber spröde-norddeutsch. Sobald im Salsa-Club aber das Licht aus- und die Musik angeht, kann Kay seine Wurzeln nicht mehr verleugnen. Ich halte mich zwar für einigermaßen beweglich und musikalisch, aber neben Kay wirke ich vermutlich wie eine altdeutsche Eichenschrankwand. Stört mich nicht, ich habe trotzdem meinen Spaß. Es muss in den Pausen nur einfach genug Cuba Libre geben. Dann sind auch die Tanzstunden mit Kay Nummer zwei oder drei wunderbar.

Das bringt mich aber wieder zurück zum eigentlichen Problem: Leider kann ich zu den Uhrzeiten, an denen ich normalerweise auf Kay Nummer eins treffe, noch keinen Cuba Libre trinken. Ich muss unser Verhältnis also im nüchternen Zustand klären, und das fällt mir irgendwie schwer. In meinen Träumen möchte ich ihm deshalb lieber nicht begegnen. Erst muss ich wissen, ob und wie das in Zukunft mit uns weitergeht.

Bevor ich mir nun aber weiter den Kopf über Männer zerbreche, die besser nicht in meinen Träumen vorkommen sollten, gehe ich heute mal richtig früh ins Bett, damit ich morgen gut gelaunt und ausgeschlafen den Mann sehen kann, zu dem ich ein völlig geklärtes Verhältnis habe und der mir deswegen auch gleich im Schlaf begegnen könnte: Janis. Ich werde ihm seine Lieblingsschokolade kaufen und ihn im Krankenhaus besuchen. Schließlich habe ich mir den morgigen Tag im Sender freigenommen und genug Zeit für einen Ausflug. Und dann werde ich mit Janis einen Plan schmieden, wie wir den Mordanschlag auf Bruno Wunderlich aufklären werden. Egal, was Kay Nummer eins, zwei oder drei dazu sagt.

*

Soweit ich das beurteilen kann, sieht Janis unter seinem eindrucksvollen Kopfverband ziemlich gut gelaunt aus. Er winkt mir fröhlich zu, als ich in sein Zimmer komme.

»Hey, Chefin. Schön, dass du vorbeikommst!«

Ich setze mich auf seine Bettkante und drücke seinen Unterarm zur Begrüßung.

»Hallo, Janis. Du siehst heute deutlich besser aus als gestern. Ich hatte riesige Angst um dich!«

Janis grinst.

»Mit Recht! Fast hätte ich in Ausübung meiner Pflicht die Grätsche gemacht.«

»Du Armer! Wir hätten dir natürlich in der Redaktion ein Heldendenkmal errichtet«, erwidere ich, woraufhin Janis so lachen muss, dass es offensichtlich schmerzhaft wird. Jedenfalls verzieht er auf einmal das Gesicht und stöhnt.

»Sorry, so ganz heldenhaft fühle ich mich doch noch nicht. Wie geht es Helena? Sie war mit mir am Strand, aber ich kann sie nicht erreichen und mache mir große Sorgen.«

»Helena geht es gut«, versichere ich ihm. »Sie hat nichts abbekommen, jedenfalls nicht körperlich. Einen Schock hat sie natürlich schon, deswegen haben die Ärzte ihr ein Beruhigungsmittel gegeben. Sie ruht sich zu Hause aus.«

»Puh, zum Glück! Das ist gut zu wissen. Wenn ich ehrlich bin, habe ich keinen blassen Schimmer, was genau gestern Vormittag eigentlich passiert ist. Das Letzte, an das ich mich noch erinnere, ist, dass ich am Strand stehe und einen älteren Herrn frage, wie ihm die Show gefällt. Sie war ihm zu laut, das war in etwa seine Antwort. Danach weiß ich nichts mehr.«

»Okay, ich sehe schon – du hast den Hauptfilm verpasst.«

Janis fängt wieder an zu kichern, hält dann aber die Luft an und atmet ein paar Sekunden später ganz langsam aus.

»Chefin, du bist doch sonst nicht so lustig! Und damit musst du auch nicht unbedingt jetzt anfangen. Bleib lieber so humorlos wie immer!«

Wie bitte? Unverschämtheit!

»Mein lieber Janis, wenn du nicht einen Kopfverband hättest, würde ich dich dafür ordentlich am Ohr zupfen. Ich bin witzig und schlagfertig, das ist gewissermaßen mein Markenzeichen.«

Janis seufzt gespielt dramatisch.

»Wenn du es sagst…«

»Ja, sage ich. Und ich sage dir noch mehr – nämlich, was dir in deiner Erinnerung abhandengekommen ist.«

»Gerne.« Er setzt sich in seinem Krankenbett auf und schaut mich interessiert an. Ich gebe ihm also eine Zusammenfassung der Ereignisse und ende mit der dramatischen Rettungsszene.

»Jedenfalls bin ich sofort zum Strand runtergerannt und habe dich gesucht. Du lagst bewusstlos im Sand, und Helena kniete neben dir. Wir hatten Mühe, die Blutung an deinem Kopf zu stoppen.«

»Puh, da habe ich ja echt Glück gehabt! Was ist mit Wunderlich? Hat er die Explosion überlebt?«

»Nein, er konnte nur noch tot aus dem Meer geborgen werden.«

Wir schweigen beide einen Moment, und ich versuche, das plötzlich vor meinem inneren Auge erscheinende Bild der beiden Taucher, die den leblosen Körper von Wunderlich aus der Ostsee ziehen, zu verscheuchen. Es gelingt mir nicht ganz, ich merke, wie mir flau wird.

»Alles okay?«, will Janis wissen.

Ich nicke.

»Ja, es war gestern nur ein unglaublich anstrengender Tag, den habe ich noch nicht weggesteckt. Zum Glück habe ich heute frei und kann es etwas ruhiger angehen lassen. Ich fahre auch gleich wieder, ich wollte nur mal sehen, wie es dir geht.

Aber hier ist ja so weit alles in Ordnung. Weißt du schon, wie lange du noch bleiben musst?«

»Nicht genau. Vermutlich noch ein, zwei Tage. Ich habe eine Gehirnerschütterung, und sie wollen sichergehen, dass sich die Nähte nicht entzünden. Ansonsten bin ich wie neu. Schätze, dass ich spätestens Mittwoch wieder draußen bin.«

»Soll ich dir morgen noch etwas vorbeibringen? Lesestoff? Süßigkeiten? Noch eine Schokolade?«

»Ganz lieb von dir, aber meine Eltern kommen nachher und haben vermutlich einen ganzen Präsentkorb dabei.«

»Aber meine Eltern kommen nicht«, mischt sich in diesem Augenblick eine mir unbekannte Stimme aus Richtung Zimmertür ein. »Und erst recht nicht mit Präsentkorb. Also wenn du bei deinem nächsten Besuch Schokolade mitbringst, nehme ich sie gern.«

Überrascht drehe ich mich um. Im Türrahmen lehnt ein junger Mann in einem grauen Jogginganzug, sehr blass, raspelkurze schwarze Haare, und grinst mich an.

»Willst du mich der Dame nicht vorstellen, Janis?«

»Äh, ja, Franzi, das ist mein Bettnachbar Damian.«

»Sehr erfreut«, grüßt Damian betont förmlich und deutet einen kleinen Diener an.

»Hallo«, erwidere ich kurz angebunden. Irgendwie ist mir der Typ suspekt.

»Du bist eine Kollegin von Janis?«, will er wissen.

»Ja«, bleibe ich knapp.

»Dann bist du die Lady, mit der Janis hier zur Inselberühmtheit aufgestiegen ist?«

Inselberühmtheit? Das ist nun wirklich stark übertrieben. Ich muss allerdings zugeben, dass mir Damian spontan etwas sympathischer wird.

»Na ja, was heißt schon Berühmtheit«, wiegle ich ab.

»Doch, doch. Stimmt schon. Ihr seid doch die beiden, die schon zwei Morde aufgeklärt haben, oder? Ziemlich cool!«

»Danke für das Kompliment«, sage ich höflich und drehe mich wieder zu Janis. »So, ich werde dann mal losfahren.«

»War es Mord?« Damian scheint weiteren Gesprächsbedarf zu haben. Er geht zu seinem Bett und setzt sich so, dass er mich und Janis genau im Blick hat.

»Mord?«, wiederhole ich.

»Ja. An Bruno Wunderlich, meine ich. Die Sache mit der Explosion. Ich habe natürlich schon davon gehört. Kommt ja nicht so häufig vor, dass auf Usedom was in die Luft fliegt.«

»Hm, das weiß ich nicht. Klar, es könnte schon ein Anschlag gewesen sein. Oder ein tragischer Unfall. Die Polizei untersucht gerade die Trümmer.«

»Ich lege mich fest: Das war Mord!«, sagt Damian im Brustton der Überzeugung. »Bruno hatte Dreck am Stecken, und zwar nicht zu knapp. War nur eine Frage der Zeit, bis dem mal jemand ans Leder wollte.«

War ich eben noch ein bisschen genervt von dem Smalltalk mit Damian, bin ich mit einem Mal ganz Ohr.

»Dreck am Stecken?«, wiederhole ich neugierig.

Damian nickt.

»Ja, und wie! Ich weiß, *Mafia* ist ein großes Wort. Aber im Zusammenhang mit Wunderlich passt es haargenau. Er war mindestens Teil der Inselmafia. Da macht man sich eben auch Feinde.«

»Echt?« Janis ist natürlich sofort genauso elektrisiert wie ich. »Inselmafia? Das musst du uns genauer erzählen! Was meinst du damit?«

»Wunderlich war beteiligt an allen Geschäften, die die Mafia eben so macht: Drogenhandel, Schutzgelderpressung, so was in der Art.«

»Auf Usedom?« Ich kann es kaum glauben. Vermutlich will der Typ sich wichtigmachen.

»Natürlich auf Usedom. Oder denkst du, das sei die Insel der Glückseligen? Organisierte Kriminalität gibt es hier genauso wie auf dem Festland. Und Bruno Wunderlich hat da kräftig mitgemischt.«

»Woher willst du das wissen?«, hakt Janis nach.

»Ich weiß es eben«, gibt sich Damian geheimnisvoll. »Ich würde sagen, deine Freundin kommt nachher mit einer großen Tafel Schokolade wieder, dann erzähle ich, was ich weiß. Meine Lieblingssorte ist übrigens Milka.« Er grinst mich breit an. Will der etwa mit mir flirten? Der Typ ist nicht älter als Anfang, Mitte 20 und damit vermutlich ungefähr zehn Jahre jünger als ich. Bisher war das nicht gerade mein Beuteschema, aber egal: Wenn eine Tafel Schokolade dazu führt, dass wir nähere Informationen über Bruno Wunderlich bekommen, bringe ich gern eine mit.

»Was hältst du davon: Du erzählst jetzt noch ein bisschen mehr, und ich bringe dir sogar die gute 300-Gramm-Milka mit?«, schlage ich vor. Damian überlegt noch, als die Tür aufgeht.

»So, es ist Zeit für den Verbandswechsel. Und ein bisschen Ruhe.« Eine Krankenschwester kommt mit einem Wägelchen voll Verbandsmaterial, Medikamenten und einem elektronischen Fieberthermometer ins Zimmer gerollt. »Ich muss Sie jetzt leider bitten zu gehen«, spricht sie mich an und lächelt freundlich. »Ich weiß, den beiden Herren hier ist vermutlich langweilig, aber so gut, wie sie sich fühlen, geht es ihnen noch gar nicht.«

»Schwester, ich bin schon wieder in Topform«, widerspricht ihr Damian und reißt wie zum Beweis beide Arme in die Höhe. Die Schwester gibt sich davon allerdings unbeeindruckt.

»Nein, Sie brauchen beide Ruhe. Und ich muss mir jetzt außerdem die Nähte ansehen und Ihre Temperatur messen.«

»Alles klar, ich bin schon weg«, rufe ich, schnappe mir meine Handtasche vom Fußboden und hauche Janis einen angedeuteten Luftkuss zu. »Bis dann, mein Lieber!«

»Hey, und was ist mit mir?«, beschwert sich unser neuer Freund.

»Ich schaue später noch mal vorbei, und dann bekommst du eine Tafel Milka Info-Honorar.«

Ich winke beiden Patienten zu und verschwinde.

3

»*Inselmafia?* Drogen? Schutzgelderpressung?«

Kay klingt extrem skeptisch als ich ihm später von zu Hause aus am Telefon berichte, was mir Damian erzählt hat.

»Wieso? Glaubst du, dass es das auf Usedom nicht gibt? Ich dachte, du freust dich, dass ich dir sofort meine neuesten Erkenntnisse mitteile«, sage ich und bin etwas beleidigt. Sonst war Kay immer sehr erpicht darauf, von meinen Rechercheergebnissen zu erfahren. Kein Wunder – schließlich ist es keine Übertreibung, wenn ich sage, dass er unsere ersten beiden Fälle ohne mich niemals so schnell gelöst hätte. Warum er jetzt so tut, als ob ich zu viele schlechte Filme geguckt hätte, weiß ich nicht.

»Natürlich gibt es auch Drogenhandel auf Usedom. Aber wenn Bruno Wunderlich in der Szene aktiv gewesen wäre, hätten wir es auch schon mitbekommen. Bei den Kollegen von der Organisierten Kriminalität ist er allerdings ein unbeschriebenes Blatt, das habe ich selbstverständlich schon überprüft. Ich glaube, da bist du in eine Märchenstunde geraten.«

»Na gut, wenn es dich nicht interessiert … aber beschwere dich hinterher nicht, wenn ich mal wieder die Nase vorn habe.«

Kay lacht. Gönnerhaft, wie ich finde.

»Die Nase vorn? Ich bitte dich. Wann hattest du denn schon mal die Nase vorn? Außerdem ist das hier kein Wettrennen, sondern ich ermittle vermutlich in einem Mordfall.«

So. Jetzt bin ich wirklich eingeschnappt. Aber ich beschließe, mir das nicht weiter anmerken zu lassen, verabschiede mich schnell und lege auf. Meine Laune kann er mir heute sowieso nicht verderben, denn ich werde nach meinem erfolgreichen Krankenhausbesuch nun zum nächsten Highlight des Tages aufbrechen: Ich kaufe mir gleich ein neues Fahrrad – Rechnung bitte an Bäderland-Radio! Und dann werde ich mal in Ruhe darüber nachdenken, wie ich noch etwas über Bruno Wunderlich herausfinden kann, was meine neue These stützt: nämlich dass Bruno Wunderlich Opfer seiner kriminellen Machenschaften wurde. Das wäre wahrscheinlich die schnellste Auflösung eines Kriminalfalls, den die Insel je gesehen hat. Wenn Kay Lorenz lieber in Beamtenmanier weiterermitteln will – bitte sehr.

Eine gute Quelle für meine weiteren Recherchen ist vermutlich Manni, der Mann meiner Freundin Katja. Als echter Usedomer weiß er meistens genau, wer den Ruf hat, in dubiose Geschäfte verstrickt zu sein, und was dann davon zu halten ist. Ich sollte unbedingt mal bei Manni in der Küche vorbeischauen. Der ist bestimmt gerade damit beschäftigt, Gästen sein berühmtes Langschläfer-Frühstück zuzubereiten. Ein solches könnte ich jetzt auch gut vertragen, ich habe vor meinem Krankenhausbesuch lediglich einen Kaffee getrunken.

Ich liege richtig: Manni steht am Herd, als ich auf dem Weg zur Terrasse in der Küche vorbeischaue.

»Guten Morgen, du rasende Reporterin«, begrüßt er mich freundlich. »Du warst ja gestern im Dauereinsatz!«

»Ja, das war ein unglaublicher Tag. Und natürlich schrecklich, so ein Anschlag. Kanntest du Bruno Wunderlich eigentlich?«, steuere ich zielstrebig auf den Grund meines Besuchs zu.

»Nur sehr flüchtig«, antwortet Manni zu meiner Enttäuschung. »Netter Kerl, ein bisschen verrückt, aber sonst in Ordnung.« Er macht eine kurze Pause. »Also, was ich so weiß. Aber da du es vermutlich genauer brauchst, kann ich mich gern mal umhören.«

»Also wenn du das für mich machen würdest«, flöte ich mit einem hoffentlich unwiderstehlichen Augenaufschlag.

»Klar«, grinst Manni. »Deswegen stehst du doch hier und hältst mich von der Arbeit ab, oder?«

Ich muss kichern.

»Na ja, eigentlich wollte ich dich auch fragen, ob ich zwei Spiegeleier mit Speck und Toastbrot bekommen kann.«

»Sollst du haben. Dann setz dich mal raus, Katja bringt sie dir gleich vorbei.«

Auf einen Teil der Terrasse scheint schon sehr einladend die Sonne, ich suche mir ein Plätzchen im Halbschatten und mache es mir gemütlich. Außer mir sind erst zwei weitere Tische besetzt, der Montag startet also sehr friedlich hier im *Inseltreff*. Als ich eine Weile sitze, merke ich, dass ich noch ganz schön müde bin. Ich rücke meinen Stuhl etwas in die Sonne, klappe die Lehne zurück und schließe die Augen. Mit den warmen Strahlen auf meinem Gesicht dauert es nicht lange, und ich döse ein bisschen weg.

Geweckt werde ich von einem Schatten, der auf mich fällt und mich auf einmal ein bisschen frösteln lässt. Ich öffne die Augen und erwarte Katja mit den Spiegeleiern. Falsch. Vor mir steht nicht Katja, sondern: Kay Lorenz.

»Guten Morgen! Habe ich dich geweckt?«

Ich setze mich gerade hin.

»Nicht wirklich. Ich habe mich nur ein bisschen ausgeruht.« Ich mustere Kay, der anscheinend noch überlegt, ob er sich zu mir setzen soll, jedenfalls hat er seine Hand auf die Lehne des Stuhls neben mir gelegt und schaut unschlüssig. Ich könnte ihm jetzt einen Platz anbieten. Mache ich aber nicht.

»Was willst du hier?«, frage ich ihn stattdessen. »Deine Jacke abholen?« Ich merke selbst, dass ich ziemlich einsilbig und unfreundlich klinge, aber ich fürchte, ich bin noch ein bisschen beleidigt.

»Hey, Mai, nun sei mal nicht so«, sagt Kay und setzt sich jetzt ohne Aufforderung. »Ich hatte gerade Janine im Auto, und dein Anruf kam über die Freisprecheinrichtung. Ich wollte nicht, dass sie den Eindruck bekommt, dass ich munter alle meine Fälle mit dir bespreche.«

Janine Lamott ist auch Hauptkommissarin in Anklam. Sie leitet den Kriminaldauerdienst, bei unserem letzten Fall war sie allerdings Kopf der zuständigen Soko, und deswegen weiß sie erstens genau, wer ich bin, und zweitens auch, dass es der Kripo bisher nie geschadet hat, sich mit mir auszutauschen. Insofern ist das hier eine lahme Ausrede von Kay.

»Kay, das ist doch Quatsch. Seit wann darf denn Janine nicht mitbekommen, dass wir uns über einen Fall unterhalten? Außerdem wollte ich dir Informationen geben, nicht umgekehrt.«

Ein tiefer Seufzer.

»Du bist einfach zu schlau, Franzi. Man kann dir nichts vormachen. Ich hatte nicht nur Janine an Bord, sondern auch Frau de Santis.«

Aha. Die Frau Staatsanwältin also. Vor der hat Kay unglaublich Respekt, und leider hat er mich bei den wenigen Malen, die ich auf diese Frau getroffen bin, unglaublich blöd aussehen lassen. Meine Stimmung verbessert sich nicht gerade, auch wenn das natürlich die seltsame Reaktion von Kay erklärt.

»Nun guck nicht so, Franzi. Es ist für mich einfach unangenehm, wenn ich in Gegenwart der Staatsanwältin so rüberkomme, als wäre ich auf Tipps von dir angewiesen.«

Ich verschränke die Arme vor meiner Brust.

»Unsinn! Du bist nicht auf Tipps angewiesen, sondern bestens vernetzt. Frau de Santis sollte sich lieber darüber freuen. Das macht sie wahrscheinlich auch, und das Problem gibt es nur in deinem Kopf.«

»Guten Morgen, Herr Lorenz! Auch ein paar Spiegeleier für Sie?« Katja taucht mit meinem Teller an unserem Tisch auf.

»Nein, danke. Ich habe schon gefrühstückt.«

Katja stellt den Teller ab, nickt uns zu und dreht zu unserem Nachbartisch ab.

»Wenn du nicht hungrig bist und auch nicht auf der Suche nach deiner Jacke, was machst du dann hier?«, erkundige ich mich neugierig, während ich anfange, die Spiegeleier zu verspeisen. Kay grinst.

»Weil ich schon wusste, dass du dich schlecht von mir behandelt fühlst, habe ich Janine und de Santis am Tatort abgesetzt und bin sofort weiter zu dir gefahren.«

Gut, das ist natürlich sehr nett von Kay. Ganz glauben kann ich es nicht.

»Du bist nur wegen mir nach Bansin gefahren?«

»Nicht ganz. Ich bin auf dem Weg zur Firma von Wunderlich. Aber da sie auch in Bansin liegt, wollte ich das Angenehme mit dem Nützlichen verbinden.«

»Fragt sich nur, was hier was ist.«

»Komm schon, sei nicht mehr beleidigt, Franzi. Stimmt schon – es ist super, dass du mir gleich die Infos über Wunderlich weitergegeben hast. Wir können nämlich auf den ersten Blick nichts bei ihm finden, das irgendwie kriminell wirkt.

Keine Vorstrafen, die Kollegen von der OK haben auch noch nichts von ihm gehört. Ein tadelloser Geschäftsmann, so scheint es. Wie kommt dein Kontakt darauf, dass das nicht stimmen könnte?«

»Kann ich dir noch nicht genau sagen. Ich treffe ihn erst heute Nachmittag wieder. Gegen ein Info-Honorar erfahre ich dann mehr.«

»Ihr bezahlt eure Informanten?«

»In diesem Fall schon.«

»Okay, die Möglichkeit habe ich nicht. Frau de Santis kann höchstens mal einen Deal beim Strafmaß anbieten.« Kay überlegt kurz. »Wobei – wir haben auch schon mal so etwas wie 5000 Euro für sachdienliche Hinweise ausgelobt. Was bietet ihr denn so?«

»Ich komme etwas günstiger weg. Eine Tafel Milka, das ist der Deal.«

Kay zieht die Augenbrauen hoch, dann lacht er.

»Schokolade? Was ist das denn für ein Informant?«

»Erzähle ich dir vielleicht, wenn sich die Hinweise erhärten. Unter einer Bedingung.«

»Die wäre?«

»Du nimmst mich mit.«

»Nein.«

»Dann fahre ich dir einfach hinterher.«

Kay weiß, dass das mein voller Ernst ist. Und dass er mich auch nicht daran hindern kann, zu interviewen, wen ich will. Aber weil ich wiederum weiß, dass Kay diese Sorte Alleingänge hasst, und weil ich zugeben muss, dass wir bisher am besten waren, wenn wir aufeinander gehört haben, ringe ich mich zu einem Lächeln durch.

»Wenn du es überhaupt nicht willst, bleibe ich hier. Ich muss mir sowieso noch ein neues Fahrrad auf Redaktionskosten kaufen, bevor Raimund vergisst, dass er mir das versprochen hat.«

Kay atmet tief durch. Da ist aber jemand erleichtert!

»Danke für deine Einsicht. Und du kannst mir glauben – ich verstehe dich. Dieser Fall ist auch dein Fall, und ich verspreche dir, dass ich nicht versuchen werde, dich von Informationen abzuschneiden. Aber ich will mir in der Firma von Wunderlich erst mal ein Bild von der Lage machen, und wenn wir da jetzt zu zweit aufkreuzen, könnte das mögliche Zeugen verschrecken.«

Ernsthaft – das leuchtet mir nun überhaupt nicht ein.

»Warum sollte das Zeugen verschrecken?«, frage ich daher.

»Nicht jeder will gleich mit der Presse sprechen. Du bist mittlerweile einfach ziemlich bekannt, liebe Franzi.«

»Ach, und du meinst, die Leute sprechen lieber mit den Bu… also lieber mit der Polizei?«

»Natürlich. Wer ein reines Gewissen hat, braucht schließlich nichts zu befürchten, sondern kann seiner Staatsbürgerpflicht nachkommen und bei der Aufklärung eines Verbrechens helfen.«

Kay trägt das mit so ernster Miene vor, dass ich mich leider nicht mehr beherrschen kann und in schallendes Gelächter ausbreche.

»Staatsbürgerpflicht? Dein Ernst?«, pruste ich los und ernte einen bösen Blick vom Hauptkommissar. Also atme ich tief durch und fahre in ruhigerem Tonfall fort. »Sorry, war nicht böse gemeint. Aber nach meiner Lebenserfahrung haben viele Menschen Angst vor der Polizei, auch wenn sie gar nichts gemacht haben. Mir hingegen vertrauen sie sich gern an.«

»Gegen eine Tafel Schokolade«, bemerkt Kay sarkastisch.

»Ja, manchmal auch das. Aber fahr du einfach mal zu den

Bruno's Brothers und fühle denen auf den Zahn, ich arbeite so lange mit meinen Quellen. Mal sehen, wer mehr Erfolg hat.«

»Also ist es doch ein Wettrennen?«

»Vielleicht.«

Kay zuckt mit den Schultern.

»Wenn du meinst … ich fahre dann mal los. Lass uns später telefonieren.« Er grinst. »Dann können wir vergleichen, wer mehr herausgefunden hat.«

Ich zeige ihm einen Vogel.

»Das hättest du wohl gerne! Der Nächste, der hier offenlegt, was er herausgefunden hat, bist du. Vorher gibt's von mir gar nichts mehr.«

»Nicht mal 'ne Tafel Schokolade?«

»Frechheit!«

Bevor ich Kay meine Serviette um die Ohren hauen kann, springt er lachend von seinem Stuhl auf, winkt mir zu und spaziert fröhlich pfeifend von der Terrasse. Na, warte! Wir werden schon noch sehen, wer hier am Ende die Nase vorne hat.

*

Ob mir Raimund auch ein E-Bike zahlt, obwohl mein geklautes Fahrrad keines war? Günstig war es trotzdem nicht, es hat 600 Euro gekostet, aber die billigsten E-Bikes gehen erst bei 1000 Euro los. Unschlüssig stehe ich im Fahrradladen am Ortsrand von Heringsdorf zwischen zwei langen Reihen von neuen Rädern. Auf der linken Seite sind die E-Bikes geparkt, in der rechten Reihe stehen normale Holland- und Tourenräder. Schick sind die E-Bikes ja mittlerweile. Noch vor ein paar Jahren die in Form gegossene Unsportlichkeit mit klobigen Riesenakkus auf den Gepäckträgern, sehen sie heute ihren unmotorisierten Kollegen gar nicht mal so unähnlich.

»Brauchen Sie Hilfe?« Ein junger Mann ist neben mir aufgetaucht, offenbar der Verkäufer.

»Ja, ich habe mir hier eigentlich erst kürzlich ein neues Fahrrad gekauft. Nun ist das leider schon geklaut worden, und ich überlege, ob ich jetzt auf ein E-Bike umsteige.«

»Hatten Sie beim Kauf auch unsere Fahrradversicherung abgeschlossen? Die enthält ja nicht nur die Kosten für Wartung und Verschleiß, sondern auch eine Diebstahlversicherung.«

Ich erinnere mich, dass mir eine Kollegin des Verkäufers zu genau dieser Versicherung dringend geraten hatte, aber natürlich habe ich sie nicht abgeschlossen. Also schüttle ich den Kopf und nuschle ein undeutliches *Leider nein.*

»Schade, aber nicht zu ändern«, stellt der junge Mann das Offensichtliche fest, »dann zeige ich Ihnen mal unsere beliebtesten E-Bike-Modelle. Sind Sie schon mal E-Bike gefahren?«

»Nein, bisher noch nicht. Aber mittlerweile sehe ich die Dinger so häufig, dass ich neugierig geworden bin.«

»Vorschlag: Sie fahren hiermit mal eine Runde um den Block. Nur so für das Gefühl, ob das überhaupt etwas für Sie ist.«

»Danke, das ist eine gute Idee!«

Der Verkäufer rollt ein hübsches blaues Fahrrad aus der Reihe, erklärt mir noch eben, auf was ich bei einem Elektrofahrrad achten muss, und öffnet dann die Tür des Ladengeschäfts, damit ich auf die Straße rollen kann. Doch bevor ich dort ankomme, klingelt mein Handy. Es ist Kay.

»Na, wobei störe ich dich?«, fragt er gut gelaunt. »Kaufst du gerade eine Europalette Schokolade für deine nächsten Recherchen?«

»Haha, sehr witzig! Nein, ich bin im Fahrradladen und probiere ein E-Bike aus. Meines ist gestern in dem ganzen Chaos nach dem Anschlag geklaut worden.« Ich klappe den Fahrradständer aus und parke das Rad auf dem Bürgersteig.

»Ein E-Bike klingt nach einer guten Idee. Hat bestimmt mehr PS als dein Panda«, kalauert Kay weiter.

»Sag mal, warum bist du eigentlich so gut gelaunt?«

»Oh, ich habe gerade einen Anruf aus der KTU bekommen.« Pause. *Mann, Kay, nun spann mich nicht so auf die Folter!* Er spricht einfach nicht weiter.

»Hallo, Herr Hauptkommissar! Sind Sie noch dran? Was sagt die KTU?«

»Eindeutig Mord, kein Unfall. An den Trümmerteilen konnte Sprengstoff nachgewiesen werden. Und die Kollegen haben am Strand Reste von etwas gefunden, das als Fernzünder verwendet worden sein könnte.«

Ich schnappe nach Luft.

»Also ein richtiger Anschlag? Dann waren das echte Profis, wie bei den armen Richtern und Staatsanwälten in Sizilien – da sind doch auch einige in die Luft gejagt worden. Das passt genau zur Mafia-Theorie meines Informanten!«

»Na ja, für so einen Fernzünder findet man auf YouTube ungefähr 375 Selbstbauanleitungen.«

»Gibt es ein Problem?« Der Verkäufer, der sich vermutlich wundert, warum ich nicht einfach losradle, ist mir nach draußen gefolgt.

Ich schüttle den Kopf.

»Nein, nein – vielen Dank!«

»Was meinst du damit?«, will Kay wissen. »Dass ich Unsinn rede?«

»Ach was, ich rede mit dem Verkäufer. Moment, ich rufe dich zurück.« Ich lege auf und wende mich an den jungen Mann, der mich jetzt sehr neugierig mustert.

»Tut mir leid, ich habe im Moment doch nicht so viel Ruhe, wie ich beim Fahrradkauf brauche. Ich komme später wieder.«

»Klar, sehr gerne.« Er zögert kurz. »Entschuldigen Sie bitte, ich wollte Sie nicht belauschen – aber waren Sie gestern bei dem Anschlag in Ahlbeck dabei?«

»Ja, ich hatte vor Ort fürs Radio moderiert.«

Der Verkäufer reißt die Augen auf.

»Krass! Dann haben Sie gesehen, wie der Jetski in die Luft geflogen ist?«

Ich nicke.

»Ja, leider. Das war schrecklich!«

»Sicher haben voll viele gedacht, das wäre wie in einem von Brunos Filmen, oder?«

»Das ist gut möglich. Die meisten Zuschauer dürften gewusst haben, dass Bruno als Stuntman gearbeitet hat. Er war schon eine lokale Berühmtheit, glaube ich.«

»Stimmt. So viele Menschen, die schon in Hollywood gearbeitet haben, wohnen vermutlich nicht auf Usedom. Und Bruno war ein richtig guter Stuntman. In vielen seiner Filme fliegt er in die Luft. Coole Actionszenen! Umso tragischer, dass er auf diese Weise stirbt.«

»Wie heißen Sie eigentlich?«, will ich wissen.

»Marco. Warum?«

»Na ja, wir unterhalten uns nun schon eine ganze Weile«, erkläre ich, »da ist es doch netter, wenn man sich kennt. Ich bin Franzi. Gern per du.«

An seinem Blick kann ich sehen, dass Marco gerade ein Licht aufgeht.

»Du bist Franzi Mai, die Reporterin!«

»Ganz genau«, bestätige ich. »Hörst du Bäderland-Radio?«

»Eigentlich nicht, ist nicht so mein Musikgeschmack. Aber

deine Sendung, *Die Problemlöser,* die habe ich mir mal als Podcast angehört. Ist schon krass, dass du echte Mordfälle gelöst hast!«

Verlegen zucke ich mit den Schultern.

»Na ja, das war schon Teamarbeit.«

»Stimmt. Wie heißt dein Kollege noch? Jan?«

»Janis«, korrigiere ich.

»Und jetzt ist der Anschlag auf Bruno Wunderlich euer neuer Fall? Ist ja 'n Ding, das mit Bruno.«

Die Art, wie Marco das sagt, veranlasst mich zu einer Nachfrage.

»Kanntest du ihn?«

»Ja, aber nur flüchtig. Ich habe mal ein Praktikum in seiner Firma gemacht.«

Es lebe der Zufallsfund! Endlich treffe ich jemanden, der Wunderlich persönlich kannte.

»Wie hast du ihn denn erlebt? Glaubst du, dass er Feinde hatte?«

Marco schüttelt den Kopf.

»Nein, ich glaube nicht. In der Firma war er beliebt. Er war immer gut gelaunt, hatte manchmal verrückte Ideen und immer einen Riecher für die guten Geschäfte. Ich war aber auch nur drei Monate dort, bin also wirklich kein enger Bekannter von ihm gewesen.«

Kay ruft wieder an.

»Ja?«, nehme ich den Anruf entgegen, während ich mich ein paar Schritte von der Ladentür entferne und auf dem Bürgersteig auf und ab gehe.

»Wolltest du mich nicht zurückrufen?«

»Oh, tut mir leid.«

»Ich hätte gedacht, dass du ein bisschen begeisterter auf die

Tatsache reagierst, dass ich dir brandneue Ermittlungsergebnisse präsentiere.« Kay klingt etwas verschnupft.

»Doch, das ist toll«, lobe ich ihn deshalb schnell. »Also ist es so, wie wir vermutet hatten: Bruno Wunderlich wurde ermordet. Und was hast du in der Firma erfahren?«

»Da gibt es bisher nicht viel Neues. Seine Sekretärin steht noch unter Schock, aus der habe ich kaum etwas herausbekommen. Nicht besonders auskunftsfreudig war auch der Prokurist oder zweite Geschäftsführer von Wunderlich oder was für ein Amt der Herr auch immer bekleidet. Scheint jedenfalls die rechte Hand von Wunderlich gewesen zu sein. Der hat lediglich gesagt, sie müssten sich nach dem Schock erst mal sortieren. Dann gibt es noch einen Techniker, der nur damit beschäftigt war, mir zu versichern, dass die Jetski von ihm immer top gewartet wurden, aber Bruno für diese Nummer selbst Hand angelegt hat. Na ja, ich fahre jetzt mal weiter zur Gerichtsmedizin. Bis später!«

Ich gehe zurück in das Fahrradgeschäft.

»Mir ist da noch etwas eingefallen«, werde ich von Marco begrüßt. »Also nicht direkt zu Bruno, aber zur schlechten Stimmung im Büro. Ist das vielleicht auch wichtig für dich?«

Innerlich mache ich einen kleinen Luftsprung, äußerlich bleibe ich gelassen.

»Kann schon sein. Was meinst du denn?«

»Als ich da war, gab es in der Firma mal richtig Beef. Oder genauer gesagt: in den Räumen der Firma. Es hatte nämlich nichts mit dem Geschäft zu tun.«

»Beef?«, wiederhole ich, weil ich mir darunter nichts vorstellen kann.

»Ja. Beef. Stress«, erklärt er. »Einer der Mitarbeiter von Bruno hatte sich von seiner Frau getrennt. Sven Holtens. Die ist dann im Büro aufgetaucht und hat eine Riesenszene gemacht. Eigentlich eine ganz nette Frau, aber in dem Moment war sie völlig außer sich. Ist mit einem Golfschläger auf ihn losgegangen und hat den Schreibtisch, an dem er saß, zu Kleinholz verarbeitet. Wir mussten sogar die Polizei rufen.«

Oha! Das könnte allerdings wichtig sein.

»Marco, würdest du mir einen großen Gefallen tun?«, sage ich und lächle dabei so gewinnend, wie ich nur kann.

»Klar, was denn?«

»Würdest du mit mir dorthin fahren? Zu den Bruno's Brothers? Ich möchte den Mitarbeitern gern ein paar Fragen zu ihrem verstorbenen Chef stellen, und ich könnte mir vorstellen, dass ich mehr herausbekomme, wenn ein bekanntes Gesicht dabei ist.«

Marco grinst. Der Gedanke, an meiner Recherche beteiligt zu sein, scheint ihm zu gefallen.

»Also um drei hab ich hier frei, dann könnte ich mit dir rüberfahren.«

»Perfekt!«, freue ich mich. »Ich hole dich pünktlich ab.«

Mein journalistischer Instinkt sagt mir, dass ich den heutigen Tag mit deutlich mehr Informationen beenden werde als Hauptkommissar Lorenz. Oder mit anderen Worten: Mai 1, Lorenz 0.

4

Bis drei Uhr sind es noch ein paar Stunden, ich beschließe also, eine Tafel Milka zu kaufen und noch mal ins Krankenhaus zu fahren. Vielleicht setzt sich meine Glückssträhne fort, und Damian hat noch ein paar echte Spitzeninformationen für mich.

»Oh, du bist aber schnell wieder da! Und bringst die gute 300-Gramm-Tafel mit!«, freut er sich, als ich ihm die Schokolade in die Hand drücke.

»Dafür erwarte ich natürlich auch so einiges«, sage ich, setze mich auf den Stuhl, der zwischen den Betten von Damian und Janis steht, und schaue betont streng.

»Und das sollst du haben«, versichert Damian. »Alles, was ich heute früh gesagt habe, ist wahr: Bruno Wunderlich war in Drogengeschäfte und andere kriminelle Machenschaften auf der Insel verstrickt. Da bin ich mir hundertpro sicher.«

»Woher willst du das wissen?«

»Ich weiß es eben.«

Ich schüttle den Kopf.

»Nee, so funktioniert das nicht. Ich brauche Beweise für so eine Behauptung. Es ist nämlich so: Meine Quelle bei der Polizei sagt, dass Wunderlich eine blütenweiße Weste hatte.«

»Ach, was wissen denn die Bullen schon«, wischt Damian meinen Einwand beiseite.

»Meinst du Kay?«, mischt sich Janis nun ein.

»Richtig«, bestätige ich.

»Okay, das ist nicht irgendeine Quelle, Damian. Wenn Hauptkommissar Lorenz etwas sagt, kannst du da ein Haus drauf bauen«, sagt Janis voller Respekt.

»Heißt meiner Meinung nach nur, dass die Bullen Bruno nie erwischt haben. Der war eben schlau.«

»Mag sein, aber so ganz überzeugt hast du mich noch nicht«, erwidere ich kühl. »Wie kommst du drauf?«

Damian seufzt.

»Meine Freunde und ich feiern ganz gern mal. Nichts Wildes, aber Alkohol alleine reicht da nicht immer. Bisschen Gras ist nicht schlecht, und wenn es ganz gut läuft, darf es auch mal was Besonderes sein. Verstehst du?« Ich verziehe keine Miene. Das ist mir hier noch zu nebulös. Damian verdreht die Augen, redet dann aber weiter. »Ich habe zwar nie selbst bestellt, aber meine Kumpels meinen, dass Bruno eine gute Adresse für das Besondere ist.«

»Wovon reden wir hier? Ist Bruno euer Champagner-Lieferant?«, hake ich nach, obwohl ich natürlich ganz genau weiß, dass es hier nicht um französischen Schaumwein geht.

Irres Gelächter, Damian fällt fast aus dem Bett.

»Champagner? Der war gut!« Er prustet so laut los, dass er kaum noch Luft bekommt. »Koks! Ich rede natürlich von Koks! Gönnen wir uns nicht so oft, ist schon ziemlich teuer. Aber meine Kumpels sagen, dass Bruno das beste Kokain in ganz MeckPomm verkauft. Oder besser gesagt: verkauft hat.«

Das klingt jetzt wirklich vielversprechend! Allerdings brauche ich schon ein bisschen mehr als Hörensagen, wenn ich Kay dazu bringen will, das große Besteck auszupacken und die Firma von Bruno Wunderlich auf links zu drehen.

»Gut, Damian, dann haben deine Freunde doch bestimmt eine Handynummer, unter der sie Bruno immer erreicht haben, oder eine Art Visitenkarte oder irgendwas, das diese wilde Geschichte untermauert, oder?«, will ich wissen.

Damian reagiert mit einem Schulterzucken.

»Kann schon sein. Eine Nummer gibt es vielleicht. Wobei – der Typ ist jetzt tot, wer weiß, ob die Nummer noch existiert. Müsste ich meine Freunde fragen. Ich habe die natürlich länger nicht gesehen, bin schon seit zwei Wochen im Krankenhaus.«

»Tja, also ohne Beweis wird das ganz schwierig. Dann wäre es nur ein Gerücht«, erkläre ich.

»Ja, sorry, aber ich wusste ja nicht, dass ich dafür irgendwann mal ’nen Beweis brauchen würde. Normalerweise sorgt man in der Branche dafür, dass es keine Beweise gibt. Weder für den Lieferanten, noch für den Kunden.« Damian klingt eingeschnappt. Janis merkt das sofort und will die Wogen glätten.

»Easy, Mann. Ist doch klar, dass du keine Beweise in dem Sinne hast. Aber vielleicht kannst du ja an welche rankommen? Oder ich kann dich mal begleiten? So gewissermaßen undercover? Als dein neuer Freund, der auf der Suche nach ein bisschen Party ist?«

Ich bin spontan begeistert von Janis’ Vorschlag, Damian streicht mit seinen Händen die Bettdecke glatt und überlegt. Aber nur kurz.

»Klar, warum nicht? Ist sicher spannend, so eine Undercovergeschichte. Ist mir sogar lieber, du machst das selbst. Mal einen Tipp geben – dafür bin ich der Richtige. Aber für eine Tafel Schokolade will ich jetzt auch kein ganz großes Risiko eingehen.«

Auf dieses Stichwort greife ich noch einmal in meine Handtasche und ziehe die zweite Tafel Schokolade hervor, die ich vorsichtshalber auch noch besorgt habe.

»Hier wäre schon mal die zweite Tafel als Anzahlung«, sage

ich und lächle ihm aufmunternd zu. »Nimm Janis gern mal mit zum Feiern, wenn ihr beide wieder draußen seid. Mehr musst du gar nicht tun. Bleibt im Kontakt und stell Janis einfach den richtigen Leuten vor.«

Bevor ich Damian die Tafel geben kann, schnellt allerdings Janis' Arm vor und er schnappt sich die Schokolade.

»Hey«, rufe ich überrascht, »was soll das denn?«

»Ganz einfach, Chefin – wenn ich hier meinen Ar... Allerwertesten riskiere, dann steht mir wohl auch ein Honorar zu, oder nicht? Ich meine – immerhin soll ich mich hier auf die Spuren eines mutmaßlichen Drogendealers begeben.«

Ich schüttle den Kopf.

»Nee, mein Lieber – rück sofort die Schokolade wieder raus! Denn anders als dein Bettnachbar hier bist du ein investigativer Journalist und recherchierst doch hoffentlich aus eigenem Antrieb. Und falls nicht: Dann weil es dein Job ist und du dafür bezahlt wirst!«

Janis seufzt.

»Bezahlt mit dem mageren Gehalt eines Volontärs!«, mault er, reicht die Schokolade aber brav an mir vorbei an Damian weiter. Na also. Geht doch!

Als ich wieder zu Hause ankomme, ist es immer noch nicht drei Uhr. Ich nutze die Gelegenheit und schaue wieder in der Küche bei Manni vorbei.

»Du, ich habe leider noch nichts über diesen Bruno herausfinden können«, begrüßt mich Manni, als er mich sieht. »Hier war so viel los, es ging einfach nicht. Aber ich verspreche dir, ich mache nachher mal ein paar Anrufe.«

Ich setze mich auf den Hocker, der neben der Spüle steht. »Weißt du, es ist schon seltsam mit Bruno Wunderlich. Du kennst hier Gott und die Welt und hast noch keine Gerüchte über ihn gehört, Kay findet nichts in der Datenbank, und trotzdem ist sich dieser junge Typ, der mit Janis im Krankenhaus liegt, total sicher, dass Bruno maßgeblich in Drogengeschäfte auf Usedom verwickelt war. Und ehrlicherweise spricht sein gewaltsamer Tod doch auch dafür, dass bei ihm irgendetwas im Argen lag. Die wenigsten Leute werden ja einfach so ins Jenseits befördert.«

»Jau«, sagt Manni und schweigt. »Wobei – nur weil so'n Jungscher rumschnackt? Kann ja auch dumm Tüch sein. Die Leute reden immer viel. Muss nichts heißen.«

Damit hat Manni natürlich recht. Allerdings lebe ich als Journalistin eindeutig nach der Devise *»Wo Rauch ist, ist auch Feuer«*. Das bildet gewissermaßen die Grundlage meiner beruflichen Karriere, und bisher bin ich damit auch ganz wunderbar gefahren.

»Kennst du denn niemanden, der Wunderlich persönlich gut kannte?«, will ich noch mal von Manni wissen.

»Nee, nicht wirklich. Ich bin ja mindestens zwanzig Jahre älter als er. Wir waren nicht zusammen in der Schule und auch nicht auf den gleichen Feiern oder in den Discos. Aber wie gesagt, ich höre mich um!«

»Danke, Manni. Vielleicht ergibt sich da trotzdem was. Ich werde mich so lange einfach weiter im Umfeld von Wunderlich rumtreiben und zusehen, dass ich irgendetwas herausfinde, was mit seinem Tod zu tun hat. Na ja, und hoffen, dass mir Kay Lorenz wegen meiner Recherchen nicht den Hals umdreht.«

Mit diesem guten Vorsatz und versorgt mit einer Currywurst, die mir Manni noch auf die Schnelle gezaubert hat, starte ich Richtung Fahrradladen. Da Bäderland-Radio auch in Heringsdorf ist, wollte ich erst auf einen Sprung in der Redaktion vorbeischauen, habe mich dann aber dagegen entschieden. Denn zum einen liegt der Sender in der Ortsmitte von Heringsdorf, und um diese Zeit kann man auf dem Weg dorthin schon mal im Stau stecken bleiben, zum anderen ist die Gefahr viel zu groß, von Raimund sofort zur Arbeit verdonnert zu werden, auch wenn ich mir heute eigentlich freigenommen habe. Aber sicher ist sicher, ich halte mich lieber vom Sender fern.

Stattdessen steuere ich auf direktem Weg zu Marco, der schon vor dem Laden auf mich wartet. Ich fahre rechts ran und lasse ihn einsteigen.

»Danke, dass du mitkommst«, begrüße ich ihn.

»Gerne. Ich finde es spannend, dich bei der Arbeit zu begleiten. Deutlich spannender als den ganzen Tag Kunden zu beraten.«

»Ja? Aber Fahrräder sind doch eine schöne Sache.«

»Stimmt natürlich. Das Produkt ist gut. Aber wenn man es den ganzen Tag erklärt, dann hat man sich abends den Mund fransig geredet.«

»Ich rede auch viel bei der Arbeit«, wende ich ein.

»Ja, aber du löst echte Kriminalfälle. Total spannend! Apropos: Was genau willst du denn bei Wunderlich herausfinden?«

»Ich bin mir selbst noch nicht sicher. Aber die Polizei war heute Vormittag schon dort, und meine sehr gute Quelle sagt mir, dass bei der Zeugenbefragung nicht viel herausgekommen ist. Keine Feinde, kein Streit, nichts.«

»Habe ich ja auch schon gesagt, dass Wunderlich meiner Meinung nach keine Feinde hatte«, bekräftigt Marco diese Einschätzung.

Ich werfe ihm einen Blick über die Schulter zu.

»Du hast aber auch gesagt, dass es in der Firma Stress gab.«

»Aber doch nicht wegen Bruno!«

»Egal! Jede Information ist wichtig. Vielleicht war zum Beispiel der Auftritt der Ex-Frau mit dem Golfschläger nur die Spitze des Eisbergs, und es verbirgt sich noch viel mehr dahinter. Die meisten Menschen würden vor der Polizei nicht wild herumspekulieren und andere damit belasten wollen. Aber wenn du als alter Kollege da auftauchst, dann reden sie vielleicht eher. Mein Vorschlag: Wir fahren da jetzt hin, und du sagst einfach, dass du kondolieren willst. Und dann schauen wir mal, was sich im Gespräch so ergibt.«

»Hm.« Mehr sagt Marco nicht dazu. Weil ich beim Fahren auf die Straße schauen muss, kann ich nur schwer deuten, ob er damit *Hm, einverstanden* oder *Hm, doofe Idee* meint.

»Und was sage ich, wer du bist?«

Okay, *hm* heißt in diesem Fall offenbar: *Ich habe noch Fragen.*

»Stell mich nur mit Vornamen vor, und wenn überhaupt jemand danach fragt, sagst du, ich sei eine Bekannte. Mehr nicht.«

Daraufhin sagt Marco nichts mehr. Ich werte das mal als Zustimmung.

Es dauert keine Viertelstunde, bis wir beim Büro der Bruno's Brothers ankommen. Es liegt in einem geschwungenen Neubau direkt neben der Spielbank von Bansin, mit einem großen Parkplatz vor der Tür. Das gesamte Areal sieht gepflegt aus – und ziemlich teuer. Die Geschäfte von Bruno Wunderlich scheinen gut zu laufen.

Ich parke meinen alten Panda, dann gehen Marco und ich auf das Gebäude zu, das aus ziemlich viel Glas und Stahl besteht. Gut, dass ich meinen Begleiter dabeihabe – auf Anhieb ist es nicht so leicht zu erkennen, welcher Eingang hier zu welcher Firma gehört. Marco steuert jedoch zielstrebig auf eine der Glastüren zu, die am Ende des Gebäudes liegen. Als wir ungefähr fünf Meter von der Glasfront entfernt sind, sehe ich auch das Schild an der Tür: *Bruno's Brothers Gesellschaft für Eventmarketing mbH.* Direkt neben einer Praxis für Physiotherapie. Wie praktisch. Da kann man sich als Stuntman gleich behandeln lassen, wenn etwas schiefgegangen ist.

»Hier ist es«, sagt Marco und zeigt auf das Schild.

»Hatte ich mir irgendwie anders vorgestellt«, gebe ich zu.

»Wieso?«

»Na ja, irgendwie mit einer großen Halle. Oder einem Lager. Wo die ganzen Sachen aufbewahrt werden. Also die Jetski, Surfbretter und so weiter.«

Marco lacht.

»Ach so. Nee, hier ist nur das Büro mit der ganzen Orga, Buchhaltung, Kundenservice und so weiter. Es gibt aber tatsächlich noch eine Halle mit Werkstatt, und im Winter lagern da natürlich alle Wassersportsachen. Im Sommer hat Bruno eine kleine Bude direkt am Strand. Da kannst du die Sachen mieten, und da sind dann auch die Surflehrer. Aber Bruno hat hier seinen Schreibtisch.« Marco hält kurz inne. »Ich meine – *hatte* seinen Schreibtisch.«

Durch die Glastür kann ich den Empfangstresen sehen, dahinter eine Frau in meinem Alter. Sie unterhält sich mit einem Mann, der ebenfalls Mitte dreißig sein dürfte. Wobei *unterhalten* es – zumindest von außen betrachtet – nicht ganz trifft: Sie redet auf ihn ein und gestikuliert dabei wild, er steht mit verschränkten Armen vor ihr und hört zu. Als Marco die Tür öffnet, verstummt die Frau.

»Hallo, Nele!«, begrüßt Marco sie freundlich, dann nickt er dem Typen zu. »Hallo, Sven!«

Die beiden sagen nichts, sondern starren uns nur an. Es ist offensichtlich, dass sie sich gerade heftig gestritten haben. Nele hat jedenfalls ziemlich gerötete Wangen, und einzelne Strähnen haben sich aus ihrer ansonsten sehr ordentlichen Hochsteckfrisur gelöst. Der Mann, den Marco mit *Sven* angesprochen hat, presst die Lippen aufeinander und sieht auch nicht gerade glücklich aus, seine kinnlangen Haare fallen ihm strähnig ins Gesicht. Er räuspert sich.

»Hallo, Marco, was gibt's?«

»Ich will gar nicht stören. Aber ich war gerade in der Gegend und wollte euch nur sagen, wie leid mir das alles tut. Es ist schrecklich – Bruno war so ein guter Typ! Wer würde ihm so etwas antun?«

Nele sagt nichts, sondern bricht in Tränen aus, Sven legt ihr seine Hand auf die Schulter und murmelt etwas, was wie *komm schon* klingt. Zu trösten scheint es sie allerdings nicht, denn sie schluchzt weiter.

»Es sollte gar nicht Bruno treffen, da bin ich mir ganz sicher.« Ihre Schultern zucken, und über ihre geröteten Wangen laufen nun auch Tränen.

»Mann, Nele!«, herrscht Sven sie an. »Das weißt du doch gar nicht. Hör auf, so etwas zu sagen!«

Ich hoffe, sie folgt der Aufforderung von Sven nicht, denn für mich wird es nun natürlich endlich interessant – also beschließe ich, mich einzumischen. Ich krame in meiner Handtasche, finde tatsächlich noch eine Packung Taschentücher und reiche ihr eines. »Was meinen Sie damit?«, sage ich dann. Sie schnäuzt in das Tempo, dann schaut sie mich aus mittlerweile auch sehr geröteten Augen an.

»Bruno ist nicht auf seinem Jetski gefahren, sondern auf dem von Sven.«

Bingo! Es war eine ausgezeichnete Idee, hierherzukommen.

»Nele!«, herrscht Sven sie an. »Willst du jetzt etwa das Gerücht verbreiten, ich sei schuld an dem Ganzen?« Er wirft mir einen bösen Blick zu. »Und wer sind Sie überhaupt?«

»Nur eine Bekannte«, beeilt sich Marco zu versichern. »Franzi wohnt auch in Bansin. Wir wollten zu ihr fahren, da habe ich sie gebeten, den Schlenker zu euch zu machen.«

»Sind Sie bei der Polizei?«, hakt Sven nach.

Ich schüttle den Kopf.

»Nein, natürlich nicht.«

Er atmet tief durch.

»Sorry. Ich bin echt am Ende. Heute Vormittag war dieser Kommissar schon hier und hat Nele verhört, als ob sie den Jetski persönlich in die Luft gesprengt hätte. Seitdem ist sie völlig von der Rolle.«

»Wie kommen Sie denn darauf, dass Bruno nicht auf seinem Jetski gefahren ist?«, frage ich Nele.

»Na, weil es so war. Sie müssen getauscht haben. Jedenfalls ist der Jetski explodiert, den normalerweise Sven gefahren ist. Ich war am Strand und habe die Vorführung gesehen.«

»Haben Sie das auch der Polizei erzählt?«

»Nein. Ich war noch so geschockt, und dieser Typ von der Polizei war auch echt unfreundlich – das hat mich total durcheinandergebracht, ich konnte denen kaum meinen Namen nennen. Die Sache mit den vertauschten Jetski ist mir erst später wieder eingefallen.«

Ich drehe mich zu Sven.

»Und? Haben *Sie* das der Polizei schon erzählt?«

Kopfschütteln.

»Nee. Ich war gerade erst aus dem Krankenhaus gekommen. War die Nacht zur Beobachtung da. Bin direkt hierhergefahren und habe mich sehr bedeckt gehalten. Ich musste mich erst mal selbst sortieren.«

»Aber warum haben Sie denn getauscht?«

Er hebt die Hände.

»Das ist es ja. Ich kann mich nicht mehr erinnern. Ich bin offenbar bei der Detonation von meinem Jetski gestürzt und habe mir dabei den Kopf an irgendetwas angeschlagen, sehen Sie?« Er schiebt sich die Strähnen aus der Stirn, und ich kann sehen, dass dort ein ziemlich großes Pflaster klebt. »Jedenfalls war ich kurz ohnmächtig, und jetzt kann ich mich nicht mehr so genau erinnern, warum ich mit Bruno getauscht habe.«

»Nicht mehr so genau?«, hake ich nach. »Also dass Sie getauscht haben, wissen Sie aber schon noch?«

Sven zuckt mit den Schultern.

»Nicht wirklich. Vielleicht fällt es mir ja wieder ein, wenn es mir besser geht. Ich habe noch einen ziemlichen Brummschädel.«

»Ach was!«, geht Nele dazwischen. »Natürlich habt ihr getauscht! Du hattest den Jetski, mit dem Bruno bei den Proben gefahren ist. Ich bin mir ganz sicher.«

»Okay, aber nehmen wir mal an, es war so«, überlege ich laut, »dann würde das ja bedeuten, dass nicht Bruno umgebracht werden sollte, sondern Sie. Oder nicht?«

»Das war Anna!«, platzt es aus Nele heraus. »Ich sage doch schon die ganze Zeit, dass du zur Polizei gehen sollst. Und jetzt hat es Bruno das Leben gekostet.« Sie fängt wieder an zu weinen, diesmal schluchzt sie so laut, dass Passanten, die außen an der Glasfront des Büros vorbeigehen, neugierig hereinschauen.

»Anna, die Ex von Sven?«, fragt Marco. »Falls du die meinst – ich war bei euch noch Praktikant, als sie ihren Auftritt mit dem Golfschläger hatte. Habt ihr das nicht angezeigt?«

»Nein«, antwortet Sven, »natürlich war das eine irre Aktion, aber ich wollte nicht, dass sie Schwierigkeiten mit der Polizei bekommt.«

»Warum denn nicht?«, schluchzt Nele. »Die Frau macht dir seit einem Jahr das Leben zur Hölle! Sie bekämpft dich, wo sie nur kann! Du musst dich endlich wehren!«

Sven seufzt und fährt sich mit der Hand über das Kinn.

»Sie ist aber auch die Mutter meiner Kinder.«

»Ha!«, lacht Nele auf, was in Kombination mit ihrem Schluchzen fast wahnsinnig klingt. »Die Mutter deiner Kinder. Die Mutter, die dir eben genau diese Kinder wegnehmen will!« Sie holt tief Luft. »Für mich ist der Fall klar: Sie hat vor Gericht verloren. Nun wollte sie dich töten.«

Journalistenglück, ich kann es kaum fassen! Ich bin noch keinen halben Tag an der Geschichte dran und habe schon meinen ersten handfesten Hinweis, vermutlich sogar meine erste Verdächtige. Kay hätte einfach auf mich hören und mich mitnehmen sollen, dann wäre er nun deutlich schlauer.

»Anna ist also Ihre Ex-Frau?«, will ich von Sven wissen. Der mustert mich gründlich, bevor er etwas sagt.

»Franzi heißen Sie?«

»Äh, ja genau.«

»Nicht zufälligerweise Franzi Mai?«

Ertappt! Ich merke, dass ich rot werde. Ob Sven sauer sein wird, wenn ich ein Geständnis ablege? Aber selbst wenn, irgendwann hätte ich sowieso erklären müssen, wer ich eigentlich bin und warum ich so viele Fragen stelle.

»Stimmt. Ich bin Franzi Mai von Bäderland-Radio«, antworte ich also wahrheitsgemäß und versuche, an seinem Gesichtsausdruck abzulesen, ob diese Information nun zum Problem werden wird. Den Versuch kann ich mir allerdings sparen, denn Sven gibt mir die Antwort selbst.

»Super!«, ruft er und klopft mir auf die Schulter.

»Super?«, frage ich vorsichtig nach.

»Klar! Dann können wir wenigstens sichergehen, dass jemand mit scharfem Verstand und originellen Ideen dafür sorgt, dass Brunos Mörder schnell gefunden wird.«

»Danke für das Kompliment«, sage ich, »ich hoffe, Sie behalten recht.«

»Bestimmt. Ich höre Ihre Sendung ab und zu. Sie haben doch auch noch einen Kollegen – so einen jungen Typen.«

»Genau. Janis Neubauer. Wir ermitteln eigentlich immer zusammen, aber momentan liegt Janis noch im Krankenhaus. Er hat bei der Explosion ganz schön was abbekommen.«

»Oh, das tut mir leid. Ich selbst hatte echt Glück. Das hätte auch für mich übel ausgehen können.« Sven seufzt. »Also wenn ich irgendwie helfen kann, jederzeit!«, bietet er dann an.

Da habe ich gleich eine Idee, was mir tatsächlich helfen könnte.

»Die Kontaktdaten Ihrer Ex-Frau – würden Sie mir die geben?«

Sven zögert.

»Es ist schon richtig, dass Anna mir hier eine Szene gemacht hat. Aber ich bin mir tausendprozentig sicher, dass sie nichts mit dem Anschlag zu tun hat. Sie ist psychisch labil, aber nicht bösartig. Deswegen bin ich damals auch nicht zur Polizei gegangen. Anna hat schon genug Probleme, ich möchte, dass sie in Ruhe gesund werden kann.«

Nele schnaubt verächtlich.

»Du machst dir da was vor, Sven! Anna ist gefährlich, das sage ich schon lange.«

Nun mischt sich Marco ein.

»Die Polizei wird deine Ex-Frau sowieso befragen. Wäre es

dann nicht schlau, Franzi Annas Adresse oder Telefonnummer zu geben? Dann kann sie mit ihr sprechen, bevor die Polizei da auftaucht und Anna gleich wieder ausflippt.«

»Ich weiß nicht.« Sven klingt immer noch zögerlich, aber auch nicht völlig abgeneigt. Ich schlage eine andere Variante vor.

»Was halten Sie davon: Ich spreche mit dem ermittelnden Kommissar. Ich kenne ihn gut und werde ihm schildern, was ich herausgefunden habe und dass ich mit Anna sprechen werde. Dann wird er zwar mitkommen wollen – aber er wird mich auch nicht mehr los. Schließlich habe ich den Kontakt gemacht. Hätte den Vorteil, dass Ihre Ex-Frau nicht alleine in die Fänge der Polizei gerät. Nicht dass sie sich dann um Kopf und Kragen redet. Außerdem habe ich meist einen etwas anderen Blick auf die Dinge als Kay.«

»Kay?«, fragt Sven nach.

»Kay Lorenz«, erkläre ich. »Hauptkommissar bei der Mordkommission. Er ermittelt in diesem Fall.«

»Also wirklich!«, schnappt Nele. »Du kannst deiner Ex auch gleich einen Anwalt zur Seite stellen, wenn du dir solche Sorgen um ihr Wohl machst. Aber ich sage dir: Du liegst völlig falsch!«

Sven schaut erst zu Nele, dann zu mir.

»Einverstanden, ich gebe Ihnen Annas Nummer.«

5

»Was wollen Sie von mir? Lassen Sie mich gefälligst in Frieden! Ich will nicht mit Ihnen sprechen.«

Anna Holtens ist über meinen Anruf alles andere als begeistert. Aber davon lasse ich mich nicht irritieren, ich hatte es nicht anders erwartet. Nachdem ich Marco wieder vor dem Fahrradgeschäft abgesetzt hatte, bin ich nach Hause gefahren, um in Ruhe mit Anna Holtens telefonieren zu können. Das hat allerdings erst am frühen Abend geklappt, als sie mich nach ihrem Feierabend endlich zurückgerufen hat. Ich sitze also auf meinem Sofa und versuche, sie zu einem Hintergrundgespräch zu überreden.

»Frau Holtens, natürlich müssen Sie nicht mit mir sprechen. Aber ich kann Ihnen jetzt schon sagen, dass sich auch die Polizei bei Ihnen melden wird. Vielleicht wäre es gut, wenn Sie dann jemanden hätten, der sich dafür interessiert, wie Sie die ganze Sache sehen.«

Schweigen am anderen Ende der Leitung. Sehr langes Schweigen. Ich setze also noch einmal an.

»Hören Sie, ich kann Ihnen versichern, dass…«

»Na gut«, unterbricht mich Anna Holtens, »dann treffen wir uns. Aber ich sage Ihnen gleich – ich bin es leid, dass alle immer auf Svens Seite stehen. Wenn das bei Ihnen auch so ist, dann können Sie sich das Scheiß-Interview in den A…«

»Jajajaja, keine Sorge!«, sage ich schnell. »Ich höre mir einfach an, was Sie zu sagen haben. Im Übrigen stehe ich auf gar keiner Seite. Wenn man mal von der Seite der Wahrheit absieht. Was sagen Sie, sehen wir uns morgen?«

»Wenn es sein muss«, stöhnt sie genervt.

»Ich glaube, es ist gut für Sie.« Dann überlege ich kurz, wie ich meine nächste Bitte möglichst geschickt verpacke. Die Frage, ob Kay mitkommen kann. Natürlich hätte ich nichts dagegen, mich mit Anna Holtens allein zu treffen. Aber wenn ich Kay mitnehme, steht er eindeutig in meiner Schuld. Und das kann ich vermutlich schon bald gut gebrauchen.

»Ich hätte noch einen Vorschlag, Frau Holtens.«

Noch ein genervtes Stöhnen.

»Vermutlich klingt es für Sie erst mal abwegig, aber ich würde gerne Kay Lorenz bei unserem Gespräch dabeihaben.«

»Kay Lorenz? Wer ist das nun wieder?«

»Herr Lorenz ist der Kriminalkommissar, der in dem Fall ermittelt.«

»Waaas? Sind Sie irre? Sie haben doch gerade gesagt, dass es gut ist, wenn ich mit Ihnen rede, nicht mit der Polizei.«

»Entschuldigung, dann haben wir uns falsch verstanden. Ich meinte, dass es gut ist, wenn Sie Ihre Geschichte jemandem erzählen können, der sich für Ihre Sichtweise interessiert. Diejenige bin ich, denn ich suche keinen Schuldigen, sondern eine wahre Geschichte. Aber ich glaube trotzdem, es ist kein Nachteil, wenn dann auch jemand von der Polizei dabei ist. Es ist sogar ein Vorteil. Denn ich höre Ihnen genau zu, niemand kann Ihnen also später das Wort im Mund herumdrehen.« Es ist zwar gemein, damit indirekt zu behaupten, dass Kay so etwas tun würde – aber da es mir schließlich darum geht, sie davon zu überzeugen, dass ich ihn zu dem Gespräch mitbringen kann, möge er es mir verzeihen.

»Also gut, bringen Sie diesen Lorenz mit. Aber ich warne Sie – wenn mir der dumm kommt, stehe ich auf und gehe. Sofort.«

»Verstehe ich gut. Aber wenn er das macht, dann fange ich ihn ein, versprochen. Also morgen, elf Uhr, in der Redaktion von Bäderland-Radio?«

»Bis morgen«, antwortet sie knapp, dann legt sie auf. Ich mache einen kleinen Luftsprung von meinem Sofa, dann rufe ich Kay an. Leider geht sofort seine Mailbox an, entweder hat er sein Handy ausgeschaltet, oder sein Akku ist leer. Ich schicke ihm also eine Nachricht und bitte um Rückruf. Dann begebe ich mich wieder auf mein Sofa und lege die Füße hoch. Ich bin schon wieder ganz schön schlapp. Dafür dass ich heute eigentlich einen freien Tag hatte, habe ich wirklich viel gearbeitet. Aber auch einiges herausgefunden, es hat sich also gelohnt. Ob ich jetzt schon mal ins Bett gehe? Dann bin ich morgen wenigstens fit. Allerdings ist es gerade mal sieben Uhr, das ist dann doch ein bisschen früh. Oder ich schlage einen Mittelweg ein: raus aus der engen Jeans, rein in die Jogginghose. Kontaktlinsen gegen Brille tauschen und auf dem Sofa Fernsehen gucken.

Herrlich! Keine fünf Minuten später lümmle ich im Freizeitdress und mit hochgetüdelten Haaren vor dem Fernseher. Dort läuft gerade »Bares für Rares«, eine meiner absoluten Lieblingssendungen, wenn ich denn mal zum Fernsehgucken komme. Gerade schätzt der Experte ein unglaublich hässliches Reiterstandbild ein, aus Bronze und kniehoch. Vermutlich ist vor allem der Materialwert von dem Ding interessant, ich kann mir beim besten Willen nicht vorstellen, dass jemand diesem fürchterlichen Teil einen Platz auf seiner Fensterbank anbietet. Der Experte allerdings ist völlig begeistert und überreicht den stolzen Besitzern eine Händlerkarte, was wieder einmal beweist, dass die Schönheit im Auge des Betrachters liegt.

Gerade als die nächste Scheußlichkeit in Form einer Brosche, die vermutlich nicht einmal Queen Mum gefallen hätte, zur Begutachtung vorgelegt wird, klingelt es an meiner Wohnungstür. Oh nö! Was soll das denn? Und wer kommt auf die Idee, direkt an meiner Wohnungstür zu klingeln? Wenn überhaupt mal jemand bei mir klingelt, dann macht er das unten an der Haustür, nicht wenn er gewissermaßen schon auf meiner Schwelle steht. Den Unterschied höre ich sofort: Wer unten schellt, tut es über die Klingel der Hausanlage, die in meiner Wohnung als sanftes *Palimpalim* zu hören ist. Die Klingel an meiner Haustür hingegen ist eine nachträglich angebrachte Funkklingel. Sie ist alles andere als sanft oder dezent, sondern macht richtig Krach und klingt dabei wie die Ouvertüre von Wagners Walküre. Ihre einzige Existenzberechtigung ist, dass sie gleichzeitig eine Lichtklingel ist. Neben der Walküre flackert innen über meiner Haustür eine Lampe als Signal. Oder genauer: Sie sendet grelle Lichtblitze. Eine zweite Lampe tut das Gleiche im Wohnzimmer. Dieses ungewöhnliche Signalsystem habe ich mir angeschafft, weil meine Eltern gehörlos sind. Wenn sie mich in Bansin besuchen, was sie gewöhnlich einmal im Jahr für ein paar Tage tun, sollen sie sich wohl und vor allem sicher fühlen. Und dafür braucht es die Blitzanlage, auch wenn mich die Walküre den letzten Nerv kostet. So wie eben jetzt. Wer zum Teufel ist das?

Ich rapple mich vom Sofa auf und schlurfe zur Tür. Das geht dem unerwarteten Besuch offenbar nicht schnell genug, denn erneut erklingt Wagner.

»Ja doch, ich komm ja schon!«, brülle ich. »'ne alte Frau ist ja kein D-Zug!«

»Alte Frau?«, höre ich von der anderen Seite der Tür, »dann bin ich wohl falsch. Ich will zu einer bezaubernden jungen Dame.« Ich bleibe wie angewurzelt stehen. Henning! Der Überraschungsbesuch ist Henning! Seine Stimme erkenne ich unter Tausenden, egal, ob er direkt vor mir steht, eine Haustür uns trennt oder ein ganzer Häuserblock. Verdammt, was will der hier? Unwillkürlich blicke ich an mir herunter: Schlabbershirt, ausgeleierte Jogginghose und Ringelsocken. Der Rest von mir sieht auch nicht besser aus. Wieso muss Henning ausgerechnet dann aufkreuzen, wenn ich wie eine schlechte Version von mir aussehe? Gleichzeitig ärgere ich mich, dass ich mir überhaupt solche Gedanken mache. Henning ist ein Vollidiot, und es ist völlig egal, ob ich in Ballkleid und großem Abend-Make-up herumlaufe oder in einem Kartoffelsack. Mit einem energischen Ruck öffne ich die Tür. Vor mir steht tatsächlich Henning. Mit einem Blumenstrauß in der Hand.

»Was willst du hier?«, fauche ich ihn an.

»Ich habe mir Sorgen um dich gemacht!«, erwidert er mit einem Lächeln und streckt mir den Strauß entgegen. »Hier. Ich freue mich auch, dich zu sehen.«

Misstrauisch beäuge ich die Blumen, als ob sich in ihnen etwas Gefährliches verbergen könnte. Mindestens sind sie ein mieser Trick, das steht schon jetzt fest.

»Was soll das?«, frage ich also und deute auf den Strauß. »Du hast mir nicht mal Blumen geschenkt, als wir noch zusammen waren. Warum die Show also jetzt?«

»Na ja – der Anschlag gestern und du warst direkt vor Ort, da habe ich befürchtet, dass dir etwas passiert sein könnte, und wollte mal nachsehen, wie es dir geht.«

»Woher weißt du, dass ich da war?«

»Ich habe deine Zusammenfassung im Radio gehört. Beziehungsweise den Ausschnitt, in dem du den Auftritt moderierst und es dann diesen Riesenknall gibt und alle durcheinanderschreien. Ich war in Hamburg und habe es auf der Rückfahrt gehört.«

Stimmt! Der Anruf! Den hatte ich schon wieder völlig vergessen. Und jetzt fällt mir auch wieder ein, woher ich die Ansage im Hintergrund kenne: vom Hamburger Fischmarkt. Da geht es früh los, es ist aber auch früh wieder Schluss. Nämlich um 9:30 Uhr. Henning lässt den Blumenstrauß sinken und wirft mir einen echten Dackelblick zu.

»Darf ich reinkommen?«

Ich seufze und öffne die Tür weiter, Henning geht an mir vorbei. Er war erst einmal in meiner Wohnung, also gebe ich ihm eine kurze Wegbeschreibung.

»Einfach geradeaus durch, da ist das Wohnzimmer. Setz dich aufs Sofa, ich komme gleich. Oder noch besser: Stell den Blumenstrauß schon mal ins Wasser. Die Küche liegt gleich hinter dem Wohnzimmer, Vasen sind im Regal neben der Spüle.«

Selbst verschwinde ich ins Badezimmer. Ich kann mich einfach nicht beherrschen, sondern muss mir einmal die Haare kämmen und sie zu einem etwas ordentlicheren Pferdeschwanz binden. Dann tupfe ich mir noch ein bisschen Puder auf meine ziemlich glänzende Nasenspitze – fertig! So kann ich Henning selbstbewusst gegenübertreten und werde mich nicht von ihm um den Finger wickeln lassen. Denn dass er hier ist, weil er irgendetwas von mir will, steht außer Frage. Mein Wohlbefinden hat ihn in den letzten Jahren schließlich überhaupt nicht gekratzt, warum sollte das jetzt anders sein?

»Möchtest du etwas trinken?«, frage ich ihn, als ich ins Wohnzimmer komme.

»Oh nein, keine Umstände. Ich wollte nur wissen, ob es dir gut geht.«

»Cola? Fanta? Mineralwasser?«, ignoriere ich seine höfliche Ablehnung.

»Na gut, eine Cola wäre toll.«

Ich hole eine Coladose und zwei Gläser aus der Küche und stelle sie auf den Couchtisch neben die Vase, die Henning dort brav mitsamt Strauß platziert hat. Dann setze mich in den Sessel schräg gegenüber von Henning.

»Du hattest auch Sonntag schon versucht, mich zu erreichen, oder?«

Henning nickt.

»Ja, ich war am Wochenende in Hamburg. Und am Sonntag auf dem Fischmarkt. Da musste ich auf einmal an dich denken. An die Nacht, die wir durchgefeiert haben. Mit Maren und Timo. Wir waren dann doch auch frühmorgens auf dem Fischmarkt und haben völlig besoffen zwei Kaninchen gekauft, weißt du noch?«

Ich muss grinsen. Natürlich weiß ich das noch – was für eine Aktion! Wir haben die Kaninchen anschließend Bobo und Schneeweißchen getauft und Hennings Nichte zum Geburtstag geschenkt, weil wir im nüchternen Zustand einsehen mussten, dass wir nicht der perfekte Haushalt für Haustiere waren. So haben wir damit wenigstens eine Zehnjährige glücklich gemacht.

»Deswegen hast du angerufen? Wegen Bobo und Schneeweißchen?«

Henning zuckt mit den Schultern.

»Irgendwie schon. Wir hatten so lange keinen Kontakt mehr.«

Hm. Komische Geschichte. Außerdem ist mir das hier gerade zu harmonisch. Auch wenn Henning sich jetzt als alter Freund mit sentimentalen Gefühlen aufführt – so ganz trifft das die Sache nicht.

»Das letzte Mal habe ich dich in der Redaktion gesehen, als du Bille besucht hast. Es hat euch offenbar große Freude bereitet, mir euer Glück unter die Nase zu reiben. Sehr feinfühlig.«

Endlich lässt Henning sein doofes Grinsen, das er vermutlich für ein Lächeln hält. Er senkt den Kopf und räuspert sich.

»Das war wirklich nicht okay von mir, Franzi. Ich verstehe bis heute selbst nicht, wie ich dir so etwas antun konnte. Ich …«

Mein Handy klingelt. Es ist Kay, der mich zurückruft. Rangehen oder nicht? Vielleicht will Henning hier gerade eine Lebensbeichte ablegen, und eigentlich ist es auch ganz schön, ihn so zerknirscht stammeln zu sehen. Nein, Kay ist mir wichtiger, also nehme ich den Anruf an.

»Hallo, Franzi!« Er klingt fröhlich. »Du hattest mich vorhin angerufen.«

»Hallo, Kay. Ja, genau, ich hatte angerufen, weil ich etwas Interessantes herausgefunden habe und dir davon berichten wollte. Jetzt habe ich allerdings gerade Besuch. Kann ich später zurückrufen?«

»Oh, von wem denn?«

»Sei nicht so neugierig!«

»Sorry, Neugier ist gewissermaßen meine berufliche Veranlagung. Aber wenn du es mir nicht sagen willst – schon okay.«

»Nein, alles gut. Ist ja kein Geheimnis. Henning ist auf eine Cola vorbeigekommen.«

Am anderen Ende der Leitung herrscht erst mal Schweigen. Natürlich weiß Kay, wer Henning ist. Ich habe ihm schon von ihm erzählt.

»Henning, dein Ex-Freund?«, fragt Kay schließlich.

»Genau.«

»Was will der von dir?« Kay ist not amused. Und irgendwie freut mich das. Ich stehe vom Sessel auf und gehe mit dem Handy aus dem Wohnzimmer. Henning muss ja nicht unbedingt mitbekommen, dass wir hier weiter über ihn reden.

»Henning hat sich Sorgen um mein Wohlbefinden gemacht«, erkläre ich Hennings spontanen Besuch.

»Aha.« Mehr sagt Kay nicht dazu. Offensichtlich ist er eingeschnappt.

»Du, ich rufe dich nachher noch mal an, versprochen!«, versuche ich, seine Laune ein bisschen zu verbessern.

»Tja, ich weiß nicht, ob du mich da erreichst. Ich habe Greta versprochen, heute Abend mit ihr ins Kino zu gehen. Der Film fängt um acht an, ich muss also gleich los.«

Greta ist Kays neunjährige Tochter. Sie lebt eine Woche bei ihm und eine Woche bei seiner Ex-Frau, er ist vor kurzem extra nach Heringsdorf gezogen, weil Greta dort zur Schule geht. Na gut, also ist Kay nicht beleidigt, sondern gestresst, weil er noch ein Date hat.

»Okay, dann ganz schnell: Ich bin morgen mit der Ex-Frau von Sven Holtens verabredet. Das könnte auch für dich interessant sein, denn es wirft ein ganz neues Licht auf den Fall Wunderlich, finde ich.«

»Oh, wirklich?« Mit einem Mal ist Kay wie ausgewechselt. »Mist, dann sollten wir jetzt eigentlich unbedingt noch sprechen. Aber wenn ich hier nicht pünktlich mit Greta starte, dann kriege ich den Ärger des Jahrhunderts. Sie freut sich schon so auf den Film.«

»Lass gut sein. Frau Holtens kommt morgen um elf Uhr in die Redaktion. Ich habe sie überredet, dass du dazukommen kannst.«

»Wie nett von dir! Dann komme ich einfach schon ein bisschen früher und berichte im Gegenzug über meine Erkenntnisse aus der KTU. Was hältst du davon?«

»Deal!«, rufe ich gut gelaunt. Als wir uns verabschiedet haben, gehe ich wieder zu Henning ins Wohnzimmer.

»Ich dachte schon, du kommst überhaupt nicht mehr zurück«, beschwert der sich. »War das Kay Lorenz?«

»Stimmt. Kennst du ihn?«

»Nee, nicht persönlich. Aber Bille hat natürlich von eurer erfolgreichen Zusammenarbeit erzählt. Und ich habe auch mal ein Interview von dir mit ihm im Radio gehört. Bei den *Problemlösern.*«

»Du hörst meine Sendung?«

Henning schweigt, und ich habe das Gefühl, dass er ein bisschen rot wird.

»Äh, ja, hin und wieder«, stottert er dann. »Du, ich will dich jetzt auch gar nicht weiter stören. Dir geht es gut, und das ist die Hauptsache. Mehr wollte ich nicht wissen. Ich geh dann mal wieder. Du musst total müde sein.«

»Bin ich tatsächlich«, bestätigte ich. »Von dem gestrigen Tag habe ich mich noch nicht so richtig erholt.«

»Das glaube ich. Vielleicht treffen wir uns mal, wenn du wieder fitter bist?«

Ich spüre es genau – irgendetwas will Henning von mir. Den treibt doch nicht die Sorge um meine Gesundheit um! Bloß was? Normalerweise würde ich seinen Vorschlag jetzt sofort abbügeln, aber er hat mich neugierig gemacht. Außerdem ist auch Henning ein alter Insulaner, nur deswegen bin ich hier auf Usedom gelandet. Da er ungefähr im gleichen Alter wie Bruno Wunderlich ist, könnte er eine gute Quelle für weitere Nachforschungen sein. Ich gebe mich also interessiert.

»Ein Treffen? Warum nicht. Um der alten Zeiten willen.«

»Super!«, freut sich Henning. »Dann vielleicht diese Woche noch? Mittwoch? Donnerstag?«

Hoppla, der ist tatsächlich wild entschlossen!

»Von mir aus. Lass mich mal eine Nacht drüber schlafen, dann weiß ich, wie fit ich bin«, schlage ich vor. »Ich melde mich.«

Ich verabschiede Henning aus meiner Wohnung. Was für ein seltsamer Besuch! Dann gehe ich direkt ins Bett, denn ich bin todmüde. Eigentlich wollte ich auf meinem iPhone noch ein bisschen die allgemeine Nachrichtenlage in Sachen Anschlag in Ahlbeck checken, aber mir fallen beim Lesen fast die Augen zu. Ich lege mein Handy also auf den Nachttisch und schlafe sofort ein.

Ein lautes Klingeln reißt mich aus dem Tiefschlaf. Ich schieße hoch und bin einen Moment völlig desorientiert. Mein Herz rast. Wo bin ich? Was ist los? Es klingelt immer weiter, und nach ein paar Sekunden wird mir klar, dass mein Handy diesen Lärm macht. Irgendein Vollidiot ruft mich mitten in der Nacht an. Und irgendein anderer Vollidiot hat vergessen, das Handy auf lautlos zu stellen.

Ich angle das Handy von meinem Nachttisch. Es ist Kay, der so dringend mit mir sprechen will. Sofort bin ich trotz der Uhrzeit hellwach. Gut, so ganz *mitten in der Nacht* ist es nicht mehr, aber immerhin erst fünf Uhr früh.

»Kay, was ist los?«, rufe ich anstelle einer Begrüßung.

»Ich dachte, im Zuge unserer gut funktionierenden Eine-Hand-wäscht-die-andere-Vereinbarung würde dich vielleicht interessieren, was wir hier gerade am Strand von Ahlbeck gefunden haben.«

»Am Strand von Ahlbeck?« Ich stehe irgendwie auf dem Schlauch. Was macht Kay denn jetzt am Strand von Ahlbeck?

»Ganz genau. Vor einer halben Stunde bekam ich eine Info

vom KDD, dass hier etwas angespült worden ist, was uns bei den Ermittlungen im Mordfall Wunderlich helfen könnte. Und die Kollegen hatten recht – es ist ein wirklich interessantes Puzzleteil. Ich könnte mir vorstellen, dass du es dir auch anschauen möchtest.«

»Bin sofort unterwegs! Wo genau stehst du?«

»Am Strand von Ahlbeck, allerdings eher Ortsausgang Richtung Swinemünde«, erklärt Kay. Noch während ich mich von ihm verabschiede, springe ich in die Jeans, die zusammengeknüllt auf dem Stuhl gegenüber von meinem Bett liegt. Mittlerweile spüre ich ein deutliches Kribbeln in der Nase. Kein Heuschnupfen – mein Jagdinstinkt ist soeben erwacht!

6

Der Strandabschnitt, an dem Kay und seine Kollegen stehen, ist übersät mit rechteckigen Päckchen. Sie liegen einzeln und in Haufen im Sand, dort wo die Wellen der Ostsee sie angespült haben, ungefähr fünf Meter vor der ersten Reihe der Strandkörbe. Die Sonne geht gerade im Osten auf und taucht die Päckchen in ein oranges Licht, so dass sie fast wie Goldklumpen funkeln – oder wie große Bernsteinbrocken, die in diesem Teil der Ostsee ab und zu am Strand zu finden sind. Bernstein hat natürlich eine ganz andere Form, diese Päckchen erinnern eher an Pfundpakete Kaffee. Aber der Inhalt, den man durch die Plastikfolie schimmern sieht, ist nicht braun, sondern weiß. Ich will mich bücken, um eines aufzuheben, aber Kay hält mich an der Schulter zurück.

»Hier«, sagt er und gibt mir ein Paar Silikonhandschuhe, die er aus seiner Jackentasche gezogen hat. »Wir wollen doch nicht, dass wir nachher die DNA einer gewissen Franziska Mai an den Päckchen finden.«

»Danke!« Folgsam streife ich mir die Handschuhe über, dann hebe ich eines der Päckchen hoch. Es ist nicht besonders schwer und scheint eine Art Pulver zu enthalten.

»Schau dir mal die Rückseite an.« Kay hat auch ein Päckchen hochgehoben und dreht es hin und her. Als ich mein Päckchen umdrehe, sehe ich, was er meint: Dort klebt eine Art Postkarte. Laminiert mit einer Folie und einer Traueranzeige nachempfunden, mit schwarzem Rand und einer gezeichneten Trauerweide. Darauf ein kurzer Text: *Ruhe in Frieden und zahle deine Rechnung*. Gruselig!

»Soll das eine Warnung sein?«, überlege ich laut. Kay zuckt mit den Schultern.

»Wer weiß. Jedenfalls klebt diese Karte auf allen Päckchen, die wir uns bisher angeschaut haben. Es sind rund hundert Stück.«

Ich knie mich in den Sand und mache mit meinem Handy ein paar Fotos von den Päckchen. Kay stellt sich neben mich.

»Bitte noch keine Berichterstattung über diesen Fund, Franzi. Das muss erst mal vertraulich bleiben, bis wir wissen, in welche Richtung uns das führt.«

Ich seufze.

»Ungern, Herr Hauptkommissar, aber ich behalte es für mich. Wenn ich muss, kann ich schweigen, wie ein Grab.«

Kay lacht und klopft mir auf die Schulter. Ich sehe mich am Strand in beide Richtungen um.

»Wisst ihr schon, woher die kommen? Sind die aus Polen angeschwemmt worden? Oder aus Heringsdorf? Oder vielleicht hat sie jemand aus einem Boot geworfen?«

»Das klären wir gerade. Normalerweise haben wir vor dem Strand eine parallele Strömung, man müsste die Pakete also ziemlich nah am Ufer ins Wasser werfen, damit sie hier anlanden. Sagt jedenfalls Fischereiinspektor Friedeberg. Der war es auch, der heute früh bei der Polizei diesen Fund gemeldet hat.«

Als der Name Friedeberg fällt, muss ich unwillkürlich grinsen. Er war einer der Tatverdächtigen in meinem ersten Fall als *Problemlöserin*. Der Fischer Maik Peters war ermordet und in seinem eigenen Netz in einem Hafenbecken versenkt worden, Fischereiinspektor Friedeberg pflegte eine Privatfehde mit ihm, weil Peters mit Frau Friedeberg durchgebrannt war. Mir war zwar schnell klar, dass Friedeberg nicht unser Mann war, aber trotzdem scheint sich Friedeberg in meiner Anwesenheit immer noch sehr unwohl zu fühlen. Ich habe ihn danach noch ein paarmal auf der Insel gesehen und immer das Gefühl gehabt, dass er sich am liebsten vor mir verstecken würde.

»Friedeberg hat heute früh die Zone vor dem Strandabschnitt Ahlbeck kontrolliert«, erklärt Kay. »Wollte schauen, ob noch irgendwelche Trümmerstücke von Sonntag angespült werden. Da hat er die Päckchen gesehen und uns sofort informiert. Er glaubt, dass die Päckchen direkt hier am Strand ins Wasser geworfen wurden. Von Polen aus wären sie weiter aufs offene Meer getrieben. Klingt logisch, aber Janine hat eine Abfrage beim Bundesamt für Seeschifffahrt und Hydrographie laufen, die wissen das genauer.«

Gerade als Janines Name fällt, sehe ich, dass sie auch am Strand herumläuft und sich mit ihren Kollegen von der Spurensicherung unterhält. Jedenfalls glaube ich, dass es die Spurensicherung ist, schließlich tragen die Frau und der Mann weiße Überzüge und filmen den Strandabschnitt mitsamt dem ungewöhnlichen Treibgut. Nun hat Janine auch mich entdeckt, winkt mir zu und kommt zu uns gelaufen.

»Na, der frühe Vogel fängt den Wurm?«, begrüßt sie mich.

»Ich habe Franzi vorhin Bescheid gesagt, was wir hier gefunden haben«, erklärt Kay meine Anwesenheit. »Und bevor du was dazu sagst: Das habe ich gemacht, weil Franzi mich umgekehrt zu einem Interview mit einer möglichen Zeugin hinzugebeten hat.«

Janine Lamott zieht amüsiert die Augenbrauen hoch.

»Seit wann interviewen wir denn unsere Zeugen? Ich vernehme die immer noch.«

Kay lacht, klingt dabei aber leicht genervt.

»Natürlich. Franzi führt das Interview mit der Frau. Wenn sich daraus etwas ergibt, werde ich sie vernehmen.«

»So, Kinder, jetzt mal keinen Streit!«, rufe ich betont fröhlich. »Ich habe bei meinen Recherchen etwas herausgefunden, was ein neues Licht auf den Fall werfen könnte, und habe mich dazu mit einer Frau namens Anna Holtens verabredet. Und weil das ja nicht nur mein, sondern auch euer Fall ist, habe ich Kay gefragt, ob er auch kommen will, wenn mich Frau Holtens heute in der Redaktion besucht. Nicht mehr, nicht weniger.«

»Jaja, ich habe nichts dagegen«, beeilt sich Janine zu versichern, »auch nicht, dass du dich hier vor Ort umsiehst. Ich weiß, dass man dir vertrauen kann. Gilt zwar nicht für alle Journalisten, aber für dich schon.« Sie lächelt, und mir wird ein bisschen warm.

»Also, was haben wir hier?«, sage ich, um zum eigentlichen Thema zurückzukehren. »Circa hundert Plastikpäckchen mit etwas, das Kokain sein könnte? Oder jedenfalls irgendeine verbotene Substanz. Versehen mit einer Warnung oder Aussage. So deute ich das jedenfalls. Irgendjemand hat seine Schulden nicht bezahlt und ist deswegen tot.«

Kay nickt.

»So verstehe ich das auch. Und da der letzte Tote hier in der Gegend Bruno Wunderlich war, denke ich, dass es möglicherweise einen Zusammenhang zwischen den Päckchen und Brunos gewaltsamen Ableben gibt.«

»Kann ich nachvollziehen. Allerdings kann man Tote nicht warnen. Die Warnung muss jemand anderem gelten«, wende ich ein.

Janine zieht die Nase kraus.

»Sag mal, Franzi, du hattest doch irgendwas von Inselmafia

und Drogengeschäften erzählt. Im Zusammenhang mit Wunderlich. Als du mit Kay telefoniert hast. Ich saß auch im Auto.«

»Du meinst, als er mir versichert hat, Brunos Weste sei weißer als weiß?«

»Richtig«, lacht sie. »Ich meine ja nur – falls sie doch nicht so weiß war, hat er vielleicht krumme Geschäfte gemacht und ist jemandem etwas schuldig geblieben. Und das hier ist eine Warnung an seine potenziellen Nachfolger. Man könnte auch sagen: möglicherweise ein freundlicher Hinweis der Geschäftsleitung.«

Kay fährt sich durch seine welligen braunen Haare.

»Gut, das könnte eine Erklärung sein. Für den Anschlag und für den letzten Gruß hier. Die KTU nimmt die Päckchen mit ins Labor, bald wissen wir, was genau das für ein weißes Zeug ist. Kann mir allerdings nicht vorstellen, dass es wirklich Koks ist. Das wäre dann ja die teuerste Warnung der Welt – ein paar Kilo sind hier mit Sicherheit angespült worden.«

»So sieht es aus«, sagt Janine und winkt die Kollegin im weißen Schutzanzug zu sich. »Andrea, macht ihr vorab schon mal eine Stichprobe an drei, vier Paketen? Ich wüsste gern schnellstmöglich, was da drin ist.«

»Geht klar. Ich fahre gleich mit Janni zusammen ins Labor, dann werten wir sofort eine Probe aus.« Sie schiebt den Anzugärmel an ihrem linken Arm hoch und wirft einen Blick auf ihre Armbanduhr. »Es ist jetzt kurz nach sechs, Dreiviertelstunde bis Anklam – acht Uhr? Dann kann ich dir dazu was sagen.«

»Perfekt! Danke, Andrea.«

Ich gähne verstohlen. Das ist hier einfach nicht meine Uhrzeit. Da ich nur ganz selten in Frühsendungen bei Bäderland-Radio mitarbeite, bin ich eigentlich nie vor neun Uhr im Sender.

»Gut, dann sind wir hier so weit fertig«, stellt Kay fest. »Wenn ich mich beeile, bin ich rechtzeitig mit Brötchen zu Hause, bevor Gretas Wecker klingelt.«

»Alles klar, ich fahr auch schon mal nach Anklam. Tschüss!«, verabschiedet sich Janine von uns. Ich schaue ihr hinterher und muss leider schon wieder gähnen.

Kay schüttelt den Kopf.

»'tschuldige«, murmle ich, »der Sonntag hängt mir noch in den Klamotten. Vielleicht schlafe ich zu Hause noch mal eine Runde.«

»Ts, ts, ts! Wieder ins Bett? Wenn man einmal aufgestanden ist? Ich habe da eine bessere Idee: Willst du vielleicht mitkommen? Gemeinsames Frühstück mit einem mauligen Schulkind?«

»Klingt wahnsinnig verlockend«, lache ich.

»Ich koche dir auch einen hammermäßigen Wachmacherkaffee. Versprochen!«

»Überredet.«

Der Vorschlag ist nicht schlecht, und so sitze ich wenig später in der neuen Wohnküche von Kay und Greta. Kay ist hier erst vor zwei Wochen eingezogen, er hat vorher im Haus seiner Mutter im Inselörtchen Usedom gewohnt. Ich habe ein bisschen beim Umzug geholfen und mit meinem altersschwachen Panda ein paar Kartons von Usedom nach Heringsdorf gefahren. Fertig eingerichtet habe ich die Wohnung allerdings noch nie gesehen und schaue mich deswegen neugierig um.

»Ist aber hübsch geworden!«, bemerke ich anerkennend. »Ich konnte mir die Tapete mit den Sonnenblumen zuerst nicht so recht vorstellen, aber hier in der Küche macht sie sich gut.«

»Danke! Finde ich auch. Deckst du schon mal für drei? Ich wecke Greta.« Kay öffnet die Tür eines der Unterschränke und deutet auf Geschirr, dann verschwindet er in Richtung Kinderzimmer.

Ich stelle Frühstücksteller auf den Tisch, fülle die Brötchen aus der Tüte in eine Schale, die ich ebenfalls im Schrank finde, und sammle drei Gläser aus dem Regal darüber ein. Im Kühlschrank sind Marmelade und eine Tupperdose mit Käse, eine Butterschale und Orangensaft – fertig ist der gedeckte Frühstücktisch! Nein, fast fertig – schnell mache ich auch die Schublade mit Besteck ausfindig und vervollständige mein Ensemble um drei Buttermesser.

Greta kommt in die Küche und macht eine Vollbremsung, als sie mich sieht.

»Was machst du denn hier? Hast du hier übernachtet?«

»Guten Morgen, Greta!«, begrüße ich sie lachend. »Nein, ich habe hier nicht geschlafen. Ich habe nur schon heute früh deinen Papa bei der Arbeit gesehen, und da hat er mich netterweise auf einen Kaffee eingeladen. Das ist hoffentlich okay für dich?«

Greta nickt, ihre beiden braunen Zöpfe wippen dabei auf und ab.

»Voll okay! Du kannst gern viel öfter hierherkommen. Auch mit Übernachten.«

Ich merke, wie mir das Blut in die Wangen schießt. Wie kommt das Kind denn jetzt auf solche Gedanken?

»Danke, das ist nett, aber ich habe hier ganz in der Nähe ein eigenes Bett, das auch sehr bequem ist.« Greta wirft mir einen skeptischen Blick zu. Klar, sie ist mit ihren neun Jahren vermutlich schon längst in der Lage, sich eine Meinung zum Thema Übernachtungsbesuch bei Erwachsenen zu bilden. Schnell rede ich weiter, um kein unangenehmes Schweigen entstehen zu lassen. »Ich habe schon mal den Tisch gedeckt und hoffe, ich habe alles gefunden, was du gern isst.«

Das Mädchen wirft einen Blick auf den Küchentisch.

»Fast alles. Nutella fehlt noch.« Sie läuft zu einem kleinen Schrank, der in der Ecke steht, öffnet die Tür und nimmt ein Glas mit dem Brotaufstrich heraus. »Hier!«, strahlt sie mich dann an und stellt das Glas neben die Marmelade.

»Greta, hast du deinen Ranzen schon gepackt?«, tönt es aus dem Flur. Greta verdreht die Augen.

»Jaha! Hab ich! Mach ich doch immer abends, so wie Mama das möchte.«

Kay kommt zu uns in die Küche.

»Sehr gut«, lobt er sie. »Da hat Mama eine gute Idee gehabt. Spart morgens viel Zeit.«

Wir setzen uns an den Tisch. Greta nimmt sich ein Croissant aus der Schale, ich starte mit einem Brötchen, Kay scheint nichts essen zu wollen.

»Was habt ihr denn heute früh gearbeitet?«, will Greta wissen. »Hatte das wieder mit dem Mann zu tun, der in die Luft geflogen ist? In meine Schule gehen zwei Kinder, deren Papa bei der Show mitgearbeitet hat. Dem ist aber Gott sei Dank nichts passiert.«

»Könnte sein«, antwortet Kay. »Wir wissen es noch nicht.«

»Weißt du, wie die Kinder mit Nachnamen heißen?«, frage ich Greta. Die zuckt mit den Schultern. »Vielleicht Holtens?« Greta legt den Kopf schief.

»Ich bin mir nicht sicher. Die gehen nicht in meine Klasse, deswegen kenne ich sie nicht so gut, aber den Nachnamen habe ich schon mal gehört. Glaub, die sind mit mir im Hort. Papa könnte ja auf der Hortliste nachgucken.«

»Hortliste?« Kay scheint nicht so ganz im Bilde zu sein.

»Papa, es gibt die Klassenliste, und es gibt die Hortliste«, erklärt Greta und klingt dabei ein kleines bisschen vorwurfsvoll.

»Es gehen nicht alle Kinder in den Hort, außerdem sind die Kinder da aus verschiedenen Klassen. Deswegen hat der Hort eine eigene Liste.«

Kay will etwas sagen, schließt dann aber den Mund wieder, während seine Tochter munter weiterredet.

»Mama hat beide Listen am Kühlschrank hängen, das ist total praktisch, weil sie dann alle Telefonnummern hat. Wenn ich mich zum Beispiel verabreden will. Oder nicht mehr weiß, was die Hausaufgaben waren.«

»Scheint ein gutes System zu sein«, mische ich mich ein, und ernte dafür einen extrem bösen Blick von Kay. Mir aber egal, viel interessanter ist, ob die Kinder von Sven und Anna Holtens wirklich mit Greta zur Schule gehen, und ob Greta etwas von den Auseinandersetzungen mitbekommen hat, die es zwischen Anna und Sven zu geben scheint. Nicht besonders wahrscheinlich, aber eine Frage ist es wert. »Sag mal, weißt du, ob es bei den Eltern von den Kindern mal Ärger gab?«

»Wie meinst du das?«, will Greta wissen.

»Na ja, gab es vielleicht mal Streit? Oder irgendetwas Auffälliges?«

»Ja, aber das habe ich Papa schon längst erzählt. Das war ganz lange vor den Ferien. Es war sogar die Polizei da.«

»Ach, die durchgeknallte Mutter? Das war Frau Holtens?« Kay scheint ein Licht aufzugehen. »Stimmt, das hast du erzählt, Mausi.«

»Worum geht es denn? Klärt mich mal jemand auf?«

»Eine Mutter wollte vor den Ferien ihre Kinder aus der Schule abholen. So weit, so gut. Aber die Dame hatte anscheinend nur ein begleitetes Umgangsrecht und war nicht auf der Abholerliste der Schule eingetragen. Deswegen wollte die Leiterin des Horts ihr die Kinder nicht mitgeben. Daraufhin ist die

Dame völlig durchgedreht, hat die Erzieherinnen bedroht und wild um sich geschlagen. Am Ende musste sie in Polizeibegleitung das Gelände verlassen. Da gab es mit Sicherheit irgendein psychisches Problem.«

»Hm, würde zu dem passen, was Marco mir erzählt hat. Und Sven Holtens«, bestätige ich Kays Verdacht. »Wenn Anna Holtens schon mal so einen Ausraster hatte, wäre das Bekanntwerden eines zweiten natürlich ein echtes Problem für sie geworden. Sven ist offenbar ein feiner Kerl und wollte die Mutter seiner Kinder vor Ärger schützen.«

»Was für ein zweiter Ausraster?«, erkundigt sich Kay.

»Das wollte ich dir ja die ganze Zeit schon erzählen: Anna Holtens ist vor ein paar Wochen mit einem Minigolfschläger im Büro von Wunderlich aufgekreuzt und hat da alles zu Kleinholz verarbeitet.«

»Echt? Und das ist die Mama von Finn und Fanny?« Greta reißt die Augen auf, und erst in diesem Moment wird mir klar, dass das hier gerade vermutlich keine pädagogische Glanzleistung von mir gewesen ist. Oha, ich bin einfach nicht daran gewöhnt, dass Kinderohren zuhören, wenn ich rede!

»Äh, nein, also, ich weiß nicht, äh …«, stottere ich so sehr, dass Kay laut lacht.

»Siehst du, Greta, darum ist Franzi Journalistin geworden. Weil sie Leute einfach gern mit Neuigkeiten versorgt. Weil du aber keine Journalistin, sondern eine Schülerin bist, behältst du die Geschichte bitte für dich. Wir wissen ja auch gar nicht, ob die Frau aus dem Büro wirklich die Mutter aus eurer Schule war.« Er wirft einen Blick auf die runde Uhr, die über dem Türrahmen angebracht ist. »Halb acht, du musst los.«

Greta stopft sich noch ein halbes Croissant in den Mund, dann saust sie aus der Küche, und wenig später höre ich die Tür ins Schloss fallen. Kay wartet noch einen Moment, dann dreht er sich mir zu.

»Also, was war das mit Anna Holtens und dem Streit mit ihrem Mann? Und wieso ist das so wichtig? Schließlich wurde Bruno Wunderlich umgebracht, nicht Sven Holtens.«

»Eben! Das ist der Punkt!« Aufgeregt haue ich mit der Hand auf den Tisch. »Ich habe gestern Nachmittag mit der Sekretärin von Wunderlich gesprochen. Und die ist sich ganz sicher, dass Bruno am Sonntag mit dem Jetski von Sven gefahren ist. Was also, wenn es eine Verwechslung war und gar nicht Bruno sterben sollte, sondern Sven?«

Kay streicht mit einer Handfläche über sein Kinn.

»Wenn das so war, dann würde ich mich natürlich brennend für den Streit zwischen Anna und Sven Holtens interessieren.«

»Siehst du! Geht mir genauso. Und deswegen habe ich Anna heute in die Redaktion gebeten und dir Bescheid gesagt.«

»Franzi, langsam werden wir doch ein gutes Team«, sagt Kay und lächelt. »Ich frage mich nur, warum die Sekretärin mir das nicht erzählt hat. Schließlich habe ich sie auch als Zeugin befragt.« Ein guter Moment, um ihn an etwas zu erinnern.

»Tja, und wenn du mich gestern mitgenommen hättest, als du in Brunos Büro gefahren bist, hättest du das vielleicht schon eher erfahren. Ich glaube, du hast die Sekretärin so eingeschüchtert, dass sie ganz durcheinander war.« Bääääm! Das musste mal gesagt werden. Kay guckt überrascht.

»Wieso sollte ich sie eingeschüchtert haben?«

»Weil du Kriminalhauptkommissar Kay Lorenz bist. Noch dazu von der Mordkommission. Wenn ich im Rückspiegel einen Polizeiwagen sehe, habe ich auch immer das Gefühl, dass ich irgendwas falsch gemacht habe. Ist aber eigentlich nie der Fall. Auch wenn du es mir nicht glauben willst – es gibt genug

Leute, die sich lieber mit einer Reporterin unterhalten als mit jemandem von der Kripo.«

Ein tiefes Seufzen, gefolgt von einem Nicken.

»Botschaft ist angekommen, Frau Mai. Ich werde es in Zukunft beherzigen. Wenn es möglich ist. Immer geht das nicht, aber ein bisschen mehr Teamwork können wir schon versuchen. Solange die Staatsanwältin nicht meckert.«

»An mir soll es nicht scheitern, Ehrenwort!« Feierlich hebe ich die Hand zum Schwur. Dann sehe ich mich suchend in der Küche um. »Sag mal, wurde mir nicht vor einer guten Stunde ein hammermäßiger Wachmacherkaffee versprochen? Bisher gab es hier nur O-Saft!«

»Verdammt«, ruft Kay und springt von seinem Stuhl auf. »Du hast völlig recht. Kommt sofort!«

7

»Puderzucker! Ich hab's geahnt!« Kay steckt sein Handy wieder weg. Gerade hat ihn Janine angerufen und über das Laborergebnis der Stichprobe aus den drei Päckchen informiert. Es ist halb neun, und wir sitzen immer noch in seiner Küche, mittlerweile habe ich allerdings den dritten Pott Kaffee vor mir stehen.

»Ich meine, war doch logisch«, freut sich Kay, dass sich seine Vermutung bestätigt hat. »Wer verstreut schon ein paar Kilo Koks absichtlich am Strand?«

»Also war es nur eine Botschaft. Aber wer kommt dafür in Frage?«, überlege ich laut.

»Wenn deine Theorie stimmt, dass Bruno in Drogengeschäfte verstrickt war, dann sein Nachfolger. Oder eben diejenigen, die Interesse haben, das Geschäft zu übernehmen«, schlussfolgert Kay. »Aber wenn du danebenliegst, dann hat das eine mit dem anderen vielleicht auch gar nichts zu tun.«

»Was habt ihr denn bisher noch herausgefunden?«

»Bei dem Sprengstoff handelte es sich um Plastiksprengstoff. Das spricht eher für Profis. Aber natürlich kann man nie ausschließen, dass auch Amateure da irgendwie rankommen.«

»Warum spricht das für Profis?«, will ich wissen.

»Amateure stellen Sprengstoff eher aus einem Kunstdüngergemisch her, weil sich eigentlich jeder die Zutaten dafür besorgen kann«, erklärt Kay. »Wobei man für eine solche Explosion schon relativ viel davon gebraucht hätte. So einfach hätte das dann auch nicht unter den Sitz eines Jetski gepasst. Da ist Semtex schon handlicher. Und bei Feuer, Erschütterungen und Schlägen auch völlig unempfindlich. Der geht nur in die Luft, wenn er soll. Ist natürlich praktisch, wenn man ihn an einem motorgetriebenen Fahrzeug anbringt. Außerdem ist Semtex wasserfest, das ist auf der Ostsee nicht ganz unwichtig.«

»Und wie jagt man das dann in die Luft?«, will ich wissen. »Scheint ja gar nicht so einfach zu sein.«

»Der Zünder ist eine Sprengkapsel mit TNT. Also auch wieder Profi-Ausrüstung. Die Fernbedienung dafür gibt es allerdings in jedem Spielwarengeschäft oder Onlineshop, in dem Flugdrohnen verkauft werden. Das kriegt wirklich jeder hin.« Während Kay das erläutert, muss ich ein bisschen kichern. »Was ist daran lustig?«, will er prompt von mir wissen.

»Ach, weißt du – ich glaube, du überschätzt die technischen Fähigkeiten von Otto Normalverbraucher. Ich wüsste nicht, wie ich die Fernbedienung einer Flugdrohne zu einem Fernzünder umfunktionieren könnte.«

Kay grinst mich an.

»Nicht? Findest du alles als Bastelanleitung im Internet. Gar kein Problem.«

»Dann habe ich aber immer noch kein Semtex.«

»Und vor allem kein unmarkiertes Semtex.«

Ich muss gar nicht erwähnen, dass ich kein Wort verstehe, denn mein Blick sagt offenbar alles und Kay erklärt weiter.

»Semtex wird seit Ende der neunziger Jahre markiert. Das heißt, der Sprengstoff enthält normalerweise Inhaltsstoffe, über die man die Herkunft zuordnen kann. Spürhunde können ihn so ebenfalls erschnüffeln.«

Interessant. Ein Wort ist mir allerdings nicht entgangen.

»*Normalerweise?*«, frage ich nach.

»Richtig. Es gibt noch Sprengstoff aus Altbeständen oder vom Militär, der nicht markiert ist. Das ist das Zeug, mit dem Kriminelle gern handeln. Und Spuren eines solchen hat die KTU an den Trümmern gefunden.«

»Heißt, der oder die Täter haben Kontakte zur kriminellen Szene oder sind selbst Teil davon?«

»Vermutlich. Aber mit genügend Geld und Entschlossenheit kann sich vermutlich auch meine Mutter unmarkiertes Semtex besorgen. Sie wird nur nicht sofort wissen, wen sie ansprechen muss.«

Ich stelle mir gerade vor, wie Frau Lorenz in irgendwelchen dunklen Spelunken Menschen auf Plastiksprengstoff anspricht, und muss wieder kichern.

»Okay«, sage ich dann, »aber das klingt jetzt nicht nach etwas, was Anna Holtens abends im Schein ihrer Nachttischlampe zusammengeschraubt hat, nachdem sie zuvor beim Paten von Ahlbeck Semtex gekauft hat.«

Kay zuckt mit den Schultern.

»Es gibt nichts, was es nicht gibt. Aber klar, ich hätte jetzt auch in einem anderen Umfeld gesucht. Swinemünde, Hamburg, Berlin oder so.«

»Wisst ihr, woher der Fernzünder stammt?«

»Die Teile, die wir noch gefunden haben, sind absolut handelsüblich. Plastik made in China, nichts Außergewöhnliches. Wird in Deutschland von verschiedenen Herstellern eingesetzt und hat eine Reichweite von rund tausend Metern.«

»Wer auch immer den Knopf für den Zünder gedrückt hat, muss also nicht direkt vor Ort gewesen sein, aber noch in der Nähe«, stelle ich fest.

»Na ja, der für die Explosion gewählte Zeitpunkt lässt darauf schließen, dass Sichtkontakt bestand. Der Jetski hatte gerade zum Sprung abgehoben, als es passiert ist. Wunderlich hatte keine Chance, gleichzeitig war er weit genug von den Zuschauern und den anderen Stuntmen weg.«

»Aber theoretisch könnte es auch so gewesen sein, dass der oder die Attentäter nicht genau gesehen haben, wer auf dem Jetski saß?«, frage ich.

»Du meinst, ob eine Verwechslung von Wunderlich mit Holtens möglich war?«

»Genau«, bestätige ich.

»Klar. Der Täter musste nicht direkt danebenstehen, um den Zünder auszulösen. Denkbar wäre das also schon, auch wenn ich Sichtkontakt für erforderlich halte. Deswegen haben wir die Aufzeichnungen der Videokamera vom Ahlbecker Hof angefordert. Die filmt den gesamten Seepromenadenabschnitt vor der Seebrücke.«

»Super!«, freue ich mich.

»Ja, super. Allerdings waren ungefähr fünftausend Menschen bei dem Spektakel, die Auswertung wird nicht ganz einfach sein. Und je nachdem, wo der Attentäter stand, war das vielleicht auch nicht in dem Abschnitt, den die Kamera erfasst hat. Einen Versuch ist es aber wert.«

»Das glaube ich bestimmt. Und die Uhrzeit des Attentats gibt doch eine gute Orientierung. Vermutlich ist nur das Material eine Stunde vorher und eine halbe Stunde danach interessant, oder?«

Kay nickt.

»Aber trotzdem müssen wir gewissermaßen Bild für Bild durchgehen, wenn wir alle Menschen in diesem Zeitfenster sichten wollen. Eine ganz schöne Arbeit. Gott sei Dank haben wir gerade eine Anwärterin bei der Mordkommission.«

Kay steht vom Frühstückstisch auf und holt sich noch einen

Kaffee. Als er sich wieder setzt, bringt er neben dem Kaffee auch einen Themenwechsel mit.

»Sag mal, dieser Henning – wieso genau besucht der dich auf einmal?«

»Ich war selbst völlig überrascht«, antworte ich ehrlich. »Er stand ganz unerwartet mit einem Blumenstrauß vor meiner Wohnungstür und sagte, er habe mich im Radio gehört, in einem Beitrag über das Attentat, und sich natürlich Sorgen gemacht.«

»Und weiter?«

»Wie weiter? Nix weiter.«

»Er hat dich besucht, dir Blumen mitgebracht und ist dann wieder abgezogen?« Manno, was ist denn mit dem los? Sollte Kay eifersüchtig sein? Ich hatte gestern schon das Gefühl, dass ihm der Besuch von Henning überhaupt nicht passte. Aber jetzt ist es nicht zu übersehen. Ich frage mich nur, warum. Schließlich sind Kay und ich kein Paar. Das Intimste, was wir beide miteinander machen, ist besagter Salsa-Tanzkurs in Ückeritz jeden Donnerstagabend. Das ist natürlich eine feine Sache, aber nun wirklich nicht das Gleiche wie ein Eheversprechen. Vielleicht ist gerade ein guter Zeitpunkt, Kay ein bisschen aus der Reserve zu locken. Denn mir persönlich würde etwas mehr Verbindlichkeit gar nicht schlecht gefallen.

»Er hat mir Blumen mitgebracht, wir haben eine Cola getrunken und verabredet, dass wir uns demnächst mal treffen«, sage ich und laure gespannt auf Kays Gesichtsausdruck. Der presst die Lippen aufeinander und sagt nichts dazu, also erläutere ich ihm meine Taktik. »Ich halte ein Treffen für eine gute Idee. Denn erstens werde ich das Gefühl nicht los, dass Henning irgendetwas von mir will.« Den Satz habe ich noch nicht ganz vollendet, da werde ich von einem lauten *Ha!* unterbrochen.

»Natürlich will der was von dir! Das ist doch offensichtlich!«

Ich ignoriere diesen für Kays Verhältnisse höchst emotionalen Einwurf und rede einfach weiter.

»Zweitens sind Henning und Bruno ziemlich genau ein Alter. Oder besser: waren es. Henning ist auch von der Insel, wenn es also jemanden gibt, der vielleicht ein bisschen mehr über Bruno weiß, dann ist es er. Deine Kollegen waren bei der Suche von möglichen dunklen Flecken in Brunos Vergangenheit ja leider noch nicht besonders erfolgreich«, kann ich mir eine kleine Spitze nicht verkneifen.

»Wenn die Datenbank nichts hergibt, gibt sie nichts her«, brummt Kay. »Aber wenn du mit deiner Kontaktrecherche mehr herausfindest, soll es mir recht sein. Wann trefft ihr euch denn?«

»Wir haben noch nichts fest verabredet. Morgen oder übermorgen vielleicht. Ich rufe Henning nachher mal an.«

»Ich könnte mitkommen«, schlägt Kay vor.

Ich schüttle den Kopf.

»Nee, also wenn das Erfolg haben soll, dann muss ich das alleine machen.«

»Also dann morgen?«

»Oder Donnerstag.«

»Donnerstag hast du keine Zeit«, grinst Kay. »Schon vergessen? Da bist du mit einem gewissen Hauptkommissar Lorenz zum Salsatanzen verabredet.«

»Stimmt ja, das hatte ich völlig vergessen«, mogle ich. »Dann verabrede ich mich für morgen mit ihm.« Ich werfe einen Blick auf die Küchenuhr. »So, jetzt schaffe ich es noch, zu Hause unter die Dusche zu springen, und bin dann ab zehn Uhr in der Redaktion.«

»Ich komme gegen Viertel vor elf, okay?«

»Super. Mal sehen, was uns Frau Holtens zu erzählen hat.«

*

»Sie glauben doch wohl nicht ernsthaft, dass ich meinen Ex-Mann in die Luft sprengen wollte?« Anna Holtens ist empört. Sie sitzt Kay und mir im Konferenzraum von Bäderland-Radio mit vor der Brust verschränkten Armen gegenüber und starrt uns böse an. Kay öffnet den Mund und will etwas dazu sagen, Anna Holtens lässt ihn aber nicht zu Wort kommen. »Überhaupt, müssten Sie mich nicht mal langsam über meine Rechte aufklären? Und mir einen Anwalt besorgen?«

»Frau Holtens«, setzt sich Kay nun durch. »Das ist hier lediglich ein Gespräch. Ich habe Sie nicht vorgeladen, und Sie werden auch nicht als Beschuldigte vernommen. Das können Sie auch schon daran erkennen, dass wir uns nicht bei der Kriminalpolizei in Anklam unterhalten, sondern hier bei Frau Mai. Und wenn Sie mich nicht dabeihaben wollen, dann gehe ich selbstverständlich auch wieder. Ich hatte nur Frau Mai so verstanden, dass Sie gern einmal Ihre Sicht der Dinge schildern würden und nichts dagegen hätten, wenn ich mir diese auch anhören würde.«

Anna Holtens presst die Lippen aufeinander und schweigt eine Weile. Dann atmet sie mit einem Stoß aus.

»Ja. Meine Sicht der Dinge. Für die interessiert sich ja meistens keiner. Ich bin immer nur die Hysterische, Verrückte. Und jetzt anscheinend auch noch die, die ihren Mann umbringen wollte.«

»Frau Holtens, noch mal von vorne«, beginne ich mit möglichst sanfter Stimme, »es trifft aber schon zu, dass Sie mit Ihrem Ex-Mann in den vergangenen Monaten heftige Auseinandersetzungen hatten, oder?« Dann werde ich etwas konkreter, auch auf die Gefahr hin, dass sie gleich richtig ausflippt. »Ein Bekannter hat mir erzählt, dass Sie Sven im Büro aufgesucht und dort einen Wutanfall bekommen haben. Es war von *Kleinholz* die Rede.« Gespannt warte ich auf ihre Reaktion – die prompt kommt. Allerdings nicht in Form weiterer Beschimpfungen. Stattdessen beginnt Anna Holtens lauthals zu lachen, und zwar so sehr, dass ihr Tränen über die Wangen laufen.

»Was ist daran so lustig?«, will ich verwundert wissen.

»Alles!«, japst sie nach einer Weile und versucht dann, tief durchzuatmen. »Und gleichzeitig nichts! Ich meine – da hat sich Sven nach unserer Scheidung so große Mühe gegeben, mich vor dem Richter als völlig gestörte Person dastehen lassen. Er wollte unbedingt das alleinige Sorgerecht haben.« Während ihre ersten Sätze noch zögerlich waren, redet sich Anna Holtens nun regelrecht in Rage und hört gar nicht wieder auf. »Und was dann? Dann hatte er noch nicht einmal Zeit, seine Kinder selbst aus der Schule abzuholen. Die mussten tatsächlich entweder in den Hort, oder seine Mutter hat Finn und Fanny abgeholt. Ich wollte nur ein einziges Mal nach der Schule etwas mit den beiden machen – da hat er mir die Polizei auf den Hals gehetzt. Alles nur, weil er mich demütigen wollte. Weil er wollte, dass ich als schlechte Mutter dastehe. Alle Welt sollte sehen, dass ich versagt habe. Ich war so wütend. Deswegen bin ich im Büro gewesen. Ich wollte meine Kinder auch ohne eine Trulla vom Jugendamt sehen können. Ich wollte mit Sven aber nur darüber reden, ich kann nichts dafür, dass das dann so eskaliert ist.«

»Und wieso hatten Sie einen Minigolfschläger dabei, wenn Sie *nur reden* wollten?«, erkundige ich mich.

»Das war ein dummer Zufall«, behauptet Holtens. »Ich kam vom Minigolfplatz und hatte noch den Schläger in meiner

Handtasche. Dann hat mich Sven so provoziert, dass mir der Schläger ausgerutscht ist.«

Kay zieht die Augenbrauen hoch.

»Sie hatten einen Minigolfschläger in Ihrer Handtasche?«

»Es ist eine sehr große Handtasche.«

»Aber Ihr Ex-Mann hat Sie nicht angezeigt. Das spricht doch dagegen, dass er Sie überall schlechtmachen will«, wende ich ein. Anna Holtens faucht verächtlich.

»Ach, der will doch selbst nur keinen Ärger. Wenn ich wegen der Sache vor Gericht stehe, dann werde ich mir nicht mehr den Mund verbieten lassen. Dann werde ich schon die Frage stellen, warum ein Mann, der eigentlich keine Zeit für seine Kinder hat, das alleinige Sorgerecht bekommt.«

An dieser Stelle hakt Kay ein.

»Sehr gute Frage übrigens – wie kommt es denn dazu? Ist ja eher ungewöhnlich. Wieso hat man Ihnen das Sorgerecht entzogen?«

Anna Holtens schnappt erst nach Luft, dann presst sie die Lippen aufeinander und schweigt.

»Frau Holtens?«, frage ich nach.

»Das geht Sie gar nichts an!«, giftet sie los.

»Ich dachte, Sie wollten die Gelegenheit nutzen, Ihre Sicht der Dinge darzustellen«, lasse ich mich nicht ins Bockshorn jagen. »Jetzt ist genau diese Gelegenheit da. Sie müssen sie nur ergreifen.«

Wieder Schweigen, aber nach zähen zwei Minuten fängt Anna Holtens doch noch an, zu erzählen.

»Ich war schon immer ein bisschen labil. Schnell euphorisch, schnell niedergeschlagen. Aber als ich Sven kennenlernte, fand er das charmant. Temperamentvoll eben. So ging es bis zur Geburt von Fanny, unserer Jüngsten. Wir haben damals in Berlin gewohnt. Ich kam aus dem Krankenhaus und habe mich verkrochen. Konnte das Haus nicht mehr verlassen. War richtig am Ende.« Sie seufzt. »So ging das ein paar Monate. Dann wurde es besser. Und nicht nur einfach besser – ich war auf einmal voller Energie. So sehr, dass ich nicht mehr gemerkt habe, wenn ich selbst schon erschöpft war. Irgendwann bin ich regelrecht zusammengebrochen. Und dann war sie wieder da, diese bleierne Schwere. Es war einfach entsetzlich.« Sie schweigt wieder und starrt durch mich hindurch ins Leere.

»Und wie ging es weiter?«, frage ich nach.

»Es wurde immer schlimmer. Ich war entweder bewegungsunfähig oder völlig überdreht. Und die Phasen wechselten sich in immer kürzeren Abständen ab. Irgendwann stand ich mitten in der Nacht im Pyjama auf einer Autobahnraststätte an der A 2 und wusste nicht, wie ich da hingekommen war.«

Puh, ganz schön harter Stoff, den Anna Holtens hier vor uns ausbreitet. Von Schwangerschaftsdepressionen habe ich ja schon mal gehört, aber das hier scheint noch etwas anderes zu sein.

»Erzählen Sie bitte weiter.« Kays Stimme klingt ganz ruhig, falls er das genauso krass findet wie ich, lässt er es sich jedenfalls nicht anmerken.

»Die nächsten zehn Wochen habe ich in einer psychosomatischen Klinik verbracht. Diagnose: Bipolare Störung«, berichtet Holtens freimütig. »Früher nannte man das manisch-depressiv.«

»Und dann?«

»Ich habe Medikamente bekommen. Wurde eingestellt. Damit wurde es zwar besser, aber vor allem für meine Mitmenschen. Ich selbst fühle mich wie ferngesteuert, wenn ich die Tabletten so wie vorgesehen nehme. Also habe ich sie immer wieder abgesetzt, aber der nächste Schub ließ dann nicht lange auf sich warten. Irgendwann hat es Sven nicht mehr mit mir ausgehalten und ist gegangen. Mit den Kindern. Vor Gericht kam er damit natürlich durch. Wer würde einer psychisch kranken Mutter schon zwei kleine Kinder überlassen?« Sie lacht. Es klingt bitter, und ich weiß nicht, was ich dazu sagen soll. Kay scheint damit weniger Probleme zu haben.

»Und Sie kämpfen jetzt um das Sorgerecht? Mit allen Mitteln?«

»Was soll das heißen?« Anna Holtens verschränkt wieder die Arme vor der Brust.

»Gerüchte besagen, dass Bruno auf dem Jetski gestorben ist, der eigentlich für Ihren Ex-Mann vorgesehen war. Schon ein seltsamer Zufall, oder?«, will ich wissen.

Anna Holtens holt tief Luft. Dann lehnt sie sich vor und starrt mich durchdringend an.

»Ich bin zwar nicht vom Fach, aber ich habe das Gefühl, dass wir hier gerade zu einer Vernehmung übergehen. Sollte ich jetzt doch meine Anwältin anrufen?« Sie schüttelt den Kopf und steht von ihrem Stuhl auf. »Ach, wissen Sie was – das mache ich von zu Hause aus. Ich bin dann mal weg.«

Sie schnappt sich ihre – zugegebenermaßen – sehr große Handtasche vom Boden und geht zur Tür.

»Eine letzte Frage«, rufe ich ihr hinterher. »Kennen Sie sich eigentlich mit Sprengstoffen aus?«

Anna Holtens bleibt kurz stehen und dreht sich zu mir.

»Interessant, dass Sie das wissen wollen. Die Antwort ist ein Ja. Ich habe Bergbauingenieurwesen studiert, an der Bergakademie in Freiberg. Da hatten wir tatsächlich auch Sprengstoffkunde. Aber Ihren Herrn Wunderlich habe ich trotzdem nicht in die Luft gejagt.«

Dann öffnet sie die Tür und ist keine Sekunde später aus dem Konferenzraum verschwunden.

»Gute Frage, Mai«, lobt mich Kay.

»Tja, ich dachte, ich frage sie einfach mal ganz direkt.«

8

»Endlich! Das Leben hat mich wieder!«

Mit dramatischer Geste breitet Janis seine Arme aus, als er am nächsten Tag durch die Glastür in unsere Redaktion kommt. Er ist aus dem Krankenhaus entlassen worden, und offenbar hat er Bäderland-Radio sehr vermisst. Und er ist vermisst worden, das steht fest. Von mir sowieso, aber auch von den Kollegen. Unsere Redaktionsassistentin Sonja stürzt sofort auf Janis zu und umarmt ihn.

»Janis, was bist du dünn geworden!«, ruft sie und klingt dabei sehr besorgt.

»Ähm, er war nur drei Tage weg, Sonja«, werfe ich ein, werde mit diesem Einwand aber ignoriert. Stattdessen drückt Sonja Janis noch einmal an sich und murmelt etwas, das wie *Mein armer Junge!* klingt. Nun gut. Ausgeprägter Mutterinstinkt und Janis ist offenbar das aus dem Nest gefallene Küken. Aber auch Raimund ist aus seinem Chefbüro gekommen und stellt sich neben den verlorenen Sohn und klopft ihm auf die Schulter.

»Schön, dass du wieder da bist, Janis. Wie geht es deinem Kopf?«

»Och, so weit alles in Ordnung«, meint Janis und streicht sich die Haare aus der Stirn. »Bei der Naht hier wird vermutlich eine Narbe bleiben, aber ich werde sie wie einen Orden tragen.«

Uiuiui, das klingt aber sehr nach Heldenepos! Zeit, ihn wieder auf den Teppich zu holen.

»Wenn du wieder fit bist, lass uns gleich mal das weitere Vorgehen besprechen«, sage ich also freundlich, aber bestimmt, und mache eine Kopfbewegung in Richtung unseres Büros.

»Nun lass den Jungen doch erst mal ankommen!« Sonja ist empört, aber Janis lacht.

»Alles gut! Ich habe sie echt vermisst, meine strenge Chefin. Und jetzt spucke ich in die Hände und jage mit ihr gemeinsam die Verbrecher, die den armen Bruno Wunderlich in die Luft gesprengt haben.«

Raimund klatscht begeistert in die Hände.

»Jawollja! Das ist die richtige Einstellung!«

»Wir haben sogar schon eine heiße Spur«, verkündet Janis stolz. Raimunds Augen werden sofort größer – nicht so, dass man sagen könnte, er reißt sie auf, aber wer ihn kennt, sieht den Unterschied.

»Wirklich? Welche denn?«, erkundigt er sich.

»Ach, heiße Spur ist nun echt übertrieben«, versuche ich, unseren Chef schnell wieder einzufangen. Bei Raimund muss man vorsichtig sein. Kleiner Finger, ganze Hand. Das beschreibt seinen Führungsstil am besten.

»Also doch keine heiße Spur?« Er zieht die Augenbrauen nach oben. »Was denn nun?« Jetzt kommt der knifflige Teil. Ich muss Raimund verklickern, dass wir an etwas dran sind, ohne so konkret zu werden, dass er dafür gleich eine Sondersendung planen will.

»Ich würde sagen, die Spur ist lauwarm und könnte noch heiß werden«, sage ich also diplomatisch. »Es gibt Gerüchte, dass Bruno Wunderlich in der Usedomer Drogenszene kein Unbekannter war.«

»Oh, es gibt eine Usedomer Drogenszene?« Raimund wirkt ehrlich überrascht. Janis schnaubt.

»Ja, natürlich! Nicht jeder hier ist glücklich mit Sanddornlikör.«

»Nimmst du etwa Drogen?« Raimund mustert Janis streng.

»Nein. Jedenfalls nicht regelmäßig. Aber wie heißt es so schön? Morgens ein Joint, und der Tag ist dein Freund.«

»Janis!« Nun klingt unser Chef richtig entsetzt. Ich muss lachen. Marihuana ist zwar überhaupt nicht mein Fall, denn ich bin mit Alkohol schon gut bedient, aber trotzdem versetzt es mich nicht in Schockstarre, wenn ich mitbekomme, dass irgendwo ein Joint kreist. Ich beschließe, mich einzumischen, bevor Raimund noch unseren Volontär wegen Drogenmissbrauch kündigt.

»Ich glaube, das ist doch auch irgendwie eine Generationenfrage, meinst du nicht, Raimund?«

»Pah!«, ruft der. »Also wenn hier jemand locker im Umgang mit Gras ist, dann ja wohl meine Generation. Trotzdem schätze ich es nicht, wenn Mitarbeiter aktive Konsumenten sind.«

Janis kichert.

»Was ist daran so lustig?«, faucht Raimund ihn an.

»Ach nichts, Chef. Du klingst nur gerade so förmlich. Aber keine Sorge, ich kreuze nicht bekifft in der Redaktion auf. Und ums Kiffen geht es bei Bruno Wunderlich sowieso nicht. Wie ich aus einer guten Quelle erfahren habe, soll Bruno den Kokshandel auf Usedom organisiert haben. Also die Droge der Reichen und Schönen, nicht der unterbezahlten Radio-Volontäre.«

»Koks auf Usedom.« Raimund schüttelt den Kopf. »Na klar. Das Verbrechen lauert immer und überall. Und vermutlich auch auf der schönsten Insel der Welt. Wie wollt ihr vorgehen?«

»Ich habe im Krankenhaus …«, beginnt Janis zu erzählen.

»Janis hat im Krankenhaus Zeit gehabt, sich zu erholen«, biege ich seinen Satz schnell zurecht. »Nun werden wir zusammen brainstormen, wie wir in diesem Fall weiter vorgehen. Wie gesagt – wir haben da so eine Idee, aber noch nichts Konkretes. Sobald sich das ändert, bist du natürlich der Erste, der es erfährt, Raimund.«

Dann lächle ich ihn möglichst charmant an und schiebe Janis vom Flur in unser Büro, verfrachte ihn auf seinen Stuhl und schließe die Tür.

»Lass uns den Ball mal flach halten, Janis. Wir wissen ja noch gar nicht, ob Damian nicht nur Müll erzählt hat. Lieber überzeugen wir Raimund mit echten Fakten, als ihn mit Gerüchten verrückt zu machen.«

»Auch wieder wahr«, stimmt mir Janis zu.

»Außerdem«, fahre ich fort, »wenn du gleich ausposaunst, dass wir für dich einen Undercover-Einsatz planen, kannst du es auch als Spot über den Sender jagen. Je mehr Leute davon wissen, desto schneller fliegst du auf. Auch wenn dich niemand absichtlich verrät.«

»Ja, Chefin. Ich vergaß: Three can keep a secret, if two of them are dead«, grinst er jetzt.

»Wie bitte?« Wo hat er das denn her?

»Na, ist doch so. Drei können schweigen, wenn zwei von ihnen tot sind.«

»Tja, einen Toten haben wir immerhin schon«, stelle ich nüchtern fest. »Und ich glaube, es gab auch bereits eine Warnung an den Geschäftsnachfolger von Bruno Wunderlich. Mit dem oder den Tätern ist also nicht zu spaßen.« Ich erzähle Janis von dem Päckchenfund am Strand von Ahlbeck. Er pfeift beeindruckt durch die Schneidezähne.

»Okay, das klingt wirklich so, als hätte sich Bruno mit den Falschen angelegt.«

»Definitiv. Aber jetzt mal zu unserem Plan: Hat Damian gesagt, wann die nächste Party steigt, auf die er dich mitnehmen kann?«

»Er ist sich noch nicht ganz sicher, aber bestimmt irgendwann am Wochenende. Er sagt mir noch Bescheid und hat mich und Helena eingeladen, aber Helena lasse ich dann doch lieber zu Hause. So von wegen *three can keep a secret.*«

»Gut, dann erscheinst du dort wieder als dein Alter Ego Florian Altmüller. Hat doch bei deinem letzten Auftritt hervorragend geklappt.« Bei unserem ersten Fall konnte sich Janis unter dem Decknamen Florian Altmüller einer Gruppe militanter Tierschützer anschließen und kam so an die entscheidenden Hinweise. Wenn Herr Altmüller diesmal auch wieder so erfolgreich ist, dann haben wir im Handumdrehen herausgefunden, ob an den Gerüchten um Bruno Wunderlich was dran ist.

»Gut. So mache ich das. Dann muss ich Damian dran erinnern, dass er mich nicht mit Janis anspricht. Fehlt nur noch eines, bevor der Undercover-Einsatz starten kann.« Janis verstummt geheimnisvoll.

»Nämlich?«, frage ich pflichtschuldig nach.

»Das passende Budget natürlich. Wenn ich zum Beispiel auf der Party Koks für meine neuen Freunde bestellen soll, damit wir uns langsam an die Dealer ranschleichen können, dann würde das natürlich 'nen Euro mehr kosten. Und von meinem schmalen Voli-Gehalt werde ich das garantiert nicht bezahlen.«

Janis hat völlig recht. Es gibt allerdings eine Sache, die mich davon abhält, sofort zu Raimund zu rennen und 500 Euro Spesen zu verlangen. Mein Fahrrad. Also, mein Fahrrad, das immer noch im Laden steht. Ich bin mir sehr sicher, dass es schlau ist, das Rad zu kaufen, bevor wir nach Geld für Drogeneinkäufe fragen, denn sonst macht Raimund bestimmt eine Gesamtrechnung auf, und mein armes Fahrrad wird der Streichposten.

»Okay, Janis«, sage ich deshalb. »Ich rede mit Raimund. Aber zuerst machen wir einen kleinen Ausflug in das Fachgeschäft meines Vertrauens.«

»Wohin?«

»Komm einfach mit, dann wirst du es sehen.«

»Hey, Franzi. Ich dachte schon, du hättest mich vergessen!«

Marco, der Fahrradverkäufer, freut sich offensichtlich, mich zu sehen.

»Wie könnte ich?«, entgegne ich und sehe aus den Augenwinkeln, wie Janis die Augen verdreht. »Und ich habe mich auch entschieden: Ich will unbedingt ein E-Bike. Kann sein, dass mein Chef nur 600 Euro locker macht, aber dann übernehme ich die Differenz. Ich brauche also ein gutes, aber günstiges Modell. Das Blaue von neulich hat mir gefallen, kann ich das noch mal für eine Probefahrt haben?«

Von Marco ernte ich einen fragenden Blick. Habe ich das nicht gut erklärt? Dann wird mir klar, dass er gar nicht mich fragend anschaut, sondern Janis.

»Oh, entschuldige«, sage ich schnell, »ich habe ganz vergessen, meinen Kollegen vorzustellen: Janis Neubauer. Janis, das ist Marco.«

»Hallo«, sagt Janis, ringt sich ein schiefes Lächeln ab und deutet ein lässiges Winken an.

»Hallo, Janis. Du bist auch beim Radio? Wie spannend!« Marco sieht ernsthaft beeindruckt aus, und Janis entspannt sich etwas.

»Ja, ich arbeite mit Franzi zusammen. Wir haben da eine eigene Sendung, *Die Problemlöser.*«

»Ach, dann weiß ich doch, wer du bist! Ich habe mir eure Sendung schon als Podcast angehört. Super«, freut sich Marco.

»Da habe ich ja hier zwei echte Stars im Laden. Vielleicht könnte ich ein Selfie von uns dreien machen und auf unserer Instagram-Seite posten?«

Dass Marco so ein begeisterter Fan ist, hätte ich nicht gedacht, gebe aber zu, dass ich geschmeichelt bin.

»Klar, warum nicht? Ich habe nichts dagegen. Du, Janis?«

Der schüttelt den Kopf.

»Nee, wenn ich gewusst hätte, dass ich hier als Promi durchgehe, wäre ich schon eher mal vorbeigekommen«, grinst er. »Ich habe allerdings mein Handy in der Redaktion vergessen, das Selfie müsste jemand anderes machen.«

»Klasse und: kein Problem«, sagt Marco und zieht ein iPhone aus der Hosentasche. »Was haltet ihr davon, wenn ich uns vor Franzis neuem Fahrrad fotografiere?«

»Gute Idee. Hat nur einen Haken. Ich habe ja noch kein neues Fahrrad.«

Marco schlägt sich mit der flachen Hand vor die Stirn und steckt das Handy wieder weg.

»Stimmt ja! Das müssen wir ganz dringend ändern. Ich hole dir also mal das hübsche Blaue, das du neulich schon Probe fahren wolltest. Steht gerade weiter hinten im Laden. Einen Moment.«

Er verschwindet, Janis schaut ihm hinterher.

»Der hört *Die Problemlöser* als Podcast? Mir war gar nicht klar, dass es so was überhaupt gibt. Aber ist ja schön, dass sich die Leute so für unsere Sendung interessieren.«

Ich verschränke die Arme vor der Brust.

»Wie? Du kennst unseren Podcast nicht? Das ist allerdings bedenklich. Ich habe selbst meinen Eltern den Link geschickt.« Das ist zugegebenermaßen ziemlich sinnbefreit, weil die beiden gehörlos sind, aber sie sind so stolz auf mich, dass sie den Link natürlich mit allen ihren Nachbarn und Freunden geteilt haben. Die Zugriffszahlen aus Düsseldorf, wo die beiden wohnen, sind bestimmt auffallend hoch.

»Ich weiß, für einen Hörfunkjournalisten klingt es seltsam«, erklärt Janis, »aber ich höre keine Podcasts. Für mich muss Radio live sein. Das ist seine große Stärke. Beiträge aus der Konserve – nein danke.«

Bevor mich Janis noch in einen medienpolitischen Diskurs verwickeln kann, kommt Marco Gott sei Dank mit dem blauen E-Bike angeschoben.

»Et voilà!«, ruft er und kippt den Lenker in meine Richtung. »Am besten fährst du mal 'ne Runde um den Block.«

»Danke. Mach ich. Eine Frage noch: Was kostet die Schönheit eigentlich?«

»1200 Euro.«

Schluck. Das kriege ich bei Raimund niemals durch. Wenn er die 600 für mein altes Fahrrad übernimmt, ist es fair, wenn er noch 200 draufpackt, umso besser. Aber das Doppelte – keine Chance. Und mein Girokonto ist momentan mal wieder knapp vor einem Schwächeanfall.

»Puh, das ist ganz schön viel«, seufze ich und streiche zärtlich über den Rahmen des Bikes. »Ich weiß nicht, ob ich so viel zusammengekratzt kriege.«

»Für ein E-Bike ist das aber wirklich in Ordnung«, meint Marco.

»Ja, klar. Aber ohne Moos nichts los, und bei mir wächst gerade extrem wenig Moos«, sage ich bedauernd.

»Fahr erst mal Probe, ich telefoniere in der Zeit mit meinem Chef«, schlägt Marco vor. »Vielleicht kann ich am Preis noch etwas machen.«

»Danke! Das klingt doch gut!«

Als ich nach zehn Minuten wieder im Laden ankomme, bin ich völlig begeistert. Warum bin ich noch nicht eher auf die Idee kommen, mir ein E-Bike zu kaufen? Es macht irre Spaß! Ach, richtig – ich bin meistens pleite. Aber das Fahrvergnügen ist absolut überzeugend. Ich weiß nur nicht so recht, wen ich anpumpen könnte, um die Differenz irgendwie hinzukriegen. Meine Eltern scheiden diesmal aus, die haben schon meinen letzten Urlaub bezahlt. Und von einer Erbtante weiß ich leider nichts.

»Hey, gute Nachrichten!«, begrüßt mich Marco zusammen mit Janis vor der Ladentür, als ich absteige und das Rad auf die beiden zuschiebe.

»Ja? Welche denn?«

»Ich habe mit meinem Chef gesprochen und ihm von unserem Promi-Besuch erzählt. Er würde dir das Rad auch für ’n Tausender verkaufen und freut sich schon auf das Bild auf Instagram.«

1000 Euro. Wenn Raimund 800 locker macht und ich 200 aufbringe, dann gehört es mir. Ich überlege kurz. Aber wirklich nur kurz, dann siegt die Euphorie des Augenblicks.

»Super«, sage ich also, »dann nehme ich es.« Immerhin habe ich bald Geburtstag. Nur noch fünf Monate.

»Lasst uns doch gleich hier vor dem Laden das Selfie machen«, schlägt Janis vor.

»Gute Idee!« Ich parke das Fahrrad seitlich zur Ladentür und Janis, Marco und ich nehmen es in unsere Mitte. Dann holt Marco wieder sein Handy raus und macht ein paar Bilder von uns dreien und meinem neuen Rad.

»Das lade ich gleich auf Instagram hoch. Vielen Dank!« Marco lächelt zufrieden. »Aber erst mal mache ich dir den Fahrradpass fertig. Zahlst du bar oder mit Karte?«

»Geht es auch auf Rechnung? Mein Chef beteiligt sich an den Kosten, aber der wird irgendwas Schriftliches haben wollen. Und vermutlich will er auch am liebsten überweisen.«

»Kein Problem. Du bist vertrauenswürdig. Und ich weiß ja, wo wir dich finden, wenn du nicht zahlst«, grinst Marco und geht hinter den Counter, auf dem die Kasse und ein Computer stehen. Er zieht eine Tastatur hervor und fängt an, etwas darauf zu tippen. »Dann geht das auf deinen Namen? Oder auf Bäderland-Radio?«

»Gute Frage. Kläre ich kurz.«

Ich hole mein Handy aus der hinteren Hosentasche meiner Jeans. 15 Anrufe in Abwesenheit! Zehn aus der Redaktion, drei von Raimund direkt und zwei von Kay! Ich rufe ihn sofort zurück, er geht nicht ran. Ebenso wenig Raimund. Bei Sonja habe ich mehr Glück.

»Was ist los?«, will ich von ihr wissen. »Ihr habt bei mir angerufen. Und das nicht nur einmal.«

»Ja!« Sonja klingt sehr aufgeregt. »Es gab einen neuen Anschlag! Bei Wunderlich!«

»Wie bitte? Was ist passiert?«

»Markus hat es über den Polizeifunk gehört – jemand hat die Sekretärin von Wunderlich angegriffen. Sie ist offenbar schwer verletzt.«

Nele? Schwer verletzt?

»Alles klar, Sonja! Ich fahre sofort dorthin.«

Ich lege auf und atme tief durch.

»Tut mir leid, Marco. Wir müssen los. Ich sag dir später noch Bescheid wegen der Rechnung. Komm, Janis.«

»Aber was ist denn passiert?«, will Marco wissen. Ich will erst nichts antworten, da fällt mir ein, dass er mir eine nicht unwesentliche Information geben könnte.

»Wie heißt Nele mit Nachnamen?«, frage ich ihn.

»Kaczynski, warum?«

»Nur so«, mogle ich.

»Das glaube ich dir nicht. Es ist was passiert, das sehe ich dir doch an.«

»Sie ist offenbar überfallen worden«, antworte ich ihm doch. »Näheres weiß ich noch nicht, aber Janis und ich fahren jetzt hin.«

Marco ist mit einem Schlag leichenblass. Jede Farbe ist aus seinem Gesicht gewichen.

»Oh, mein Gott!«, ruft er. »Ich komme!«

»Das geht nicht«, antworte ich freundlich, aber bestimmt. Kay, der mit Sicherheit genau wegen dieses Überfalls bei mir angerufen hat, wird mich nie wieder informieren, wenn ich dann mit einer ganzen Reisegruppe an einem Tatort aufkreuze. Dass es Sonja war, die mir den Tipp gegeben hat, wird ihm herzlich egal sein.

»Wie willst du mich daran hindern?« Marco klingt kämpferisch.

»Jedenfalls nehme ich dich nicht in meinem Auto mit.«

»Das ist mir egal. Mit dem E-Bike bin ich fast genauso schnell da wie du. Vielleicht sogar schneller.«

So ein Mist. Wieso konnte ich nur mal wieder meine Klappe nicht halten?

9

Auf dem Parkplatz vor dem Bürokomplex stehen zwei Rettungswagen, ein Notarztwagen und drei Polizeifahrzeuge. Und, etwas abseits, Kays Dienstwagen, ein dunkelblauer Volvo der Kripo Anklam. Ich parke direkt daneben, dann steigen Janis, Marco und ich aus meinem Panda. Den Fahrradverkäufer habe ich doch noch mitgenommen. Ob er nun getrennt anreist oder nicht – Kay wird so oder so nicht begeistert sein.

Eine Traube von Schaulustigen hat sich vor dem halbrunden Gebäudeteil gebildet, in dem das Büro der Bruno's Brothers liegt. Vor der Menschenmenge stehen zwei Beamte, die ich mittlerweile gut kenne: Dennis Pawlak und Kerstin Riebesehl. Sie arbeiten für das Polizeirevier in Heringsdorf und sind offenbar die fleißigsten Polizisten Mecklenburg-Vorpommerns. Jedenfalls gibt es bisher keinen Tatort, an dem ich den beiden noch nicht begegnet wäre.

»Herr Pawlak, Frau Riebesehl, ich grüße Sie«, sage ich, als ich auf die beiden zugehe. »Was ist passiert?«

»Hallo, Frau Mai«, grüßt Kerstin zurück. »Es gab wohl einen Angriff auf die Sekretärin von Bruno Wunderlich. Genaueres weiß ich aber nicht. Nur dass sie schwer verletzt wurde.«

»Ein Angriff auf Nele Kaczynski?«

»Sie kennen sie?«, wundert sich Dennis.

»Kennen ist übertrieben, aber ich habe mich gestern mit ihr unterhalten.«

»Privat oder dienstlich?«, fragt Kerstin und bemüht sich offenbar um einen besonders sachlichen Tonfall. Liegt das etwa daran, dass Marco mittlerweile neben mir steht und sie deutlich machen möchte, dass wir nicht befreundet sind? Oder falls doch, sie das ganz knallhart trennen kann. Ich muss lachen.

»Natürlich dienstlich. Da sage ich Ihnen das Gleiche, was ich auch dem lieben Kay Lorenz immer sage: Es ist auch mein Fall. Ihr ermittelt, aber ich recherchiere. So einfach ist das.« Ich schaue an ihr vorbei zum Bürogebäude. »Apropos *lieber Kay* – wo steckt der eigentlich? Er hatte versucht, mich zu erreichen, aber jetzt geht er nicht ran.«

»Na, vermutlich drinnen, am Tatort. Die Frau ist mittlerweile im Rettungswagen, die fahren sie gleich nach Anklam ins Krankenhaus. Aber Kay Lorenz dürfte noch dort sein, wo man sie gefunden hat.«

Tatsächlich flackert in diesem Moment das Blaulicht eines Krankenwagens auf, er fährt langsam los, wendet und beschleunigt auf dem Weg zur Ausfahrt des Parkplatzes stark. Als nicht alle Schaulustigen sofort zur Seite springen, heult die Sirene kurz auf. Aua! Ziemlich laut!

»Danke«, sage ich knapp und mache mich zum Gebäude auf. Beziehungsweise will ich mich zum Gebäude aufmachen – denn plötzlich stellt sich Dennis Pawlak mir in den Weg. Völlig überrascht mache ich eine Vollbremsung, Janis und Marco, die direkt hinter mir herlaufen, stolpern fast über mich.

»Ich glaube, das passt jetzt nicht so gut«, sagt Dennis.

»Wie bitte?« Langsam werde ich sauer. Was haben die beiden heute nur? »Ist mir völlig egal, ob Ihnen das gut passt oder nicht. Ich gehe da jetzt rein und mache meinen Job!«

Ohne die beiden eines weiteren Blickes zu würdigen, stapfe ich los. Im Geiste formuliere ich schon meine kleine Ansprache in Sachen Arbeit der freien Presse, weil ich davon ausgehe, dass auch Kay gleich versuchen wird, mich abzuwimmeln. Aber dann kann er sich warm anziehen, das werde ich mir nicht bieten lassen!

»Hey, Franzi, warte doch mal!«, ruft mir Janis hinterher. Ich bleibe zwar nicht stehen, schaue aber zumindest über die Schulter zurück.

»Was ist denn? Wir müssen wissen, was da los ist! Jemand hat Nele überfallen, und ich würde einen größeren Geldbetrag darauf verwetten, dass das etwas mit dem Mord an Bruno zu tun hat. Also kommt!«

»Es ist alles meine Schuld!«, ruft Marco und hechtet ebenfalls hinter uns her. »Aber ich wollte das nicht, echt nicht! Ich … ich habe einfach nicht nachgedacht.«

Nun bleibe ich doch stehen.

»Was wolltest du nicht?«

»Ich wollte nicht, dass Nele etwas passiert.« Marco klingt verzweifelt und irgendwie schuldbewusst. Nur: warum?

»Wie kommst du darauf, dass du damit etwas zu tun haben könntest?«

»Anna hat mich gestern angerufen.«

»Anna Holtens?«

Marco nickt. Bevor er weiterreden kann, mischt sich Janis ein, der mittlerweile aufgeholt hat und neben uns steht.

»Ähm, könnt ihr beiden mir mal erklären, worum es hier gerade geht? Anna Holtens ist wer? Welche Verbindung hat sie zu dieser Nele? Und was hat überhaupt ein Fahrradverkäufer mit der ganzen Sache zu tun?« Er stemmt die Hände in die Hüften. »Kaum ist man mal drei Tage im Krankenhaus, schon geht es hier drunter und drüber!«

Ich seufze. Eigentlich habe ich für große Erklärungen gerade gar keine Zeit, aber ich sehe ein, dass ich meinen Volontär hier mal abholen muss.

»Also: Anna Holtens ist die Frau von Sven Holtens. Und Sven Holtens ist einer der Stuntmen von Bruno Wunderlich. Wenn ich das richtig verstanden habe, so etwas wie seine rechte Hand. Anna und Sven sind geschieden und liefern sich gerade einen ziemlichen Streit um das Sorgerecht für die beiden Kinder.«

Janis zieht die Augenbrauen so hoch, dass sie fast seinen Haaransatz berühren.

»Aha? Und was hat das mit dem Anschlag zu tun?«

»Kommt schon noch. Anna Holtens war vor ein paar Wochen im Büro von Wunderlich und wollte ihren Mann mit einem Minigolfschläger vermöbeln, hat dann aber nur sein Mobiliar zerlegt.«

»Was beweist, dass sie gewaltbereit ist«, wirft Marco ein. »Und genau deshalb habe ich es verbockt. Ich habe ihr erzählt, dass es Nele war, die behauptet hat, dass die Jetski getauscht wurden und Bruno den von Sven gefahren ist.«

»Was?« Ich starre ihn an.

»Ja, sorry!« Er hebt die Hände. »Ich … ich habe nicht nachgedacht. Sie hat mich angerufen und mich gefragt, ob ich das rumerzählen würde.«

»Woher hat diese Frau denn deine Nummer?« Klar, Usedom ist wirklich nicht so groß, trotzdem wäre es übertrieben zu sagen, dass hier jeder jeden kennt.

»Wir haben uns über Ebay-Kleinanzeigen kennengelernt. Ich bin der Nachhilfelehrer von Fanny und außerdem der Babysitter, wenn Sven es nicht rechtzeitig schafft, sie aus der Schule abzuholen. Fanny hat eine Leserechtschreibschwäche, und ich übe mit ihr seit etwa einem Jahr. In meinem wahren Leben und wenn nicht gerade Semesterferien sind, bin ich nicht Fahrradverkäufer, sondern studiere Lehramt in Greifswald. Bin aber nicht so hundertprozentig davon überzeugt. Da hat Sven das mit dem Praktikum vorgeschlagen. Ich fand die Idee gut und habe bei Wunderlich als Praktikant im Büro angefangen.«

»Sie hat dich also angerufen und gefragt, ob du weißt, wer das mit den vertauschten Fahrzeugen erzählt hat? Und du hast ihr gesagt, dass das Nele war?«, blaffe ich Marco an. Er nickt.

»Das darf doch nicht wahr sein!«, meckere ich weiter.

»Sorry, Leute«, mischt sich Janis wieder ein, »ich checks immer noch nicht: Woher wusste denn Anna Holtens das mit den vertauschten Jetski? Also wie kam sie überhaupt darauf, Marco danach zu fragen?«

Autsch! Stimmt!

»Ich habe Anna Holtens gestern mit dem Gerücht konfrontiert«, räume ich kleinlaut ein. »Sie hatte einem Gespräch zugestimmt und war dazu in die Redaktion gekommen. Ja, war vielleicht nicht die beste Idee – aber ich musste sie ja irgendwie aus der Reserve locken.«

»Hat das funktioniert?«, will Janis wissen.

»Nicht so ganz. Nachdem ich ihr davon erzählt habe, ist sie gegangen. Wollte sich lieber einen Anwalt nehmen.«

Janis lacht.

»Das scheint sie sich dann ja anders überlegt zu haben. Stattdessen hat sie Marco angerufen. Und dann die arme Nele verkloppt.«

»Besonders lustig finde ich das jetzt nicht«, erwidert dieser säuerlich.

Janis räuspert sich.

»Sorry. War nicht so gemeint. Aber du musst zugeben, dass …«

»Ist jetzt auch egal«, unterbreche ich Janis. »Wer weiß, was da passiert ist. Ich jedenfalls nicht und genau deswegen gehe ich jetzt in das Büro von Wunderlich. Ihr könnt gern weiter diskutieren. Oder mitkommen. Wie ihr wollt.«

Kurz darauf stehe ich vor der gläsernen Eingangstür des Büros, immer noch gefolgt von Janis und Marco. Ein Blick ins Innere des Gebäudes und ich verstehe, warum Kay nicht an sein Handy geht und Dennis mich verscheuchen wollte: Vor dem Empfangstresen steht die Staatsanwältin. Zusammen mit Kay. Janis macht eine Vollbremsung, der Anblick hat ihn anscheinend schockgefrostet. Ich lasse mich davon allerdings nicht beeindrucken. Ich will da rein! Außerdem sind die beiden so sehr ins Gespräch vertieft, dass sie gar nicht bemerken, wie ich die Tür öffne. Jetzt kann ich jedes Wort des Gesprächs hören, und es ist ziemlich interessant.

»Wieso waren nicht längst alle Computer in der KTU? Ohne die Zeugin wüssten wir nichts davon, und jetzt stehen wir ziemlich dumm da!« Der Tonfall von de Santis klingt scharf. Offenbar ist das hier kein gemütlicher Plausch. Aber das hatte ich auch nicht erwartet, denn Staatsanwältin de Santis ist eindeutig ein Alphatier. Bevor das hier noch unangenehm wird, wenn Kay merkt, dass ich das Gespräch verfolgt habe, räuspere ich mich.

»Hallo, Frau de Santis, hallo, Kay«, sage ich dann. Die beiden fahren zu mir herum.

»Oh, Frau Mai, richtig?«, ruft de Santis und ringt sich ein Lächeln ab.

»Genau«, bestätige ich und beschließe, direkt aufs Ziel zuzusteuern. »Ich habe gehört, dass die Sekretärin von Herrn Wunderlich überfallen worden ist. Können Sie mir sagen, was passiert ist?«

»Für ein Interview ist es jetzt leider kein guter Zeitpunkt.

Aber die Polizeipressestelle hat ja sicherlich Ihre E-Mail-Adresse. Sie bekommen nachher eine Pressemitteilung, der Sie den aktuellen Ermittlungsstand entnehmen können.«

Na, vielen Dank für gar nichts! Ich drehe mich zu Kay.

»Und wie sieht es mit dir aus? Etwas auskunftsfreudiger als die Frau Staatsanwältin?«

Es ist natürlich sinnlos, Kay das zu fragen, wenn er neben de Santis steht, aber ich will mich von ihr auch nicht einschüchtern lassen. Missbilligend verzieht sie den Mund, während Kay ein feines Lächeln aufsetzt.

»Ach, Franzi, warte doch einfach auf die Mail. Da steht alles drin. Versprochen!«

Nee, so haben wir nicht gewettet! Jetzt bin ich es, die besonders süßlich lächelt.

»Also ich habe ja gehört, dass Frau Kaczynski überfallen worden ist. Und da vermute ich doch stark einen Zusammenhang mit dem Mord an Bruno Wunderlich. Immerhin ist Kaczynski eine wichtige Zeugin. Sie hat gesehen, dass der präparierte Jetski am Morgen vor dem Auftritt vertauscht wurde.«

Endlich zeigt Frau de Santis eine echte Gefühlsregung – sie schnappt nach Luft.

»Woher wissen Sie das?«

Ich verschränke die Arme vor der Brust und mustere sie ruhig, bevor ich ihre Frage beantworte.

»Das geht Sie eigentlich nichts an. Quellenschutz, Sie wissen schon. Aber ich will mal nicht so sein. Frau Kaczynski hat es mir vorgestern selbst erzählt.«

Damit habe ich jetzt offenbar mitten ins Schwarze getroffen. Beziehungsweise – einen wunden Punkt.

»Sie haben Montag mit ihr gesprochen, und Ihnen hat sie das erzählt?«

Ich nicke, Frau de Santis scheint fassungslos. Dann dreht sie sich zu Kay.

»Dann haben Sie das von Frau Mai?«

»Äh ...«, Kay windet sich, es ist ihm sichtlich unangenehm. Auweia! Das wollte ich nun auch wieder nicht.

»Nein«, beeile ich mich, das mit einer kleinen Notlüge geradezurücken, »von mir hat er das nicht. Wie käme ich denn dazu, mein Wissen mit jemandem zu teilen, der mir auch nie etwas steckt?«

De Santis schaut irritiert zwischen mir und Kay hin und her.

»Wenn Frau Mai nicht der ominöse Anrufer war, dann frage ich mich, wer Sie angerufen hat, Herr Lorenz.« Sie seufzt. »Bei Ihnen war Frau Kaczynski ja leider nicht so auskunftsfreudig.«

»Oh, ich bin einfach eine ausgezeichnete Interviewerin. Es gibt kaum etwas, was mir im Gespräch verborgen bleibt«, haue ich noch mal richtig auf die Tonne, »die Leute vertrauen mir eben.« Kay verdreht die Augen, aber das ist mir egal. Immerhin habe ich gerade für ihn gelogen.

»Ach, das ist ja interessant, Frau Mai! Vielleicht sollten Sie mal eine Schulung für die Mitarbeiter des Kommissariats in Anklam geben«, flötet de Santis nun. Ich kann sehen, wie der Hals von Kay merklich dicker wird und eine Ader auf seiner Stirn anfängt, zu pochen. Vermutlich wäre es schlauer, den geordneten Rückzug anzutreten, bevor ich noch einen Freund verliere – aber ich will natürlich unbedingt wissen, was hier passiert ist. Und dafür muss ich ins Büro von Nele, mich dort umsehen und vor allem: umhören! Irgendjemand muss sie schließlich gefunden haben und mit diesem Irgendjemand würde ich gern sprechen. Vielleicht die Zeugin, von der gerade die Rede war? Oder meinte de Santis damit Nele? Und was hat es mit den Computern auf sich? Ich entscheide mich für eine Finte.

»Tja, dann will ich auch mal wieder in die Redaktion und auf die E-Mail aus der Pressestelle warten«, sage ich zuckersüß, drehe mich um und gehe wieder hinaus, wo Marco und Janis immer noch wie angewurzelt stehen und auf mich warten.

»Kommt mit«, raune ich ihnen im Vorbeigehen zu, und sie folgen mir daraufhin brav. Zielstrebig gehe ich zum Parkplatz zurück, dabei genau beobachtet von Dennis Pawlak. Vermutlich verrenkt sich Kay auch gerade den Hals und starrt mir hinterher, um sicherzugehen, dass ich auch wirklich wegfahre.

Wir steigen alle ins Auto, ich fahre vom Parkplatz, biege dann aber nicht links auf die Hauptstraße ab, sondern fahre rechts Richtung Strand und dann wieder rechts hinter das Bürogebäude.

»Was machst du?«, fragt Janis überrascht.

»Ich nehme uns ein bisschen aus der Schusslinie. Hier können wir in Ruhe abwarten, bis Lorenz und de Santis die Biege machen, und dann gehen wir noch mal rein und schauen, ob wir jemanden finden, der uns erzählt, was eigentlich passiert ist.«

Marco lehnt sich vom Rücksitz aus zu Janis und mir nach vorne.

»Komische Reaktion von dem Kommissar«, meint er. »Ihr habt doch schon zusammengearbeitet, oder? Jedenfalls habe ich das in eurem Podcast so verstanden.«

»So ist es ja auch«, bestätige ich. »Ich bin mir ziemlich sicher, dass er anders reagiert hätte, wenn Staatsanwältin de Santis nicht neben ihm gestanden hätte. Immerhin hat er versucht, mich anzurufen. Er wollte mir bestimmt erzählen, was passiert ist.«

»Kann schon sein«, meint Janis. »Wenn de Santis auftaucht, war Lorenz schon immer ziemlich komisch. Ich kenne mich jetzt in Behördenstrukturen nicht so gut aus, aber ich glaube, sie ist die inoffizielle Chefin von dem ganzen Laden in Anklam. Sie sagt, wo es in der Polizeidirektion langgeht. Jedenfalls benehmen sich alle so, wenn sie auftaucht.«

Ich zucke mit den Schultern.

»Klar. Sie ist eben die Staatsanwältin und leitet die Ermittlungen. Aber das kann uns egal sein. Wir machen einfach unser Ding.«

Für meinen Plan habe ich uns genau den richtigen Platz gesucht, denn von dem kleinen Wendehammer, an dem ich den Panda geparkt habe, kann man Kays Auto gerade noch so sehen. Tatsächlich dauert es keine zehn Minuten, da taucht Kay an seinem Volvo auf, gefolgt von Frau de Santis. Die beiden steigen ein und fahren los. Wenig später fahren auch die anderen drei Polizeiwagen vom Parkplatz, den Schaulustigen ist sowieso schon vor längerer Zeit langweilig geworden. Perfekt! Ich warte kurz, bis alle Autos außer Sichtweite sind, dann drehe ich mich zu Marco und Janis.

»Ihr wartet hier auf mich, verstanden?«

Ich klettere aus dem Panda und gehe wieder zum Eingang des Büros. Direkt vor dem Eingang steht eine junge Frau mit dunklen, langen Haaren, die zu einem Pferdeschwanz gebunden sind, und schreibt anscheinend eine Nachricht auf ihrem Handy. Das könnte meine Chance sein!

»'tschuldigung«, spreche ich die Frau direkt an, »sind Sie gerade in dem Büro da drinnen gewesen, bei den Bruno's Brothers? Wissen Sie, was da los war?«

Sie schaut von ihrem Handy auf und mich direkt an.

»Meinen Sie mich?«

Ich lächle möglichst freundlich und hoffentlich sehr einnehmend.

»Ja, ich meine Sie. Hier war eben jede Menge Polizei, und wie ich gehört habe, ist eine Assistentin in diesem Büro überfallen worden.«

Die Frau mustert mich kritisch.

»Wer sind Sie?«, will sie dann wissen.

»Oh, natürlich, ich habe ganz vergessen, mich vorzustellen! Ich bin Franziska Mai, Reporterin bei Bäderland-Radio. Ich recherchiere in dem Fall Bruno Wunderlich.«

»Journalistin?«

Ich nicke.

»Ja. Ich war am Sonntag auf der Seebrücke von Ahlbeck, als der Anschlag auf Wunderlich passiert ist. Haben Sie davon gehört?«

»Natürlich, so häufig gibt es hier Gott sei Dank keine Sprengstoffanschläge, als dass es dann nicht sofort in allen Medien wäre.« Nun lächelt sie auch. Ich scheine das Eis gebrochen zu haben. »Ich heiße übrigens Sara Akbayir. Was genau wollen Sie denn wissen?«

»Ich kam eben dazu, als sich Kommissar Lorenz und die Staatsanwältin über eine Zeugin unterhielten. Sind das vielleicht Sie?«

»Schätze schon. Ich arbeite für den IT-Service, der die Firma von Herrn Wunderlich betreut. Frau Kaczynski hatte uns gestern angerufen, weil es Probleme mit dem Netzwerk gab. Ich wollte mir das heute mal ansehen und hatte mich mit Frau Kaczynski verabredet. Ehrlicherweise war ich auch ein bisschen neugierig, ob sie mir etwas von Sonntag erzählen würde. Als ich hier ins Büro kam, habe ich sie nicht gesehen. Die Tür stand offen, aber am Empfang saß niemand.«

Sie macht eine Pause und atmet tief durch. Die Erinnerung an das Gesehene scheint ihr zuzusetzen, mit einem Schlag ist die Farbe aus ihrem Gesicht gewichen, und sie sieht blass und müde aus.

»Was ist dann passiert?«, frage ich nach.

»Ich … ich habe nach Frau Kaczynski gerufen. Sie hat nicht geantwortet, also habe ich in den anderen Räumen nach ihr gesucht. Und dann habe ich sie gefunden. Sie lag in der Teeküche auf dem Boden …« Saras Stimme stockt, bevor sie weiterspricht. »Da war so viel Blut! Ich dachte, sie wäre tot! Ich habe sofort die 112 angerufen, und dann habe ich überlegt, was ich noch aus meinem Erste-Hilfe-Kurs weiß. Aber mein Kopf war wie leergepustet. Ich habe mich hingekniet und gebetet, dass sie noch einen Puls hat und ich nicht versuchen muss, sie wiederzubeleben.« Sie macht eine kleine Pause und schluckt. »Das ist echt furchtbar! Jemand ist in einer so schrecklichen Lage, und alles, woran ich denken kann, ist das!«

Wenn ich den Rettungswagen nicht selbst gesehen hätte und wüsste, dass Nele noch lebt, würde ich nach dieser Schilderung einen Herzinfarkt bekommen. Hätte ich doch bloß nichts über Neles Verdacht gesagt – viel hätte nicht gefehlt, und ich hätte vermutlich indirekt den Tod eines Menschen verschuldet. Ich muss endlich lernen, meine Klappe zu halten – ich habe mit meiner gedankenlosen Art einen anderen Menschen in Gefahr gebracht!

»Alles okay?« Sara schaut mich ernst an.

»Ja, entschuldigen Sie. Ich musste nur gerade an etwas denken. Also, Sie haben ihren Puls gefühlt?«

»Ja, Gott sei Dank habe ich ihn gleich gefunden«, erzählt sie dann weiter. »Als ich mich etwas beruhigt hatte, habe ich geschaut, wo das viele Blut herkam. Ich dachte, dass ich vielleicht die Blutung stoppen müsste oder so. Es war eine Platzwunde am Kopf. Aber die hatte schon aufgehört zu bluten. Zum Glück war es doch nicht so schlimm! Dann kam zehn Minuten später auch schon der Rettungswagen. Fünf Minuten danach war auch die Polizei da. Das waren die längsten fünfzehn Minuten meines Lebens!«

»Haben die Sanitäter noch irgendetwas gesagt?«

»Nein, sie haben sie nur kurz untersucht und dann vorsichtig auf so ein Tragegestell mit runterklappbaren Rädern gehoben und gemeint, dass sie noch auf die Notärztin warten müssen. Die beiden Polizisten habe meine Personalien aufgenommen und gesagt, dass die Kripo unterwegs ist und ich so lange bleiben muss. Also habe ich mich auf Frau Kaczynskis Bürostuhl am Empfang gesetzt und gewartet.«

Hm. Sara Akbayir ist also wirklich die Zeugin, von der de Santis gesprochen hat.

»Frau Akbayir, Frau de Santis erwähnte irgendetwas von Computern. Wissen Sie, was sie damit meinte?«

»Ja. Da war so ein Typ von der Kripo. Groß, dunkle Haare, der Kommissar, glaube ich. Der hat mich gefragt, ob mir noch irgendetwas aufgefallen sei.«

»Und? Ist es?«

Sie nickt.

»Ja, da war tatsächlich eine Sache, die ich gleich komisch fand. Ich musste zwar überlegen, weil ich nicht sofort benennen konnte, was das war. Aber dann ist es mir klargeworden. Der Computer auf dem Schreibtisch von Frau Kaczynski fehlte.«

»Er fehlte?«

»Ja, er war weg.«

Das beeindruckt mich noch nicht so sehr. Schließlich war ich selbst am Montag hier im Büro und hätte nicht sagen können, auf welchen Tischen Computer standen und auf welchen nicht.

»Aber waren Sie denn in letzter Zeit häufiger hier im Büro? Oder gestern?«, frage ich also nach. »Es könnte doch sein, dass der schon länger nicht mehr dort stand. Das muss doch nichts mit dem Angriff auf Frau Kaczynski zu tun gehabt haben.«

»Theoretisch ja. Aber wegen der Netzwerkprobleme habe ich gestern am späten Nachmittag noch mit ihr gezoomt. Ich konnte sehen, dass sie an dem Rechner sitzt, der auf ihrem Schreibtisch steht. Sehen Sie da?« Sie zeigt auf etwas hinter mir. Ich drehe mich um, es ist ein relativ bunter Fotodruck an der Wand hinter Neles Schreibtisch. »Das Poster war im Bild. Der Computer war also noch da.«

»Vielleicht fehlt nur der Monitor? Oder sie hat ein Laptop und hat das irgendwo anders hingestellt?« Ich werfe einen Blick unter den Schreibtisch, aber dort steht nichts. Sara schüttelt den Kopf.

»Nein, hier im Office läuft alles auf Apple. Auch der Computer auf dem Schreibtisch war ein Mac. Ein iMac 27 Zoll, der Bildschirm ist gleichzeitig die Festplatte. Also wenn der Bildschirm hier nicht mehr steht, fehlt der gesamte Computer. Der ist ziemlich groß und schwer, den trägt man nicht mal eben wie ein Laptop weg.«

Gut. Das ist echt auffällig. Wenn da etwas gespeichert war, das zur Lösung dieses Falles beitragen könnte, dann verstehe ich auch, warum de Santis so wütend war. Dann wäre es natürlich gut, wenn der Rechner jetzt in der KTU stünde. Aber dafür ist es nun zu spät. Scheint, als ob da jemand Kommissar Lorenz zuvorgekommen ist.

10

»Franzi, nur damit eins klar ist: Ich war vorhin nicht unfreundlich, ich war professionell.«

Diese Feststellung scheint Kay immens wichtig zu sein, denn immerhin ruft er mich offenbar an, sobald er in Ruhe telefonieren kann. So jedenfalls deute ich seinen Anruf, der mich erreicht, als ich mit Janis gerade wieder in der Redaktion ankomme, nachdem wir Marco im Fahrradladen abgesetzt haben.

»Das weiß ich doch«, versichere ich Kay. »Und wie du siehst, habe ich mir auch große Mühe gegeben, damit Frau de Santis nichts von unserem gemeinsamen Gespräch mit Anna Holtens erfährt. Oder überhaupt von unserer Zusammenarbeit. Wenn ihr Janine nichts davon erzählt, dann wird sie es nie wissen.«

»Stimmt. Das war sehr nett von dir. Sie hätte mich sonst gegrillt, glaube ich.«

»Und das hätte ich mir nie verziehen!«, erwidere ich scherzhaft. »Allerdings frage ich mich, ob ich es war, die den Überfall auf Nele Kaczynski zu verantworten hat.«

Verdutztes Schweigen am Ende der anderen Leitung.

»Wie kommst du denn darauf?«, erkundigt sich Kay und klingt überrascht.

»Na ja, ich habe Frau Holtens damit konfrontiert, dass der Anschlag möglicherweise ihrem Mann galt. Dem Mann, den sie am liebsten mit einem Minigolfschläger verdroschen hätte. Ich habe sie erst darauf aufmerksam gemacht, dass sie auf der Liste der Verdächtigen nicht das Schlusslicht ist.«

Kay lacht.

»Ach, wir haben sie ein bisschen in die Zange genommen. Das ist doch völlig normal. Ich glaube nicht, dass es einen Zusammenhang zwischen dem Überfall auf Nele und unserem Gespräch mit Frau Holtens gab. Der Name Kaczynski fiel doch gar nicht.«

»Äh, na ja…«, winde ich mich, »in unserem Gespräch nicht, aber auf die Idee gebracht habe ich sie schon. Ich bin nicht allein schuld. Am Ende war es eindeutig Marco. Der hat nämlich…«

»Stopp, stopp, stopp – wer ist Marco?«

»Marco ist mein Fahrradhändler.«

»Muss ich das jetzt verstehen? Was hat denn ein Fahrradhändler mit dem Überfall auf Nele Kaczynski zu tun?«

Ich gebe zu: In dieser verkürzten Version ist das wirklich schwer nachzuvollziehen. Aber ich habe da eine gute Idee.

»Hast du schon Mittag gegessen?«, frage ich Kay.

»Nein.«

»Und bist du schon in Anklam? Weil… wenn du noch nicht wieder so weit weg wärst, dann würde ich vorschlagen, dass wir vielleicht zusammen was essen und ich dir ganz genau erkläre, wie das mit dem Fahrradhändler gemeint war.«

Jetzt lacht Kay so laut, dass es sogar Janis auf der anderen Seite des Schreibtisches aus meinem Handy dröhnen hört. Er schaut überrascht, ich hingegen verziehe das Gesicht.

»Was ist denn daran so lustig?«, frage ich Kay, als er sich wieder beruhigt hat.

Ich kann meiner eigenen Stimme anhören, dass ich zu angesäuert klinge, um cool zu wirken, aber das ist mir egal.

»Ganz einfach. Das ist lustig, weil ich die gleiche Idee hatte. Ich bin nicht in Anklam, sondern stehe schräg vor dem Eingang eurer Redaktion bei den Fahrradständern und warte darauf, dass du zur Mittagspause das Gebäude verlässt, damit ich mit dir essen gehen kann.«

Ohhhh, das ist aber süß! Mir wird ein bisschen warm.

»Dann komme ich raus. Bis gleich!«, flöte ich und lege auf.

»Alles okay bei dir?«, fragt Janis.

»Ja, warum?«

»Du bist ganz rot im Gesicht.«

»Wirklich?« Ich stehe vom Schreibtisch auf und gehe zum Schrank, der neben der Tür zum Flur steht. Er hat auf der Innenseite der rechten Tür einen Spiegel. Ein bisschen rot bin ich schon. Nicht Tomate, aber schon deutlich sichtbar. Mist. Leider habe ich kein Make-up im Büro, sonst könnte ich mir zumindest einen Hauch Puder ins Gesicht tupfen.

»Wer war denn das?«, erkundigt sich Janis. »Ach, lass mich raten: Kay Lorenz, richtig? Wer sonst würde deinen Blutdruck gleich so in die Höhe treiben.«

»Haha, sehr witzig«, brummle ich. »Aber ja, du hast recht. Das war Kay. Er steht draußen und will mich zur Mittagspause abholen. Da kann ich ihm dann gleich erzählen, was wir so in der Zwischenzeit alles herausgefunden haben und wie Marco mit Familie Holtens zusammenhängt.«

»Oh, prima!«, ruft Janis, springt von seinem Stuhl auf und zieht seine Jacke von der Lehne, »da komme ich gerne mit, denn so ganz auf dem Laufenden bin ich schließlich auch nicht.«

Ich sage nichts dazu. Natürlich hat Janis recht – es macht Sinn, dass er mitkommt. Trotzdem wäre ich jetzt lieber ohne ihn losgezogen, versuche aber, mir das nicht anmerken zu lassen.

»Na, dann komm«, sage ich also und verlasse unser Büro in

Richtung Ausgang. Als wir am Empfang vorbeikommen, hält uns Sonja an.

»Franzi, Raimund will dich gleich noch mal sprechen. Wann bist du wieder da?«

Ich zucke mit den Schultern.

»Weiß nicht. Halbe Stunde vielleicht?«

»Okay, ich sag ihm Bescheid.«

Die Tür am Ende des Ganges öffnet sich.

»Ist das Franzi?«

Raimund hat mich offenbar gehört.

»Ja«, ruft Sonja, »sie ist gerade auf dem Weg in die Mittagspause und in einer halben Stunde wieder da.«

»Halt!« Mit großen Schritten hechtet mein Boss aus seinem Büro und baut sich vor mir auf. »Wo willst du hin?«

»Ich gehe Essen, Raimund. Mir knurrt der Magen!«

»Dir ist hoffentlich klar, dass wir einen Radiosender betreiben«, motzt Raimund ungerührt los. »Ich habe von dir seit Sonntag keinen Beitrag mehr gehört. Von dem Kollegen hier«, er nickt Janis zu, »übrigens auch nicht.«

»Äh, ich war im Krankenhaus, Chef!«, setzt Janis zu seiner Verteidigung an. »Ich bin doch erst heute früh wieder in den Sender gekommen. Du erinnerst dich – du hast mich sehr überschwänglich begrüßt.«

»Ja, schon, aber das ist jetzt schon mindestens zwei Stunden her. In der Zwischenzeit ist eine Frau in Bansin überfallen worden, und ich habe noch nichts darüber von euch bekommen. Muss ich mir wohl morgen erst mal die Zeitung kaufen, um zu erfahren, was da passiert ist.«

Ich seufze.

»Okay, Raimund. Ich bin jetzt eigentlich mit Kommissar Lorenz zum Essen verabredet, es ist also durchaus dienstlich.

Aber wenn es dir so wichtig ist, bleibe ich da und schreibe noch eine kurze Meldung für Markus. Die kann er dann bei den nächsten Nachrichten senden.«

»Ach, Quatsch!«, ruft Janis. »Natürlich bleibe ich in der Redaktion und kümmere mich drum. Ich bin mittlerweile auch kein Anfänger mehr. Eine Minute dreißig werde ich dazu schon zusammenbekommen.«

»Danke dir!«, freue ich mich. »Es sollte dazu mittlerweile auch eine Mitteilung aus der Polizeipressestelle in Anklam geben. Vielleicht rufst du da sonst mal an?«

Janis hebt den Daumen hoch.

»Alles klar, mache ich!« Dann dreht er sich wieder zu Raimund. »So, Cheffe. Welt wieder in Ordnung. Franzi führt wichtige Hintergrundgespräche, der Volontär knechtet – alles, wie es sein soll.«

»Na gut, dann bin ich beruhigt.«

»Prima!«, flöte ich und beeile mich, die Redaktion zu verlassen, bevor er es sich noch anders überlegt. Als ich aus dem Gebäude komme, sehe ich Kay, der wie beschrieben bei den Fahrradständern steht. Er sieht mich und winkt mir zu, ich winke zurück.

»'tschuldigung, dass du warten musstest«, sage ich, als ich bei ihm ankomme, »Raimund hatte noch Gesprächsbedarf.«

»Kein Problem. Ich bin schließlich der Überraschungsgast ohne feste Verabredung.«

Ich muss lachen.

»Ist aber eine nette Überraschung.«

»Freut mich, dass du das so siehst. Vorhin war ich mir nicht sicher. Du hattest so einen biestigen Unterton.« Kay rollt betont dramatisch mit den Augen.

»Von wegen!«, halte ich dagegen. »Wenn überhaupt jemand

biestig war, dann doch wohl deine Frau de Santis. Wo hast du die überhaupt gelassen?«

»Ich habe sie am Bahnhof abgesetzt. Sie wollte noch nach Greifswald in die Gerichtsmedizin. Gott sei Dank keiner meiner Fälle. Passte mir ganz gut.« Er seufzt. »Heute war sie wirklich nicht gut drauf. Ich habe von ihr einen richtigen Anschiss wegen der Computer bekommen.«

»Weil ihr den nicht gleich mitgenommen habt?«

»Auch.« Er schaut sich um. »Komm, lass uns essen gehen. Dann können wir in Ruhe reden.«

Wenig später sitzen wir auf der Terrasse eines der kleinen Cafés an der Promenade von Heringsdorf. Ich bestelle mir einen Flammkuchen, Kay ordert eine Currywurst.

»So, was war denn jetzt mit dem Computer?«, will ich wissen, als die Bedienung die Getränke gebracht hat.

»Nach der Sache mit den Päckchen am Strand hatte ich noch überlegt, mir einen Beschluss zu holen, um die Rechner im Büro zu beschlagnahmen. Einfach so mitnehmen kann ich die nicht. Die Agentur von Bruno ist eine GmbH. Sein Tod ändert nichts daran, dass ich da nicht ins Büro reinmarschieren und alles einsammeln kann. Ich hatte seine Büroleiterin am Montag auf die geschäftlichen Unterlagen angesprochen, aber die war noch völlig aufgelöst.«

»Tja, und jetzt liegt sie selbst im Krankenhaus«, stelle ich trocken fest. »Weißt du, wie es ihr geht?«

»Es war wohl zum Glück nicht so dramatisch, wie es auf den ersten Blick aussah. Irgendjemand hat sie in der Teeküche mit einem stumpfen Gegenstand niedergeschlagen. Das hat zu einer Platzwunde am Hinterkopf geführt. Die hat so stark geblutet, dass die Zeugin, die sie gefunden hat, zunächst dachte, Kaczynski sei tot.«

»Sara Akbayir, die Programmiererin«, sage ich so beiläufig wie möglich und stecke mir einen Happen von meinem Flammkuchen in den Mund.

Kay starrt mich an.

»Woher weißt du das denn schon wieder?«

»Ich bin eben gut in meinem Job.«

Jetzt legt Kay seine Gabel beiseite, auf der noch ein Stück Currywurst aufgespießt ist, und mustert mich eindringlich.

»Mal im Ernst: Woher weißt du das? Hast du mich irgendwie verwanzt? Einen Abhör-Bot auf meinem Handy installiert? Vielleicht bei unserer letzten Salsa-Stunde?«

»Das ist ein Scherz, oder?«

Kay sagt nichts, sondern schaut finster.

Bei diesem absurden Verdacht muss ich so lachen, dass ich mich an dem Flammkuchen verschlucke. Ich japse nach Luft, die Krümel rutschen immer tiefer in meine Luftröhre und ich muss fürchterlich husten.

»Hey!«, ruft Kay und schlägt mir mit der flachen Hand zwischen die Schulterblätter. Das hat leider nicht den gewünschten Effekt, stattdessen bekomme ich immer mehr Atemnot und fühle, wie sich das Flammkuchenstück regelrecht in meinem Hals verkantet hat. Hilfe! Ich bekomme keine Luft mehr! Ich springe von meinem Platz auf, die einzigen anderen beiden Gäste, eine ältere Dame und ein junger Mann, schauen schon zu unserem Tisch herüber. Ich versuche zu husten, bringe aber kaum mehr als ein Japsen und Keuchen zustande. Das Stück bewegt sich nicht, und ich schnappe immer verzweifelter nach Luft.

Kay ist auch von seinem Stuhl aufgesprungen, geht auf mich zu – aber dann an mir vorbei. *Hey, hiergeblieben!,* würde ich am liebsten rufen, *Du kannst mich doch jetzt nicht alleine lassen!* Ich bekomme aber außer einem pfeifenden Keuchen nichts über die Lippen. Stattdessen laufen mir mittlerweile Tränen über die Wangen, aus Anstrengung und Verzweiflung. Inmitten meines Japsens packt mich auf einmal jemand von hinten, umschlingt mich ganz fest mit seinen Armen und drückt meinen Oberkörper nach vorn. Dann spüre ich seine Faust direkt unter meinen Rippen und mit einem kräftigen Druck auf diese Stelle zieht mich die Faust plötzlich ein ganzes Stück nach oben, lässt mich dann aber wieder sinken. Die ganze Prozedur wiederholt sich zwei- oder dreimal – und schließlich huste ich das Stück Flammkuchen in hohem Bogen aus.

Endlich kann ich wieder durchatmen und hole tief Luft. Dabei wird mir schwarz vor Augen, mir sacken die Beine weg und ich falle nur deswegen nicht zu Boden, weil mich die Arme, die zu der Faust gehören, immer noch festhalten.

»Franzi, was machst du denn für Sachen?«, höre ich Kays Stimme. Er ist also derjenige, der mich gerettet hat.

»Hab … mich … verschluckt«, flüstere ich mit rauer Stimme. Kay setzt sich langsam mit mir auf den Boden und dreht mich zur Seite, so dass ich ihm direkt in die Augen gucken kann. Soweit ich das durch den Tränenschleier beurteilen kann, sieht er sehr besorgt aus, und ich versuche, mir ein Lächeln abzuringen. Es gelingt mir nicht besonders überzeugend.

»So weit alles okay?« Er streicht mir vorsichtig ein paar Haarsträhnen aus dem Gesicht, die sich bei der ganzen Aktion aus meinem Pferdeschwanz gelöst haben. Ich fühle mich immer noch sehr mittelmäßig, aber als Kays Fingerkuppen meine Wangen berühren, breitet sich ein sehr angenehmes Kribbeln in meinem gesamten Körper aus, über das ich mich fast ärgere. Hätte Kay nicht so eine blöde Bemerkung gemacht, hätte ich mich nicht verschluckt. Kann er nicht einfach mal einsehen, dass ich eine verdammt gute Journalistin mit dem richtigen Riecher und findigen Ideen bin? Als ob ich ihn abhören müsste, um an meine Infos zu kommen!

Ich sage also nichts und will mich wieder aufrappeln, aber mir ist noch so schwindelig, dass ich mich sofort wieder auf den Boden setzen muss. Die ältere Dame und der junge Mann vom Nachbartisch sind aufgestanden und zu uns herübergelaufen.

»Gute Güte, da hat Ihre Freundin aber Glück gehabt«, sagt die Frau und schüttelt den Kopf mit ihren grauen Locken. »Ich hatte schon die 112 gewählt, aber das scheint ja noch mal gut gegangen zu sein.«

»Sie sollten trotzdem mit ihr ins Krankenhaus fahren«, mischt sich ihr junger Begleiter ein. »Der Heimlich-Griff ist nicht ganz ungefährlich. Er kann zu Rippenbrüchen und inneren Verletzungen führen. Das sollte durch eine Untersuchung besser abgeklärt werden, denn einen Milzriss zum Beispiel merkt man nicht gleich.«

»Mein Sohn studiert Medizin«, ergänzt die ältere Dame mit Stolz in der Stimme.

»Aha, danke für die Erläuterungen«, sagt Kay knapp.

»Also wenn Sie nicht so professionell agiert hätten, dann hätte ich Sie natürlich unterstützt«, schickt der Juniormediziner schnell hinterher, bevor noch jemand an seiner Kompetenz zweifeln kann.

»Wie geht es dir?«, fragt mich Kay und drückt meine Hand.

»Leider nur so lala«, krächze ich wahrheitsgemäß. »Mein Hals tut ziemlich stark weh, und mir ist ein bisschen schlecht. Genau genommen auch nicht nur ein bisschen.«

»Okay, dann fahren wir jetzt auf alle Fälle lieber in die Notaufnahme«, beschließt Kay und klingt dabei sehr kategorisch.

»Ich hoffe natürlich, ich habe dir keine Rippen gebrochen oder dich sonst irgendwie verletzt. Kannst du aufstehen? Ganz vorsichtig?«

Ich nicke, Kay stellt sich neben mich und zieht mich hoch. Die ältere Dame betrachtet mich nachdenklich.

»Ganz schön blass sehen Sie aus, Kindchen! Sollen wir doch lieber einen Rettungswagen rufen?«

»Nein, nein, mir fehlt bestimmt nichts«, erwidere ich, wobei meine Stimme das genaue Gegenteil behauptet. »Wir fahren jetzt vorsichtshalber in die Notaufnahme, aber ein Rettungswagen ist nicht nötig.«

»Keine Sorge. Die Dame ist bei mir wirklich in den besten Händen«, versichert ihr nun auch Kay, der zu einem Lächeln zurückgefunden hat. »Und wenn es auf der Fahrt ein Problem geben sollte, kann ich mir sogar ein Blaulicht auf das Autodach stellen, und wir sind mit Hilfe einer kleinen Sonderrechtsfahrt nach § 35 StVO ruckzuck in Wolgast.«

»Oh, sind Sie etwa bei der Polizei?«, will die Frau nun wissen.

Kay nickt.

»Ja, ich bin bei der Kripo.«

Dem bewundernden Blick, den sie Kay nun zuwirft, kann ich entnehmen, dass Kriminalpolizei mit Medizinstudium bei ihr locker mithalten kann. Hier gilt er offenbar noch etwas, der Freund und Helfer!

»Wollen wir los?«, fragt Kay. »Mein Auto steht auf eurem Redaktionsparkplatz. Komm!« Er reicht mir ritterlich den Arm, und ich hake mich vor allem deshalb ein, weil ich mich noch so wackelig fühle. Aber ein wenig prickelt es trotzdem. So ein Hauch von Prickeln. Das beschreibt mein Gefühl am besten.

11

In der Notaufnahme angekommen, ist es mit dem Prickeln schnell vorbei – wie nicht anders zu erwarten, ist diese nämlich brechend voll. Nach einem ersten kurzen Check durch die Schwester an der Aufnahme gibt es eine gute und eine schlechte Nachricht. Die gute zuerst: Selbst mit einem Milzriss werde ich nicht innerhalb der nächsten Stunden verbluten. Die schlechte: Weil ich kein lebensbedrohlicher Notfall bin, beträgt meine Wartezeit zwei bis drei Stunden, so ihre vorsichtige Schätzung, denn direkt vor mir sind zwei mutmaßliche Herzinfarkte und ein Schlaganfall eingeliefert worden sowie eine Schwangere mit starken Bauchschmerzen. Und das, wo Geduld eindeutig nicht meine hervorstechende Eigenschaft ist! Eine halbe Stunde halte ich tapfer durch, dann habe ich das Gefühl, mein Leben durch meine Finger rinnen zu sehen. Aber nicht wegen innerer Blutungen, sondern wegen unglaublicher Langeweile.

»Komm, lass uns wieder fahren, Kay«, schlage ich vor. »Ich meine – wenn die denken würden, dass ich demnächst tot umfalle, dann wäre ich doch längst drangekommen.«

»Nein. Du hast doch gehört, was die Schwester gesagt hat. Gut, dass wir gekommen sind. Und dass sich ein Milzriss innerhalb von 24 bis 72 Stunden zeigt, du deshalb zwar ein Notfall, aber kein ganz akuter bist. Also, alles richtig gemacht. Du bist bestimmt gleich dran.«

Ich teile seinen Optimismus zwar nicht, aber was soll ich machen? Wenn Kay noch bleiben will und ich nicht auf anderthalb Stunden mit Bus und Bahn scharf bin, komme ich hier nur mit einem Taxi weg, und das kostet mich von Wolgast nach Bansin ein Vermögen. Kay nimmt meine Hand und drückt sie einmal fest. Diesmal prickelt es nicht, dafür bin ich einfach zu genervt.

»Außerdem können wir uns hier doch mal ganz in Ruhe unterhalten«, schlägt er vor. »Wollten wir doch beim Mittagessen machen.«

»Hier, im Wartebereich? Zwischen lauter wildfremden Leuten?«, frage ich zweifelnd. »Ich habe schon ein paar Sachen zu erzählen, die vielleicht nicht jeder mitbekommen sollte.«

»Dann lass uns mal in die Ecke da hinten wechseln«, wischt Kay meinen Einwand beiseite. Leider hat er recht – ein paar Meter weiter den Gang hinunter gibt es eine Sitzgruppe, in der bisher noch niemand Platz genommen hat. Seufzend stehe ich auf und gehe hinüber, Kay folgt mir.

»Nun bin ich neugierig«, sagt er, als wir wieder sitzen, »was wolltest du mir denn erzählen, bevor du dich mit dem Stück Flammkuchen angelegt hast? Irgendetwas mit einem Fahrradhändler?«

»Anna Holtens wusste, dass es Nele Kaczynski war, die sie beschuldigt hat, den Jetski von Sven mit Sprengstoff präpariert zu haben, und es letztlich nur ein Zufall war, dass es Bruno erwischt hat.«

»Wie bitte? Woher weißt du das?«

»Also: Mein Fahrradhändler Marco ist eigentlich Student. Aber er hat auch einen Ferienjob als Nachhilfelehrer.«

Kay zieht die Augenbrauen hoch.

»Franzi, ich frage mich, ob du vorhin einen leichten Sauerstoffmangel erlitten hast – du klingt ein bisschen verwirrt.«

»Oh, Mann, hör mir doch mal bis zum Ende zu. Ich war doch noch gar nicht fertig. Von vorne. Ich wollte ein Rad kaufen. Dabei habe ich Marco kennengelernt, der im Fahrradladen jobbt. Er arbeitet aber auch als Nachhilfelehrer bei Sven Holtens. Und manchmal auch als Babysitter, wenn Holtens es nicht schafft, seine Kinder rechtzeitig aus der Schule abzuholen.«

»Okay, jetzt bin ich wieder an Bord. Also kennt dieser Marco auch Anna Holtens?«

»Ja.«

»Und er hat ihr von Neles Verdacht erzählt?«

»Genau«, bestätige ich. Kay streicht sich über das Kinn.

»Aber woher wusste er davon? Das habe ich immer noch nicht verstanden.«

»Ganz einfach. Sven Holtens hat Marco vor einigen Wochen einen Praktikumsplatz bei Bruno Wunderlich organisiert. Marco war auch dabei, als Anna ihren Auftritt mit dem Minigolfschläger hatte. Als wir Anna erzählt haben, dass es das Gerücht mit den vertauschten Jetski gibt und sie doch offensichtlich schon einmal ihrem Mann ans Leder wollte, hat sie danach direkt Marco angerufen und ihn gefragt, ob er das rumerzählt.«

»Ach so! Was ich aber immer noch nicht verstehe – wie hast du denn diesen Marco nun schon wieder ausgegraben?« Er grinst und gibt mir einen Stups in die Seite. »Ich habe bei diesem Fall die ganze Zeit das Gefühl, immer zwei Schritte hinter dir her zu hechten, und ich muss sagen: Das gefällt mir ganz und gar nicht!«

Ha! Endlich gibt er mal zu, dass ich die Nase vorn habe. Ich muss lachen, was sich allerdings wie ein schräges Quietschen anhört, weil mein Hals noch ganz schön weh tut.

»Zum einen bin ich natürlich ein Superprofi, der alles rausfindet«, sage ich, als ich wieder richtig sprechen kann, »und zum anderen war hier Kommissar Zufall im Spiel. Raimund hat mir ein neues Fahrrad versprochen, und als ich es im Geschäft aussuchen wollte, hast du mich angerufen. Marco stand neben mir, zählte eins und eins zusammen und hat sofort gewusst, dass es um den Anschlag geht. Dann hat er mir erzählt, was er durch sein Praktikum über Wunderlich weiß.«

Kay schüttelt den Kopf.

»Unglaublich. Ich gebe mich geschlagen. Klar, wir haben alle mal Glück. Hatte ich auch schon. Aber du hast einfach irgendetwas an dir, was die Leute dazu bringt, dir alles Mögliche anzuvertrauen. Respekt! Um diese Eigenschaft beneide ich dich wirklich.«

Jetzt bleibt mir nichts anderes, als verlegen zu lächeln und *Danke!* zu murmeln.

»Da nicht für«, quittiert Kay meinen Dank norddeutsch-trocken und geht dann wieder zum eigentlichen Thema über. »Wenn also Anna Holtens wusste, dass Nele die Zeugin ist, die sie so schwer belastet hat, dann frage ich mich natürlich, ob sie es war, die Nele in der Küche niedergeschlagen hat. Wir haben zwar keinen Minigolfschläger gefunden, aber den hätte Anna Holtens bestimmt wieder mitgenommen.«

»Genau. In ihrer sehr großen Handtasche«, kichere ich.

»Es kommt nun einfach darauf an, was Nele Kaczynski sagt, wenn sie wieder aufwacht. Aber das werde ich bald herausfinden.« Kay wirft einen Blick auf seine Armbanduhr. »Vielleicht schon innerhalb der nächsten Stunde.«

»Oh, willst du mich jetzt etwa hier sitzen lassen?« Der ist ja lustig! Von mir aus hätten wir schon längst abhauen können. »Also wenn du jetzt fährst, dann komme ich mit. Ich glaube nicht, dass mir etwas fehlt. Ich fühle mich schon wieder topfit und habe keine Lust, hier weiter rumzuhängen!«

Offenbar klinge ich ziemlich zornig, denn Kay hebt beschwichtigend die Hände.

»Ho, Brauner! Das habe ich doch gar nicht gesagt. Nele Kaczynski liegt hier im Krankenhaus. Wenn sie aufwacht, gehe ich auf ihre Station und rede mit ihr.«

Wie bitte?

»Und das sagst du mir erst jetzt? Ich dachte, Nele Kaczynski liegt in Anklam.«

»Was für einen Unterschied macht das?«, fragt Kay überrascht.

»Na, ich dachte, du wartest hier aus Sorge um mich. Dabei schlägst du dir eigentlich nur die Zeit tot, bis Kaczynski aufwacht!« Ich merke, dass ich ernsthaft sauer bin.

»Das ist nicht wahr, Franzi!«, hält Kay dagegen. »Ich bin hier, weil ich mir nie verzeihen könnte, wenn ich dich bei meiner Rettungsaktion lebensgefährlich verletzt hätte. Sonst wäre ich nach unserem Mittagessen ins Büro gefahren und hätte da gewartet. Auf meinem Schreibtisch liegt genug Arbeit. Ich habe übrigens auch nie behauptet, dass Nele Kaczynski in Anklam liegt, ich weiß nicht, wie du darauf kommst.«

Ich muss kurz nachdenken, dann fällt es mir wieder ein.

»Dennis Pawlak hat mir das erzählt. Als ich in Bansin angekommen bin und zum Tatort wollte.«

»Siehst du – dann hat sich Dennis vertan. Nicht meine Schuld.« Kay klingt eingeschnappt. Gut, vielleicht war ich etwas zu heftig.

»'tschuldigung, war nicht so gemeint«, murmle ich kleinlaut.

»Und überhaupt – apropos Tatort«, ignoriert Kay meine Entschuldigung, »was mich immer noch brennend interessiert, ist, wie du an den Namen von unserer Zeugin gekommen bist.«

»Falls es dich beruhigt – ich habe nicht dein Handy gehackt«, gebe ich spitz zurück. »Alles ganz ordnungsgemäß recherchiert! Ich habe mich noch ein bisschen vor Ort umgeschaut und eine junge Frau gesehen, die das Gebäude verließ. Das war direkt nachdem ihr gefahren wart. Ich habe sie angesprochen, ob sie etwas von dem Überfall mitbekommen hat. Es stellte sich heraus, dass sie diejenige war, die Nele Kaczynski in der Teeküche gefunden hat.«

»Ich dachte, du wärst gefahren, du und deine Jungs. Nachdem du mit de Santis gesprochen hattest.«

»Bin ich auch.« Ich grinse. »Aber nur einmal um den Block.«

Kay pfeift. Ob anerkennend oder überrascht, vermag ich nicht zu sagen, entscheide mich im eigenen Interesse aber für »anerkennend« und teile daher meine weiteren Erkenntnisse mit Kay.

»Frau Akbayir hat mir auch das mit dem verschwundenen Computer erzählt.«

»Ja, dass sich de Santis darüber aufgeregt hat, hast du ja selbst mitbekommen.« Kay holt tief Luft. Der Anschiss scheint ihn immer noch mitzunehmen. »Aber wie gesagt – ich konnte mir den Rechner auch nicht einfach unter den Arm klemmen und in die KTU schleppen. Extrem ärgerlich. Abgesehen davon wissen wir aber nicht, ob der Rechner wirklich im Zusammenhang mit dem Überfall verschwunden ist. Oder besser gesagt: die Rechner. Denn auch aus den anderen Räumen sind die Laptops oder Desktops verschwunden. Ich hoffe da ganz stark auf die Aussage von Nele Kaczynski.«

»Sara Akbayir war sich sicher, dass der Rechner am Vorabend noch auf dem Schreibtisch von Nele Kaczynski gestanden haben muss. Wann sollte er also sonst verschwunden sein, wenn nicht im Rahmen des Überfalls?«

»Stimmt schon. Aber theoretisch hätte es auch ein Diebstahl

sein können, nachdem Nele überfallen wurde. Oder auch vorher. Fakt ist, wir wissen es nicht.«

Kays Handy klingelt. Er nimmt den Anruf an, murmelt ein paarmal *Ja, ja, danke* und verabschiedet sich mit den Worten O*kay, Zimmer 204, verstanden.*

»Frau Kaczynski ist aufgewacht. Ich gehe jetzt zu ihr und schaue, ob sie schon ansprechbar ist.«

Er steht auf.

»Ich komme mit!«, rufe ich und stehe ebenfalls auf.

»Du musst hierbleiben«, widerspricht Kay. »Zum einen kann ich dich nicht einfach mit hochnehmen. Und zum anderen wartest du doch selbst noch auf einen Arzt.«

»So ein Quatsch! Ich bin in einem Krankenhaus. Sogar wenn ich im Zimmer von Nele auf einmal zusammenbrechen sollte – ich bin hier sicher wie in Abrahams Schoß.«

Kay lächelt milde.

»Nein, du bleibst hier. Komm«, er legt eine Hand auf meine Schulter und drückt mich sanft Richtung Stuhl zurück. Ich schiebe seine Hand von meiner Schulter und schnappe mir meine Jacke, die noch auf der Armlehne liegt. In diesem Moment läuft die Schwester, die uns an der Anmeldung in Empfang genommen hat, an uns vorbei.

»Wollen Sie etwa gehen?«, sagt sie.

»Ja!«, rufe ich.

»Nein«, sagt Kay.

Die Schwester bleibt stehen.

»Junge Frau, nun hörn 'se mal auf Ihren Mann. Es dauert nicht mehr lang, dann sind Sie dran. Unsere diensthabende Ärztin ist ein Vollprofi, die kann genau einschätzen, ob Sie besser noch eine Nacht hierbleiben oder ob Sie gleich nach Hause können. Also, Momentchen Geduld noch.«

»Danke für Ihre Unterstützung«, flötet Kay.

»Das ist nicht mein Mann!«, poltere ich. Aber die Schwester ist längst weitergelaufen und interessiert sich ganz offensichtlich auch überhaupt nicht für meinen Familienstand.

»Nun sei doch bitte vernünftig, Franzi«, versucht es Kay noch mal freundlich. »Ich bin garantiert nicht lange weg, du hingegen kommst bestimmt gleich dran. In spätestens einer Stunde sind wir wieder auf dem Weg zu dir nach Hause.«

Ich gebe mich endlich geschlagen und setze mich wieder hin. Allerdings nicht ohne möglichst grimmig zu gucken. Kay nickt mir dankbar zu, tätschelt noch mal meine Schulter und dreht sich dann um, um in Richtung Treppenhaus zu verschwinden.

*

Nur gut, dass ich ihm die Geschichte mit der Stunde sowieso nicht abgekauft habe. Sonst wäre ich jetzt arg enttäuscht. Exakt 60 Minuten später sitze ich nämlich immer noch wie bestellt und nicht abgeholt auf dem Stuhl in der Notaufnahme. Von Kay weit und breit keine Spur, von der angekündigten diensthabenden Ärztin natürlich auch nicht. Der Akku von meinem Handy ist mittlerweile auch leer gedaddelt, Zeitschriften sehe ich hier nirgends, interessante Gesprächspartner ebenso wenig. Es ist vermutlich schon vier Uhr nachmittags, und ich bin im Kreiskrankenhaus Wolgast gestrandet. Großartig. Mangels Handy kann ich nicht mal mehr bei Katja anrufen und sie fragen, ob sie mich einsammeln könnte. In der Redaktion hatte ich mich vorhin schon abgemeldet, da werde ich also auch nicht vermisst. Es ist zum Heulen. Ich werde mich nun doch mit öffentlichen Verkehrsmitteln auf den Weg nach Hause machen und hoffe, dass ich in Bansin ankomme, bevor der Winter auf Usedom anbricht und ich in meinen Sommerklamotten erfriere.

Ich stehe auf, nehme meine Jacke und gehe zum Ausgang. Das heißt, ich will zum Ausgang gehen, als ich jemanden auf den Empfang zusteuern sehe, der mir allzu bekannt vorkommt. Es ist Henning. Was will der denn hier? Ich halte inne. Von hier aus bin ich zu weit weg, um hören zu können, was er mit der Schwester am Tresen bespricht. Aber wenn ich näher rangehe, merkt er das vermutlich gleich, und ich kann ihn auch nicht belauschen. Während ich noch überlege, wie ich am besten vorgehe, erledigt sich das Problem von selbst. Die Schwester will ihm offenbar etwas zeigen, sein Blick folgt ihrer Handbewegung – und bleibt dann an mir hängen.

»Oh«, höre ich ihn sagen. Begeisterung klingt anders. Ich beschließe, ihm ganz offensiv zuzuwinken.

»Huhu, Henning!«

Er kommt näher.

»Hallo, Franzi! Was machst du denn hier?«

»Ich habe mich heute Mittag ganz böse an einem Stück Flammkuchen verschluckt und wäre fast erstickt. Jetzt bin ich nur vorsichtshalber hier, um abzuklären, ob wirklich alles wieder in Ordnung ist.«

»Hm, du Arme!« Mehr sagt Henning nicht dazu, so dass ich die einzig logische Frage stelle.

»Und du? Was verschlägt dich hierher?«

Bilde ich mir das ein, oder zögert Henning kurz, bevor er antwortet?

»Ich … äh … ich habe einen sehr schlimm eingewachsenen Zehennagel.«

»Einen eingewachsenen Zehennagel?« Das lasse ich jetzt einfach mal so stehen und kommentiere es nicht weiter. Einerseits völlig abwegig. Andererseits: Als Ausrede würde man sich doch vermutlich etwas anderes ausdenken.

»Ja, verrückt, oder? Haben sonst wohl eher alte Leute, aber ich habe selbst daran herumgeschnippelt. Dann hat es sich entzündet, und jetzt ist mein Fuß schon richtig geschwollen. Habe ihn fast nicht in den Schuh bekommen.«

»Klingt schmerzhaft!«, sage ich mitfühlend. »Dann setz dich mal besser, vermutlich musst du auch eine Weile warten. Ich sitz hier schon seit geschlagenen zwei Stunden.«

Er setzt sich auf den Stuhl neben mich und seufzt.

»Zwei Stunden? Oh, Mann! Gut, dass ich dich getroffen habe. Dann ist es wenigstens nicht so langweilig.« Er lächelt mich von der Seite an. »Das muss Schicksal sein.«

Schicksal? So esoterisch kenne ich Henning gar nicht. Aber bei Schicksal fällt mir auch etwas ein, was ich schon fast vergessen hatte.

»Eigentlich wollten wir uns doch heute Abend sowieso sehen«, sage ich. »Tut mir leid, dass ich mich noch nicht gemeldet habe. Das«, lache ich, »das hat ja nun das Schicksal erledigt.«

»Stimmt, du wolltest mich anrufen!«, sagt Henning mit gespielter Empörung. »So angeschlagen, wie wir beide sind, sind wir zwar im Moment in einem Krankenhaus besser aufgehoben, als in einer Bar. Aber«, er macht eine kleine Pause, weil er anscheinend die Spannung erhöhen will, bevor er weiterspricht, »wer weiß, was morgen ist. Vielleicht geht es uns da schon besser, und dann könnten wir doch einfach etwas zusammen trinken gehen, oder?«

»Morgen?«

»Ja. Morgen. Donnerstag. Ich bin mir sicher, ich werde die Nacht mit einem eingewachsenen Zehennagel überleben. Wenn die Ärzte dir also heute grünes Licht geben und du nach Hause darfst, dann würde ich dich morgen Abend so gegen halb acht abholen. Was meinst du?«

»Da bin ich eigentlich schon verabredet.«

»Schade! Kannst du es nicht verschieben?«

Eigentlich ist der Salsa-Kurs mit Kay ein echtes Highlight. Und das scheint auch Kay so zu sehen, schließlich hat er mich gestern noch daran erinnert. Er wäre sicher nicht begeistert, wenn ich den Kurs absage, um mit Henning in der *Detroit Bar* einzulaufen. Andererseits sitze ich jetzt allein in der Notaufnahme, während Monsieur ohne mich Nele befragt. Also seine Pläne setzt Kay so um, wie sie für ihn am besten passen. Vielleicht sollte ich das auch einfach machen. Und mir würde es gefallen, Henning mal richtig auf den Zahn zu fühlen. Vielleicht kann er mir helfen, die vielen kleinen Puzzleteile des Falles zu einem Bild zusammenzufügen? Immerhin kennt er das Opfer und überhaupt die Insel. Ich habe schon die ganze Zeit das Gefühl, etwas Wesentliches zu übersehen.

»Franzi, alles okay?«, fragt Henning nach. »Du sagst ja gar nichts mehr.«

»Oh, entschuldige. Ich war ganz in Gedanken. Klar, ich verschiebe meine Verabredung. Das kann ich gleich machen, meine Verabredung ist nämlich auch hier.«

»In der Notaufnahme?« Henning sieht sich erstaunt um. Ich schüttle den Kopf.

»Nein, im Stockwerk über uns. Ich bin mit Hauptkommissar Kay Lorenz gekommen.«

»Du bist mit dem Bullen hier?«, unterbricht mich Henning und klingt ernsthaft entgeistert.

»Ja, warum?«

»Hat der sich etwa auch an einem Stück Flammkuchen verschluckt?«

»Nein, er hat mich nur gefahren. Und jetzt ist er gerade nach oben gegangen und …«

In dem Moment, in dem ich es sage, fällt mir ein, dass es vermutlich nicht besonders schlau ist, Henning zu erzählen, was Kay gerade macht. Wollte ich nicht in Zukunft meine Klappe halten? Das war doch eigentlich meine Lehre aus dem Gespräch mit Anna Holtens.

»Äh, und wäscht sich die Hände«, bringe ich meinen Satz also mehr oder weniger elegant zu Ende. Henning scheint nicht darüber zu stolpern, wenigstens fragt er nicht nach. Stattdessen steht er auf und nickt mir zu.

»Okay, dann hole ich dich morgen ab. Um halb acht?«

»Genau. Aber wo willst du hin? Ich dachte, du wartest hier wegen deines Zehs.«

»Habe mich gerade umentschieden. Zwei Stunden Wartezeit ist mir echt zu lang. Ich gehe morgen früh einfach zur Fußpflege. Die wird das schon hinbekommen. Also«, er tippt sich mit Zeige- und Mittelfinger an die Schläfe, »bis morgen, Franzi!«

Dann humpelt er zum Ausgang, und weg ist er. Was für ein seltsamer Auftritt!

12

Ich habe keinen Milzriss, meine Lungenfunktion ist auch völlig normal, und insofern ist alles bestens, als mich Kay wieder in Heringsdorf absetzt. Bis auf die Tatsache, dass er kein Wort mehr gesagt hat, seit ich ihm erzählt habe, dass unser Kurs morgen ausfallen muss, weil ich mit Henning in die *Detroit Bar* gehe. Vermutlich hätte ich ihm das etwas schonender beigebracht, als ich es eben getan habe – wenn er nicht vorher in seine schlechte Angewohnheit zurückgefallen wäre, mir nur sehr zögerlich von seinen Ermittlungsergebnissen zu erzählen. Ich dachte, das hätten wir langsam mal hinter uns gelassen, aber auf der Rückfahrt war Kay sehr zugeknöpft, was Infos über sein Gespräch mit Nele Kaczynski anbelangte. Nele weiß nicht, wer der Täter war, mehr will er mir nicht sagen. Ob sie ihn zwar gesehen hat, aber nicht kannte, oder ob sie ihn gar nicht gesehen hat, weil er sich von hinten angeschlichen hat, oder ob er gar vermummt war – Kay rückt nicht damit heraus. Der Ärger mit Frau de Santis führt offenbar dazu, dass er mich am liebsten wieder ganz aus dem Fall raushalten würde. Weichei! Er könnte ihr einfach mal sagen, dass er seine hohe Erfolgsquote bei den letzten Fällen unter anderem einer gewissen Franziska Mai verdankt!

Kay fährt auf den Parkplatz bei Bäderland-Radio und hält an. Ich schnalle mich ab und werfe ihm einen Seitenblick zu. Er guckt weiter stur geradeaus.

»Das ist jetzt nicht dein Ernst, oder?« Mehr fällt mir dazu nicht ein. Immerhin dreht er sich zu mir um.

»Franzi, du gehst morgen Abend mit deinem Ex-Freund in eine Bar. Und mir sagst du dafür ab. Was erwartest du? Dass ich mich für dich freue?«

»Du weißt doch ganz genau, warum ich mich mit Henning treffe. Ich glaube, er kannte Bruno. Ich hoffe, dass er mir etwas über ihn erzählen kann, was uns weiterhilft. UNS, wohlgemerkt.«

Kay scheint etwas sagen zu wollen, jedenfalls holt er Luft und öffnet den Mund. Dann schließt er ihn aber wieder. Ohne ein Wort. Mir wird das jetzt zu doof. Ich fühle mich zu alt für solche Spielchen.

»Bist du eifersüchtig?«, frage ich geradeheraus.

»Bitte?«

»Bist? Du? Eifersüchtig?«, wiederhole ich noch einmal und betone dabei jedes Wort. »Ich habe nämlich stark den Eindruck und verstehe nicht ganz, warum. Denn erstens, wie ich schon sagte: Du weißt, warum ich Henning treffen will. Und zweitens weißt du auch, dass ich Henning für einen Idioten halte. Und drittens: Du und ich, wir sind kein Paar. Das muss ich jetzt einfach mal so sagen.«

Bei so viel Offenheit meinerseits ist Kay sprachlos. Dann räuspert er sich.

»Ich … ich …«, sucht er nach Worten, bis er sie endlich findet: »Also okay, ich bin eifersüchtig. Auch wenn wir kein Paar sind, bin ich es. Denn ich verbringe gern Zeit mit dir. Wenn ich den Eindruck habe, dass du sie wiederum lieber mit einem anderen Mann verbringst, dann … ich weiß auch nicht … dann gefällt mir das nicht.« Er fährt sich durchs Haar und betrachtet mich dabei vom Fahrersitz aus. »Ich möchte nicht, dass du ihn alleine triffst. Und ja – du hast gesagt, dass du nur versuchst herauszufinden, ob Henning mehr über Bruno weißt. Aber ich bin eben der eifersüchtige Typ. Liegt vermutlich an der Tatsache, dass ich in den letzten Jahren schlechte Erfahrungen mit Vertrauen in meine Mitmenschen gemacht habe. Vor allem in die weiblichen. Ich stelle mir jedenfalls vor, wie ihr zusammen bei einem Glas Wein sitzt und in Erinnerungen an eure romantische Vergangenheit schwelgt.«

Nun muss ich laut lachen. Allein die Vorstellung, mit Henning in *irgendwas* zu schwelgen, ist saukomisch.

»Kay, echt, die Sache mit Henning ist so was von durch«, sage ich dann. »Durcher geht's nicht!«

Er seufzt.

»Gut, vielleicht bin ich da auch einfach zu empfindlich.«

»Bist du«, sage ich und lächle. Kay sagt erst mal nichts mehr. Er scheint über etwas Ernstes nachzudenken, jedenfalls bilden sich auf seiner Stirn ziemliche Falten.

»Aber wenn wir hier schon Stunde der Wahrheit spielen«, redet er dann langsam weiter, »dann muss ich zugeben, dass die Art, wie du sagst, dass wir kein Paar sind, mir ein verdammt schlechtes Gefühl macht. Und überhaupt hast du mir den Korb für morgen Abend eben ziemlich um die Ohren gehauen.«

»Tut mir leid, das wollte ich nicht.« Ich überlege kurz. »Nein, falsch. Ich wollte es doch. Und weißt du, warum?«

Kay guckt völlig überrascht, antwortet aber nicht.

»Weil es mich total nervt, dass du mich jetzt wieder aus dem Fall raushalten willst. Da waren wir doch schon mal weiter. Warum durfte ich im Krankenhaus nicht mit zu Nele Kaczynski? Die Ausrede mit der Notaufnahme kannst du dir sparen, die hätten mich auch auf der Station erreicht, wenn ich in der Ambulanz endlich drangekommen wäre.«

»Äh, ja, also«, stammelt Kay, aber ich unterbreche ihn, indem ich einfach weiterrede.

»Ich sag dir, woran das liegt: Seitdem du den Anschiss von der Staatsanwältin bekommen hast, ist alles wieder so wie ganz am Anfang. Du erzählst mir nur das, was ich ohnehin auch selbst rausfinden kann. Nur, um von der blöden Kuh keinen mehr auf den Deckel zu bekommen. Du bist ein richtiger Streber, angepasst und karrieregeil!«

»Stimmt doch gar nicht!«, verteidigt sich Kay, klingt dabei aber ziemlich lahm.

»Wenn es nicht stimmt, hättest du gestern mal Stellung beziehen können, als ich vor der Agentur von Wunderlich stand und de Santis mich nicht reinlassen wollte. Aber du hast lieber schön die Klappe gehalten. Sehr heldenhaft!«

»Ja, okay, das war schwach«, räumt Kay ein. »Und deswegen hast du mir so einen reingewürgt? Oder ... oder gibt es noch andere Gründe?« Der Blick, den er mir zuwirft, liegt irgendwo zwischen Dackel und waidwundem Reh, und als er jetzt auch noch seine Hand auf meinen Unterarm legt, spüre ich auf einmal das Prickeln von heute Mittag wieder.

»Wie meinst du das?«, frage ich, und meine Stimme klingt ganz rau.

»Ich meine, es stimmt schon, dass wir kein Paar sind«, antwortet Kay, und auch seine Stimme klingt nun belegt. Mein Herzschlag legt deutlich an Geschwindigkeit zu – worauf genau will Kay hinaus? »Aber das«, spricht er weiter, »muss ja nicht immer so ...«

Es klopft laut. Nicht mein Herz. Sondern von außen an die Fensterscheibe der Beifahrerseite. Janis steht vor dem Auto und schaut hinein.

»Da bist du ja endlich!«, ruft er.

Kay verstummt. Nein! Das darf doch nicht wahr sein! Endlich gewährt mir Herr Lorenz mal einen tiefen Einblick in sein Gefühlsleben, da muss Janis aufkreuzen und es vermasseln. Am liebsten würde ich das Fenster öffnen und *Hau ab!* rausbrüllen, aber das ist sinnlos. Der Moment ist vorbei und kommt mit Sicherheit auch nicht so schnell wieder. Scheiße!

Kay öffnet die Tür und steigt aus.

»Hallo, Herr Neubauer. Sorry, hat echt lange gedauert in der Notaufnahme.«

Ich steige ebenfalls aus.

»Aber wenigstens wissen wir jetzt, dass ich topfit bin.«

»Zum Glück!«, freut sich Janis. »Alleine würde ich es mit Raimund auch keine Sekunde mehr aushalten. Der ist mir den ganzen Nachmittag dermaßen auf den Senkel gegangen – kannste dir nicht vorstellen. Also solltet ihr jemals zusammen durchbrennen wollen: Nehmt mich auf alle Fälle mit!«

Ich schenke Janis ein schiefes Lächeln.

»Klaro. Ich sag dir rechtzeitig Bescheid. Bezweifle allerdings, dass das unmittelbar bevorsteht.«

»Man weiß ja nie«, grinst Janis und klopft mir auf die Schulter, »ihr wärt jedenfalls ein richtig cooles Paar!«

*

Wir sind zwar nicht miteinander durchgebrannt, aber Kay hat sich in Anklam abgemeldet, und ich habe Raimund Bescheid gesagt, dass mit mir heute nicht mehr zu rechnen ist. Dann haben wir Janis eingepackt, Greta aus dem Hort abgeholt und bei einer Freundin abgesetzt, mit der sie verabredet war. Nun sitzen Kay, Janis und ich in Kays Küche und versuchen, aus all unseren Informationen ein komplettes Bild zu erstellen. Das ist gar nicht so einfach, denn so recht scheint hier nichts zusammenzupassen oder zusammenzugehören. Was allerdings gut zusammenpasst, ist unser Team, und darüber bin ich richtig froh. Es war anscheinend gut, Kay meinen Frust auf den Kopf zuzusagen, denn jetzt fühlt sich unser Sit-in hier richtig gut an.

»Ich fasse mal zusammen«, sage ich, nachdem ich einen Schluck von einem wirklich sehr starken Kaffee genommen habe, der in meinem geschundenen Hals immer noch unangenehm brennt. »Am Sonntagmorgen wird Bruno Wunderlich mit seinem Jetski in die Luft gesprengt. Der Täter oder die Täterin muss sich zumindest im Umkreis von einem Kilometer um den Tatort befunden haben. Vermutlich näher, vermutlich mit Blickkontakt. Hat eure Videoauswertung schon etwas ergeben?«

»Nein. Du kannst dir die Aufnahmen gern noch mal ansehen, aber wir haben darauf nichts Verdächtiges gesehen.«

»Hm. Nele Kaczynski behauptet, die Jetski seien vertauscht worden und Bruno sei mit dem von Sven Holtens unterwegs gewesen«, fahre ich fort. »Sie ist allerdings die Einzige, die das sagt. Sven Holtens kann sich nicht mehr erinnern, ob er mit Wunderlich getauscht hat.«

»Halt mal«, mischt sich Janis ein, »kann man denn jetzt nicht feststellen, mit welchem Jetski Wunderlich gefahren ist? Beziehungsweise Holtens? Der eine muss noch heil sein, da müsste man doch klären können, ob das der von Holtens oder der von Wunderlich ist.«

»So einfach ist es leider nicht. Die vier Jetski sind allesamt das gleiche Modell«, erklärt Kay. »Holtens ist der Meinung, dass sie immer mal wieder getauscht haben, und kann nicht mehr sagen, wie genau das an dem Morgen abgelaufen ist.«

»Aber wie kommt Nele Kaczinsky dann zu ihrer Aussage?«

»Das habe ich sie gestern Abend auch gefragt.«

Ach? Damit rückt Kay nun doch raus? Offenbar hat er sich meine kleine Ansprache zu Herzen genommen.

»Und was hat sie gesagt?«, will ich wissen.

»Sie meint, Bruno habe ihr gesagt, dass ihm eins der beiden Fahrzeuge mehr liege, und so seien dann auch die jeweiligen Fackeln montiert worden. Und sie ist sich nach wie vor sicher, dass er kurz vor dem Auftritt die Fackeln getauscht hat.«

»Tja.« Janis fährt sich durch die Haare und schaut nachdenklich. »Wer weiß.«

»Oder sie lügt«, werfe ich ein. »Vielleicht will sie von irgendetwas ablenken und Anna Holtens nur belasten, weil sie weiß, dass niemand ihre Aussage überprüfen kann?«

»Warum sollte sie das tun?«, fragt Kay.

Ich zucke mit den Schultern.

»Keine Ahnung. Aber wenn es nun wirklich so ein überraschender Tausch gewesen wäre, würde ich denken, dass Sven davon etwas mitbekommen hätte. Nee, ich kauf die Geschichte nicht. Was hat sie denn noch erzählt?«

»Der Angriff auf sie ist tatsächlich so erfolgt, dass sie den Täter nicht sehen konnte«, sagt Kay.

»Oder die Täterin«, ergänzt Janis.

»Richtig, oder die Täterin. Nele Kaczynski sagt, dass sie gehört hat, dass jemand ins Büro gekommen ist. Sie selbst stand gerade in der Teeküche, um sich einen Kaffee zu machen und dachte, es handle sich um Frau Akbayir. Deshalb hat sie nur so was wie *Bin hier hinten, komme gleich* gerufen. Und dann hat ihr schon jemand etwas Hartes über den Schädel gezogen. Sie ist erst im Krankenwagen wieder zu Bewusstsein gekommen.«

»Hat sie auch etwas zum Computer gesagt?«, will ich wissen.

»Ja. Der war noch da, als sie morgens ins Büro kam. Der Täter …«

»Oder die Täterin«, ergänzt Janis. Kay verdreht die Augen.

»Der Täter oder die Täterin müssen ihn mitgenommen haben. Korrekt.«

»Also wir haben einen toten Stuntman, wissen aber nicht, ob er umgebracht werden sollte oder sein Kollege.« Janis kritzelt Stichpunkte auf die Seite des Notizbuchs, das er immer in seiner Hosentasche mit sich führt. »Dann haben wir eine Zeugin, die vielleicht lügt, ganz sicher aber heute Vormittag angegriffen wurde.«

»In diesem Zusammenhang nicht zu vergessen ein heftiger Sorgerechtsstreit zwischen einem Kollegen des Opfers und seiner Ex-Frau, die sich gut mit Sprengstoff auskennt«, zählt Kay weiter auf. »Ich werde morgen als Erstes Anna Holtens vorladen. Soll sie mir doch mal erklären, warum sie sofort diesen Marco angerufen und nach dem Gerücht gefragt hat. Und mir sagen, wo genau sie heute Vormittag war und ob sie ihren Minigolfschläger dabeihatte.«

»Wir haben zudem einen Zeugen, der sagt, dass Bruno in die Dealerszene hier auf Usedom verstrickt war«, übernimmt Janis.

Ich nicke.

»Und dazu passend haben wir circa hundert Päckchen Puderzucker, die gestern früh am Strand von Ahlbeck angeschwemmt wurden, aufgemacht wie ein Drogenfund, versehen mit einer offensichtlichen Warnung an wen auch immer.«

»Kann ich euren Zeugen mal sprechen?«, fragt Kay. »Den, der behauptet, dass Bruno gedealt hat?«

Wie aus der Pistole geschossen antworten Janis und ich fast zeitgleich mit einem *Nein.*

»Wow, ist ja gut!«, ruft Kay und hebt wie zur Kapitulation die Hände. »Ich verstehe schon – Quellenschutz und so weiter.

Wenn ich einen konkreten Hinweis hätte, aus welcher Richtung die Drogen kommen sollen, dann könnte ich mal meine Kontakte nutzen. Meine alten Kollegen in Hamburg zum Beispiel. Vielleicht wissen die mehr. Aber so ein klitzekleiner Anhaltspunkt wäre da schon nicht schlecht.«

»Leider ist unser Zeuge vermutlich niemand, der sich gern mit der Polizei unterhält«, sagt Janis bedauernd. »Aber ich werde versuchen, ein bisschen mehr aus ihm herauszukitzeln. Und ich werde ihn fragen, ob er doch mit Ihnen sprechen würde, Herr Hauptkommissar. Machen Sie sich da aber nicht zu viele Hoffnungen.«

Wovon Janis nichts erzählt, ist sein geplanter Undercover-Einsatz, und das ist auch besser so. Es reicht, Kay einzuweihen, wenn sich daraufhin wirklich eine konkrete Spur ergibt. Sonst müssen wir uns von Kay vermutlich einen längeren Vortrag anhören, in dem das Wort *Amateure* bestimmt nicht nur einmal vorkommt. Ich verliere darüber also auch kein Wort, sondern komme noch mal auf das Thema zurück, über das wir uns vorhin gestritten haben. Also, fast gestritten.

»Wer mit Sicherheit auskunftsfreudiger ist, ist Henning. Ich weiß, du bist kein Fan von ihm, aber vielleicht kennt er Bruno persönlich. Er kommt immerhin aus der Gegend, seine Familie hatte hier lange ein Hotel, und er ist im gleichen Alter wie Bruno. Oder er kann sich mal unauffällig in Brunos Dunstkreis umhören.«

Kay seufzt.

»Ich kann dich sowieso nicht davon abbringen, also mach ruhig. Auch wenn ich dir versichern kann, dass sich nicht alle Usedomer kennen. Sonst hätte ich auch schon vorher mal etwas von Bruno oder Henning gehört. Was ich dich schon die ganze Zeit fragen wollte – hat er dich vorhin eigentlich angerufen?«

Er holt kurz Luft. »Oder bist du von ganz allein auf die Idee gekommen, unseren Kurs abzusagen?«

»Was für einen Kurs?« Janis schaut zwischen uns hin und her, niemand beantwortet seine Frage. Ich überlege, ob ich einen Anruf erfinde oder Kay von dem zufälligen Treffen im Krankenhaus erzähle. Ach, besser bei der Wahrheit bleiben. Nachher erfährt es Kay auf anderen Wegen und ist dann gleich wieder sauer.

»Henning war auch in der Notaufnahme«, sage ich also, »wir haben zusammen eine Zeitlang gewartet und dann beschlossen, dass wir uns morgen in der *Detroit Bar* treffen.«

»Henning war auch in der Notaufnahme?!« Kay klingt fassungslos.

»Ja«, antworte ich schlicht.

»Warum hast du mir das nicht gleich gesagt?«

»Na, weil du mir nicht gesagt hast, was wiederum Nele dir alles gesagt hat. Aber das Thema hatten wir doch schon. Wollen wir uns ernsthaft wieder darüber streiten?«, erwidere ich kühl.

»Nein, ist ja gut.« Kay klingt kleinlaut. »Aber woher wusste Henning, dass du im Krankenhaus bist? Hat er dich vorher angerufen?« Ich schüttle stumm den Kopf. »Nicht? Verfolgt der dich etwa?«

»Es war Zufall«, erkläre ich. »Er hatte sich den Fuß verletzt und war deshalb auch in die Notaufnahme gekommen.«

Kay lacht laut auf.

»Sicher. Ein *Zufall.* Also, das kann dieser Henning seiner Großmutter erzählen. Ich glaube kein Wort. Wahrscheinlich schleicht der schon seit Wochen wieder hinter dir her.«

»So ein Quatsch!«, lache ich, aber auch Janis guckt sehr skeptisch.

»Du musst zugeben, dass das schon ein bisschen seltsam ist«, sagt er. »Wieso kreuzt der da ausgerechnet auf, wenn du da bist?«

Ich zucke mit den Schultern.

»Keine Ahnung. Jedenfalls war er selbst total überrascht, mich zu sehen. Kam mir nicht gespielt vor.«

»Oder er ist einfach ein sehr guter Schauspieler«, brummt Kay grimmig. »Und du besonders leichtgläubig.«

»Wie auch immer. Ich werde ihn morgen mal in die Mangel nehmen, und ich kann ihn bei der Gelegenheit auch fragen, ob er mich zufälligerweise verfolgt.« Ich beende meinen letzten Satz mit einem Kichern und knuffe Kay in die Seite, aber der verzieht keine Miene.

»Mach das. Ich habe bei dem Typen kein gutes Gefühl. Und mein Kriminaler-Instinkt trügt mich sehr selten.«

13

»Franzi, du siehst großartig aus!« Henning stürzt auf mich zu, kaum dass ich die *Detroit Bar* betreten habe. Ehe ich mich versehe, reißt er mich an sich und drückt mich.

»Hey, nicht so stürmisch!« Ich schiebe ihn mit sanftem Druck von mir weg.

»Was macht dein Fuß?«, will ich dann wissen, weil er nicht mehr so wie gestern humpelt. Ob Kay doch richtiglag?

»Oh, meinem Fuß geht es wieder bestens! Ich war heute Morgen bei der Fußpflegerin meiner Großmutter, die hat wahre Wunder vollbracht.« Er strahlt mich an und zeigt dann Richtung Tresen. »Wo möchtest du sitzen? Direkt an der Bar? Oder lieber ein bisschen intimer im Gastraum?«

Die Art, wie er *intim* sagt, ist sehr schräg. Hoffentlich war es wirklich eine gute Idee, sich hier mit ihm zu treffen. Schon allein wegen dieser Frage werde ich mich auf gar keinen Fall an einen der Tische mit ihm setzen!

»Du weißt doch, Henning, ich bin Rheinländerin.«

Er guckt mich ratlos an.

»Ja, und?«

»Wo werde ich also sitzen wollen? In einem alten rheinischen Volkslied heißt es sehr treffend: Der schönste Platz ist an der Theke.«

»Okay, wie du meinst.« Er klingt ein bisschen enttäuscht, aber das ist mir egal. Wenn der denkt, dass das hier kuschelig wird, ist er schiefgewickelt. Wir nehmen also auf den Barhockern an der Theke über Eck Platz, so dass wir nicht nebeneinander, sondern schräg zueinander sitzen. Barkeeper Dennis, mittlerweile fast so etwas wie ein alter Bekannter von mir, kommt zu uns.

»Hallo, Franzi, schön, dass du auch mal wieder da bist!« Henning wirft er einen fragenden Blick zu, sagt aber nichts weiter, begrüßt ihn allerdings auch nicht. Kein Wunder. Dennis ist eindeutig *Team Kay* und fragt sich wahrscheinlich gerade, wen ich hier anschleppe.

»Grüß dich, Dennis«, sage ich freundlich. »Ja, hatte viel zu tun in letzter Zeit.«

»Habe ich mitbekommen. Dein Auftritt auf dem Strandvergnügen ist ja Legende. Gut, dass dir nichts passiert ist!«

»Zum Glück! Janis hat allerdings drei Tage im Krankenhaus verbracht. Hat ein Trümmerteil an den Kopf bekommen.«

»Autsch!« Dennis verzieht das Gesicht. »Dann bestelle ihm mal gute Besserung von mir.« Nun dreht er sich doch zu Henning. »Hallo übrigens. Ich bin Dennis, der Bar-Chef. Was wollt ihr denn trinken?«

»Ich nehme ein Bier«, beschließt Henning, »und du?«

»Ich starte mit einer Rhabarberschorle.«

»Uuuh, Rhabarberschorle! Mit Kohlensäure – so gefährlich!«, zieht mich Henning auf. Aber das ist mir wurscht. Heute ist definitiv ein Abend, um stocknüchtern zu bleiben.

»Geht gleich los«, quittiert Dennis unsere Bestellung und macht sich an die Arbeit.

»Und du bist also häufiger hier«, stellt Henning messerscharf fest.

»Ja, mir gefällt es hier sehr gut. Meine absolute Lieblingsbar in Bansin.«

»Der Barkeeper ist ja etwas aufdringlich.« Henning verschränkt die Arme vor der Brust und starrt zu Dennis hinüber. *»Ich bin Dennis, der Bar-Chef«*, äfft er ihn dann nach. »Lächerlich. Für wen hält der sich?«

»Ich würde sagen, für den Bar-Chef«, sage ich süffisant. Henning guckt böse, verkneift sich aber einen Kommentar, und ich beschließe, nun damit loszulegen, wofür ich heute Abend den Salsa-Kurs habe sausenlassen: herauszufinden, ob er etwas Verwertbares über Bruno weiß. Und herauszufinden, was er von mir will. Letzteres interessiert mich offen gestanden besonders, denn dass Henning hier gerade versucht, mein Herz zurückzugewinnen, halte ich für völlig ausgeschlossen.

Dennis stellt uns die Getränke vor die Nase, ich nehme einen Schluck von meiner Schorle, dann starte ich meinen Lauschangriff.

»Du denkst also noch ab und zu an Bobo und Schneeweißchen«, sage ich über den Rand meines Glases hinweg. »Mir war gar nicht klar, dass du so ein Tierfreund bist.«

»So, wie du das sagst, Franzi, klingt das irgendwie, als hätte ich einen schlechten Charakter und man müsste sehr überrascht sein, wenn ich mich um kleine Tiere kümmere.«

Ich zögere erst, dann nicke ich.

»Ja, ich denke, genau das wollte ich damit andeuten. Ich glaube nämlich tatsächlich, dass du einen schlechten Charakter hast.«

Henning starrt mich an. Ungläubig, wie mir scheint. Was wiederum ich kaum glauben kann. Dass ich ihn für einen Mistkerl halte, liegt doch wohl auf der Hand!

»Mein lieber Henning«, setze ich an, um ihm noch mal ins Gedächtnis zu rufen, wie das eigentlich mit uns gelaufen ist, »falls du es schon vergessen hast: Du hast mich damals richtig mies abserviert.«

»Oh! Ich, äh…«

»Nee, nichts *ich, äh*! Für dich habe ich meinen sicheren Job beim WDR gekündigt! Ich bin mit dir ans andere Ende der Republik gezogen, nur damit du das Hotel von deinem Onkel übernehmen kannst. Und kaum waren wir hier, hast du was mit Bille, dieser dummen Kuh, angefangen!«, rede ich mich langsam in Fahrt. »Leider hast du aber vergessen, mir davon zu berichten, und ich musste es ein halbes Jahr später selbst herausfinden. Eine echte Scheiß-Aktion von dir! Also entschuldige bitte, wenn ich dich auch drei Jahre später nicht für besonders charakterstark halte!«

Ich glaube, ich bin etwas lauter geworden, jedenfalls hat sich Dennis in den hintersten Winkel seiner Bar verzogen, und das Pärchen, das direkt nach uns das *Detroit* betreten hat, starrt unverhohlen zu uns herüber. Als sie sehen, dass ich den Blick erwidere, gucken sie betreten zu Boden. Es muss für die beiden vermutlich wie bei einem Autounfall sein: Schrecklich, aber man kann einfach nicht wegschauen.

»Franzi, heute schäme ich mich dafür. Sehr sogar!«, gibt Henning den Zerknirschten und greift nach meiner Hand. Sofort ziehe ich sie zurück und lege sie auf meinen Schoß. Henning seufzt.

»Ja, ich war ein Arschloch. Wie konnte ich dir das nur antun?« Auch Henning setzt auf *waidwundes Reh*, aber bei ihm wirkt es nicht mal halb so charmant wie bei Kay. Vermutlich, weil ich längst weiß, dass an Henning ein großer Schauspieler verloren gegangen ist. Trotzdem bekämpfe ich den in mir aufkeimenden Wunsch, ihm meine Rhabarberschorle ins Gesicht zu kippen. Schließlich möchte ich wissen, was er von mir will.

»Ich weiß nicht, wie du mir das antun konntest«, antworte ich also stattdessen kühl. »Aber besonders nett war es nicht.«

»Du hast recht. Ich war ein Vollidiot. Ich habe nur an mich gedacht. Das mit Bille war ein riesiger Fehler. Aber zu meiner Entschuldigung: Sie hat mich verführt. Nach allen Regeln der Kunst. Ich war geradezu machtlos!«

Es ist sehr, SEHR schwer, das Glas mit der Schorle auf dem Tisch stehen zu lassen, ich muss dafür fast übermenschliche Kräfte aufbringen.

»Du Armer«, sage ich stattdessen und versuche, dabei nicht zu sarkastisch zu klingen. »Dann ist es natürlich überhaupt nicht deine Schuld.«

»Nein, so ja nun auch wieder nicht«, räumt Henning ein. »Natürlich war das auch meine Schuld. Ich versuche nur zu erklären, wie es dazu kam. Und der Reiz des Neuen spielte dabei eine große Rolle. Als ich Bille das erste Mal bei dir in der Redaktion traf, und sie mir …«

»Oh, bitte!«, unterbreche ich ihn scharf. »Das muss ich mir nun echt nicht anhören. Erzähl mir lieber, warum du gerade jetzt bei mir aufkreuzt. Irgendwas ist doch bei Bille und dir passiert, sonst säßen wir beide nicht hier.«

»Hmhm«, murmelt Henning zustimmend, »ja, es läuft bei mir in letzter Zeit nicht optimal, und ich brauchte mal jemanden, der mir einfach nur zuhört.«

»Und da dachtest du an deine alte Freundin Franzi?«

»So ungefähr.«

Wie schön. Ich bin geschmeichelt. Glaube ihm aber kein Wort.

»Was läuft denn nicht so optimal?«, hake ich nach.

»Mit Bille ist es aus und vorbei«, räumt Henning freimütig ein. »Und das Hotel ist mittlerweile pleite. Es lief schon die ganze Zeit nicht so gut, ein Wasserschaden mit monatelangen Renovierungsarbeiten hat uns dann den Rest gegeben. Meine gesamten Ersparnisse sind dabei draufgegangen.«

Wieder dieser Rehblick. Aber mich kriegst du nicht damit eingefangen, mein Lieber! Du hast mir einmal das Herz gebrochen, das reicht. Ich wäre dir bis ans Ende der Welt gefolgt, was ich mit dem Umzug nach Usedom ja schon ansatzweise unter Beweis gestellt habe. Mein letztes Hemd hätte ich dir auch gegeben, so geliebt habe ich dich. Aber du bist leider ein Betrüger. Und das ist zum Glück nicht mehr mein Problem.

»Das tut mir leid zu hören«, sage ich also nur knapp.

Wieder ein theatralischer Seufzer. Aus den Augenwinkeln kann ich sehen, dass Dennis uns sehr aufmerksam zuhört und sich seinen Teil denkt.

»Danke dir, Franziska. Ich wusste, dass du ein offenes Ohr für mich haben würdest.« Henning trinkt sein Bier mit einem großen Schluck aus und winkt Dennis mit dem leeren Glas zu. Noch ein Pils für den Herrn. Prost!

»Aber sag mal«, sagt er dann, »wie sieht denn dein Privatleben momentan so aus? Läuft da was mit diesem Kommissar?«

Wow, ganz schön direkt! Ich verschränke die Arme vor der Brust und atme tief durch.

»Wie kommst du darauf?«

»Bille hat so eine Andeutung gemacht. Und dann die Nummer im Krankenhaus gestern …«

»Was denn für eine Nummer? Wir waren dienstlich zusammen essen, ich habe mich an einem Stück Flammkuchen verschluckt, und Kay hat mich ins Krankenhaus gefahren. Das hätte jeder normale Mensch genauso gemacht.«

»Ist ja gut, ist ja gut!« Henning lacht. »Reg dich nicht auf. Ich war nur neugierig.«

»Kay und ich verstehen uns gut. Mehr auch nicht.«

»Und arbeitet ihr weiter zusammen? Zumindest macht es den Anschein, wenn ihr *dienstlich* Mittag essen geht.«

Mit einem Mal weiß ich, was Henning in Wirklichkeit will. Herausfinden, ob Kay und ich gerade gemeinsam an dem Mordfall Wunderlich arbeiten. Das überrascht mich. Warum interessiert ihn das? Das bringt mich natürlich zu der anderen Sache, die *ich* wissen will.

»Ja, wir haben einen neuen Fall«, bestätige ich. »Apropos: Kanntest du Bruno Wunderlich persönlich?«, werde ich dann meine Frage los.

»Wieso *apropos?*«

»Ist doch wohl klar: Es geht um den Mord an Bruno Wunderlich. Und da frage ich dich, ob du ihn persönlich kanntest. Wäre schon interessant für mich. Schließlich bin ich auf Infos über das Mordopfer dringend angewiesen.«

»Ach so. Stimmt. Das macht Sinn.«

»Und? Kanntest du ihn?«

Henning nickt.

»Ja. Kannte ich. Wir haben als Jugendliche zusammen Fußball gespielt.«

Schweigen. Oh, Mann, muss ich dem jetzt jedes Wort aus der Nase ziehen? Schwierig!

»Und?«, fordere ich ihn auf. »Kannst du mir ein bisschen über ihn erzählen?«

»Natürlich. Bruno war ein feiner Kerl. Ich kann nicht fassen, dass ihn jemand ermorden wollte.«

»Und doch hat es jemand getan.«

Henning schüttelt den Kopf und sieht dabei traurig aus. Der Tod von Bruno scheint ihm ernsthaft nahezugehen.

»Bruno hat mir in den vergangenen Monaten sehr geholfen«, beginnt er dann zu erzählen. »Nach der Pleite war ich völlig am Ende. Bille hat mir jeden Tag Vorwürfe gemacht und mir mein Versagen unter die Nase gerieben. Ich habe verzweifelt nach einem Job gesucht, brauchte dringend Geld. Bille bestand nämlich weiterhin auf getrennten Kassen, ich hatte nicht mal die Kohle, um meinen Einkauf bei Penny zu bezahlen.«

Es zeugt nicht von menschlicher Größe meinerseits, aber ich muss zugeben, dass mich diese Schilderungen mit einer gewissen Genugtuung erfüllen. Oder kurz gesagt: Geschieht ihm recht! Das sage ich natürlich nicht, sondern versuche, betroffen zu gucken, damit Henning weiterredet.

Macht er auch. Und zwar ziemlich pathetisch.

»Es war Bruno, der mir eine Hand reichte und mich wieder aufrichtete, als ich am Boden lag.«

Ich kann nicht anders – ich hole ein Taschentuch aus meiner Handtasche und gebe es Henning. Der verzieht den Mund.

»Du brauchst dich gar nicht darüber lustig zu machen! Es ging mir so beschissen wie noch nie in meinem Leben. Bruno hat mir einen Job in seinem Bootsverleih gegeben, so konnte ich Bille wenigstens meinen Anteil an der Miete zahlen. Keinen Cent durfte ich ihr schuldig bleiben. Die geldgierige Ziege!«

Tja. Augen auf bei der Partnerwahl. Aber ich will ja noch mehr von Henning erfahren, also klopfe ich ihm mitfühlend auf die Schulter.

»Ich lad dich heute ein. Bestell dir gern noch ein Bier.«

»Nein, ich lade dich ein. Bin da an einer ganz einträglichen Sache dran und stehe bald wieder auf eigenen Füßen. Wir alten Mitarbeiter von Bruno haben nämlich beschlossen, die Agentur zu retten. Die ist mit dem Verleih der Sportgeräte eigentlich gut aufgestellt, Mietwagen haben wir auch – es wäre schade, die Firma jetzt vor die Hunde gehen zu lassen. Ich bin mit eingestiegen und glaube, das wird gut laufen. Eine echte Unternehmensfortführung!«

»Das freut mich. Sag mal, ist dir bei Bruno mal irgendwas aufgefallen, was dir komisch vorkam? Oder fragwürdig?«

»Fragwürdig? Wie meinst du das?«

»Na ja, kannst du dir vorstellen, dass er in illegale Geschäfte verstrickt war? Immerhin hat ihn jemand kaltblütig in die Luft gesprengt, da liegt der Verdacht nahe, dass er sich mit den falschen Leuten eingelassen hat.«

»Nein, das kann ich mir nicht vorstellen«, sagt Henning spontan. »Bruno ist ein ehrlicher Kerl. Oder besser: war ein ehrlicher Kerl.« Dann presst er die Handinnenflächen aneinander und stützt sein Kinn darauf. »Wobei – er erwähnte mal Ärger mit irgendwelchen Typen aus Hamburg. Hat mir nicht gesagt, worum es dabei genau ging. Es schien ihn jedenfalls sehr zu beschäftigen. Ich habe aber nicht nachgefragt, ich hatte das Gefühl, dass es mich nichts anginge.«

Ärger mit Typen aus Hamburg. Das ist doch mal ein guter Hinweis. Kay sollte seine Idee also unbedingt in die Tat umsetzen.

»Worüber denkst du nach?«, fragt Henning.

»Oh, nichts. Eigentlich nur, dass ich schon ziemlich müde bin und ins Bett muss.«

»Jetzt schon? Aber es ist noch nicht mal neun Uhr«, wundert sich Henning. Ich zucke mit den Schultern.

»Ja, tut mir leid. Ist bisher eine echt anstrengende Woche. Aber ist für deinen Fuß bestimmt auch gut. Kannste den jetzt noch mal schön hochlegen.«

»Meinen Fuß?« Henning scheint im ersten Moment nicht zu verstehen, wie ich das meine.

»Na, der ist doch sicher noch ein bisschen lädiert, oder nicht? Hochlagern ist da genau richtig.«

»Ach so, ja, genau!« Henning schlägt sich mit der flachen

Hand vor die Stirn. »Gute Idee! Das werde ich gleich mal machen.«

*

Auf dem Nachhauseweg denke ich darüber nach, ob Kay recht hat und Henning mich beschattet. Dass mit seinem Fuß alles in Ordnung ist, war nun mehr als offensichtlich. Ein unangenehmes Gefühl breitet sich in mir aus. Ob Henning zum Stalker geworden ist? Erst dieser seltsame Anruf vom Fischmarkt, dann steht er direkt auf meiner Fußmatte und ich stolpere im Krankenhaus über ihn – was soll das? Ein Zufall war das Zusammentreffen in der Notaufnahme jedenfalls ganz sicher nicht, davon bin jetzt auch ich überzeugt.

Am *Inseltreff* angekommen, gehe ich nicht gleich in meine Wohnung, sondern krame meinen Autoschlüssel aus der Handtasche und schließe den Panda auf. Ich habe eindeutig Gesprächsbedarf und finde, für einen Spontanbesuch ist es noch nicht zu spät. Zehn Minuten später parke ich in einer Straße, die mir mittlerweile schon einigermaßen vertraut ist, und hoffe, dass jemand zu Hause ist. Immerhin kann ich durch die Fenster Licht brennen sehen, obwohl es draußen noch einigermaßen hell ist. Das ist schon mal vielversprechend. Ich gehe zur Haustür und klingle. Gleich darauf geht der Summer, und ich kann die Tür zum Hausflur aufdrücken. Kay steht in der Wohnungstür und schaut mich überrascht an.

»Hallo, Franzi, was machst du denn hier?«

»Rät die Kriminalpolizei nicht, sich erst mal durch die Gegensprechanlage zu vergewissern, wer vor der Tür steht, bevor man selbige öffnet?«, frage ich lächelnd.

»Ja, das tut sie«, bestätigt Kay. »Wenn der Bewohner allerdings ein mutiger, durchtrainierter Polizeibeamter mit Nahkampferfahrung ist, darf er die Tür auch schon vorher öffnen.«

»Nahkampferfahrung? Seit wann das denn?«

»Oh, ich besuche seit kurzem einen Kurs in südamerikanischer Selbstverteidigung. Nennt sich Salsa. Heute hat mich meine Trainingspartnerin allerdings schnöde versetzt.«

Ich muss kichern, Kay öffnet die Tür weit und winkt mich in seine Wohnung.

»Wer ist denn da?«, höre ich Gretas Stimme aus dem Kinderzimmer.

»Spontaner Besuch von Franzi«, ruft er zurück.

»Super!« Keine zehn Sekunden später steht Greta im Nachthemd neben ihrem Vater im Flur.

»Hallo, Franzi!«, begrüßt sie mich fröhlich. »Wenn du hier bist, hättest du doch auch mit Papa tanzen gehen können. Oma wollte extra zum Babysitten kommen, aber jetzt hat Papa ihr schon abgesagt.«

Die Logik einer Neunjährigen ist bestechend, auch wenn sie in diesem Fall unrecht hat.

»Ich hatte bis eben wirklich einen Termin, deswegen hätten wir es nicht rechtzeitig zum Tanzkurs geschafft«, erkläre ich ihr. »Aber nächste Woche klappt das wieder, das kannst du deiner Oma schon mal sagen.«

Greta schüttelt den Kopf, und ihre beiden Zöpfe fliegen hin und her.

»Nee, nächste Woche bin ich doch wieder bei Mama. Da brauchen wir Oma nicht. Mama ist abends zu Hause.«

Ach, ja. Das berühmte Wechselmodell.

»Aber sicher braucht deine Mama auch mal einen Babysitter«, sage ich leichthin. »Die will doch vielleicht auch mal los.«

»Nur sehr selten. Meistens sind sie und Claus abends zu Hause. Mama sagt, sie ist froh, dass sie in festen Händen ist und nicht wie Papa immer noch auf der Suche. Das wäre ihr viel zu anstrengend.«

»Ja, deine Mama!«, murmelt Kay, dann legt er seine Hände auf Gretas Schultern und schiebt sie wieder in Richtung Kinderzimmer. »Mama will vor allem, dass du genug Schlaf bekommst, und schimpft mit mir, wenn du nächste Woche mit Augenringen bei ihr auftauchst. Und deswegen gehst du jetzt ins Bett, mein Schatz.«

»Aber ich will auch mit Franzi quatschen!«, protestiert sie und stemmt sich gegen die Hände ihres Vaters.

»Heute nicht, Gretelchen. Ab ins Bett!«, bleibt Kay hart, und schließlich verschwindet Greta murrend in ihrem Zimmer. Kay atmet tief durch, dann dreht er sich wieder zu mir.

»Hallo erst mal. Magst du ein Glas Rotwein? Ich habe mir gerade eine Flasche aufgemacht.«

»Gern. Ich habe bisher nur eine Rhabarberschorle intus, ein Glas Wein kann ich also noch vertreten.«

»Dann komm mit in die Küche.«

Dort angekommen, nimmt Kay eines der schönen, bauchigen Gläser vom Regal über dem Küchentisch und schenkt mir aus der Flasche ein, die schon auf dem Tisch steht.

»Bitte sehr.« Er reicht es mir, und wir setzen uns. »Was gibt's?«

»Wir haben heute den ganzen Tag noch nicht gesprochen. Ich dachte, du meldest dich vielleicht mal. Aber wenn der Prophet nicht zum Berg kommt, dann kommt der Berg eben zum Propheten.«

»Und du bist jetzt das Matterhorn?« Kay grinst.

»Gewissermaßen.«

»Ich hatte echt viel um die Ohren. Und dann hab ich Anna Holtens auch noch einen Überraschungsbesuch abgestattet. Sie gibt sich natürlich völlig ahnungslos, hat aber auch kein Alibi für gestern Vormittag.«

»Ach nee! Das ist ja interessant.«

»Ist es. Frau Holtens war nicht besonders auskunftsfreudig und über mein Auftauchen wenig begeistert. Verunsichert wirkte sie davon allerdings auch nicht. Ich bin mir nicht sicher, ob das die richtige Spur ist.«

»Warum hast du mir das nicht gleich erzählt?«

»Wieso? Du hast auch nicht angerufen, liebe Franzi. Und ich wollte nicht stören. Ich dachte, du musst dich vielleicht besonders gewissenhaft auf dein Date mit Henning vorbereiten.«

Höre ich da einen leicht angefassten Unterton?

»Immer noch eifersüchtig?«, frage ich nach.

»Natürlich. Aber ich werde es überleben«, witzelt Kay, »es sei denn, du bist gekommen, um mir von deiner Spontanverlobung mit deinem Ex-Freund zu berichten. So von wegen Blitz-Versöhnung.«

»Scherzkeks! Nein, es gibt zwei Erkenntnisse, die ich mit dir teilen wollte.«

»Oh, Erkenntnisgewinn am späten Abend ist nie verkehrt. Schieß los!«

»Erstens hast du wohl recht mit deinem Verdacht, dass Henning unter einem Vorwand in der Notaufnahme aufgekreuzt ist. Als ich ihn eben ganz unvermittelt auf seinen Fuß angesprochen habe, wusste er erst gar nicht, was ich meine. Klassischer Fall von ›eigene Lüge nicht mehr parat‹.«

Kay nickt zufrieden.

»Siehst du! Ich hab's doch gewusst!« Er nimmt einen Schluck von seinem Rotwein. »Und was ist die zweite Erkenntnis?«

Ich trinke auch erst einen Schluck, bevor ich antworte.

»Ich glaube, es würde sich lohnen, bei deinen Ex-Kollegen in Hamburg nachzufragen, ob sie den Namen Bruno Wunderlich schon mal gehört haben. Es kann doch sein, dass er zwar nicht vorbestraft, aber trotzdem auf dem Radar aufgetaucht ist.«

Kay runzelt die Stirn.

»Wie kommst du drauf?«

»Henning hat so etwas erwähnt. Er hat nämlich in letzter Zeit häufiger für Bruno gearbeitet und da offenbar so einiges mitbekommen. Es gab wohl Ärger mit einem Typen aus Hamburg, mehr wüsste er aber auch nicht, weil er nicht näher nachgefragt habe. Ansonsten blieb er relativ vage, und ich wollte nicht nachhaken, damit er nicht merkt, dass nicht er mich aushorcht, sondern umgekehrt ich ihn.«

»Er wollte dich aushorchen?«

Ich nicke.

»Ja, besonders hat ihn unsere Zusammenarbeit interessiert. Er wollte ganz konkret wissen, ob wir gerade wieder gemeinsam an dem Fall tüfteln.«

»Ha! Siehst du! Er ist eifersüchtig auf mich, weil er sich für dich interessiert. Ich wusste es!«

»Hm. Ich weiß nicht. Ich habe das Gefühl, es geht ihm um etwas anderes.«

»Unsinn. Der will dich anbaggern, ich weiß es ganz genau.« Kay guckt sehr böse und schenkt sich noch einmal großzügig nach.

»Wie auch immer«, sage ich. »Selbst wenn er die goldene Schaufel hätte, wäre die in seinen Händen wertlos. Jedenfalls, was mich anbelangt.«

»Das hat für mich dann einen dritten Erkenntnisgewinn«, stellt Kay fest und guckt nicht mehr ganz so böse. Im Gegenteil – seine braunen Augen bekommen auf einmal einen ganz sanften Schimmer.

»Nämlich?«

»Unsere Chancen für die nächste Tanzstunde liegen bei einhundert Prozent.«

»Oh, du meinst den Selbstverteidigungskurs?«

»Genau den.«

14

»Harte Nacht gehabt?«

Normalerweise bin ich die Diskretion in Person und würde Janis so etwas niemals fragen. Aber zum einen ist er ungefähr eine Stunde zu spät in der Redaktion aufgelaufen, und zum anderen sieht er aus, als wäre er aus einem Kanalschacht gekrochen. Seine blonden, halblangen Haare sind wirr und ungekämmt, er ist leichenblass und seine tiefen Augenringe bilden einen auffälligen Kontrast zu seiner fahlen Gesichtsfarbe. Eigentlich sitzt er mir auch nicht auf seiner Schreibtischseite gegenüber, sondern er liegt eher. Eines ist schon mal klar: Seine Nacht war aufreibender als meine. Wobei das auch nicht schwer ist. Ich bin nämlich nach einem halben Glas Rotwein brav nach Hause gefahren. Allerdings auch ohne in Versuchung geführt worden zu sein. Denn Kay hat außer dem Ausschank von Alkohol an mich keinerlei Anstalten gemacht, mir irgendwie näherzukommen.

Statt einer Antwort auf meine Frage gähnt Janis.

»Sag mal, du weißt aber schon, dass du mir Bescheid sagen musst, wenn du so viel zu spät kommst? Ich muss zwei Einspieler für Markus fertigstellen, und bei einem davon hatte ich dich ganz fest eingeplant. Wir brauchen noch O-Töne von der Polizeipressestelle, und der Text ist auch noch nicht geschrieben. Meldung eins ist ein Zimmerbrand in Zinnowitz, Meldung zwei informiert unsere Hörer über die exponentielle Entwicklung von Fahrraddiebstählen auf der Insel. Die Meldung machst du, keine Widerrede!« So, jetzt mal eine klare Ausbilderansage an den Herrn Volontär! Der guckt mich nur aus glasigen Augen an.

»Bist du krank?«

Kopfschütteln.

»Was ist denn los?«

Noch ein Gähnen, dann setzt Janis zu einer Antwort an.

»Ich war mit Damian unterwegs. Dachte mir, wenn ich nicht langsam mal aktiv werde, dann haben wir den Fall in hundert Jahren nicht gelöst.«

Hach, Janis hat einfach bei der Besten gelernt, man merkt es sofort!

»Sehr gut, deine Einstellung gefällt mir! Hast du etwas herausgefunden?«

»Jau. Hab ich.«

»Und?«

»Koks wird nicht mein neues Hobby. Viel zu teuer. Ich habe gestern für zwei Gramm Kokain zweihundertfünfzig Euro bezahlt. Und dann habe ich es nicht mal genommen, sondern es meinen neuen Freunden ausgegeben und bin selbst bei der Droge des Handwerkers geblieben.«

»Bitte was?« Ich kann nicht glauben, was Janis mir da gerade erzählt. »Du hast Kokain gekauft?«

»Klar, das war doch der Plan, oder? Damian hat mich zu einer spontanen Houseparty mitgenommen. Da brauchte ich ein kleines Gastgeschenk. Oder eben auch ein etwas Größeres. Schließlich habe ich mich als verwöhnter Sohn einer reichen Familie ausgegeben, der gern mal richtig was raushaut. Das musste ich dann auch machen, um meine Legende glaubwürdig zu halten.«

»Und dann hast du es so gemacht, wie wir besprochen haben?«

»Natürlich, Chefin. Nur dass ich eben nicht bis Samstag gewartet habe. Donnerstag ist eben auch schon ein guter Tag zum Feiern. Gewissermaßen der kleine Freitag.«

»Ja, ja, schon klar. Aber erzähl weiter.«

»Also wir kommen da zusammen an, Damian und ich. In so 'ne echte Murkelbude in Karlshagen. Ich habe mir Kokser deutlich glamouröser vorgestellt. Damian stellt mich vor, sagt: *Hey, das ist mein Kumpel Florian aus Berlin. Hab ihn im Krankenhaus kennengelernt. Florian sagt, er kann krass feiern, er braucht nur die richtigen Kontakte, weil er hier neu ist.* Und dann die anderen so: *Hey, ho, Florian! Dann zeig mal, wie dein Einstand hier aussieht!* Da habe ich mal eben drei Grüne auf den Tisch geblättert.«

»Drei Grüne?« Der Mann spricht in Rätseln. »Ist das jetzt politisch gemeint?«

»Mann, Franzi!« Janis schüttelt den Kopf. »Drei Grüne sind 300 Euro.«

»Woher hast du denn 300 Euro?«

»Ich war vorher extra am Geldautomaten. War doch klar, dass ich da gleich am Anfang auf dicke Hose machen muss, wenn das mit *undercover* funktionieren soll.«

Ich bin sehr beeindruckt. Vor allem davon, dass Janis ohne weiteres 300 Euro am Geldautomaten bekommt. Ich bin mir nicht sicher, dass das bei mir auf Anhieb klappen würde.

»Und wie ging es dann weiter?«

»Ich lege also das Geld auf den Tisch und sag: *Hier, was bekomme ich denn dafür so auf dem Land?* Und die Typen: *Ein Gramm kostet normalerweise um die 80 Tacken. Aber wir haben gerade ein paar Lieferschwierigkeiten. Deshalb momentan 250 für zwei*

Gramm. Aber dafür gibt's für den restlichen Fuffi noch 'ne Flasche Schampus. Ich so: *Nicht schlecht. Dann bestellt mal.* Und dann haben meine neuen Freunde das Koks-Taxi angerufen.«

»Das Koks-Taxi!« Ich klatsche in die Hände. »Es gibt also wirklich ein Koks-Taxi!«

Janis nickt.

»Es war jedenfalls ganz schön schwierig, dass die anderen nicht mitbekommen, dass ich eigentlich gar nicht sniefe, sondern nur so tue. Dafür habe ich die Flasche Schampus dann fast allein getrunken und bin später auf Gin Tonic umgestiegen. Die anderen haben gekokst und gesoffen. Irgendwann waren die alle high, und mir war eigentlich schon schlecht.«

Janis muss aufstoßen. Es ist offensichtlich, dass ihm ziemlich übel ist. Er atmet einmal tief durch, bevor er weitererzählt.

»Aber ich habe mich zusammengerissen, denn ich dachte, wenn die anderen so richtig dicht sind, dann werden sie unvorsichtig und erzählen mehr.«

»Genial!«, lobe ich ihn. »Hat das geklappt?«

»Ja. Sie haben mir erzählt, dass ihr alter Lieferant Bruno war. Er hat das Koks-Taxi betrieben. Und schon am Dienstag hat Jarmo, das war der Gastgeber, abends eine WhatsApp von einer neuen Telefonnummer geschickt bekommen. Ohne Namen. Nur mit zwei Wörtern: *Neuer Lieferant.* Er hat dann angerufen, und ein Typ hat sich gemeldet und ihm die neuen Konditionen genannt. Bestellt hat er allerdings gestern Abend mit meiner Kohle das erste Mal. Er weiß also nicht, wer dahintersteckt. Meinte nur, der Stoff sei geil.«

Ich stehe von meinem Platz auf, gehe um unseren Schreibtisch und lege eine Hand auf Janis Schulter.

»Janis, ich bin stolz auf dich. Echt jetzt! Du hast dich vollkommen in den Dienst der Sache gestellt. Wir wissen nun, dass Bruno ein Dealer war. Und dass jemand sein Geschäft übernommen hat. In der Kombi mit den Puderzuckerpäckchen würde ich sagen: Bruno hat seine Lieferanten nicht bezahlt. Die haben ihn daraufhin um die Ecke gebracht. Und seine Nachfolger gleich mal auf eine bessere Zahlungsmoral eingenordet.«

»Klingt schlüssig«, stimmt mir Janis zu. »Dann müssen wir ja nur noch herausfinden, wer die neuen Lieferanten und die alten Hintermänner sind. Das kriegen wir auch noch raus!«

Er gähnt wieder. Ich bekomme Mitleid.

»Vielleicht gehst du lieber nach Hause und legst dich ins Bett. Ich komme hier schon alleine klar.«

»Aber die beiden Meldungen für Markus?«

»Kein Problem. Die schreibe ich doch auf einer Arschbacke. Also, ab ins Bett!«

Janis steht auf. Dann fällt ihm etwas ein, und er kramt in seiner Hosentasche.

»Ich muss aber noch meine Spesen abrechnen. 'ne Quittung hab ich zwar nicht bekommen, aber in diesem Tütchen ist noch eine winzige Menge Kokain. Meinst du, das lässt Raimund als Beleg gelten?«

»Du hast Drogen mit in die Redaktion gebracht?«, frage ich entsetzt.

»Also wirklich nur 0,0001 Gramm«, beteuert Janis. »Irgendwie muss ich Raimund doch beweisen, wofür ich das Geld ausgegeben habe. Ich konnte die Koks-Taxi-Jungs schlecht nach einer Rechnung fragen. Zumal ich die auch gar nicht gesehen habe. Als Neuling trauen mir die noch nicht. Das hat Jarmo klargemacht.«

Ich seufze.

»Gib her«, sage ich dann, »ich kümmere mich darum, dass du dein Geld wiederbekommst.«

»Danke! Beste Chefin!« Janis fällt mir um den Hals, er hat eine Restfahne von Heringsdorf bis nach Meppen.

*

Ich habe die beiden Meldungen für die Nachrichtensendung von Markus gerade ins System hochgeladen und will als Nächstes Kay anrufen, den ich vorhin nicht erreicht habe, um ihm von unseren sensationellen Rechercheergebnissen zu berichten, als das Telefon auf meinem Schreibtisch klingelt. An der Durchwahl kann ich sehen, dass es unsere Redaktionsassistentin Sonja ist. Gut gelaunt gehe ich ran.

»Na, was gibt's?«, will ich wissen.

»Ähm, vielleicht kommst du mal kurz nach vorne?«

Sonja klingt verunsichert. Was ist denn nun schon wieder passiert? Aber egal, was es ist, meine Laune kann mir heute nichts mehr verhageln. Denn *Die Problemlöser* sind wieder auf der Gewinnerstraße, ich spüre es genau!

Als ich meine Bürotür zum Flur öffne, höre ich schon Raimund wie ein Rumpelstilzchen herumblöken.

»Macht hier eigentlich noch irgendwer Programm? Oder jeder, was er will? Wo sind wir denn hier? Tausend Euro und kein einziger Beitrag in den letzten Tagen – wo bleibt die Mai! Ich will sie sofort sprechen!«

»Sie kommt sofort, Raimund«, höre ich Sonjas verzagte Stimme, »ich habe sie gerade angerufen.«

Ich hechte mit einem aufgesetzt-fröhlichen »Bin schon da!« auf den Flur und sprinte zum Empfang. Dort sehe ich sofort den Stein des Anstoßes: das blaue E-Bike. *Mein* blaues E-Bike. Es steht direkt neben dem Empfang, mit einer großen roten Schleife um den Lenker, und ist wunderschön anzusehen. Anscheinend hat Marco – oder wer auch immer das Fahrrad ausgeliefert hat – aber nicht nur eine Schleife an das Rad gebunden, sondern auch die Rechnung. Denn Raimund hält einen Umschlag mit dem Logo des Fahrradgeschäfts und einen Zettel in der Hand und hat den sprichwörtlichen Schaum vorm Mund.

»Guten Morgen, Raimund«, grüße ich ihn freundlich. »Das Fahrrad ist also endlich angekommen, wie schön! Ich wollte dir schon die ganze Zeit erzählen, dass ich mir eins besorgt habe, aber man kommt ja zu nichts.«

»Man kommt zu nichts – das würde ich bestätigen«, schnauzt mich Raimund an. »Oder besser: Du kommst zu nichts! Ich dachte, du wärst einem spannenden neuen Fall auf der Spur. Jeden Tag durchforste ich unser Programm nach dem dazu passenden Beitrag und finde: nichts! Das kann doch nicht wahr sein! Stattdessen kaufst du dir auf Redaktionskosten ein völlig überteuertes Fahrrad. Spinnst du jetzt völlig?«

Langsam werde ich richtig sauer. Quatsch. Streichen wir *werden* und *langsam*. Ich *bin* richtig sauer.

»Was ist denn mit dir los, Chef? Du hast mir am Sonntag gesagt, du kaufst mir ein neues Fahrrad, wenn ich durcharbeite, obwohl ich schon fast vom Stängel gefallen wäre. Das war dein Vorschlag, nicht meiner.«

Raimund stemmt die Hände in die Hüften. Er guckt wie ein Stier, der einen Moment innehält, bevor er auf das rote Tuch des Toreros losgeht.

»Mein Vorschlag war doch nicht, dass du dir als Ersatz für deinen alten Drahtesel ein E-Bike für tausend Euro kaufst!«

»Der alte Drahtesel war ganz neu. Ich hatte ihn gerade erst gekauft. Und ich erwarte natürlich nicht, dass du die gesamten Kosten übernimmst. Ich werde mich angemessen beteiligen.« Raimund atmet spürbar auf, während ich weiterrede. »Das hat aber überhaupt nichts mit den Beiträgen zu tun, die du so sehr vermisst. Wir sind einfach noch nicht so weit. Bruno ist am Sonntag ermordet worden, heute ist Freitag. Gib uns mal ein bisschen Zeit für die Recherche!«

»Zeit für Recherche!«, faucht Raimund. »Wir sind hier nicht beim SPIEGEL oder bei Panorama. Ich erwarte nicht, dass ihr den Fall innerhalb von einer Woche löst, aber ich brauche Beiträge, die die Hörer bei der Stange halten. Irgendwas. Neuer Ermittlungsstand. Zeugen. Was auch immer. Bis auf einen sehr mageren 1:30er über die verletzte Frau in der Agentur haben wir nichts! Was ist denn zum Beispiel aus der heißen Spur von Janis geworden?«

»Ach, gut, dass du es ansprichst«, nutze ich die Gelegenheit, hier gleich mal die Spesenabrechnung klarzumachen. Jetzt, wo das Kind sowieso schon in den Brunnen gefallen ist, kann ich Raimund auch mit der vollen Wahrheit konfrontieren. »Janis hat bereits seinen ersten sehr erfolgreichen Undercover-Einsatz hinter sich gebracht. Also, der Junge hat einfach den richtigen Riecher.«

»Hat er?« Raimund klingt misstrauisch.

»Ja, und zwar im wahrsten Sinne des Wortes. Es scheint so, als ob der gute Bruno nicht nur eine Stuntagentur und einen Bootsverleih betrieben hat, sondern auch ein Koks-Taxi.«

»Ein Koks-Taxi?«

»Ja, funktioniert wie ein Pizzalieferservice: Du rufst da an, sagst, wie viel Gramm du brauchst, und die bringen es dir vorbei. Nix mehr mit dunkler Bahnhofsgegend oder Rotlichtviertel.«

»Und wieso hatte Janis im wahrsten Sinne des Wortes den richtigen Riecher?«

»Na, *Riecher*. Verstehst du? So von wegen Kokain sniefen. Mit der Nase.«

»Aha.«

Gut, mein kleines Wortspiel zur Auflockerung der Situation ist nicht angekommen. Sei's drum. Dann eben jetzt die Schockmethode.

»Janis hat also in seiner Undercover-Rolle Kokain für seine neuen Freunde beim Koks-Taxi bestellt, um sich deren Vertrauen zu erschleichen. Das war natürlich auch nicht umsonst. Janis hatte da ein paar Ausgaben, und die hätte er natürlich gern...«

»Wie viel?«, schneidet mir Raimund das Wort ab.

»Ähm, 300 Euro.«

Raimund öffnet den Mund, dann schließt er ihn wieder, schüttelt den Kopf, dreht sich um und geht – nur um eine Minute später wieder vor mir zu stehen. In der Hand hält er drei Hundert-Euro-Scheine wie einen Fächer.

»Hier«, sagt er und drückt mir den Fächer in die Hand. »Gib ihm die.«

Ich bin total perplex.

»In bar?«, frage ich vorsichtshalber noch mal nach.

»Ja, natürlich in bar. Oder soll ich die überweisen? Verwendungszweck *Drogenkauf*?«

»Äh, nein, aber ich wusste nicht, dass du eine Barkasse in der Redaktion herumstehen hast.«

»Siehst du, Franzi. Auch du weißt noch nicht alles. Das ist meine Kasse für *Informationshonorare* und Ähnliches.«

»Danke«, sage ich artig. »Janis wird sich freuen.«

Ich will schon gehen, da zieht mich Raimund am Ärmel zurück.

»Halt, nicht so schnell. Von jetzt an erwarte ich jeden zweiten Tag einen Beitrag zu unserem Fall. Wie du das machst, ob du dir was ausdenkst, ob du Lorenz auf den Senkel gehst oder

der Polizeipressestelle – mir völlig egal. Jeden zweiten Tag will ich etwas von dir und deinem Super-Volontär auf dem Sender hören. Verstanden?«

Ich nicke.

»Um das Fahrrad kümmere ich mich. In voller Höhe. Ich lasse mir nicht nachsagen, dass ich meine Versprechen nicht halte. Aber wehe, das wird hier keine megagute Geschichte – dann haben wir beide ein Problem, meine Liebe.«

Uh. Starker Tobak. So habe ich Raimund ja noch nie erlebt! Aber ich verkneife mir jeden Kommentar und sage nur: »Du kannst dich auf mich verlassen.«

Er geht wieder in sein Büro, und ich stehe noch etwas verdattert neben meinem neuen Fahrrad. Sonja, die wieder am Empfang Platz genommen hat, hebt die Arme.

»Nimm's nicht persönlich, Franzi«, sagt sie dann, »er ist heute schlecht drauf. Die Chefs aus Berlin machen Druck. Deine letzten beiden Fälle waren der Knaller, ich glaube, sie hätten gern Nachschub, der ähnlich spektakulär ist.«

»Kann ich total verstehen, aber was soll ich machen? Ich kann nicht senden, was ich nicht habe.« Oder was ich nicht senden darf, weil ich Kay versprochen habe, es nicht zu tun, ergänze ich in Gedanken.

Das Telefon an Sonjas Empfang klingelt, sie nimmt ab.

»Bäderland-Radio, Sonja Schmidt am Apparat. Was kann ich für Sie tun? Oh, hallo, Herr Kommissar! Ja, die steht hier vorne bei mir am Empfang. Genau. Nein, dann hat sie vermutlich ihr Handy auf dem Schreibtisch liegen lassen. Sie war gerade in einer … äh … Besprechung. Genau. Ist jetzt aber fertig.« Sonja dreht den Kopf in meine Richtung und hält eine Hand über den Hörer. »Kay Lorenz am Apparat. Willst du mit ihm sprechen?« Ich nicke und mache mit den Fingern meiner linken

Hand Schritte in Richtung meines Büros nach. Sonja versteht sofort, was ich meine. »Ja, ich stelle durch, Herr Lorenz. Kleinen Moment. Ihnen auch einen schönen Tag!«

Ich sause schnell an meinen Schreibtisch, um dort ungestört telefonieren zu können – ich bin gespannt, was Kay zu Janis' Undercover-Einsatz sagen wird.

15

Nach Anklam brauche ich mit dem Panda von Heringsdorf aus ungefähr eine Dreiviertelstunde. Jetzt, im Hochsommer, kann es auch mal länger dauern, denn die Insel ist proppenvoll mit Touristen aus ganz Deutschland, und auch das ein oder andere polnische oder dänische Auto sichte ich gelegentlich. Aber der Weg ist ganz schön, die Landstraße führt durch Wiesen und Wälder, vorbei am Achterwasser, das schließlich im Peenestrom aufgeht, und weiter über die Zecheriner Brücke, die wie ein grünblaues Band von der Insel auf das Festland führt. Dann kommt der Teil des Weges, auf dem Steven Spielberg auch gut einen neuen Teil von Star Wars verfilmen könnte, denn er sieht absolut unwirklich aus: Hunderte von kahlen grauen Baumstümpfen ragen hier aus dem Morast in den Himmel, ein echter Geisterwald! Schwarze Kormorane flattern zwischen den Stümpfen hin und her, wie mir ein Förster mal erzählt hat, ist der Wald für sie ein idealer Brutplatz. Selbst bei schönstem Wetter hat die Szenerie immer etwas Gespenstisches, Bedrückendes, allerdings auch Faszinierendes. Ich selbst habe jedenfalls schon unzählige Male angehalten, um Fotos von dem Geisterwald zu machen.

Heute habe ich es allerdings eilig, denn Kay hat um 13 Uhr eine Besprechung bei Staatsanwältin de Santis. Oder sollte ich besser sagen: Er muss zum Rapport? Wie auch immer – wenn ich ihm helfen kann, dabei ein bisschen besser dazustehen, will ich das gern tun. Wir haben uns deshalb in dem kleinen Café in Fußnähe zur Polizeiinspektion verabredet. Die Chancen, hier zufällig von Frau de Santis entdeckt zu werden, sind gering, zumal in dem Café zwar ein leckeres Frühstück serviert wird, es aber keine Mittagskarte gibt. Mit anderen Worten: Das Café ist genau der richtige Ort für unsere kleine Besprechung.

Ich bin vor Kay da und bestelle mir schon mal einen Cappuccino und ein Croissant, denn ein bisschen Hunger habe ich doch. Während ich es in mich hineinknuspere, überlege ich, wie ich Kay davon überzeugen kann, dass ich einen kleinen Beitrag über die Päckchen am Strand von Ahlbeck machen muss. Das ist eigentlich das einzige spannende Thema, über das ich momentan für unsere Hörer berichten könnte, ohne seinen Ermittlungsergebnissen in die Quere zu kommen. Außerdem könnte ich vielleicht noch ein Interview mit ihm machen. Oder sogar eines mit der krawalligen de Santis? Irgendetwas sagt mir, dass ihr Geltungsdrang sie zu einer guten Interviewpartnerin machen würde. Wahrscheinlich wäre sie sogar erbost, wenn Kay im Radio ist, aber sie selbst nicht. Ja, ich gebe zu – eine böse Unterstellung, aber ich mag die Dame einfach nicht.

»Hallo, Franzi!« Kay kommt zu mir an den Tisch, und er ist nicht allein. Er hat Janine Lamott mitgebracht. Sie winkt mir freundlich zu.

»Hallo, auch von mir!«, sagt sie und zieht einen Stuhl zu sich. »Wisst ihr, was ich mich seit unserem letzten Treffen frage?«

Kay schüttelt den Kopf.

»Nee, was denn?«

»Ob wir uns eigentlich siezen oder duzen, Franzi Mai. Weil – am Strand habe ich Sie oder dich geduzt, aber dann ist mir eingefallen, dass wir eigentlich per Sie sind, oder?«

Ich zucke mit den Schultern.

»Also jetzt, wo du oder Sie das so sagen – ich weiß es auch nicht mehr so genau.« Dann grinse ich Janine an. »Aber das Du fühlte sich schon ganz gut an, da sollten wir also bei bleiben, oder nicht?«

»Sehr gerne! Ich bin Janine.«

Wir schütteln uns die Hände, Kay lacht.

»Gut, dann wäre das schon mal geklärt. Wollt ihr jetzt noch eure Unterarme mit einem Taschenmesser einritzen und auch gleich Blutsschwesternschaft schließen?«

»Iiieeeh! Wie eklig!«, ruft Janine. »Nee, das lassen wir mal lieber.«

»Prima, dann könnten wir ja jetzt mit der Arbeit beginnen«, tut Kay betont sachlich und zieht ein Notizbuch aus seiner Jackentasche. »Franzi, du wolltest uns etwas erzählen. Was gibt es?«

»Janis hat einen sehr interessanten Undercover-Einsatz absolviert. Und er hat dabei eine Menge herausgefunden!«

Kay verdreht die Augen.

»Franzi! Wie oft soll ich dir noch sagen – lasst den Scheiß mit den verdeckten Ermittlungen! Das ist was für Profis. Wir haben es hier mit einem oder mehreren Mördern zu tun – ihr wisst überhaupt nicht, in welche Gefahr ihr euch begebt. Herrgott nochmal!« Er haut mit der flachen Hand auf die Tischplatte, was so theatralisch aussieht, dass ich lachen muss.

»Also bevor du jetzt gläubig wirst«, mischt sich meine neue Duzfreundin Janine ein, »würde mich schon sehr interessieren, was Franzi von Janis' Einsatz zu berichten hat. Ich kann mich übrigens auch gerade noch beherrschen, zwei Journalisten zu erzählen, wie sie ihre Arbeit machen sollen.«

»Danke, Janine!«, sage ich und puste ein paar Croissant-Krümel von der Tischplatte zu Kay hinüber, bevor ich weitererzähle. »Also, Janis lag doch drei Tage im Krankenhaus, weil er ein Trümmerteil an den Kopf bekommen hat.«

»Weiß ich«, bestätigt Janine.

»Und da hat er einen neuen Freund gefunden. Damian. Der ist ein echtes Party-Animal, und wenn er feiert, dann nimmt er dafür auch gerne verbotene Substanzen zur Unterstützung.«

»Franzi, komm bitte auf den Punkt«, mosert Kay, »wenn du in dem Tempo weitererzählst, werde ich leider nur die Hälfte mitbekommen, weil ich rechtzeitig zu meiner Besprechung mit de Santis losmuss.«

»Ist ja gut! Ich wollte nur Janine ein bisschen updaten«, verteidige ich mich. »Dann gibt es jetzt die Kurzfassung: Damian sagt, seine Kumpel haben das Kokain für ihre Partys in der Vergangenheit immer bei Bruno Wunderlich bestellt. Und dass Wunderlich eine große Nummer in der Drogenszene der Insel war.«

Janine schaut sehr interessiert, Kay verzieht keine Miene.

»Ist Damian der Typ, von dem du mir neulich schon erzählt hast? Der Zeuge? Oder ist das jetzt noch ein anderer?«, will er dann wissen.

»Genau, Damian ist Janis' Quelle«, bestätige ich.

»Ob das so eine Top-Quelle ist, wage ich zu bezweifeln. Wenn Bruno wirklich so eine große Nummer gewesen wäre, dann wäre er uns auch schon aufgefallen«, sagt er, »wahrscheinlich ist dieser Damian ein Angeber.«

»Kann schon sein, aber weil wir ja wussten, dass du deine Zweifel anmelden würdest, sind wir auf die Idee mit dem Undercover-Einsatz gekommen. Um Beweise dafür zu finden, dass Bruno Wunderlich in den Kokshandel verstrickt war.«

»Und? Habt ihr?«, fragt Janine.

»Ja. Janis war gestern unter falschem Namen auf einer Party

mit Damians Freunden. Um ihr Vertrauen zu gewinnen, hat er sie zu einer Runde Koks eingeladen. Sie sollten bestellen, er würde bezahlen. Der Gastgeber, ein gewisser Jarmo, hat ihm dann erzählt, dass sein alter Lieferant Bruno gewesen sei – der Chef vom sogenannten *Koks-Taxi*. Da konnte man den Stoff eben per Taxi bestellen. Bruno falle nun aus bekannten Gründen leider aus, es habe sich aber schon ein Nachfolger bei ihm gemeldet, der liefern könne.«

»Sehr gut!« Janine klatscht in die Hände. »Das ist doch schon mal was. Und zwar mehr, als wir gerade haben«, fügt sie mit einem Blick auf Kay hinzu. Der schüttelt grinsend den Kopf.

»Nein, nicht ganz. Ich war in der Zwischenzeit auch nicht untätig und habe mein altes Team in Hamburg angemorst.«

»Und?« Das klingt spannend, ich freue mich, dass Kay meinem Hinweis nachgegangen ist.

»Bruno war offenbar doch kein so unbeschriebenes Blatt, wie wir dachten. Er hat eine ganze Zeitlang als Stuntman in Hamburg gelebt. Während dieser Zeit haben die Kollegen gegen ihn im Zusammenhang mit einem Drogenring ermittelt. Und jetzt ratet mal, wie der hieß!«, fordert er Janine und mich auf und schaut uns erwartungsvoll an.

»Och nee, ich hasse solche Ratespiele«, stöhnt Janine. »Und sagtest du nicht gerade, dass du keine Zeit hast? Also sag schon!«

Kay macht noch eine kleine Kunstpause, aber dann rückt er damit raus.

»*Taxizentrale!* So nannten die sich. Geschäftsmodell wie eben von Franzi beschrieben: Die belieferten ihre Kunden nach telefonischer Bestellung mit Kokain frei Haus. Dingfest konnte man Bruno damals allerdings nicht machen.«

Taxizentrale. Gibt's ja nicht! Wie auf der Party in Karlshagen. Da zähle ich gleich mal eins und eins zusammen.

»Wisst ihr, was ich glaube«, sage ich, warte aber gar nicht erst auf die Antwort von Janine und Kay. »Ich glaube, Bruno Wunderlich hat sich mit der gleichen Geschäftsidee wie seine Hamburger Kollegen selbständig gemacht und ein Koks-Taxi auf Usedom aufgezogen. Und dann hat er offenbar vergessen, seine Lieferanten zu bezahlen.«

»Jo, kann ja mal vorkommen«, lacht Janine. »Wenn man dann aber die erste und die zweite Mahnung verpasst, wird es im Milieu ungemütlich, schätze ich mal. Und irgendwann auch tödlich. Dann waren die Päckchen in Ahlbeck wirklich eine Warnung an Brunos Nachfolger.«

»Richtig«, sagt Kay. »Eine Warnung, bloß pünktlich die Ware zu bezahlen.« Er hält inne und überlegt. »Die Strategie muss also sein: Nachfolger finden und über die an den oder die Mörder von Bruno rankommen.« Jetzt lächelt er. »Der Undercover-Einsatz von Janis war zwar eine grottenschlechte Idee – aber mit einem ziemlich guten Ergebnis! Wir haben jetzt wenigstens einen Anhaltspunkt, in welche Richtung wir ermitteln müssen.«

»Oh, danke! Ein Lob aus berufenem Munde. Ich werde es Janis ausrichten.«

»Gern. Wenn sich das alles so bestätigt, hat es dann doch sehr geholfen.«

»Wo wir gerade bei *helfen* sind«, ergreife ich schnell meine Chance, »mit einer Sache könntet ihr Janis und mir auch sehr helfen.«

»Nämlich?«

»Raimund dreht total am Rad. Er will endlich einen spannenden Bericht über unsere Rechercheergebnisse bei dem Fall. Ich muss ihm irgendetwas anbieten. Kann ich nicht doch über die in Ahlbeck angeschwemmten Päckchen berichten? Wenn unsere Theorie stimmt und sie eine Warnung an die neuen Taxibetreiber sind, dann ändert sich durch meinen Bericht doch gar nichts.«

Kay seufzt.

»Ich würde gern erst mal so viele Details wie möglich unter Verschluss halten. Ich meine – ich gönne dir ja eine gute Story, aber lieber wäre mir, du wartest den Abschluss der Ermittlungen ab.«

Ich schüttle den Kopf.

»Nein, genau das kann ich nicht. Ich kann jetzt nicht wochenlang nichts über den Fall berichten. Und das nicht nur, weil Raimund sonst sauer ist. Verschwiegenheit mag bei der Polizei eine Tugend sein, Journalisten hingegen leben davon, zu berichten.«

»Verstehe ich«, sagt Janine. »Und ich sehe da auch kein großes Problem. Aber noch besser wäre es, wenn du berichtest und dabei nicht alles erwähnst, was wir wissen. Wenn du es ein bisschen verkürzt darstellst, meine ich. Das mag dann der ein oder andere missverstehen, und vielleicht wirbelt das in der Szene ein wenig Staub auf.«

Ich muss grinsen.

»Du meinst, in der *Taxifahrer*-Szene?«

»Genau. Wenn das Gerücht aufkommt, dass da Drogen am Strand angespült wurden, könnte der Eindruck entstehen, dass neue Lieferanten am Start sind und eine Lieferung schiefgegangen ist. Das bringt möglicherweise Bewegung in die Chose. Und wer sich bewegt, wird für uns schneller sichtbar.«

Das leuchtet völlig ein. Mir jedenfalls. Erwartungsvoll schaue ich Kay an. Der atmet tief durch.

»Dann sind sich die Damen wohl einig«, meint er schließlich. »Und ich will natürlich auch nicht, dass du ständig Ärger mit deinem Chef hast. Wenn wir darüber hinaus noch ein wenig Unruhe unter den örtlichen Drogendealern stiften können – umso besser. Also mach den Beitrag, meinen Segen hast du.«

»Und wenn du deswegen wieder Ärger mit der Staatsanwältin bekommst?«, frage ich vorsichtshalber nach.

»Ich werde ihr deinen Beitrag als gewiefte Ermittlungstaktik schmackhaft machen, das klappt schon.«

»Oh, ich könnte sie auch mal zu dem Fall interviewen. Dann wäre sie im Radio und überall auf der Insel zu hören.«

»Das fände sie bestimmt mega«, lacht Janine. »Ich meine – sie ist tough und macht gute Arbeit, aber einen gewissen Geltungsdrang hat sie schon.«

»Na, den kann sie bei mir perfekt ausleben. Und ich hätte den nächsten Beitrag. Also eine Win-win-Situation«, freue ich mich.

»Soll ich deinen Anruf schon mal avisieren, wenn ich sie gleich treffe?«, erkundigt sich Kay.

»Nee, Überraschungsangriff finde ich besser. Dann habe ich noch ein Ass im Ärmel, falls ich es brauche.«

»Ich sehe schon, eine echte Strategin!«, grinst Janine. »Wir brauchen übrigens auch noch eine Strategie, Kay. Was machen wir aus der Info von Franzi?«

»Mal sehen«, denkt Kay laut nach, »wir können ziemlich sicher davon ausgehen, dass Bruno mit Kokain gedealt hat. Und unsere Arbeitshypothese ist, dass er seine Lieferanten nicht bezahlt hat, die haben ihn deswegen liquidiert und arbeiten jetzt mit einem Nachfolger zusammen.«

Ich nicke.

»Wie ich schon sagte: Janis meint, dieser Jarmo hat bestätigt, dass es bereits einen Nachfolger für Bruno gibt. Da das so schnell ging, bin ich mir ziemlich sicher, dass die Lieferanten das genau so geplant haben: Bruno umbringen, mit jemand anderem weitermachen. Ich bin jetzt nicht wirklich vom Fach, aber generell will man im Einzelhandel ja nicht, dass ein Laden länger leer steht und dann die Konkurrenz das Geschäft übernimmt.«

»Schöner Vergleich. Unsere beste Chance, an die Lieferanten und somit an die Mörder von Wunderlich zu kommen, dürfte deshalb über den neuen Taxiunternehmer sein. Hat Janis herausgefunden, wer das ist?«

»Nein. Jarmo hat nur eine WhatsApp von einer neuen Nummer. Keinen Namen. Oder jedenfalls behauptet dieser Jarmo das. Vielleicht stimmt das aber nicht. Vermutlich bindet er das jemandem, den er zum ersten Mal sieht, nicht gleich auf die Nase.«

»Hm, kann sein. Heißt für uns, dass wir nicht genau wissen, wen wir beobachten müssen«, gibt Kay zu bedenken. »Wir könnten uns an diesen Jarmo heften. Oder schauen, ob jemand aus Brunos altem Team das Taxiunternehmen fortführen will.«

Jetzt habe ich ihn, den Geistesblitz!

»Aber natürlich!«, rufe ich und springe von meinem Stuhl auf. »Die Unternehmensfortführung! Das ist es!«

Janine und Kay schauen mich überrascht an.

»Das ist was?«, fragt Kay.

»Das Stichwort. Genau so hat Henning es genannt: eine Unternehmensfortführung.«

»Pardon, ich fürchte, ich stehe gerade auf dem Schlauch. Wovon redest du?«

»Als ich gestern mit ihm in der Bar war, hat er mir erzählt, dass er mit seinen Kollegen die Agentur von Wunderlich fortführen will. Weil das so ein lohnendes Geschäft sei. Er hat vom Bootsverleih und den Mietwagen gesprochen, aber vielleicht hat er vergessen, einen weiteren Geschäftszweig zu erwähnen. Vielleicht machen sie auch einfach mit dem Koks-Taxi weiter! Oder er weiß wirklich nichts davon, und jemand anderes benutzt die Agentur weiterhin als perfekte Tarnung.«

»Hm. Du hast recht. Lohnendes Geschäft und Mietwagen. Das beschreibt das Businessmodell *Koks-Taxi* ziemlich genau«, sagt Janine. »Vielleicht ist das auch der Grund, warum die Computer verschwunden sind. Möglicherweise hätten wir auf den Festplatten etwas gefunden, was zu dem Verdacht passt, und das wollten die Diebe verhindern. Denn sie mussten ja damit rechnen, dass wir irgendwann auch die Rechner scannen würden.«

»Sag das bloß nicht zu laut«, stöhnt Kay. »Ich darf echt nicht daran denken, dass wir die nicht gleich mitgenommen haben. Hätten wir einfach machen sollen. Das war ein Fehler! Ich ärgere mich schwarz!«

»Ist passiert, kann man nicht ändern«, meint Janine lapidar. »Da würde ich mir auch den Anschiss von de Santis nicht so zu Herzen nehmen. Niemand ist perfekt. Aber stimmt schon, vermutlich sollten die Rechner verschwinden, um Beweise für das Koks-Taxi zu verbergen. Passt auch zu unserer Arbeitshypothese. Irgendwas wird auf den Festplatten schon drauf gewesen sein.«

»Wahrscheinlich braucht man für einen erfolgreichen Drogenhandel auch eine ordentliche Buchhaltung«, mutmaße ich. »Wenn schon nicht für die Steuererklärung, dann wenigstens für die Kundenpflege und Inventur.«

»Das würde allerdings bedeuten, dass nicht alle Mitarbeiter der Agentur vom Koks-Taxi wissen, denn sonst hätte man Nele Kaczynski nicht niederschlagen müssen, um den Rechner zu klauen.«

»Davon würde ich sowieso nicht ausgehen, Kay. Ich glaube nicht, dass alle im Team wussten, dass Bruno ein Dealer war. Kann ich mir nicht vorstellen. Das wäre doch viel zu riskant gewesen«, gebe ich zu bedenken. »Und Dateien kann man in Unterordnern sichern und verstecken. Davon hätte Nele gar nichts mitbekommen müssen.«

»Dann ist Anna Holtens als Verdächtige für den Überfall eurer Meinung nach raus?«, fragt Janine.

Ich zucke mit den Schultern.

»Na ja, es sei denn, sie macht beim Koks-Taxi mit. Oder sie hat Nele niedergeschlagen und jemand anderes hat die Gunst der Stunde genutzt und den Rechner mitgehen lassen, als er oder sie Nele in der Teeküche gefunden hat.«

»*Er oder sie* – das Gendern können wir uns dann vermutlich sparen«, stellt Kay trocken fest. »Das restliche Team von Wunderlich besteht nur aus Männern. In Frage kommen Sven, Henning oder die beiden anderen Stuntmen, die noch für Bruno gejobbt haben.«

»Du meinst Kevin und Orhan«, ergänzt Janine. »Ich habe sie in den letzten Tagen befragt. Hatte nicht das Gefühl, dass die mir irgendwas verschweigen. Beide sagen, dass Bruno ein guter Chef war. Sie haben von dem behaupteten Tausch der Jetski nichts mitbekommen.«

»Also«, fährt Kay fort, »es muss auf alle Fälle jemand sein, der das Geschäft von Bruno gut kannte. An den großen Unbekannten glaube ich da nicht. Ich bin mir sicher, wir kennen den neuen Chef des Koks-Taxis schon. Und wenn wir den kennen, dann wissen wir bald auch, wer Bruno Wunderlich ermordet hat.«

»Also dann«, seufzt Janine, »observieren, oder?«

Kay hebt die Hand zu einem zustimmenden *Daumen hoch.*

»Auf alle Fälle. Ich kümmere mich drum. Wenn Henning oder Sven oder welcher Ex-Mitarbeiter auch immer das Taxi-Geschäft fortführt, dann finden wir das bald heraus. Wobei ich eindeutig auf Henning tippe.«

Na klar, Herr Kommissar! Wer denn sonst? Andererseits: Henning hinter Gittern ist ein Gedanke, an den ich mich durchaus gewöhnen könnte. Verdient hätte er es jedenfalls, wenn auch möglicherweise nicht für Drogenhandel.

16

Wie erst jetzt bekannt wurde, sind am Strand von Ahlbeck Hunderte von Drogenpäckchen angespült worden. Bäderland-Reporterin Franzi Mai hat die Einzelheiten für Sie…

In meinem Beitrag über den Sensationsfund erwähne ich den an den Päckchen angebrachten letzten Gruß an Bruno Wunderlich mit keinem Wort. Ich übertreibe bei der Anzahl der Päckchen leicht und runde sie von 100 auf *schätzungsweise 500* auf. Die Tatsache, dass es sich um Puderzucker handelt, behalte ich für mich. Zu viele Informationen verwirren die Hörer nur.

Die Reaktionen lassen nicht lange auf sich warten. Da ist zum einen mein Chef Raimund. Er erscheint persönlich in meinem Büro, drückt mich bildlich gesprochen an seine breite Brust und freut sich, dass ich endlich wieder auf den Pfad der journalistischen Tugend zurückgefunden habe. Natürlich melden sich auch Kollegen aus anderen Redaktionen und wollen wissen, wie zum Teufel ich an diese Info gekommen bin. Diese verweise ich schnöde an die Pressestelle der Polizei, mit der Kay einen nichtssagenden Zweizeiler abgestimmt hat. Aus ermittlungstaktischen Gründen natürlich. Woher ich meine weitergehenden Infos habe – sorry, Kollegen. Quellenschutz! Und dann tauchen sowohl Sven als auch Henning in der Redaktion auf, allerdings getrennt voneinander. Das finde ich ziemlich bemerkenswert, denn in meinem Beitrag gab es überhaupt keine

Verbindung zu Bruno Wunderlich. Und doch steht als Erstes Sven Holtens vor meinem Schreibtisch.

»Hallo, Herr Holtens, das ist ja eine Überraschung!«, begrüße ich ihn. »Was kann ich für Sie tun? Wünsche an die Musikredaktion weiterleiten? Beschwerden an den Chefredakteur? Oder Restauranttipps für unser Nachmittagsprogramm *on the road!* entgegennehmen? Sie können mir aber für so etwas auch jederzeit eine Mail schreiben.«

Sven ringt sich ein gequältes Lächeln ab. Da ich mir ziemlich sicher bin, dass er wegen meines Beitrags hier ist, das aber nicht so offen sagen kann, weil es da ja offiziell keinen Zusammenhang gibt, bin ich auf seine Ausrede gespannt.

»Na, ich war gerade hier in der Gegend«, beginnt er, und ich muss ein Lachen unterdrücken, weil das mit Sicherheit die abgedroschenste Ausrede der Welt ist.

»Ja?«, frage ich deshalb mit einem strahlenden Lächeln zurück.

»Äh, ja. Und da dachte ich, ich schau mal rein und gucke, wie Sie so arbeiten. Ist ja schon ein spannender Job. Allein diese Geschichte …«

»Danke! Das finde ich auch«, unterbreche ich ihn, denn ich will es ihm nicht zu einfach machen, auf den vermeintlichen Drogenfund zu kommen.

»Genau. Da haben Sie einen echten Traumjob«, setzt er erneut ein. »Also alleine jetzt diese Geschichte mit den Drogenpäckchen – Hammer!«

Diesmal lasse ich ihn ausreden. Schließlich ist es schon eine einigermaßen elegante Überleitung von ihm, das muss ich sagen.

»Tja, als Journalistin bin ich tatsächlich ganz nah dran an den Geschichten. Wenn Sie mal ein bisschen reinschnuppern wollen – wir nehmen auch Praktikanten. Dafür haben wir sogar ein Merkblatt. Frau Schmidt kann Ihnen eins mitgeben – das ist die Kollegin vorn am Empfang.«

Sven wiegt den Kopf hin und her.

»Vielleicht keine schlechte Idee. Wobei – in meinem Alter ist eine berufliche Neuorientierung so eine Sache.«

Gutes Stichwort! Da hake ich doch gleich mal nach.

»Mensch, apropos – wie geht es denn bei Ihnen jetzt weiter? Machen Sie den Laden dicht? Ist ja schon schade. Aber nach den ganzen Dramen – und jetzt noch der Überfall auf Nele! Irgendwann gibt man dann auch auf, oder?«

»Nein, wir machen auf alle Fälle weiter! Die Firma hat noch so viel Substanz, dass es sich lohnt, zu kämpfen«, sagt Sven mit Nachdruck und schiebt seinen Unterkiefer ein Stück nach vorn, was ihm gleich etwas sehr Entschlossenes verleiht. »Wir haben einen Kollegen, der sich auch richtig mit reinhängen will, und wenn alle an einem Strang ziehen, werden wir es hinbekommen. Garantiert!«

»Das freut mich«, versichere ich ihm. Kurz überlege ich, ihm zu sagen, dass ich den Kollegen, von dem hier die Rede ist, sehr gut kenne, verwerfe die Idee dann aber wieder. Ich sollte mich weiter konsequent an meinem neuen Motto orientieren: *Einfach mal die Klappe halten!*

»Aber das mit dem Drogenfund ist ja auch ein Ding«, steuert Sven dann wieder sein Ursprungsthema an. »Sind die wohl aus Polen rübergeschwemmt worden?«

Ich zucke mit den Schultern.

»Kann schon sein. Die Polizei meint, es sei wahrscheinlich eine Lieferung an örtliche Banden, die schiefgegangen sei.«

»Banden? Hier auf Usedom?« Falls sich Sven nun blöd und ahnungslos stellt, macht er das ganz gut. Er sieht wirklich *blöd und ahnungslos* aus. Ob er doch einfach nur in der Gegend war und deshalb vorbeigekommen ist?

»Klar. Auch auf Usedom gibt es Drogenhandel. Und stellen Sie sich vor«, ich beuge mich zu Holtens vor und flüstere, was ziemlich albern ist, weil wir allein in meinem Büro sind, »es soll gerade sogar einen richtigen Drogenkrieg geben. Rivalisierende Banden im Kokainhandel, sagt mein Kontakt bei der Polizei. Ganz heißes Thema, und ich bin direkt dran. Ich werde aufklären, welche dunklen Machenschaften hier vor sich gehen.«

Bum! Ich habe meine Botschaft platziert! Falls Sven der neue Koks-Taxi-Betreiber ist, wird er nun hoffentlich sehr unruhig schlafen und Fehler machen. Zumindest reißt er schon mal die Augen auf und schaut einigermaßen entgeistert.

»Gibt's ja nicht!«, stammelt er. »Aber dann seien Sie bloß vorsichtig bei Ihren Recherchen. Nicht dass Ihnen auch noch etwas passiert.«

Beim letzten Satz bekommt seine Stimme einen merkwürdigen Unterton. Ist das etwa eine Drohung? Oder bilde ich mir das ein? Ich räuspere mich.

»Natürlich. Ich bin immer vorsichtig. Aber«, sage ich dann theatralisch, »die Gefahr gehört nun mal zu meinem Geschäft, da kann man nichts machen.«

Holtens starrt mich an.

»Das ist der Wahnsinn«, sagt er schließlich. »Mal unter uns: Denken Sie, die Geschichte könnte etwas mit dem Tod von Bruno zu tun haben?«

Schon klar – er versucht weiter, mir etwas über die Päckchen aus der Nase ziehen. Ich bleibe dabei: Es gibt nun zwei Möglichkeiten. Entweder Sven hängt da mit drin und versucht herauszufinden, warum wir 500 und nicht 100 Päckchen gemeldet haben. Oder aber, er hängt nicht mit drin und kommt nun langsam selbst auf den Trichter, dass etwas mit Wunderlichs Geschäftsmodell nicht stimmte und sogar Drogen eine Rolle spielen könnten. Leider kann ich ihn nicht direkt fragen, also gebe ich mich ahnungslos-nichtssagend.

»Tja, wer weiß das schon? Haben Sie da irgendwelche Informationen, die darauf hindeuten?«

»Ich? Nein, natürlich nicht!«, antwortet er fast brüsk. »Ich… äh… ich muss dann auch wieder los.«

»Schön, dass Sie da waren«, flöte ich. »Und lassen Sie sich doch vorne das Merkblatt geben. Sie wissen schon – Praktikum bei Bäderland-Radio.«

Kurz vor Feierabend steht schließlich Henning vor der Tür von Bäderland-Radio. Zufall? Oder ist auch er auch wegen meiner Meldung zu dem angeblichen Drogenfund hier? Falls ja, hätten wir damit tatsächlich einen kleinen Stein ins Wasser geworfen, der nun seine Kreise zieht. Sonja ist schon gegangen, also schauen wir Redakteure nach vorn und öffnen die Tür, wenn der Summer zu hören ist, der Besuch ankündigt. In diesem Fall bin ich es, die Henning hereinlässt.

»Grüße dich, Henning. Was gibt's?«, empfange ich ihn geschäftsmäßig.

»Ach, ich habe mich gefragt, was du eigentlich heute Abend so machst. Du warst gestern so schnell weg, dann nur die langweilige Rhabarberschorle … vielleicht geht heute mehr? War sehr nett mit dir!«

In diesem Moment kommt Bille aus dem Studiobereich. Sie nimmt am Freitagnachmittag immer ihre Musiksendung für das Wochenende auf und hat offenbar auch den Summer gehört.

»Was machst du denn hier, Henning?«, fährt sie ihn unfreundlich an.

»Ich wollte Franzi abholen«, antwortet er ihr.

»Ja, wir wollten ein Glas Wein trinken gehen«, tue ich boshaft so, als wäre ich mit Henning verabredet gewesen, und lächle dazu das breiteste Lächeln, das mir bei meinem eher kleinen Mund zur Verfügung steht. Nun kann ich live miterleben, wie Bille alles aus dem Gesicht fällt. Und zwar in Zeitlupe. Erst werden ihre Augen kreisrund, dann sackt ihr langsam die Kinnlade nach unten, und nach und nach weicht die Farbe aus ihrem Gesicht. Was dann folgt, passiert allerdings ganz und gar nicht in Zeitlupe, sondern in Höchstgeschwindigkeit: Bille stürzt sich auf Henning und packt ihn am Kragen.

»Du Mistkerl! Verpiss dich! Ich will dich nie wiedersehen, hörst du? Nie wieder!«

Sie schreit nicht, sie kreischt, ihre Stimme überschlägt sich und wird so schrill, dass man nicht glauben möchte, dass diese Frau normalerweise eine unglaublich erotische Radiostimme hat. »Hau ab, hau ab!«, wiederholt sie immer wieder und schüttelt Henning, der sich erst einmal aus einer Art Schockstarre lösen muss, bevor er anfängt, sich zu wehren. Dann allerdings schubst er sie mit aller Kraft von sich, so dass Bille nach hinten taumelt und mit einem dumpfen Krachen gegen die Wand fällt. Sie stöhnt laut auf.

So sehr ich Bille verabscheue – das geht mir dann doch zu weit.

»Hey, Leute, jetzt ist aber mal gut!«, rufe ich. »Ihr wollt euch doch jetzt nicht ernsthaft hier prügeln, oder?«

»Ich schlage keine Frauen, das war nur Notwehr«, japst Henning. Bille sagt erst mal nichts, dann rappelt sie sich auf und steht sofort wieder Gesicht an Gesicht vor Henning. Sie beginnt, mit geballten Fäusten auf seine Brust einzutrommeln.

»Du Scheißkerl«, pöbelt sie los, »du mieser Betrüger, du …«

»Also dass Henning ein mieser Betrüger ist, hätte ich dir gleich sagen können«, unterbreche ich sie freundlich. »Allerdings auch ein sehr charmanter Betrüger, das muss man ihm lassen«, füge ich hinzu, weil ich sie weiter im Unklaren darüber lassen möchte, wie ich zu ihm stehe. Offenbar scheint sie zu denken, dass Henning und ich wieder ein Paar sind, und auch wenn das völlig abwegig ist, gönnt der schwarze Teil meiner Seele ihr diesen Irrtum.

Bille macht einen Schritt zurück und lässt die Fäuste sinken. Dann schluchzt sie laut auf – und rennt an uns beiden vorbei zum Ausgang und verschwindet nach draußen. Was für ein Abgang.

»Wow«, sage ich, »die ist aber sauer auf dich. Nicht mal ich habe dir eine solche Szene gemacht, dabei hätte ich allen Grund dazu gehabt.«

»Ja, hättest du.« Er macht eine Pause und mustert mich. »Wie sieht es aus? Glas Wein?«

»Warum nicht?« Passt mir gut. Ich muss schließlich noch herausfinden, ob er genauso an der Geschichte mit den Drogenpäckchen interessiert ist wie Sven.

*

»Sollten wir Dennis und Kerstin nicht wenigstens zwei Fischbrötchen und 'ne Cola vorbeibringen? Oder einen Kaffee?«

»Franzi, das ist kein Picknick, das ist eine Observierung.«

»Aber vielleicht haben sie Hunger und Durst.«

»Das ist die ganz normale Dienstzeit der beiden, und die haben hoffentlich vorher etwas gegessen und getrunken. Ansonsten haben sie jetzt einfach Pech gehabt.«

Ups. Kay ist aber streng! Mir hingegen tun die beiden jungen Polizeibeamten ein bisschen leid. Dennis Pawlak und Kerstin Riebesehl haben die Beschattung der Agentur Wunderlich in Bansin übernommen und sitzen schon seit vier Stunden in einem schwarzen Golf vor dem Bürogebäude, gut getarnt durch die anderen Autos auf dem Parkplatz. Wenn ich das machen müsste, hätte ich schon längst mehrere Heißhungerattacken durchlitten, müsste ständig zur Toilette oder wäre bereits eingeschlafen. Deswegen hatte ich die Idee, die beiden mit ein bisschen Verpflegung zu versorgen. Immerhin ist es Samstag, ich habe frei und bin mit meinem wunderbaren, neuen Elektrofahrrad an die Strandpromenade geradelt und besuche dort Kay. Der hat es sich auf der Terrasse von Gosch im Beachhouse gemütlich gemacht, genießt eine Portion Scampi mit Cocktailsauce und lässt sich ab und zu von Riebesehl und Pawlak darüber informieren, was so passiert. Im Augenblick ist das nicht viel, um nicht zu sagen: nichts.

»Vielleicht bestellt heute auch keiner ein Koks-Taxi, und die sitzen dann ganz umsonst da. Oder unsere Theorie ist insgesamt falsch.«

Kay spießt einen Scampi auf, tunkt ihn in die Sauce und schiebt ihn sich in den Mund.

»Auch was?«, fragt er mit halbvollem Mund. Ich schüttle den Kopf. »Hör mal, Franzi: De Santis fand unseren Ermittlungsansatz wirklich gut. Jetzt brauchen wir nur noch ein wenig Geduld. Du hast mit dem Beitrag vermutlich ein bisschen Staub aufgewirbelt, hast Sven und Henning weisgemacht, dass da offenbar noch andere Lieferanten um den Markt kämpfen. Falls sie in die Sache verstrickt sind, wird es sie nervös machen.«

»Hoffentlich«, seufze ich.

»Ganz sicher. Und nun heißt es abwarten. Das ist der langweilige Teil der Polizeiarbeit, aber ein sehr wichtiger. Und zum

Glück muss ich ihn nicht mehr machen, aber glaube mir, ich habe in meinem Berufsleben auch schon viele Stunden auf Eingangstüren gestarrt.« Er isst zwei weitere Scampi. »Was hat Henning gestern Abend denn noch so erzählt?«

»Zum einen war er schon ziemlich interessiert an der Geschichte mit den Päckchen. Er wollte genau wissen, wo die angespült worden sind und ob ich dabei war, als ihr die am Strand eingesammelt habt. Ich habe mich aber bedeckt gehalten und gesagt, dass ich ihm dazu nicht mehr erzählen kann.«

»Und zum anderen?«

»Zum anderen ging es um seinen Auszug bei Bille. Mit den beiden ist endgültig Schluss. Er wohnt jetzt in einem kleinen Ein-Zimmer-Appartement. Deshalb musste er einen Teil seiner Sachen einlagern oder noch bei Bille lassen, der Arme.«

»Ich hoffe, er tut dir nicht zu sehr leid.«

»Auf keinen Fall. Als ihm Bille gestern an die Gurgel gegangen ist, fand ich es sehr unterhaltsam.«

Kay wischt die restliche Cocktailsauce mit einem Stück Baguette aus der Schale, isst das Brot und schweigt.

»Alles okay bei dir?«, will ich wissen.

»Ja, klar.«

»Wirklich?«

»Natürlich. Warum?«

»Du bist so schweigsam. Irgendwas hast du doch. So ein bisschen kenne ich dich nun langsam auch.«

»Nein. Echt nicht.« Wenn das gequälte Lächeln, mit dem Kay antwortet, irgendetwas beweist, dann dass ich auf der richtigen Spur bin. Und eigentlich weiß ich auch schon, was Kay gerade nicht passt. Vermutlich ist er deswegen schon die ganze Zeit so übellaunig und gönnt seinen armen Kollegen nicht mal ein Fischbrötchen, geschweige denn zwei. Ich überlege, wie ich meinen Verdacht diplomatisch verpacken kann. Da mir nichts einfällt, entscheide ich mich für die Holzhammermethode.

»Kay, lass uns heute Abend mal losziehen. Was zusammen trinken. Tanzen. So die Richtung.«

Er schaut mich völlig entgeistert an.

»Wie kommst du jetzt da drauf?«

»Es ist Samstag. Da machen Menschen in unserem Alter so etwas. Und außerdem steht hier ein großer Elefant im Raum. Und der geht mir langsam auf den Keks.«

»Was denn für ein Elefant?«

»Das sagt man doch so, wenn es ein Thema gibt, das offensichtlich ist, das aber niemand ansprechen möchte.«

»Was soll das für ein Thema sein?« Okay, Kay will partout nicht darüber reden.

»Ganz einfach. Du bist eifersüchtig. Warum auch immer. Sobald ich Kontakt zu Henning habe, sinkt deine Laune auf minus zwanzig Grad. Und jetzt, wo er wieder Single ist, eher auf minus dreißig. Als ob ich sofort was von dem will, nur weil der nicht mehr mit Bille zusammen ist. Das ist totaler Quatsch. Ich habe mich aus ... wie sagt man: ermittlungstaktischen Gründen mit dem Vollidioten getroffen. Nicht mehr und nicht weniger.«

Kay atmet tief durch.

»Das weiß ich doch. Warum erzählst du mir das?«

»Weil es dir etwas ausmacht. Ich sehe es dir genau an.«

»Stimmt nicht.«

»Stimmt doch. Und deswegen gehen wir heute Abend aus. Um die Stimmung zwischen uns mal wieder ein bisschen aufzulockern. Keine Widerrede.«

»Wenn es sein muss«, sagt Kay und grinst.

»Nun werde mal nicht frech!« Ich hebe den Zeigefinger und

wedle damit drohend vor seiner Nase hin und her. Er hebt die Hände.

»Nicht doch, Frau Mai. Sie haben ja recht. Ich bin wirklich etwas verspannt, wenn es um diesen Typen geht. Tanzen ist eine gute Idee, um sich mal abzureagieren.«

»Brauchst du einen Babysitter?«

»Nein, Maja und ich tauschen immer samstags. Greta ist heute Mittag zu ihr gewechselt. Passt also gut.«

Kays Handy, das auf der Tischplatte neben dem leeren Scampiteller liegt, klingelt. Im Display taucht der Name *Riebesehl* auf. Oha! Wird es jetzt etwa spannend?

»Ja?«, meldet sich Kay kurz und knapp.

»Herr Hauptkommissar«, meldet sich Kerstin Riebesehl ganz dienstbeflissen, wie ich selbst hören kann, weil Kay das Handy mit ein bisschen Abstand an sein Ohr hält, »hier tut sich gerade etwas. Eben sind sowohl Sven Holtens, Nele Kaczynski als auch dieser Henning Wiedemann angekommen und im Büro verschwunden. Von außen sah es so aus, als hätten sie eine Auseinandersetzung. Jetzt kein heftiger Streit, aber zumindest eine Meinungsverschiedenheit.«

»Okay, bleibt dran. Kann einer von euch näher an das Gebäude kommen, um zu hören, worum es bei der Auseinandersetzung geht?«

»Ich kann es versuchen. Aber die anderen Geschäfte und Büros neben der Agentur haben heute geschlossen. Schwierig, sich dem Objekt unauffällig zu nähern.«

»Hm. Nein, dann bleibt, wo ihr seid. Die sollen nicht wissen, dass wir sie observieren. Ich denke mir etwas anderes aus und melde mich.« Er legt wieder auf.

»Ich könnte hinradeln«, schlage ich vor.

»Was soll das bringen? Dass du an der ganzen Geschichte

dran bist, wissen die doch. Da werden sie dir auch nichts Neues auf die Nase binden.«

»Das trifft zwar zu – aber ich kann mich anschleichen. Wenn sie mich nicht sehen, kann ich die drei belauschen. Wenn sie mich entdecken, ist es aber auch nicht schlimm, denn ich bin bekanntermaßen eine neugierige Journalistin. Dass ihr sie schon beschattet, bekommen sie so jedenfalls nicht mit.«

An der Art, wie Kay seinen Kopf bedächtig hin und her bewegt, kann ich sehen, dass er meinen Vorschlag wenigstens nicht komplett daneben findet.

»Also gut«, sagt er schließlich, »radel hin. Mal sehen, was du herausfindest. Vielleicht hast du Glück.«

*

Der schöne Sommertag ist mein Freund. Generell, weil ich Sonnenschein lieber mag als Regen. Aber auch im Speziellen, weil sich dadurch die Glasfront der Büros so aufwärmt, dass man bei den Bruno's Brothers die Fenster auf Kipp gestellt hat. Ich bekomme das Gespräch zwischen Henning, Nele und Sven also tatsächlich bruchstückhaft mit, als ich etwas seitlich vom Eingang an der Wand stehe, gerade so, dass man mich von drinnen nicht sehen kann.

»Leute, glaubt es mir, das ist unsere wahre Cashcow«, höre ich Henning brummen.

»Ja, aber auch nur, weil Nele mit ihrer völlig paranoiden Geschichte dafür gesorgt hat, dass wir jetzt, mitten in der Saison, keine Jetski mehr haben.« Das war offenbar Sven.

»Ich bin nicht paranoid«, faucht Nele. »Ich habe gesehen, was ich gesehen habe. Bruno saß nicht auf seinem Jetski.«

»So ein Blödsinn! Wir haben ständig getauscht«, poltert Sven. »Nur wegen deiner Aussage haben sie jetzt alle Jetski beschlagnahmt. Geht das nicht in dein Spatzenhirn, wie sehr uns das schadet? Das ist der betriebswirtschaftliche Super-GAU.«

»Typisch! Du denkst wieder nur ans Geld!«

»Einer muss es ja machen. Sonst sind wir schneller pleite, als du *Insolvenzantrag* sagen kannst.«

»Jetzt mal ganz ruhig, Leute«, gibt Henning nun den Schlichter. »Ich bleibe dabei – ein echter Gewinnbringer ist in den letzten Jahren das Mietwagengeschäft gewesen. Sowohl mit als auch ohne Fahrer. Ich habe mir die Unterlagen genau angesehen. Übrigens schon vor dem schrecklichen Anschlag gemeinsam mit Bruno. Er kam zu dem gleichen Ergebnis.«

»Das stimmt«, gibt ihm Sven recht. »Ich hatte auch mit ihm darüber gesprochen. Wenn der Golf jetzt den Geist aufgibt, sollten wir ihn schnellstens ersetzen.«

»Tja, leider kann ich mir die Unterlagen nicht auch ansehen, weil unsere Computer gestohlen wurden. Also soll ich euch das jetzt einfach mal glauben, ja?«

»Genau so ist es, Nele. Es gibt zwei Dinge, die wir möglichst schnell besorgen müssen: eine neue Computeranlage und ein weiteres Auto«, sagt Sven mit fester Stimme. »Und wie du weißt, ist das Geld momentan knapp, also müssen wir dich bitten, dich mit dem nächsten Gehalt noch etwas zu gedulden. Mit Kevin und Orhan habe ich schon gesprochen, die sind einverstanden.«

Nele antwortet etwas, aber leider spricht sie dabei so leise, dass ich nicht verstehen kann, was sie sagt. Begeistert klingt sie jedenfalls nicht. Kein Wunder. Ich wäre auch nicht erfreut, wenn Raimund mich bitten würde, auf mein Gehalt zu warten. Das wäre für mich eine Vollkatastrophe.

Drinnen klappt eine Tür. Kommen die jetzt etwa raus? Schnell drücke ich mich in den nächsten Hauseingang, damit mich niemand sieht – keine Sekunde zu früh, denn tatsächlich stehen die drei schon kurz darauf vor der Tür und laufen zum Parkplatz. Vor der ersten Autoreihe bleiben sie stehen, Nele gestikuliert herum. Leider sind sie nun alle drei zu weit von mir entfernt, als dass ich sie noch verstehen könnte, aber an den Handbewegungen kann ich eindeutig ablesen, dass es um die drei Autos vor ihnen geht: ein Golf und zwei Passat, allesamt schwarz. Bruno Wunderlich war offenbar Volkswagen-Fan und stand auch bei der Farbauswahl nicht auf Experimente.

Henning sagt etwas, Sven nickt zustimmend, aber Nele verschränkt die Arme vor der Brust und schüttelt den Kopf. Was auch immer Henning gesagt hat, sie ist damit nicht einverstanden. Die drei diskutieren noch eine Weile, schließlich gehen sie wieder ins Gebäude. Ich warte einen Moment, dann schaue ich mir die Autos aus der Nähe an. Der Golf ist tatsächlich ein älteres Modell, sieht aber noch gepflegt aus. Alle drei Wagen haben einen dezenten Aufkleber auf der Kofferraumklappe: *Bruno's Brothers, pure Unterhaltung!* Ansonsten kann ich nichts erkennen, was irgendwie bemerkenswert wäre.

Ich schaue mich um. Weiter hinten, in der Mitte der letzten Reihe, sehe ich einen schwarzen Golf mit zwei Insassen. Ich bin ein bisschen kurzsichtig, aber das müssen Dennis und Kerstin sein. Nachdem ich mich vergewissert habe, dass mich niemand beobachtet, schlendere ich wie beiläufig zu ihrem Wagen und klopfe an die Fensterscheibe. Kerstin fährt sie runter.

»Hallo, Frau Mai!«, grüßt sie mich.

»Hallo, Frau Riebesehl! Ich dachte, wenn ich schon mal hier bin, bring ich Ihnen ein bisschen Verpflegung mit. Hier bitte.«

Ich öffne meinen Rucksack, hole zwei gutverpackte Lachsbrötchen von Gosch und zwei Dosen Cola hervor und reiche sie durch das Fenster.

»Wow, danke!«, freut sich nun auch Dennis von der anderen Seite des Wagens aus. »Das ist aber nett.«

»Keine Ursache und guten Appetit!« Ich winke den beiden noch zu, dann mache ich mich wieder auf den Weg zu meinem Fahrrad. Mein gutes Werk für heute habe ich erledigt. Soll der olle Lorenz ruhig als Ameise wiedergeboren werden. Mir passiert das jedenfalls nicht so schnell.

17

Mein letzter Besuch in einem Club oder einer Disco ist schon ungefähr 145 Jahre her. Ich gehe zwar gern in Bars, aber der Dancefloor ist nicht mein natürlicher Lebensraum. Als Radioreporterin bin ich eine Frau des Gesprächs, und in Discos ist es mir deswegen einfach eindeutig zu laut. Insofern ist es erstaunlich, dass ich es selbst war, die vorhin den Vorschlag gemacht hat, heute Abend in den Club 110 zu gehen. Was hat mich da bloß geritten?

Diese Frage stelle ich mir, während ich mich bemühe, mich in eine discotaugliche Version von mir zu verwandeln. Ich versuche, mich zu erinnern, wie der Dresscode im Club 110 war. Was hatte ich denn bloß an, als ich dort das letzte Mal war? War das etwa noch mit Henning? In meiner Zeit mit ihm hatte ich abends eine echte Jeans-und-T-Shirt-Phase, weil er immer behauptet hat, ihm gefalle ein sportlicher Look am besten. Dann kam Bille, die eine Leidenschaft für den knallengen Leo-Look hat oder für Röcke, die auch als Gürtel durchgehen würden, und Henning entdeckte sein Faible für sexy Outfits.

Ich schüttle mich kurz. Wieso muss ich gerade jetzt an den Idioten denken? Wie zum Trotz ziehe ich eine Jeans aus dem Schrank und steige hinein. Ein Blick in den Spiegel – ja, ins Büro kann ich so los. Aber in den Club? Nur, um mich von einer imaginären Bille abzusetzen? Quatsch! Jetzt heißt es nicht kleckern, sondern klotzen! Ich disponiere also um und ziehe den kürzesten Minirock an, den ich habe. Als Nächstes trage ich auch beim Make-up für meine Verhältnisse ziemlich dick auf, dramatischer Lidstrich inklusive. Fehlen nur noch hochhackige Schuhe, dann kann es losgehen.

Es klingelt unten an der Haustür, und ich sprinte vom Kleiderschrank zur Gegensprechanlage.

»Bin sofort unten«, flöte ich, schnappe mir meine Handtasche und werfe die Tür hinter mir zu. Unten angekommen, stelle ich fest, dass auch Kay sein Outfit auf die Abendplanung abgestimmt hat: sehr gut sitzende Jeans und schwarzes Hemd, dazu schwarze Turnschuhe. Sieht top aus und noch dazu deutlich bequemer als mein Schuhwerk. Egal. Immerhin bringen mich meine Zwölf-Zentimeter-Absätze zwar noch nicht auf Augenhöhe mit ihm, aber der ganzen Sache schon ein gutes Stück näher. Während uns sonst 25 Zentimeter trennen, sind es jetzt nur noch schlappe 13.

»Wow, bist du gewachsen?«, kommentiert Kay dann auch sofort überrascht, als ich ihm aus der Tür entgegenkomme.

»Gewissermaßen. Ich dachte mir, heute ist die richtige Gelegenheit für Stilettos.«

»Hoffentlich kannst du mit den Dingern auch tanzen. Ich könnte darauf keinen Meter weit laufen.«

»Alles Übungssache«, erwidere ich knapp, ohne zu erwähnen, dass ich diese Übung gar nicht habe, weil ich diese Schuhe nur sehr selten trage. Aber sie machen wirklich schöne Beine, und in Kombination mit meinem kurzen Rock sieht das einfach gut aus. Finde ich jedenfalls und an der Art und Weise, wie Kay mich anschaut, meine ich zu erkennen, dass er das genauso sieht.

»Okay, und wenn wir in einen Hinterhalt geraten sollten, hast du auch gleich eine Waffe parat«, witzelt er, scheint sich dann aber zu erinnern, dass er noch etwas Entscheidendes vergessen hat. »Ähm, du siehst übrigens toll aus«, fügt er hinzu. Na also. Geht doch!

»Mein Auto steht da vorne an der Straße«, sagt er, ich stöckle los und versuche dabei, dem Lochsteinpflaster, das vom Eingang bis zur Straße verlegt ist, zu trotzen. So ganz souverän scheint das noch nicht auszusehen, denn nach zwei Metern bietet mir Kay seinen Arm als Stütze an, was ich natürlich ablehne. Im nächsten Moment nehme ich ihn allerdings doch dankbar an. Mist! Hoffentlich klappt das gleich besser!

*

Der Club liegt in Zirchow am Stettiner Haff und ist auf Usedom eine Legende. Zahlreiche Partys finden hier statt – die wohl bekannteste an Weihnachten. Als wir gegen 22 Uhr ankommen, steht schon eine lange Schlange am Eingang. Ein gutes Zeichen: Der Club hat gerade erst geöffnet und schon so viel Zustrom, das verspricht gute Stimmung. Heute Abend steigt die große Cuba-Libre-Party, das ist natürlich wahnsinnig passend zu meinem Date mit Kay. Mit ein bisschen Glück können wir hier mal ausprobieren, was wir in unseren drei Salsa-Stunden bisher gelernt haben. Geduldig stehen wir an, bis wir endlich drinnen sind. Die Beleuchtung ist ziemlich schummrig, und ich schaue mich ein bisschen um, weil ich mich nur noch vage an meinen letzten Besuch erinnere. Es gibt eine große Tanzfläche, und die Bar hat eine Markise, die entfernt an einen Strandkorb erinnert. Aus den Boxen wummert Latino-Pop, und neben der Bar steht ein großes Schild, das unterschiedliche Mojito-Spezialitäten anpreist. Das kann ein lustiger Abend werden.

»Schon was trinken?«, frage ich und deute auf das Schild.

»Ich hole uns was. Was möchtest du?«

»Auf alle Fälle so ein Mojito-Teil. Warte mal«, ich studiere die Karte und entdecke etwas Vielversprechendes, auf das ich tippe. »Hier, den Himbeer-Mojito.«

»Himbeer-Mojito?« Kay klingt so, als würde er sich innerlich schütteln, aber das ist mir wurscht. Er kann ja Rum pur trinken, mir gefällt ein bisschen Fruchtgeschmack im Drink ganz gut.

Kurz darauf kehrt er mit zwei Gläsern zurück.

»Rum-Cola?«, frage ich, als ich sein Glas sehe.

»Nein, nur Cola. Ich muss ja noch fahren.«

»Wie wäre es, wenn wir dein Auto hier stehen lassen und ein Taxi zurück nehmen?«, schlage ich vor. Hier alleine einen Glimmer zu haben, während der Herr Kommissar stocknüchtern ist, finde ich nicht so verlockend. Sonst müsste ich doch wieder auf Schorle umsteigen, was ich heute Abend schade fände. Andererseits – in Anbetracht meiner Schuhe vielleicht vernünftiger. Es würde das Risiko, dass ich mir die Haxen breche, deutlich senken.

»Ich schau mal, wie sich der Abend so entwickelt«, antwortet Kay und grinst. Uh, das klingt mysteriös! Wie meint er denn das? Mit einem Mal fühle ich mich unsicher. Ob es doch keine gute Idee war, Kay für heute um ein Date zu bitten? Schnell nehme ich einen Schluck von meinem Himbeer-Mojito, der ganz ausgezeichnet schmeckt. Dann noch einen zweiten, und nach dem dritten Schluck hat sich das Gefühl von Unsicherheit schon wieder verflüchtigt. Es ist erschreckend, welche wohltuende Wirkung Alkohol auf mich hat.

Als das nächste Lied angespielt wird, fühle ich mich mutig genug, mein mittlerweile leeres Glas auf einen Cocktailtisch neben der Bar abzustellen, Kay an der Hand zu nehmen und auf die Tanzfläche zu ziehen.

»Okay, testen wir mal, ob wir schon genug gelernt haben«,

lacht Kay, stellt sein Glas ebenfalls ab und fasst mich um die Hüfte. Auf der Tanzfläche ist es mittlerweile ziemlich voll, und Kay muss mich eng an sich heranziehen, damit wir nicht ständig von anderen Tanzenden auseinandergeschoben werden. Kein schlechtes Gefühl, so in *freier Wildbahn* mit Kay Salsa zu tanzen. Und ich fühle mich heute auch erstaunlich taktsicher. Bei unserem Kurs konzentriere ich mich normalerweise noch sehr darauf, innerlich mitzuzählen, aber hier sortieren sich meine Füße fast von allein. Ich sage *fast*, weil sie sich natürlich auch deswegen so gut sortieren, da sie einfach nur Kays Bewegungen folgen müssen.

Aus der schnellen Salsa wird beim nächsten Lied eine viel langsamere Rumba, durch die ich mich mit rudimentären Erinnerungen an meine Tanzschulzeit und dank Kays sicherer Führung einigermaßen durchmogeln kann. Mittlerweile spüre ich allerdings meine Füße – oder besser gesagt, meine gewagte Schuhwahl.

»Wollen wir mal eine Pause machen?«, rufe ich Kay ins Ohr. Der nickt und führt mich von der Tanzfläche zurück zu unserem Stehtisch.

»Noch einen Mojito?«, will er wissen.

»Nein, danke! Ich spüre den ersten noch ganz schön. Und wenn du nicht vorhast, aufzuholen, steige ich jetzt lieber auf Schorle um.«

»Kommt sofort.«

Aber als Kay zwei Minuten später wieder an unserem Tisch auftaucht, hat er zwei Mojito-Gläser in der Hand und stellt sie vor mir ab.

»Ich habe es mir anders überlegt. Ich lasse den Wagen hier stehen. Eine kubanische Nacht ohne Rum ist dann doch nicht das Richtige.«

Wir nehmen unsere Gläser und stoßen miteinander an.

»Irgendwann werde ich mal nach Kuba fahren und mir das Land anschauen«, sagt Kay, als er sein Glas wieder hingestellt hat.

»Hast du das wirklich vor?«

»Ja. Schon als Junge hatte ich das ganz fest vor. Ich habe dafür sogar ein bisschen Spanisch gelernt und mir vorgestellt, wie ich nach Havanna fliege und dort meine kubanische Familie kennenlerne. Dass die ein großes Fest für mich organisieren, weil sie sich freuen, mich endlich zu sehen.«

Der Mojito verleiht mir nicht nur Mut beim Tanzen, sondern auch bei etwas persönlicheren Themen. Ich habe Kay noch nie nach seinem Vater gefragt, sondern immer gewartet, ob er etwas erzählt. Aber nun bin ich neugierig. Ich weiß, dass seine Mutter nie über seinen Vater gesprochen hat und dass seine Tante ihm an seinem vierzehnten Geburtstag heimlich ein altes Foto von seinem Vater gegeben hat – mehr aber auch nicht. Ich traue mich und frage nach.

»Hast du denn irgendeine Adresse auf Kuba? Von deinen Verwandten, meine ich?«

»Nicht so direkt. Aber – hab ich dir mal von dem Foto erzählt?«

Ich nicke stumm.

»Auf der Rückseite war ein Name notiert. *Alvaro Cabrera Martinez*. Und meine Tante hat mir erzählt, dass er aus Santiago de Cuba kam.«

»Lass mich raten – du hast jeden Alvaro aus Santiago recherchiert.«

Kay lacht.

»Na klar. Ich wusste von meiner Tante außerdem, dass er in Rostock Medizin studiert hat. Also habe ich versucht, alle Ärzte mit diesem Namen auf Kuba zu kontaktieren. Ich kann dir sagen, dass es ganz schön viele sind. Cabrera und Martinez sind so ziemlich die häufigsten Nachnamen auf Kuba und Alvaro ist jetzt auch nicht gerade selten.«

»Verstehe. Du hast gewissermaßen Peter Müller gesucht.«

»Könnte man so sagen. Das war relativ frustrierend. Aber eines Tages kam mir der Zufall zur Hilfe. Ein Kollege hat eine Karibik-Kreuzfahrt gemacht. Und der Bordarzt war ein netter Kubaner im passenden Alter, der seine sehr guten Deutschkenntnisse von seinem Medizinstudium aus Rostock mitgebracht hatte.«

Ich reiße die Augen auf.

»Nein! Das gibt's doch nicht! Dein Kollege hat deinen Vater auf einem Kreuzfahrschiff getroffen?«

»Fast. Der Arzt hieß nicht Alvaro, sondern Ernesto, und war ein Kommilitone meines Vaters. Als mein Kollege mir von der Begegnung erzählte, konnte ich eine Woche nicht richtig schlafen, weil ich mir sicher war, dass Ernesto meinen Vater gekannt haben muss. Schließlich habe ich der Reederei eine E-Mail geschrieben, und die haben tatsächlich den Kontakt zu Ernesto hergestellt. Und das war ein Volltreffer. Ernesto war ein enger Freund meines Vaters.«

Ich greife nach Kays Hand.

»Das ist ja großartig! Dann hast du deinen Vater gefunden?«

Kay zieht seine Hand zurück, nimmt sein Glas und trinkt noch einen Schluck.

»Fast. Ich hatte ihn fast gefunden. Aber ich war leider zu spät. Mein Vater ist vor zehn Jahren an Krebs gestorben.«

»Oh nein! Das tut mir so leid, Kay!«

»Es muss dir nicht leidtun. Ich habe ja irgendwie nicht wirklich einen Menschen verloren. Es war nur die Idee eines Menschen.«

Jetzt leert Kay seinen Mojito mit einem sehr großen Schluck, und ich trinke auch, bevor ich weiterspreche.

»Aber trotzdem ist es traurig. Hast du deiner Mutter davon erzählt?«

Kopfschütteln.

»Nein. Sie weiß nicht mal, dass ich so nach ihm gesucht habe.« Er schaut mich an, dann schiebt er seine Hände über die Tischplatte und umschließt meine. Ist es der Mojito oder die rhythmische Musik im Hintergrund? Jedenfalls kribbeln meine Fingerspitzen wie unter kleinsten Stromschlägen so sehr, dass sich das Gefühl in meinem ganzen Körper ausbreitet und ich ein Zittern unterdrücken muss. Kay scheint davon zum Glück nichts zu bemerken, er spricht einfach weiter.

»Franzi, es ist süß, dass du dir solche Gedanken um meine vergurkte Familiengeschichte machst. Aber so schlimm ist es auch wieder nicht. Denn mein Vater ist zwar tot, aber ich weiß seit einiger Zeit, dass ich noch drei Halbgeschwister habe. Und die werde ich irgendwann besuchen. Und dann werden wir am Strand von Santiago de Cuba einen Mojito auf unseren Vater trinken. Oder auch zwei oder fünf. Mal sehen. Auf jeden Fall wird es kein trauriger Tag sein.«

Eins steht schon jetzt fest: Kay Lorenz ist der coolste Typ, mit dem ich jemals im Club 110 in Zirchow war! Gut, der andere Typ war Henning, der sich im Nachhinein als echter Fehlgriff herausgestellt hat, aber trotzdem! Da Kay seine Hände mittlerweile wieder von meinen gelöst hat, bin ich es nun, die nach seinen Händen greift. Diesmal zieht er sie nicht zurück, sondern erwidert meinen Händedruck. Und schon wieder ist es da, dieses unwillkürliche Zittern bei mir. Ich ignoriere es und stelle Kay noch eine Frage.

»Weißt du schon, wann du hinfliegen willst?«

»Nein. Es gibt zwei Sachen, die ich vorher noch erledigen möchte. Zum einen muss ich meiner Mutter gestehen, dass ich nach Alvaro gesucht habe. Das fällt mir ehrlicherweise nicht ganz so leicht, denn mein Vater war ja immer ein Tabuthema.«

Puh, das ist hart! Ich beneide Kay nicht um dieses Gespräch. Ich bin schon völlig am Ende, wenn ich meinen Eltern sagen muss, dass ich wegen Raimunds unterirdischer Dienstplanung Heiligabend nicht pünktlich zum Gänsebratenessen zu Hause bin.

»Und was ist die zweite Sache, die du erledigen willst?«, frage ich ehrfürchtig. Kay grinst.

»Einen Reisepass für Greta beantragen. Sie soll ihre Tanten und den Onkel natürlich auch kennenlernen. Maja hat nichts dagegen – vorausgesetzt, ich kümmere mich um alle Formalien. Und dazu bin ich bisher noch nicht gekommen.« Dann wird er etwas ernster. »Im Grunde genommen muss ich aber Greta erst einmal vom kubanischen Teil ihrer Familie erzählen. Sie kennt die ganze Geschichte überhaupt nicht und wird vermutlich ziemlich überrascht sein.«

Ich kenne mich mit Kindern wirklich nicht besonders gut aus, aber ich glaube auch, dass eine Neunjährige schon alt genug ist, um zu erfassen, was für eine große Sache sich hinter dieser Nachricht verbirgt.

»Mannomann, das wird Greta echt umhauen«, sage ich also.

»Ja, das kann sein. Aber irgendwie freue ich mich auch darauf, es ihr zu erzählen. Ich muss jetzt endlich mal mit meiner Mutter sprechen.«

Bevor ich ihm noch sagen kann, dass ich verstehe, wenn er dafür einen ziemlich langen Anlauf braucht, dreht der DJ die Musik so laut auf, dass an ein Gespräch nicht mehr zu denken ist. Kay wertet das offenbar als Zeichen, dass ich jetzt genug über seine Familiengeschichte erfahren habe. Er legt seinen Arm um mich und fängt schon an, mit mir zu tanzen, noch bevor wir auf der Tanzfläche angekommen sind. Das führt dazu, dass ich ein paar Leuten mit meinen Stilettos auf die Füße trete und dafür sehr böse Blicke und deutliche Unmutsbekundungen ernte. »'tschuldigung!«, rufe ich, aber gegen die laute Musik bin ich vermutlich kaum zu hören.

Wir tanzen die nächste halbe Stunde durch, es ist herrlich, und trotz der Schuhe habe ich das Gefühl, auf Wolke sieben zu schweben. Dann trinken wir noch ein oder zwei Mojitos und tanzen weiter, die Zeit vergeht einfach wie im Flug. Irgendwann muss Kay mal um die Ecke, und ich gehe nach draußen, um ein bisschen Luft zu schnappen, mittlerweile ist mir nämlich unglaublich heiß. Ich setze mich auf die Treppenstufen vor dem Club und überlege, ob ich kurz die Schuhe ausziehe. Oder ist das zu riskant, weil ich sie dann vermutlich nie wieder anbekomme? Egal. Die Versuchung, hier draußen ein bisschen barfuß herumzulaufen, ist einfach zu groß. Also schlüpfe ich aus meinen High Heels und strecke und dehne meine Füße. Herrlich! Es ist so schön, wenn der Schmerz nachlässt.

Gegenüber vom Eingang entdecke ich ein kleines Fleckchen Rasen, da lässt sich mein Barfußspaziergang bestimmt hervorragend umsetzen. Ich laufe über die Zufahrt und springe mit den nackten Füßen ins Gras, es fühlt sich toll an. Dann lehne ich mich an die Buche, die auf dem Rasen steht, und rutsche schließlich am Stamm entlang nach unten, bis ich im Gras sitze, die Buche als Rückenlehne. Es ist so schön ruhig hier, nur eben ein wenig ausschnaufen.

»Hey, ihr seid schon wieder teurer geworden?« Nicht weit von mir höre ich eine Stimme im Dunkeln. »Donnerstag habe ich 250 Euro für zwei Gramm bezahlt und jetzt willst du 300?

Du tickst doch nicht sauber!« Die gemurmelte Antwort ist nicht zu verstehen, aber sie klingt vom Tonfall her nicht sehr freundlich, eher aggressiv.

Mein Kopf fährt herum, ich versuche herauszufinden, wer da spricht. Da ich jedoch im Halbdunkeln sitze, die Stimmen aber aus dem Stockdunkeln kommen, kann ich nichts erkennen. Dann entfernen sich die Stimmen immer weiter, und ich höre schließlich nur noch empörtes Gemurmel ohne klare Worte. Das Gespräch – war es das, was ich denke? Ich stehe langsam wieder auf und versuche, die zwei in der Dunkelheit auszumachen. Vorsichtig will ich vom Rasen aus in die Richtung gehen, in die sich das Gemurmel entfernt hat. Dann höre ich eine Autotür zuschlagen, und gleich darauf drehen sich Wagenräder auf Kies, kleine Steinchen fliegen zur Seite und fallen mit einem Klackern zu Boden. Ich bleibe zurück, um nicht aufzufallen, als ich die Scheinwerfer eines Wagens sehe. Sie kommen direkt auf die Buche zu, hinter die ich mich jetzt wieder kauere. Das Licht blendet mich, aber als der Wagen dann an mir vorbeifährt, sehe ich, dass es offenbar ein schwarzer Kombi ist. Ein schwarzer Kombi mit einem Aufkleber auf dem Kofferraumdeckel: *Bruno's Brothers, pure Unterhaltung!*

Ich bleibe wie erstarrt stehen. Das Koks-Taxi! Es ist wirklich einer der Mietwagen von Bruno! Oder zumindest mit hoher Wahrscheinlichkeit einer der Mietwagen – denn wie viele schwarze Kombis mit so einem Aufkleber werden schon auf Usedom herumfahren? Jetzt beschleunigt der Wagen, und schon sind nur noch seine Rücklichter zu sehen. Ob mich der Fahrer erkannt hat? War ich schnell genug in Deckung? Ich konnte umgekehrt nicht sehen, wer am Steuer des Kombis saß.

Als ich sicher bin, dass der Wagen nicht mehr umkehrt, humple ich mit den Schuhen in der Hand wieder zum Gebäude zurück. Kay steht vor der Tür, er scheint mich gesucht zu haben, denn als er mich sieht, winkt er mir zu.

»Hey, wo warst du denn?«, will er wissen. »Ich dachte schon, du wärst einfach abgehauen. Ich hatte Sorge, dass ich dich mit meinen Kuba-Geschichten doch zu sehr gelangweilt hätte.«

»Wie kommst du denn auf so eine Idee? Ich habe mir nur die Füße vertreten.«

»Dann bin ich beruhigt.« Er stellt sich direkt neben mich. »Ich fand unser Gespräch vorhin nämlich sehr schön. Wie überhaupt den ganzen Abend.« Ehe ich mich versehe, legt er seinen Arm um mich und zieht sich ganz nah an mich heran. Hatte ich vorhin noch das Gefühl eines leichten Kribbelns, so ist es nun eher so, als ob man als Stadtkind an einen Elektrozaun fasst, weil man denkt, so stark könne das schon nicht sein. Heftig! Es macht regelrecht *kawumm!,* als Kays Arm meine Schultern berührt. Mittlerweile habe ich auch wieder dieses Ohrenrauschen, das ich immer bekomme, wenn mein Herz rast – und mein Herz rast gerade wie verrückt.

Nun beugt sich Kay mit seinem Gesicht ganz langsam zu meinem herunter, und ich kann sehen, dass seine braunen Augen wieder diesen sanften Schimmer haben. Mein Magen macht Luftsprünge, mir wird gleichzeitig heiß und kalt – es ist ein großartiges Gefühl!

Auf einmal zögert Kay jedoch und mustert mich eindringlich.

»Ist alles in Ordnung, Franzi? Du bist leichenblass. Ist hier draußen irgendetwas passiert?«

Mein Herz, das gerade noch auf mindestens zweihundert Schläge pro Minute kam, bleibt fast stehen, und ich ringe mit mir selbst: Sagen, was los ist? Oder der Stimmung ihren Lauf lassen? Ich schlucke trocken und sehe Kay direkt in die Augen.

»Du, ich glaube, ich habe gerade das Koks-Taxi gesehen.«

Kays Lippen formen ein wortloses *Was?!*, dann lässt er mich los und richtet sich wieder auf.

»Verdammt! Wo denn?«

Goodbye, Romantik! Hallo, Mörderjagd!

18

»Keine Chance auf einen Durchsuchungsbeschluss. Sie wird ihn nicht beantragen. Sie meint, wenn wir nächste Woche mehr Beweise hätten, könnten wir noch einmal darüber sprechen, aber momentan sieht sie das nicht. Gleiches gilt für die Telefonüberwachung. Die gesetzlichen Hürden dafür sind hoch, und wir haben ihrer Meinung nach noch zu wenig.«

Kay hat gerade mit Staatsanwältin de Santis telefoniert und klingt ziemlich frustriert, als er sich wieder zu Janis und mir an den Tisch in seiner Küche setzt. Hier haben wir uns nach der gestrigen aufregenden Nacht getroffen, um zu überlegen, wie es jetzt weitergeht. Janis hat von der zweiten Partynacht mit seinen neuen Freunden berichtet, aber der Knaller war eindeutig meine Geschichte. Dachte ich jedenfalls. Aber das scheint Frau de Santis leider völlig anders zu sehen. So ein Mist! Dabei war ich sicher, dass die Sache nach gestern Abend klar sei und Kay und seine Kollegen gleich die Büroräume der Bruno's Brothers stürmen und auf links drehen würden. Oder aber, wenn das schlauer wäre, alle Telefone der Beteiligten angezapft würden, auf dass uns der richtig dicke Fisch schnell ins Netz ginge.

»Aber ich verstehe nicht – ich habe das Auto doch eindeutig identifiziert«, wundere ich mich. »Wo ist das Problem?«

»Franzi, ich habe es ihr exakt so geschildert: Dass du das Auto erkannt und ein Verkaufsgespräch belauscht hast, und dass wir noch einen anderen Zeugen haben, der zwei Tage zuvor erfahren hat, dass Bruno Wunderlich wirklich ein Dealer und der Betreiber des Koks-Taxis war.«

»Und nicht nur das!«, ruft Janis. »Ich glaube, dieser Jarmo war gestern auch auf eurer Kuba-Party. Auf meiner Party war er jedenfalls nicht, und Damian meint, Jarmo hätte nach Zirchow gewollt. Er wird das also auf dem Parkplatz gewesen sein. Deswegen auch der Streit über die kleine Preiserhöhung! Das passt doch alles perfekt zusammen mit dem Verkauf der zwei Gramm am Donnerstag!«

Kay nickt und sieht dabei sehr missmutig aus.

»Das tut es. Trotzdem konnte ich Frau de Santis nicht überzeugen. Ich habe ihr dann noch mal erklärt, dass eine überaus hohe Wahrscheinlichkeit dafür spricht, dass Bruno ermordet wurde, weil er sich mit dem Kokskartell angelegt hat, und dass es ebenfalls sehr wahrscheinlich ist, dass seine ehemaligen Mitarbeiter nun sein Geschäft übernommen haben. Was durch deine Beobachtung auf dem Parkplatz vor dem Club 110 gestern Abend bestätigt wird. Und dass wir deswegen zumindest die Telefonüberwachung brauchen, um an die Hintermänner und damit an die Mörder von Wunderlich zu kommen.«

»Aber das reicht ihr nicht?« Ich raufe mir nicht nur sinnbildlich die Haare, sondern wühle tatsächlich in ihnen herum, weil ich das gerne mache, wenn ich mich über etwas aufrege und kein Haargummi dabeihabe. »Ich verstehe es nicht!«

»Nein. Sie meint, ein Aufkleber auf einem schwarzen Fahrzeug beweist rein gar nichts, zumal wir nicht wissen, ob dieser Aufkleber als Werbemittel nicht noch an fünfhundert anderen Autos klebt. Dass du gewissermaßen ein Verkaufsgespräch belauscht hast, hat sie auch nicht beeindruckt. Sie meint, da könnte alles Mögliche verkauft worden sein, einen Richter würde das niemals überzeugen.« Kay seufzt. »Ehrlicherweise glaube ich, es liegt auch daran, dass du die Zeugin bist, Franzi.«

»Wie bitte? Was soll das denn heißen?«

»Ich glaube, du bist für die Staatsanwältin mittlerweile ein rotes Tuch. Es war ein Fehler, ihr gegenüber zu erwähnen, von wem ich meine Infos habe. Aber in dem Moment habe ich mir nichts dabei gedacht.«

So eine blöde Kuh!

»Glaub mir, Kay, die Abneigung ist ganz meinerseits.«

»Was machen wir denn jetzt?«, stellt Janis genau die Frage, die mir nun auch im Kopf rumschwirrt. »Ich meine – ich habe das Gefühl, wir sind kurz davor, den Fall zu lösen, und jetzt dürfen wir nicht?«

Kay trommelt mit seinen Fingerspitzen auf der Tischplatte herum, dann hört er damit auf und klatscht aufmunternd in die Hände.

»So, jetzt mal Schluss mit Trübsalblasen. Es ist zwar ärgerlich, dass wir den Sack noch nicht zumachen können, aber davon lassen wir uns nicht aufhalten.«

»Niemals!«, lache ich und reiße gespielt kämpferisch die Faust in die Höhe. Dann lasse ich sie allerdings schnell wieder sinken. »Hast du einen Plan?«

»Ja. De Santis hat gesagt, unsere Beweise reichen ihr noch nicht. Also müssen wir mehr Beweise beschaffen. Zum einen werden wir die Agentur weiter überwachen und …«

»Stopp mal«, unterbreche ich ihn, »das hat doch schon gestern nichts gebracht. Sonst hätten Kerstin und Dennis doch irgendwas bemerkt.«

»*Nichts gebracht* stimmt ja so nicht«, widerspricht mir Kay. »Wir haben einen Überblick darüber, wer die letzten 24 Stunden die Agentur betreten und verlassen hat. Kerstin und Dennis haben gemeldet, dass Sven Holtens und Henning Wiedemann gegen 18 Uhr die Agentur verlassen haben und mit jeweils einem Kombi losgefahren sind, Nele Kaczynski ist mit einem Privatfahrzeug gefahren, ebenfalls gegen 18 Uhr. Der Auftrag meiner Kollegen war nicht, eine wilde Verfolgungsjagd zu starten, sobald jemand das Büro verlässt. Es ging lediglich um eine Objektüberwachung. Um 20 Uhr hat dann die nächste Schicht übernommen. Die Kollegen konnten keine Ab- oder Zugänge zum Gebäude feststellen.«

Schnarch! Und für dieses magere Ergebnis wurden vier Polizisten gebraucht? Ich verkneife mir allerdings einen Kommentar, denn Kay sieht schon ein bisschen genervt aus. Janis scheint das nicht zu bemerken, er haut seine Gedanken ganz locker raus.

»Also, sorry, Kay, nichts für ungut… äh, ich meine natürlich: Herr Lorenz…«

»Kay ist schon in Ordnung«, gibt Kay den Lässigen.

»Oh, danke und gerne! Ich bin der Janis«, freut sich Janis, um dann aber genauso kritisch mit seiner Einsatzanalyse fortzufahren, »also nichts für ungut – aber das war doch eindeutig ein Satz mit X. Da hätten Riebesehl und Pawlak am Wochenende ruhig freimachen können. Hätte auch nichts geändert. Meine Info, dass Jarmo vermutlich der Typ vom Parkplatz war, ist schon deutlich hilfreicher.«

»Mein lieber Janis, ich habe gestern bereits versucht, das deiner werten Ausbilderin zu erklären: Polizeiarbeit hat ganz viel mit Geduld zu tun. Das ist ein Marathon, kein Sprint. Und natürlich haben wir etwas erfahren: Wenn es nämlich so ist, dass auf der Insel eben nicht noch mehr schwarze Kombis mit einem Aufkleber von Wunderlich rumfahren, dann sind die Wagen von Wunderlich eindeutig in den Kokshandel verwickelt. Außerdem wissen wir jetzt, dass die Ware nicht von Dritten in den Büroräumen der Agentur gelagert wird, denn niemand außer Holtens, Wiedemann und Kaczynski war dort, geschweige denn hat sich an den Wagen zu schaffen gemacht. Riebesehl und Pawlak haben dokumentiert, dass die Autos die ganze Zeit über auf dem Parkplatz vor der Agentur standen. Bis Holtens und Wiedemann mit ihnen losgefahren sind.«

Ich lege den Kopf schief.

»Okay. Dann hat die Observierung doch etwas gebracht. Sven und Henning sind also tatsächlich unsere Hauptverdächtigen, wenn sie die Autos nicht noch an den großen Unbekannten verliehen haben. Und genau das müssen wir noch herausfinden.«

»Ich werde der Agentur Montag einen Besuch abstatten«, beschließt Kay. »Heute am Sonntag werden sie zumindest so tun, als könne man sie nicht erreichen.«

»Vielleicht kann ich das schon vorher klären«, sage ich.

»Wie willst du das machen? Da einbrechen und einen Blick in den Computer werfen? Wobei – der ist ja schon geklaut, da kommst du zu spät«, witzelt Kay.

»Nein. Ich will wie immer meine äußerst guten privaten Kontakte spielen lassen. Du wirst es schon sehen.« Den letzten Satz äußere ich im Brustton der Überzeugung, obwohl ich mir ehrlicherweise nicht sicher bin, wie exakt ich das bewerkstelligen werde.

»Gegenfrage«, sage ich also, »wie sehen denn deine weiteren Ermittlungen aus?«

»Wie gesagt: Ich werde herausfinden, ob die beiden Kombis gestern Abend vermietet waren. Falls nicht – wovon ich fast ausgehe – verstärken wir die Beobachtung von Holtens und Wiedemann, und ich werde sie zu einer Vernehmung vorladen. Die Agentur wird weiter observiert, mal sehen, was sich daraus noch ergibt. Und ich werde gleich morgen nach Hamburg fahren und mich bei meinen alten Kollegen mal umhören, was sie mir zu möglichen Lieferanten von Bruno Wunderlich sagen können. Ich bin mir sicher: Seine Bezugsquellen für Kokain stammen aus seiner Zeit bei der Hamburger *Taxizentrale.*«

»Da bist du ja gut beschäftigt in den nächsten Tagen«, stelle ich fest.

»Allerdings. Aber Greta bleibt bis zum kommenden Samstag bei Maja, und ich werde die Zeit optimal nutzen. Vielleicht haben wir nächste Woche schon einen Verdächtigen verhaftet, wer weiß.«

Schön, dass Kay so optimistisch ist. Nicht so schön, dass ich in dem Plan so gar nicht vorkomme.

»Ich könnte nach Hamburg mitkommen«, schlage ich vor.

»Warum?«, fragt Kay sehr überrascht und ein wenig uncharmant.

»Äh, weil ich am gleichen Fall wie du arbeite, zum Beispiel. Und weil ich dich bisher auch mit allen meinen Kontakten und Informationen versorgt habe.« *Und weil ein, zwei Tage zusammen in Hamburg doch vielleicht ganz schön wären,* füge ich noch in Gedanken hinzu, sage es aber nicht laut. Denn wenn Kay nach unserem gestrigen Abend nicht von allein auf diese Idee kommt, dann soll er sich gehackt legen.

Er kommt nicht auf die Idee, stattdessen schüttelt er den Kopf.

»Nee, lass mal, Franzi. Ich habe die Truppe in Hamburg schon eine Ewigkeit nicht mehr gesehen. Da muss ich vermutlich erst mal ein bisschen die alten Zeiten hochleben lassen, bevor die mir wirklich alle vertraulichen Infos geben. Du weißt schon – auch die Sachen, die nicht in den Akten stehen. Und das geht nicht, wenn ich da mit einer Journalistin im Schlepptau aufkreuze.«

Mit einer Journalistin im Schlepptau aufkreuzen? Die Art und Weise, wie Kay das sagt, finde ich richtig blöd. Und alles andere als freundlich.

Ich schiebe meinen Stuhl zurück und stehe auf.

»Gut, dann will ich dich auch gar nicht weiter stören. Du hast bestimmt noch einiges vorzubereiten, wenn du morgen schon loswillst. Komm, Janis.«

Der schaut mich überrascht an, stellt aber keine Fragen, sondern steht ebenfalls auf.

»Hey, der Kaffee ist gerade durchgelaufen«, sagt Kay, »ich dachte, wir trinken noch eine Tasse zusammen.«

»Vielen Dank, aber ich habe auch noch zu tun. Ich muss mich um meine nächsten Recherchen kümmern«, lehne ich ab. »Aber melde dich gern, wenn du aus Hamburg zurück bist.«

Dann nicke ich ihm kurz zum Abschied zu und trabe, dicht gefolgt von Janis, aus der Küche. Abgang kann ich!

*

»Was war das denn gerade?« Janis ist verwirrt, wer könnte es ihm verdenken. Wir sind in meinen Panda eingestiegen, der vor Kays Haus parkt, aber ich kann mich nicht zum Losfahren aufraffen, ich bin noch zu aufgewühlt.

»Also?«

»Nichts«, antworte ich knapp.

»'tschuldige, Chefin. Aber das war nicht *nichts*. Und wenn es nicht nichts war, was war es dann? Bitte keine Geheimniskrämereien vor deinem Lieblingsvolontär.«

»Meinem einzigen Volontär«, korrigiere ich ihn.

»Auch das. Ein Grund mehr, jetzt mal Offenheit walten zu lassen.«

Ich seufze sehr tief.

»Es ist mir ein bisschen unangenehm, das zuzugeben. Aber ich bin persönlich genervt von Kay.«

»Persönlich? Wie meinst du das?«

»Na ja – persönlich eben, nicht beruflich. Ich verstehe natürlich, dass er mich nicht einfach so auf seine alte Dienststelle nach Hamburg mitnehmen kann. Aber trotzdem – die ganze Art und Weise, wie er das gesagt hat, war echt unfreundlich.«

Janis dreht sich auf dem Beifahrersitz zu mir, ich nehme die Hände vom Lenkrad und schaue ihn ebenfalls an.

»Franzi, ich sag's jetzt ungern, und es geht mich auch nichts an. Aber irgendwie eben doch. Kay hat nichts Böses getan. Er hat dir erklärt, warum er allein nach Hamburg fahren will. Sein Grund ist völlig plausibel, das sagst du selbst. Was also ist das Problem?«

Die Frage aller Fragen. Was ist das Problem? Bevor ich antworten kann, muss ich mich erst mal selbst sortieren. Ich horche in mich hinein und versuche, für meine Gefühle Worte zu finden. Warum trifft es mich so, dass Kay mich nicht mitnehmen will? Die Wahrheit ist, dass ich Angst habe, ich könnte mehr Zeit mit ihm verbringen wollen, als er mit mir. Dass ich mein Herz wieder an jemanden verliere, der es nicht verdient. Oder schlecht damit umgeht. Eben so, wie Henning schlecht damit umgegangen ist. Seitdem der wieder in meinem Leben aufgetaucht ist, beschäftigen mich diese Gedanken. Meist verdränge ich sie zwar, aber vielleicht ist das auf Dauer keine gute Bewältigungsstrategie. Scheint jedenfalls nicht zu guten Ergebnissen zu führen, wenn es zutrifft, was Janis sagt, und ich Kay eben völlig zu Unrecht angezickt habe.

»Franzi?« Janis stupst mich an. »Sagst du noch was? Oder meditierst du jetzt 'ne Runde? Wenn gleich der Sonnengruß kommen soll, sag Bescheid. Dann breite ich dir gern meine Jacke als Yogamatten-Ersatz auf dem Bürgersteig aus.«

Obwohl mir nicht danach zumute ist, muss ich lachen.

»Sonnengruß? Mir ist momentan mehr nach *herabschauendem Hund*, jedenfalls geht es mir hundeelend, wenn ich daran denke, wie ich gerade aus Kays Küche gerauscht bin.«

Nun ist es Janis, der lacht.

»Ja, das war ein merkwürdiger Abgang. Und jetzt noch mal: Was ist los? Mit dir? Oder mit Kay? Oder mit euch beiden?«

Ich hole tief Luft, und dann spreche ich laut aus, was mich schon seit längerer Zeit quält. Dafür muss ich all meinen Mut zusammennehmen, und ich kann nicht fassen, dass ich ausgerechnet Janis davon erzähle, aber gleichzeitig spüre ich, dass es gut ist, es nicht mehr alleine mit mir rumzuschleppen.

»Ich glaube, ich habe mich in Kay verliebt. Und ich habe Angst, dass er meine Gefühle nicht erwidert. Also eigentlich dachte ich schon, dass es so wäre, aber jetzt bin ich mir nicht mehr sicher, und das fühlt sich furchtbar an. Oder vielleicht ist es auch wegen gestern Abend? Ich glaube, er wollte mich küssen, aber im letzten Moment habe ich ihn mehr oder weniger davon abgehalten.«

Janis verzieht den Mund. Wird er mich jetzt auslachen? Nein, er lehnt sich noch ein bisschen weiter in meine Richtung und legt eine Hand auf meine Schulter.

»Chefin«, sagt er dann, »ich kenne dich jetzt schon eine ganze Weile, und deine Gefühle für Kay sind für mich nicht zu übersehen. Und zur Beruhigung: Seine sind es auch nicht. Nicht umsonst wollte ich mitkommen, wenn ihr durchbrennt. Das war zwar ein Scherz, aber nur ein halber.«

Auweia! Ich glaube, ich werde rot. Auf alle Fälle kann ich Janis nicht mehr direkt in die Augen schauen, weil mir die Situation gerade sehr unangenehm ist.

»Es tut mir leid«, murmle ich, »ich weiß nicht, warum ich dich jetzt mit meinem privaten Kram zutexte. Echt peinlich.«

»Franzi«, sagt Janis, und seine Stimme klingt dabei ganz weich und verständnisvoll, »das muss dir doch nicht peinlich sein, ich habe dich schließlich danach gefragt. Und wirklich, ich glaube, dein erster Eindruck stimmt. Ich bin mir zu 99,9 Prozent sicher, dass es Kay genauso geht wie dir. Er mag dich. Sehr sogar. Oder hast du ihm gestern Abend eine gescheuert, als er dich küssen wollte? Dann sieht die Sache heute vielleicht ein bisschen anders aus.« Zweifelnd sieht Janis mich an. »Hast du?«

»Nein! Natürlich nicht! Mir wurde nur in dem Moment, als es romantisch wurde, klar, dass ich gerade das Koks-Taxi hatte davonfahren sehen und dass es einer der Wagen von Wunderlich war. Da musste ich mich entscheiden – mit Kay knutschen oder ihm Bescheid sagen. Ich habe mich für Letzteres entschieden.«

Janis bricht in ein wieherndes Gelächter aus. Er lacht so sehr, dass ihm Tränen die Wange herunterlaufen.

»So lustig finde ich das nun auch wieder nicht«, sage ich leicht angesäuert.

»Sorry«, japst er und wischt sich die Tränen aus dem Gesicht, »es ist nur so, dass ich dir gerade sagen wollte, dass Kay einfach ein sachlicherer Typ ist als du und für ihn Arbeit Arbeit ist. Und dann stellt sich heraus, dass es gestern genau umgekehrt war: Er wird romantisch, und du denkst an den Job.«

»Es ist ein reines Klischee, dass Männer immer an den Job denken und Frauen nur ans Private«, mosere ich.

»Schon gut!« Janis hebt beschwichtigend die Hände. »Ich

meinte nur, dass für euch beide anscheinend der Beruf an erster Stelle steht. Da seid ihr euch ähnlich. Aber wegen der Situation gerade in der Küche: Ich glaube, dass Kay nicht auf die Idee kommt, du könntest in die Tatsache, dass er allein nach Hamburg fahren will, was Privates reininterpretieren. Das ist zu sehr Metaebene.«

»Metaebene?« Mein Volontär spricht mal wieder in Rätseln.

»Na, du weißt schon. Mal ganz plakativ gesagt: Mann sagt oder macht oft Sachen, bei denen er sich einfach gar nichts denkt. Aber Frau vermutet sofort, dass irgendetwas dahintersteckt. Das ist die Metaebene. Und auf der bewegen wir Männer uns sehr selten. Wenn Kay also sagt, dass er lieber ohne dich nach Hamburg fahren will, damit er ungestört mit seinen Kollegen sprechen kann – dann meint er genau das. Nicht mehr, nicht weniger.«

Ich lasse mir die kleine Ansprache von Janis durch den Kopf gehen. Vermutlich hat er recht. Ich bin eine Idiotin! Einmal tief durchatmen, dann schnalle ich mich ab.

»Was machst du?«, wundert sich Janis.

»Na, ich gehe rein und entschuldige mich bei Kay.«

»Halt! Stopp! Lass es! So schlimm war es auch wieder nicht. Kay war bestimmt überrascht, aber er kann ruhig mal ein bisschen darüber nachdenken, wie er zu dir steht und ob er alles richtigmacht.«

»Aber was, wenn er dabei zu dem Ergebnis kommt, dass er mich doch nicht so sehr mag?«

Janis rollt mit den Augen.

»Tja, dann ist es ja besser, er merkt es jetzt, wenn du nur ein bisschen verknallt in ihn bist, als später, wenn ihr schon zusammen ein Haus gekauft und eine siebenköpfige Kinderschar habt.«

Nun bin ich diejenige, die lachen muss.

»Danke für deinen weisen Rat, mein Freund!«

»Keine Ursache. Ich würde sagen, wir nutzen die Tage ohne Kay, um das zu machen, was wir am besten können.«

»Und das wäre?«

»Knallharte journalistische Recherche, ungebremst von irgendwelchen polizeilichen Bedenkenträgern. Im Idealfall haben wir den oder die Mörder von Bruno Wunderlich schon identifiziert, während Kay noch beim zweiten Bier mit seinen Hamburger Kumpels sitzt und über alte Zeiten klönt.«

»Ein Spitzenplan!«, lobe ich Janis und mache dann eine kleine Kunstpause, um meinen nächsten Worten das nötige Gewicht zu verleihen. »Das war übrigens gerade das beste Frauengespräch, was ich je mit einem Mann geführt habe.«

19

Gut, dass ich mir angewöhnt habe, mir alle Telefonnummern, die mir im Laufe der Zeit so zuflattern, mit Namen in meinem Handy abzuspeichern. So habe ich auch gleich die Nummer von Marco griffbereit. Ihn halte ich für genau den Richtigen, um herauszufinden, ob die Mietwagen von Wunderlich gestern Abend noch mit Kunden unterwegs waren. Immerhin hat er sich als Freund des investigativen Journalismus gezeigt, und möglicherweise reizt es ihn, Teil unseres kleinen Recherche-Teams zu werden.

»Hallo, Franzi!« Marco freut sich offensichtlich, dass ich ihn anrufe. »Wie klappt es mit dem neuen Fahrrad? Fühlt sich anders an als ein normaler Drahtesel, oder?«

»Es ist super! Ein ganz neues Fahrgefühl«, bestätige ich. »Vielen Dank noch mal für deine nette Beratung, es passt perfekt.«

»Gerne. Aber womit kann ich dir jetzt helfen? Du rufst doch nicht wegen des Fahrrads an, oder?«

»Ganz genau. Wie du weißt, recherchieren Janis und ich immer noch an dem Mordfall Wunderlich, und da könnte ich jetzt tatsächlich deine Hilfe brauchen.«

»Oh, wow – sehr gern!«, antwortet Marco so, wie ich es vermutet habe.

»Es ist so – ich müsste wissen, ob die Mietwagen der Agentur gestern Abend noch mal vermietet waren oder ob Sven und einer seiner Kollegen die Wagen bei sich zu Hause hatten. Und ich frage mich, ob du eine Idee hast, wie ich das unauffällig rausfinden könnte.«

»Hm, normalerweise wird so was im Rechner gespeichert. Also alle Vermietungen«, erklärt Marco mir. »Und dann könnte ich online nachgucken. Aber da die Rechner futsch sind und ich nicht glaube, dass schon neue angeschafft wurden, hat Nele es vermutlich nicht ins System eingeben können, sondern irgendwo handschriftlich notiert.«

»Ach, das ist ja doof. Aber denkst du, du könntest Nele fragen wegen der Wagen?«

»Warum willst du das eigentlich wissen?«

»Also, wir glauben, dass mit einem der Wagen gestern Abend etwas transportiert worden ist, was mit dem Mord an Bruno zu tun hat. Deswegen möchte ich wissen, wer als Fahrer überhaupt in Frage kommt. Denkst du, Nele würde es dir verraten?«

»Mit einer guten Ausrede bestimmt. Ich kann eigentlich ganz gut mir ihr, ich habe sie auch im Krankenhaus angerufen und ihr gute Besserung gewünscht. War ja Gott sei Dank nur eine Platzwunde und nichts Schlimmeres.«

Der Kontakt zu Marco wird immer wertvoller – was bin ich froh, dass ich mir das Fahrrad gekauft habe!

»Hat Nele dir irgendwas erzählt?«, will ich wissen. »Oder hast du ihr von deinem Verdacht erzählt, dass Anna Holtens ihr eins übergebraten hat?«

Marco lacht.

»Neeee, das habe ich mich nicht getraut. Nele hat auch keinen Schimmer, wer sie überfallen hat, denn der Angriff kam von hinten. Ich ärgere mich immer noch über mich selbst, dass ich Anna von Neles Verdacht, sie habe Sprengstoff an den Jetski angebracht, erzählt habe. Andererseits – dass die Computer geklaut wurden, spricht schon sehr dagegen, dass Anna Nele überfallen hat. Wenn überhaupt, wollte Anna Rache. Und keinen neuen Computer.«

»Ja, das habe ich mir auch schon so gedacht. Hm, was könnte eine gute Ausrede sein?«, überlege ich laut. »Wenn du noch da arbeiten würdest, könntest du einfach sagen, dass du was im Wagen hast liegen lassen und sichergehen willst, dass es noch da ist.«

»Gute Ausrede!«, lobt mich Marco. »Aber passt momentan leider nicht. Mal weiter nachdenken. Ich könnte Nele natürlich fragen, ob ich mir den Wagen mal leihen könnte. In dem Zusammenhang könnte ich mich ganz beiläufig erkundigen, wie die Buchungslage denn momentan so ist. Kann ja behaupten, ich hätte einen der Wagen gestern Abend herumfahren sehen. Das könnte klappen. Und wenn nicht, schöpft sie bestimmt keinen Verdacht.«

Wenn Marco so weitermacht, muss ihm Raimund unbedingt ein Volontariat anbieten, der ist ja echt findig! Ich werde das Raimund vorschlagen, schließlich dauert auch die Ausbildung von Janis nicht mehr ewig und Bäderland-Radio hat eigentlich immer einen Volontär oder eine Volontärin.

»Also wenn du das für mich machen würdest, wäre es natürlich toll.«

»Kein Problem. Jetzt bin ich selbst neugierig geworden. Du musst mir aber versprechen, dass du mir haarklein erzählst, wie ihr vorgegangen seid, wenn ihr den Fall wirklich gelöst habt.«

»Großes Ehrenwort!«

*

»Hey, Nele, Marco hier. Wie geht's? Alles wieder einigermaßen okay?«

»Oh, hallo! Ja, es geht mir schon wieder ganz gut. Keine Kopfschmerzen mehr, nur noch eine ziemliche Beule und eben diese Naht. Aber der Faden löst sich angeblich selbst auf und muss nicht gezogen werden. Das ist ja schon mal was. Ich war gestern sogar im Büro.«

»Das freut mich! Hab mir echt Sorgen gemacht um dich – so eine schreckliche Geschichte!«

»Total lieb, dass du dich erkundigst, Marco. Das rechne ich dir echt hoch an. Ja, ich kann das selbst alles noch gar nicht fassen. Stell dir vor – das ist erst eine Woche her, dass Bruno …«

(Schluchzen)

»Oh, Mann, Nele, das tut mir alles so leid! Wenn ich was für dich machen kann, sag Bescheid.«

»Danke, Marco! Total lieb von dir. Aber ich glaube, am besten ist es, einfach weiterzumachen. Das hätte Bruno auch so gewollt.«

»Das glaube ich auch. Er hätte jedenfalls nicht gewollt, dass ihr die Agentur dichtmacht.«

(Seufzen)

»Ja. Genau das haben Sven und Henning auch gesagt. Dass wir weitermachen müssen, weil die Firma auch Brunos Lebenswerk war.« (kurzes Schluchzen, dann Schlucken) »Hoffentlich werden die Jetski bald wieder freigegeben, die ließen sich gerade in der Hauptsaison super vermieten. Momentan haben wir nur die Stand-up-Paddleboards, die Jollen und das Motorboot mit der Banana. Und die drei Mietwagen. Aber wenn die Jungs nicht bald wieder für Stunts gebucht werden, sieht es düster aus.«

»Ach, Mensch, apropos – meine Eltern kommen demnächst zu Besuch. Ich hatte überlegt, dann ein Auto bei euch zu leihen, um

ihnen ein bisschen mehr von der Insel zu zeigen. Vielleicht einen von den Kombis. Sind die immer sehr ausgebucht?«
(Schnäuzen)
»Ach, na ja, was heißt ausgebucht. Ich finde, die stehen ganz schön viel rum. Aber Sven und Henning wollen sogar noch einen neuen Golf kaufen. Sie meinen, das sei ein gutes Geschäft und dass wir mit der Autovermietung mittlerweile am besten verdienen.«
»Ich glaube, ich habe gestern Abend einen der Wagen in Zirchow gesehen. Also wenn ihr die jedes Wochenende verleiht, ist das doch nicht schlecht.«
»Nee, die sind am Wochenende nicht verliehen. Die haben sich gestern Sven und Henning mitgenommen. Sven, weil er mit Fanny und Finn surfen gehen wollte und das ganze Equipment nicht in seinen Opel passt. Und Henning, weil der noch Krempel bei seiner Ex-Freundin rausholen muss. Der ist doch bei dieser Else vom Radio rausgeflogen. Oder freiwillig gegangen, weiß ich jetzt gar nicht so genau. Interessiert mich auch nicht. Vermietet sind die Wagen dieses Wochenende jedenfalls nicht. Und nächstes bisher auch nicht. Wenn deine Eltern also ein Auto mieten wollen, sag mir einfach Bescheid. Ist kein Problem.«
»Danke dir, Nele. Supernett ... «

Bingo! Bingo! BINGO! Wie eine Wilde springe ich auf der Terrasse des *Inseltreffs* herum, nachdem ich die Sprachnachricht abgehört habe, die mir Marco eben geschickt hat, anmoderiert mit einem *Ja, ich weiß, das ist verboten, aber ich habe das Telefonat mit Nele aufgenommen, damit du den Originalton hast.*

Die anderen Gäste auf der Terrasse werfen mir verwunderte Blicke zu, und Janis guckt schwer beeindruckt.

»Dein Informant Marco ist ja schwer auf Zack. Der sollte

über einen Jobwechsel nachdenken. Ich glaube, als Fahrradhändler ist der nicht ausgelastet. Und als Lehrer ist sein Talent auch verschwendet. Also, mindestens Geheimagent, würde ich sagen. Oder aber«, fügt er grinsend hinzu, »die Königsdisziplin: Reporter bei Bäderland-Radio!«

Ich muss lachen.

»Genau das war auch meine Idee. Er könnte dein Nachfolger werden, wenn du mit deinem Volontariat fertig bist. Aber erst mal müssen wir einen Mörder fangen. Ich schätze, wir sind schon einen großen Schritt weiter: Wir wissen jetzt, dass es drei Möglichkeiten gibt.«

»Welche denn?«

Ich setze mich wieder an den Tisch und senke meine Stimme. Es muss nicht der halbe *Inseltreff* mitbekommen, dass wir zwei halbwegs alteingesessene Usedomer für Drogenhändler halten. Solche Gerüchte verbreiten sich auf der Insel natürlich sofort wie ein Lauffeuer.

»Entweder«, flüstere ich, »Sven ist das neue Koks-Taxi. Oder Henning …«

»Das sind aber nur zwei Möglichkeiten«, unterbricht mich Janis, ebenfalls flüsternd.

»Moment, ich war noch nicht fertig. Dritte Möglichkeit: Sven und Henning betreiben gemeinsam das neue Koks-Taxi.«

»Hallo, ihr beiden! Ihr wisst doch, wie es so schön heißt: Wer flüstert, der lügt.« Katja steht auf einmal neben unserem Tisch, bewaffnet mit zwei Stück Käsekuchen.

»Wir flüstern nicht, weil wir lügen«, widerspreche ich grinsend. »Wir flüstern, weil wir etwas zu verheimlichen haben. Auch und vor allem vor einer neugierigen Wirtin.«

»Na, so was!«, ruft Katja mit gespielter Empörung. »Und das, obwohl das Verbreiten von Klatsch und Tratsch geradezu die vornehmste Aufgabe einer Gastwirtschaft ist? Das ist doch wohl nicht euer Ernst!« Sie stellt die Kuchen vor uns ab, zieht sich einen Stuhl heran und setzt sich zu uns an den Tisch. »So ein klitzekleines Informationsfitzelchen könnt ihr ruhig rausrücken. Ich erzähle es auch nicht weiter. Aber jetzt habt ihr mich neugierig gemacht.«

Um Katja ein bisschen zu ärgern, schüttle ich bedauernd den Kopf. Ich habe eigentlich nichts dagegen, ihr von unserem Verdacht zu erzählen, schließlich ist sie eine enge Freundin und absolut vertrauenswürdig. Katja nimmt das allerdings für bare Münze und guckt böse.

»Kommt schon, ich bin selbst eine Premium-Informantin, wenn es um Inselklatsch geht. Das ist ein Geben und Nehmen. Und apropos: Ich wollte euch eigentlich mit diesem leckeren Kuchen überraschen, aber den nehme ich dann wohl besser gleich wieder mit.«

Ich muss lachen.

»Ist ja gut, Katja. Lass den Kuchen stehen. Ich wollte dich nur auf die Folter spannen. Janis und ich glauben, dass die Mitarbeiter von Bruno Wunderlichs Agentur in Drogengeschäfte verstrickt sind. Und dass Bruno selbst bis zu seinem Tod auch gedealt hat. Das ist vermutlich auch das Motiv für den Mord: Bruno hat seine Lieferanten nicht bezahlt, und Schulden können in dem Milieu schnell tödlich sein.«

Katja reißt die Augen auf.

»Was? Das gibt's ja nicht!«

»Leider doch. Aber keine Sorge, Janis und ich sind den Verbrechern natürlich dicht auf den Fersen. Wir müssen nur noch herausfinden, welcher Mitarbeiter dahintersteckt. Dann machen wir ihn dingfest und kriegen so heraus, wer seine Hintermänner sind.«

»Und wie wollt ihr das anstellen?«, erkundigt sich Katja.

»Um das zu klären, sitzen wir gerade hier«, sage ich. »Am schönsten wäre es gewesen, Kay hätte einen Durchsuchungsbeschluss für die Agentur und alle dazugehörigen Geschäftsräume bekommen oder die Genehmigung zur Telefonüberwachung. Aber die Staatsanwältin findet, dass wir nicht genug handfeste Beweise haben. Also müssen wir die jetzt besorgen.«

»Da habt ihr euch ja was vorgenommen!«, staunt Katja. »Am besten stärkt ihr euch erst mal mit einem Stück Käsekuchen. Hat Manni heute früh gebacken, ein neues Rezept.«

Der Kuchen duftet wirklich verführerisch, Manni ist in der Küche einfach ein Allroundtalent. Ich pikse mit meiner Gabel ein Stück auf und schiebe es mir in den Mund. Lecker! Auch Janis mampft munter drauflos, nach drei Happen kommt er aber wieder zu unserem eigentlichen Thema.

»Wir wissen mittlerweile, dass die Drogen in den Mietwagen von Wunderlich transportiert werden«, erklärt er. »Dann müssen wir im Prinzip nur diese Wagen beobachten, und wir wissen, wer unser Mann ist. Und so kommen wir auch an unsere Beweise. Vielleicht gelingt es uns, von einem Drogenverkauf Foto- oder Videoaufnahmen zu machen. Das müsste doch dann auch Frau de Santis überzeugen.« Er isst noch ein Stück, dann schaut er selig. »Schmeckt übrigens herausragend, Katja! Schönen Gruß an den Bäcker!«

Ich lege meine Gabel zur Seite.

»Dann haben wir nur noch ein Problem.«

»Nämlich?«, fragen Katja und Janis fast gleichzeitig.

»Es gibt drei Mietwagen, und wir sind zwei Leute. Kein optimaler Personalschlüssel für eine Observierung. Wenn die alle gleichzeitig losfahren oder unterwegs sind, dann war es das mit der lückenlosen Überwachung.«

»Stimmt.« Katja runzelt die Stirn, und eine Weile brüten wir alle über demselben Problem.

»Ich meine, ich könnte euch theoretisch helfen, aber ich habe hier leider alle Hände voll zu tun.«

»Oder Marco?«, überlegt Janis.

»Weiß nicht. So gut kennen wir ihn auch wieder nicht. Es könnte auch mal gefährlicher werden, nachher verliert er dann die Nerven und riskiert zu viel?« Ich schüttle den Kopf. »Nein. Das kommt nicht in Frage.«

»Ha!«, ruft Katja und klatscht in die Hände. »Jetzt habe ich eine gute Idee, wie ihr zu zweit drei Autos im Blick behaltet. Hier!« Sie steht auf, kramt in ihrer Kellnerbörse und holt einen dunkelgrauen Knopf hervor, der eine kleine Schlaufe an der Seite hat.

»Was ist das?«, frage ich.

»Ein Airtag. Ein Ortungsanhänger. Seit mir mal meine Kellnerbörse geklaut worden ist, haben wir solche Anhänger an allen wertvolleren Dingen angebracht, die wir besitzen. Eben an den Börsen und dem Schlüsselbund von Manni, an dem der Kassen- und der Generalschlüssel hängen, aber zum Beispiel auch an den Fahrrädern von Manni und mir. Wir legen auch welche in unsere Koffer, wenn wir verreisen. Falls die Airline sie verbummelt, sind wir fein raus. Funktioniert dann genauso, wie man ein Handy ortet.«

»Du hast recht: Das ist die Idee«, rufe ich und strecke Katja meine Hand entgegen, so dass sie den Knopf mitten auf meiner Handfläche platzieren kann. Dann nehme ich ihn und schaue ihn mir genau an. Er sieht völlig unspektakulär aus. Dunkelgraues Plastik, rund, vielleicht ein Durchmesser von vier Zentimetern. »Und mit diesem kleinen Ding könnten wir verfolgen, wohin die Autos fahren?«

Katja nickt.

»Ja, ihr müsst das Teil nur irgendwie unauffällig an der Karosserie anbringen, dann könnt ihr online verfolgen, wohin sich der jeweilige Wagen bewegt, ohne ihm selbst hinterherfahren zu müssen.«

»Katja, nicht nur dein Käsekuchen ist Weltklasse«, grinst Janis, »du selbst bist es auch. Hammeridee!« Katja wird ein bisschen rot, aber Janis redet einfach weiter. »Also, ich denke jetzt mal laut: Wir taggen alle drei Autos. Dann bestelle ich mit meinen neuen Kumpels beim Koks-Taxi Ware, und wir sehen anhand der Online-Überwachung, ob wirklich einer der Wagen von Wunderlich losfährt und die Party ansteuert. Das wäre dann schon mal Beweis Nummer eins für Frau de Santis. Und wenn das Koks-Taxi ankommt, liegt Franzi schon auf der Lauer und macht ein paar hübsche Fotos von der Drogenübergabe. Beweis Nummer zwei für die Staatsanwältin, und wir wissen endlich, wer von der Wunderlich-Truppe in die ganze Sache verstrickt ist. Außerdem können wir online die gesamte Strecke sehen, die der Wagen nimmt, und feststellen, wenn er zwischendurch noch mal irgendwo länger anhält. Das wäre dann möglicherweise ein Hinweis auf das Drogenversteck und die Hintermänner.«

»Genial!«, freue ich mich. »Dann stellt sich mir nur noch eine Frage.«

»Die wäre?«, will Janis wissen.

»Wie kommen wir jetzt ganz schnell an drei Airtags? Mein Gefühl sagt mir, dass es die auf Usedom nicht an jeder Ecke gibt. Und auch nicht an jeder zweiten.«

»Wir haben unsere bei Mediamarkt in Greifswald gekauft«, erzählt Katja. »Die hatten sowohl die Originale von Apple als auch günstigere Ortungsanhänger. Unsere sind No Name, funktionieren aber bestens.«

»Mist, heute ist Sonntag, da werden wir nichts bei Mediamarkt bekommen«, stelle ich fest. »Wir können also erst morgen loslegen.«

Diese Erkenntnis ärgert mich unglaublich, schließlich ist es mittlerweile mein erklärtes Ziel, Kay bei seinen Ermittlungen zu überholen. Ich bin zwar nicht mehr sauer auf ihn, aber für mein Ego wäre ein schneller Fahndungserfolg jetzt genau das Richtige. Offenbar sieht man mir meine schlechte Laune an, denn nun macht Katja einen Vorschlag, wie ihn nur eine echte Freundin machen kann.

»Ach, das ist doch kein Problem. Ich gebe dir einfach drei von unseren Knöpfen. Es ist Hauptsaison, wir verreisen gerade nicht und brauchen keine Koffer, das sind schon mal zwei. Und Manni soll einfach mal auf seine Schlüssel aufpassen – Nummer drei. Et voilà – schon haben wir so viele zusammen, wie wir brauchen. Ich erkläre euch kurz, wie die Dinger funktionieren und wie ihr die mit euren Handys verbindet. Ihr müsst euch dann nur noch überlegen, wann und wo ihr sie an den Autos anbringt, dann könnt ihr starten.«

»Perfekt!«, freut sich Janis. Ich drücke Katjas Unterarm.

»Vielen Dank! Für die gute Idee und die Ausrüstung. Und nicht zu vergessen den Käsekuchen!«

20

Nur der VW Golf steht in Bansin auf dem Parkplatz vor der Agentur. Einen Airtag in den Radkasten zu kleben, ist überraschend einfach – zumindest, wenn man wie wir Doppelklebeband dabeihat, das Manni noch von seiner letzten Renovierungsaktion auf Lager hatte.

»Meinst du, das hält?« Janis wirft einen zweifelnden Blick auf den Wagen.

»Manni kauft nur Qualität«, beruhige ich ihn. »Wenn der einen Teppich verlegen will, dann nimmt er Klebeband, das du aus dem Gebäude fräsen musst, wenn du es einmal aufgeklebt hast. Da mache ich mir überhaupt keine Sorgen.«

»Gut. Dann müssen wir jetzt nur noch die zwei Kombis finden und präparieren.« Er seufzt. »Aber wo mögen die sein?«

Ich zucke mit den Schultern.

»Bei Sven und Henning vor der Haustür, schätze ich. Wobei – Sven wollte doch heute mit den Kindern surfen, und Henning räumt seinen Krempel bei Bille raus. Also sind die beiden vermutlich gerade unterwegs.«

»Dann wird das heute ja doch nichts mehr«, mault Janis missmutig. »Wie sollen wir die denn finden, wenn die irgendwo auf der Insel rumgurken?«

»Nicht so pessimistisch, Herr Kollege«, sage ich und klopfe Janis auf die Schulter. »Ich habe da schon eine Idee. Komm!«

Wir gehen zu meinem Panda zurück und steigen ein. Als ich

mich angeschnallt habe, zücke ich mein Handy, gehe in die Anrufliste und wähle die erste Nummer.

»Hallo, Franzi!«, meldet sich Marco freundlich. »Was kann ich jetzt für dich tun?«

»Hallo, du Starinformant! Du hast doch gesagt, dass du häufiger mal auf Finn und Fanny aufgepasst hast.«

»Das ist korrekt.«

»Kannst du mir dann vielleicht sagen, wo genau die beiden mit ihrem Vater surfen gehen würden? Nele hat doch bei ihrem Anruf gesagt, dass Sven den Kombi für die Surfausrüstung braucht, da werden die irgendwo hingefahren sein.«

»Ja, genau, das hat Nele gesagt. Dann müsste Sven mit den Kids in Karlshagen sein. Da gibt es einen guten Spot, an dem man auch surfen kann.«

»Aber auf der Seeseite von Usedom gibt es doch überall Surfer«, wundere ich mich. »Überhaupt fällt mir gerade ein, dass auch Bruno Surfbretter verleiht. Wieso sind sie nicht einfach dahingefahren? Dann hätten sie gar kein Equipment mitschleppen müssen.«

»Würde stimmen, wenn die Kids windsurfen würden«, erwidert Marco. »Die surfen aber. Ohne Wind. Also Wellenreiten, verstehst du? Das Brett ohne Segel. Da fahren die Kids voll drauf ab. Und dafür müssen sie nach Karlshagen. Fürs Wellenreiten ist die Ostsee vor Bansin nämlich nicht so geeignet. Die Buhnen und die Seebrücke verhindern da richtig coole Wave-Bedingungen.«

Coole Wave-Bedingungen? Ich sehe schon, ich spreche mit einem Fachmann.

»Verstehe. Dann also Karlshagen. Weißt du, wo da genau?«

»Ja, am Sportstrand. Und der liegt direkt Höhe Campingplatz«, erklärt Marco. »Kannst du nicht verfehlen, ist an der

Straße gut ausgeschildert. Da ist auch ein Parkplatz. Ich kann dir Svens Nummer als Kontakt schicken, dann kannst du ihn anrufen, wenn ihr da seid.«

»Das ist eine gute Idee«, lobe ich ihn. »Mit dem Kontakt meine ich. Ansonsten ist unser Besuch eine kleine Überraschung. Also solltest du gleich zufälligerweise mit Sven sprechen – Klappe halten!«

Wir verabschieden uns voneinander und legen auf. Ich werfe einen Blick auf die Uhr an meinem Armaturenbrett. 14 Uhr. Wo der Kombi von Sven ist, wissen wir jetzt. Wo der Kombi von Henning steckt, kann ich mir denken. Vor dem Haus von Bille. Ich weiß, wo sie wohnt. Bevor sie mit meinem Freund was angefangen hat, waren wir ansatzweise befreundet und ich war mal bei ihr eingeladen.

Janis zupft mich am Ärmel.

»Was jetzt, Chefin – Karlshagen?«

Ich schüttle den Kopf.

»Nein. Wenn Sven dort mit seinen Kindern einen Tag am Strand verbringt, dann ist er in den nächsten zwei Stunden immer noch in Karlshagen. Wenn Henning seine letzten Habseligkeiten bei der blöden Bille rausklaubt, wird das nicht ewig dauern.« Beim nächsten Satz muss ich grinsen. »So wie ich Henning kenne, hat er bis 12 Uhr gepennt, ist gegen 13 Uhr startklar und müsste jetzt gerade bei Bille aufkreuzen. Lass uns lieber gleich hinfahren, mit ein bisschen Glück finden wir den Wagen sofort, kleben den Knopf an und dann ab nach Karlshagen. Außerdem lebt Bille in Zinnowitz, das liegt sowieso auf dem Weg.«

»Okay, dann auf nach Zinnowitz!«, stellt Janis knapp, aber korrekt fest.

*

Eine halbe Stunde später biegen wir in die Straße ein, in der Bille wohnt. Ich parke den Panda und als ich die Fahrertür öffne, kann ich bereits hören, dass ich mit meiner Umzugstheorie ins Schwarze getroffen habe. Der Auszug ist offenbar in vollem Gange. Noch bevor wir nämlich den schwarzen Passat von Wunderlich sehen, hören wir Hennings Stimme.

»Du bist eine geldgeile Schlampe! Warst du schon immer!«, schallt es durch das offene Fenster im zweiten Stock des gelb getünchten Mehrfamilienhauses am Buchengrund. Also, nicht dass hier irgendwelche Buchen stünden, aber die Straße trägt nun mal diesen idyllischen Namen, und wenn wir hier nicht gerade Zeugen eines handfesten Beziehungsstreits würden, wäre die Stimmung in dieser kleinen Zinnowitzer Seitenstraße durchaus friedlich.

»Ruhe da oben!«, brüllt nun ein Nachbar. »Ich rufe sonst gleich die Polizei!«

Mit einem krachenden Splittern zerbirst eine der Fensterscheiben in dem Stockwerk, aus dem eben Henning zu hören war. In hohem Bogen fliegt etwas aus dem Fenster, das ich bei seiner Landung als Stuhl erkenne.

»Bist du jetzt völlig irre?«, kreischt Bille.

»Wieso? Du hast doch gesagt, ich soll meinen Krempel endlich aus deiner Wohnung schaffen. Kann dir doch egal sein, wie ich das mache«, schreit Henning.

»Polizei!«, brüllt der Nachbar erneut. »Ich rufe jetzt die Polizei!«

»Vielleicht hätte Henning einfach eine Umzugsfirma schicken sollen, anstatt selbst zu kommen«, fasst Janis die Situation sehr treffend zusammen.

»Wäre besser gewesen«, bestätige ich. »Aber bevor jetzt die Bullen kommen, lass uns lieber schnell nach dem Auto suchen.

Ich habe auch so ein Gefühl, dass Henning nicht mehr lange da oben nach seinen Möbeln suchen wird. Wenn er die nicht einzeln runterträgt, sondern alle aus dem Fenster schmeißt, dürfte er relativ schnell fertig sein.«

Wir sehen uns auf dem Parkplatz vor dem Haus um und entdecken den Kombi. Janis wischt den Radkasten des rechten Hinterrades schnell mit einem Küchenpapier aus, während ich einen Streifen von Mannis Klebeband abschneide. Dann entferne ich die Folie auf beiden Seiten und drücke den Streifen fest von innen in den Radkasten, um als Letztes den Ortungsknopf darauf festzukleben. So! Sitzt, wackelt nicht und hat Platz!

Wieder das Geräusch von splitterndem Glas, diesmal allerdings nicht das Fenster selbst, sondern eine Schale, die zerspringt, als sie aus dem Fenster fliegt und auf dem Pflaster vor dem Haus landet, gefolgt von noch einem Stuhl und ... hoppla! ... einem Teppich? Dann wieder Billes Stimme.

»Du hast mich betrogen! Du hast mein Herz gebrochen! Und du hast mir alles genommen, was mir wichtig war. Wie konntest du mir das antun?«

»Ach, hör doch auf«, brüllt Henning. »Als ich noch alles bezahlt habe und der Herr Hoteldirektor war, da war ich dir gut genug, oder? Aber schon beim ersten Problem hast du Stress gemacht. Du sagst, du liebst mich? Du hast mich nie geliebt. Du hast nur das Bild geliebt, das du von mir hattest.«

Ich muss lachen. Wenn zwei Leute wie füreinander gemacht sind, dann sind das Bille und Henning. Die beiden haben einander wirklich verdient. Ich könnte diesem kleinen Streit unter Liebenden noch stundenlang zuhören, aber nun zupft mich Janis am Ärmel.

»Ähm, Franzi, ich glaube, wir sollten losfahren. Da hinten, siehst du?«

Ich schaue die Straße hinunter. Ein Polizeiwagen nähert sich.

»Also, bevor die sich gleich Henning schnappen und aus der Wohnung zerren, sollten wir hier weg sein. Wenn er uns sieht, wird er misstrauisch werden, meinst du nicht?«

»Absolut. Lass uns nach Karlshagen fahren.«

*

Karlshagen ist eindeutig eines meiner Lieblingsbäder auf Usedom. Der feine Sandstrand verläuft so flach in die Ostsee, dass das Wasser auf den ersten hundert Metern jetzt im Hochsommer immer schön warm ist, was einer alten Frostbeule wie mir sehr entgegenkommt. Deshalb hätte ich heute große Lust, nicht einfach nur den Kombi zu suchen und zu präparieren, sondern auch, meine Füße im Meer zu baden. Oder zumindest einen kleinen Strandspaziergang einzulegen. Vielleicht wäre eine kurze Pause in einem der hübschen Strandkörbe nicht schlecht, die wie weiße, blaue oder sogar rote Würfel den fast weißen Strand von Karlshagen säumen. Oder, noch besser: Eine Pause mit Fischbrötchen. Allein bei dem Gedanken fängt mein Magen schon an zu knurren.

»Janis, wenn wir den Wagen gefunden haben, machen wir eine kleine Mittagspause, okay?«

»Mittag?« Er hält mir das Display seines Handys unter die Nase. 15 Uhr. »Wohl eher eine Nachmittagspause, würde ich sagen.«

»Von mir aus auch das. Auf alle Fälle mit zeitiger Nahrungsaufnahme. Mein Magen hängt mir schon auf den Knien, das Stückchen Käsekuchen von vor zwei Stunden habe ich längst verdaut. So ein Fischbrötchen würde jetzt sehr gut in die Lücke reinpassen.«

»Dagegen habe ich nichts einzuwenden, Chefin. Ich habe

auch wieder Hunger. Nur schnell den Wagen taggen, dann kommt Aktion Fischbrötchen.«

Ich biege von der Hauptstraße ab und fahre durch das Wäldchen, das die Landstraße vom Strand trennt. Der Parkplatz liegt, genau wie Marco es beschrieben hat, direkt neben dem Campingplatz, und auch den schwarzen Passat finden wir auf Anhieb. Beim nunmehr dritten Wagen haben Janis und ich schon so viel Übung, dass wir den Airtag in einer Minute platziert haben. James Bond wäre stolz auf uns. Oder mindestens Q.

Wir steigen wieder in den Panda und fahren auf die Hauptstraße zurück.

»Wenn es ein Fischbrötchen sein soll, empfehle ich eindeutig einen Besuch am Hafen«, schlägt Janis vor, und ich bin sofort einverstanden. Der Hafen von Karlshagen ist der größte auf Usedom und verfügt über ein geradezu legendäres Fischgeschäft. Er liegt zwar nicht an der Ostsee, sondern auf der anderen Seite am Peenestrom, versprüht aber mit den vielen Fischerbooten, die dort noch liegen, trotzdem jede Menge Seemannsromantik. Mit dem Auto sind wir in fünf Minuten dort und halten auf dem Parkplatz, der direkt vor dem Hafenbecken liegt. Auf der rechten Seite ist das Becken von einer weißen Häuserzeile eingefasst, direkt davor zwei lange Bootsstege, an denen heute mehrere Segler festgemacht haben. Auf der gegenüberliegenden Seite ist das Fischgeschäft in einem langgestreckten Flachbau untergebracht, an der Kaimauer davor liegen die größeren Schiffe von Fischern, Wasserschutzpolizei und Ausflugsreedereien.

Janis und ich schlendern zum Fischhandel und stellen uns an der langen Schlange von hungrigen Wartenden an. Die beiden Fischverkäuferinnen hinter der Theke sind sehr schnell, trotzdem habe ich genügend Zeit, um über meine Bestellung nachzudenken. Lachs oder Matjes? Oder Räucheraal? Mir läuft das Wasser im Mund zusammen.

»Was nimmst du?«, will ich von Janis wissen, der an seinem Handy rumdaddelt und mir offenbar nicht zuhört. »Janis?«, frage ich noch mal nach. »Lachs? Aal? Was ganz anderes?«

»Ja, vielleicht kein Fisch, sondern eher Abflug!«

»Abflug?«, frage ich verwirrt nach.

»Hier!« Er hält mir sein Handy unter die Nase, auf dem ein Kartenausschnitt zu sehen ist. »Das ist der Passat, mit dem Holtens unterwegs ist. Er bewegt sich. Und das hier …«, er wischt auf seinem Display nach rechts und öffnet damit ein neues Fenster mit einem anderen Kartenausschnitt, »das hier ist der Passat, mit dem Henning eben bei Bille war. Auch unterwegs. Und wenn du jetzt mal hier guckst …«, er öffnet noch ein Fenster, das einen größeren Ausschnitt des Kartensystems zeigt, »dann siehst du, dass die beiden Fahrzeuge eindeutig hintereinander herfahren, in den Süden der Insel. Es sieht so aus, als ob Sven und Henning auf einmal das gleiche Ziel haben, obwohl der eine doch angeblich Zeit mit seinen Kindern verbringen will und der andere eigentlich einen Umzug über die Bühne bringen muss. Wenn du mich fragst: Da stimmt etwas nicht. Und wir werden nicht herausfinden, was es ist, wenn wir hier in Ruhe ein Fischbrötchen essen.«

»Okay. Wir müssen los!«

Wir verlassen die Schlange und laufen zum Panda zurück, wobei Janis fast über den Dackel einer älteren Dame stolpert, weil er gleichzeitig versucht, auf seinem Handy zu verfolgen, wohin sich die Fahrzeuge bewegen. Im Auto angekommen, zeigt er mir das Display wieder.

»Sie fahren jetzt beide auf der B 111. Sven ist in Zinnowitz und Henning schon in Loddin. Wo wollen die bloß hin?«

»Was ist mit dem dritten Wagen? Dem Golf?«, will ich wissen. Janis öffnet das nächste Fenster und gibt in der Suchleiste die Nummer des Airtags ein, den wir am Golf angebracht haben.

»Der steht noch vor der Agentur. Hat sich nicht bewegt.« Er wischt wieder zu dem Kartenausschnitt, auf dem die Punkte von Hennings und Svens Wagen zu sehen sind. Die beiden fahren offenbar weiter hintereinander her.

»Komm, schnall dich an, wir müssen ihnen folgen.«

Für Panda-Verhältnisse lege ich einen rasanten Start hin, wende und fahre zurück zur Karlshagener Hauptstraße, die uns wiederum zur B 111 führen wird. Sven und Henning haben einen ziemlichen Vorsprung, aber mit genug Gas und ein bisschen Glück sollten wir ihnen schon bald auf den Fersen sein.

Ohne Glück kann es an einem Sonntagnachmittag in der Hauptsaison allerdings auch deutlich länger dauern. Wie zum Beispiel genau jetzt. Als wir von der Landstraße, die von Karlshagen nach Zinnowitz führt, auf die B 111 abbiegen, stehen wir sofort im Stau. Verdammt! So werden wir Henning und Sven nicht schnappen, bevor sie ihr Ziel erreichen. Vor uns befindet sich eine regelrechte Blechlawine, die sich kein Stück vorwärtsbewegt. Ich ziehe den Panda ein wenig nach links und versuche zu gucken, ob ich ein Hindernis oder einen Unfall vor uns erkennen kann, aber der Lastwagen drei Fahrzeuge vor uns versperrt mir die Sicht. Mir bleibt nichts anderes übrig, als zu warten. Und noch mal: Verdammt!

Janis schaut auf sein Handy.

»Wagen eins bewegt sich jetzt nicht mehr. Henning scheint angehalten zu haben.«

»Wo denn?«

»In Ückeritz.«

»Hm. Und Sven?«

»Ist noch unterwegs. Jetzt zwischen Koserow und Loddin.«

»Ich verstehe nicht, wie die beiden so schnell sein konnten, und wir stehen hier dumm rum!«

In diesem Moment höre ich hinter uns in einiger Entfernung die Sirene eines Einsatzfahrzeuges. Na prima. Also ein Unfall, der sich direkt vor uns ereignet haben muss. Für die Beteiligten tut mir das natürlich leid, für mich selbst aber auch, denn nun werden uns Sven und Henning wohl durch die Lappen gehen.

Mit Blaulicht und Sirene fährt erst ein Polizeiwagen an uns vorbei, dann zwei Minuten später Krankenwagen und Notarzt. Die ersten Wagen vor uns wenden und fahren die B 111 wieder zurück Richtung Wolgast. Für uns ist das leider keine Alternative, denn nach Ückeritz dauert es über Wolgast und Anklam bestimmt anderthalb Stunden.

»So, jetzt hält auch Sven in Ückeritz. Und was auch immer die beiden da machen, wir werden nicht dabei sein«, stellt Janis trocken fest. Uns bleibt nichts anderes übrig, als auf dem Display zu verfolgen, wie die beiden Wagen erst zwanzig Minuten an derselben Stelle in Ückeritz stehen und dann gemeinsam Richtung Bansin fahren. Das ist nach einer weiteren halben Stunde dann auch ihre Endstation. Wie auf dem Kartenausschnitt gut zu erkennen ist, haben Sven und Henning die zwei Wagen vor der Agentur abgestellt und sind dann offensichtlich per Rad, Privatwagen oder von mir aus auch zu Fuß nach Hause aufgebrochen. Als sich der Stau nämlich endlich aufgelöst hat und wir gegen halb fünf selbst bei der Agentur ankommen, ist von Henning und Sven nicht die geringste Spur zu sehen. Das Büro ist unbesetzt, und alle drei Autos stehen auf dem Parkplatz vor dem Gebäude.

»Verdammt!« Diesmal sage ich es laut.

21

»Okay, vielleicht haben wir ihr Drogenlager verpasst, weil wir im Stau gestanden haben, aber an unserem Plan ändert sich sonst nichts«, erkläre ich Janis und Katja, als wir wieder zusammen auf der Terrasse des *Inseltreffs* sitzen. Es ist halb sechs, und da die Küche erst um sechs öffnet, hat Katja noch ein bisschen Zeit, bevor die ersten hungrigen Gäste nach ihr verlangen.

»Was wollt ihr jetzt machen?«, fragt sie.

»Beweise sammeln. So wie wir es heute Mittag besprochen haben. Janis trifft sich nachher zu einer kleinen Runde bei Jarmo, seinem Drogenkontakt. Er hat vorhin mit ihm telefoniert und gesagt, dass er gern einen entspannten Sonntagabend bei Tatort und Koks verbringen würde.«

Katja lacht.

»Tatort verstehe ich ja noch. Aber mir reicht dabei ein Bier.«

»Ist auch besser so«, grinst Janis, »'ne Flasche Heineken kostet einsfuffzig, ein Gramm Koks mittlerweile 'nen Hunni.«

Katja schüttelt den Kopf.

»Da seht ihr mal, wie sparsam ich bin!«

Mein Handy, das vor mir auf dem Tisch liegt, beginnt zu vibrieren, und das Display meldet den Anrufer: Kay Lorenz. Ich lasse es weitervibrieren.

»Willst du nicht rangehen?«, wundert sich Katja.

»Nein.« Mehr sage ich dazu nicht, aber Katja ist hartnäckig.

»Warum nicht?«

»Deswegen.«

Katja schaut mich erstaunt an und dreht sich dann zu Janis.

»Was ist los?«

Ich werfe ihm schnell einen Blick zu, der hoffentlich unmissverständlich *Klappe halten!* bedeutet. Natürlich ist Katja eine enge Freundin von mir, aber mein Frauengespräch hatte ich heute schon und eines am Tag reicht.

»Ach, nur eine kleine Meinungsverschiedenheit. Nichts Ernstes«, antwortet Janis diplomatisch. Das Telefon hört auf zu klingeln, und ich wende mich wieder dem Wesentlichen zu: unserem Plan für heute Abend.

»Also, Janis fährt zu Jarmo. Aber er fährt nicht allein, sondern ich bringe ihn dorthin. An Bord habe ich meine gute, alte Leica mit Teleobjektiv aus der Zeit, als ich noch ab und zu für Tageszeitungen unterwegs war. Und während Janis bei Jarmo dafür sorgt, dass der das Koks-Taxi ruft, lege ich mich mit der Leica auf die Lauer.«

»Und machst Fotos vom Drogenverkauf?«, fragt Katja.

»Richtig. Aber vorher mache ich noch etwas anderes. Auf meinem Handy sehe ich, wenn einer der Wunderlich-Mietwagen in Bansin startet. Ich werde die Route von dort zu Jarmo als Video mit Datum und Uhrzeit aufnehmen und speichern.«

»Du willst den Weg filmen?« Katja klingt verwundert.

»Nein, ich will mit der Bildschirmaufnahme von meinem Handy speichern, wenn sich der Punkt des Airtags auf dem Kartenausschnitt bewegt und mir so die Route anzeigt.«

»Ach so!«

»Und wenn der Wagen bei Jarmo ankommt, bin ich bestens vorbereitet und habe mir schon ein schönes Plätzchen gesucht, von dem aus ich die perfekten Fotos schieße«, erkläre ich.

Janis nickt.

»Es werden noch Wetten angenommen, ob der Dealer Sven oder Henning heißt. Kay tippt auf Henning. Was glaubst du, Katja?«

»Oh, Wetten? Da bin ich dabei! Worum geht es? Fußball?« Manni kommt zu uns an den Tisch.

»Nein, Drogenhandel«, lache ich.

»Okay, dazu passt die Info, die ich für dich habe, Franzi.«

»Du bist unter die Drogenhändler gegangen?«, witzle ich.

»Hey, so schlecht läuft der *Inseltreff* auch wieder nicht, mein Lieber!«, schimpft Katja und zieht ihren Mann spielerisch am Ohr.

»Also wollt ihr nun wissen, was ich zu erzählen habe, oder nicht?«, brummt Manni. »Du hattest mich doch neulich nach Bruno Wunderlich gefragt, Franzi.«

»Da bin ich ganz Ohr«, versichere ich schnell.

»Über Bruno selbst habe ich zwar nichts rausgefunden, aber …«

Mein Handy beginnt wieder zu vibrieren. Und ja, es ist noch mal Kay. Ich ignoriere den Anruf und drehe mich noch etwas mehr zu Manni.

»Ach, Franzi, nun geh schon ran!«, stöhnt Janis. »Das ist ja nicht zum Aushalten mit euch beiden!«

»Oh, *mit euch beiden*? Ist es endlich so weit?«, fragt Katja. Ich atme tief durch. Rangehen oder nicht? Ich starre auf das Handy, das nicht aufhört zu vibrieren. Was soll's. Er gibt ja doch keine Ruhe.

»Kay?«, sage ich nur, als ich den Anruf annehme.

»Hallo. Ich … äh … sag mal, bist du jetzt ernsthaft sauer auf mich?«

»Nein. Wieso? Sollte ich?«

»Ich weiß nicht. Ich weiß nur, dass du heute Morgen ziemlich plötzlich bei mir rausgerauscht bist. Da hatte ich schon das Gefühl, dass du sauer bist, weil ich dich nicht nach Hamburg mitnehmen will. Und dann habe ich den ganzen Tag nichts von dir gehört.«

»Tja, ich habe auch den ganzen Tag nichts von dir gehört.«

»Na ja, ich hatte viel zu tun. Ich war noch in Anklam im Büro, Papierkram erledigen, damit ich gleich morgen nach Hamburg loskann.«

»Siehst du«, sage ich kühl, »ich hatte auch viel zu tun.« Aua! Etwas Hartes trifft mich am Schienbein. Janis hat mich getreten! Ich werfe ihm einen empörten Blick zu, aber er verdreht nur die Augen und formt mit seinen Händen ein Herz. Ja, ist ja gut! Ich weiß, was du mir sagen willst. Ich räuspere mich. »Aber ich bin nicht sauer auf dich. Vielleicht ein bisschen enttäuscht. Dass du mich nicht mit zu deinen Kollegen nehmen kannst, verstehe ich aber. Ich … ich fand es gestern Abend einfach sehr schön und …«

»Ich fand es auch sehr schön!«, sagt Kay schnell. »Und ich freue mich schon auf Donnerstag.« Er macht eine kurze Pause. »Du kommst doch mit, oder?«

Ich brauche zwei Sekunden, um zu begreifen, dass er unseren Tanzkurs meint.

»Na klar«, antworte ich dann. »Ich komme natürlich mit.«

Bilde ich mir das ein, oder höre ich ein erleichtertes Aufatmen am anderen Ende der Leitung?

»Super. Dann sag ich mal: bis spätestens Donnerstag. Tschüss, Franzi!«

»Tschüss. Und viel Erfolg in Hamburg«, verabschiede ich mich und lege auf.

»Sehr brav!«, lobt Janis und klopft mir auf die Schulter. Ich schaue mich um. Manni ist verschwunden.

»Wo ist denn dein Mann jetzt hin?«, frage ich Katja.

»Der musste schnell in die Küche. Und ich muss auch loslegen. Guck mal, da sind eben mindestens zehn Gäste eingetrudelt.« Sie zeigt auf die andere Seite der Terrasse, wo sich tatsächlich gerade eine fröhlich-lärmende Gruppe älterer Damen niedergelassen hat.

»Wenn du jetzt schon Bestellungen annimmst«, sage ich, »dann hätte ich gern das Schnitzel mit Pommes und eine Cola. Und du Janis? Ich lade dich ein.«

»Oh, danke! Ich nehme dann das Gleiche.«

»Alles klar. Mache ich euch fertig.« Katja steht auf und geht zu den neu angekommenen Gästen, um auch dort die Bestellung aufzunehmen.

»Ist das eine größere Runde bei Jarmo?«, will ich wissen.

»Wie man's nimmt. Damian kommt auch und noch zwei, drei andere Freunde, wir sind also bestimmt fünf Leute. Da brauche ich mindestens ein Gramm, vielleicht auch anderthalb. Wenn die Preise weiter gestiegen sind, kostet mich das mindestens 150 Euro, möglicherweise auch 200.«

Ich sehe schon deutlich Raimund vor mir, der bei der nächsten Spesenabrechnung einen Herzinfarkt bekommt. Hoffentlich haben wir den Fall geklärt, bevor er uns den Geldhahn zudreht.

»Kann nicht mal jemand anderes 'ne Runde schmeißen?«, erkundige ich mich.

»Ja, aber dann habe ich zum einen nicht in der Hand, wann genau bestellt wird. Und zum anderen bin ich noch neu und muss mir das Vertrauen der Gruppe erst erarbeiten. Und das geht eben am besten durch eine gewisse Großzügigkeit.«

Ich seufze.

»Na gut. Kannst du es noch mal auslegen?«

Janis rollt mit den Augen. Recht hat er, ganz schön viel Geld, was er hier vorstrecken soll. Dann fällt es mir aber wieder ein – ich habe ja noch die 300 Euro von Raimund. Die hätte ich ihm längst geben müssen.

»Asche auf mein Haupt, Janis«, sage ich also und hole mein Portemonnaie aus meiner Jeans. »Raimund hat mir am Freitag die Spesen für dich ausgezahlt. Das Geld habe ich noch da, ich hatte es ganz vergessen. Kommst du damit erst mal hin?«

»Klar, Chefin! Ich bestelle wahrscheinlich diesmal nur ein Gramm, da sollte das langen.«

»Wann genau bist du mit Jarmo verabredet?«

»Ich habe gesagt, ich bin kurz vor acht da.«

»Gut. Jetzt ist es sechs, bis wir gegessen haben halb sieben. Jarmo wohnt in Karlshagen, oder?« Janis nickt. »Das ist von hier eine halbe Stunde. Brauchst du noch etwas von zu Hause?« Janis wohnt in Ückeritz, da kommen wir also direkt vorbei.

»Nö, ich bin startklar.«

»Prima«, lobe ich ihn. »Das alte Pfadfindermotto: Allzeit bereit.« Ich schaue auf mein Handy. »Abfahrt hier Viertel nach sieben, dann kann ich mir auch noch etwas Schwarzes anziehen.«

»Warum willst du dir denn was Schwarzes anziehen?«

»Ts, ts, ts«, sage ich tadelnd, »du bist doch sonst der schlauste Volontär von allen! Sieh mich doch mal an – ich trage ein weißes T-Shirt und eine helle Jeans. Wenn ich mich nachher in Karlshagen in die Büsche lege, dämmert es wahrscheinlich schon. Dann ist es doch besser, wenn ich mich mit meiner schwarzen Kamera und dunklen Klamotten möglichst unsichtbar mache, meinst du nicht?«

Janis zuckt mit den Schultern.

»Camouflage-Look wäre vielleicht noch besser.«

»Okay, ich war aber nun mal nicht bei der Bundeswehr, das gibt mein Kleiderschrank also nicht her. Schwarz wird schon reichen. Sorg du einfach dafür, dass Jarmo wirklich das Koks-Taxi anfunkt, um den Rest kümmere ich mich.«

»Ich liebe es, wenn du einen Plan hast, Chefin!«

*

Janis ist schon eine halbe Stunde in Jarmos Wohnung, als mein Handy endlich piept. Ich habe eine WhatsApp bekommen.

Jarmo hat bestellt

Ich merke, dass sich mein Pulsschlag beschleunigt. *Ruhig Blut, Franzi, noch ist nichts passiert!* Nachdem ich die Nachricht gelesen habe, gehe ich auf das Ortungssystem und rufe den Kartenausschnitt mit dem Bürogebäude der Agentur auf. Drei Punkte zeigen mir an, dass alle drei Wagen noch vor dem Gebäude stehen. Trotzdem starte ich schon die Bildschirmaufnahme. Es ist bestimmt nicht schlecht, alles von Anfang an auf Video zu haben. Nicht dass Frau de Santis noch denkt, wir hätten die Aufnahme manipuliert, wenn wir sie ihr zeigen. Sie hat von mir ja offensichtlich keine besonders hohe Meinung.

So langsam könnte hier allerdings mal etwas passieren. Seit der Nachricht von Janis sind schon zehn Minuten vergangen, und immer noch hat sich keiner der Wagen bewegt. Ob unsere Arbeitshypothese einfach nicht zutrifft? Vielleicht war es dann doch Anna Holtens, die eigentlich ihren Ex ins Jenseits befördern wollte. Immerhin kennt sie sich mit Sprengstoffen aus, und genug Hass trägt sie auch mit sich rum. Wegen eines Sorgerechts für Kinder haben schon viele Menschen schlimme Verbrechen begangen.

Ich starre weiter auf das Display meines Handys und tippe immer wieder darauf, wenn es sich verdunkelt. Da! Ich glaube, einer der Punkte hat sich bewegt. Oder doch nicht? Ich ziehe den Kartenausschnitt mit Daumen und Zeigefinger größer und tatsächlich: Einer der Punkte entfernt sich von dem Gebäude. Ich schaue, welche Nummer in der Zeile unter der Karte blinkt. Es ist einer der beiden Passat, und zwar der, den Sven heute tagsüber gefahren hat. Der Punkt bewegt sich auf den Ortsausgang von Bansin zu, zwei Minuten später blinkt er auf der Ahlbecker Chaussee, der L 266 Richtung Norden, auf. Das lässt sich gut an, denn dieser Weg führt genau auf die B 111 nach Zinnowitz. Wenn alles so läuft, wie ich glaube, dann wird der Wagen hier in circa einer halben Stunde eintreffen.

Mein Panda steht in einer Seitenstraße um die Ecke von Jarmos Wohnung. Sven oder Henning, wer auch immer hier gleich mit dem Koks angefahren kommt, haben mein kleines rotes Auto schließlich beide schon mal gesehen und sollen keinen Verdacht schöpfen. Ich greife auf die Rückbank und nehme meine Kameratasche, dann steige ich aus und schlendere zu dem Haus, in dem sich die Wohnung von Jarmo befindet. Es ist ein Block mit Genossenschaftswohnungen, direkt links davon beginnt ein kleines Wäldchen. Das müsste der perfekte Platz für mich sein, denn hier kann ich mich gut zwischen den Bäumen und Büschen verstecken.

Ich schaue wieder auf mein Handy. Der blinkende Punkt ist mittlerweile Höhe Schmollensee. Hinter dem See mündet die L 266 in die B 111. Links geht es nach Anklam und rechts nach Zinnowitz. Gebannt warte ich, welche Richtung der Punkt nimmt. Zinnowitz! Ich atme auf. Unsere Theorie stimmt, da bin ich mir jetzt ganz sicher. Zwischen zwei Buchen finde ich sogar einen Baumstumpf, auf den ich mich setzen kann und dabei eine perfekte Sicht auf den Eingang habe. Ich stelle die Kameratasche auf den Boden neben mich und warte. Noch eine Viertelstunde, dann müsste der Wagen hier ankommen.

Die Haustür klappert. Zwei Typen kommen raus, wollen offenbar eine rauchen. Ich bin so nah am Eingang, dass ich ihr Gespräch verstehen kann. Ob einer der beiden Jarmo ist? Ich starre hinüber, es sind zwei junge Männer, ungefähr Ende zwanzig.

»Sag mal, dieser Florian – woher kennst du den eigentlich?«, will der eine wissen.

»Ist ein Kumpel von Damian. Irgend so ein Rich Kid aus Berlin. Reißt hier ganz schön die Waffel auf, aber gönnt auch.« Bingo! Der Mann muss tatsächlich Jarmo sein, sonst wüsste er diese Details nicht. In Plauderlaune erzählt er weiter. »Der hat letzte Woche schon mal im großen Stil geordert und für alle gezahlt. Und jetzt eben wieder. Habe gerade angerufen. Ein Gramm ist schon unterwegs zu uns. Genug für einen gemütlichen Fernsehabend.« Er lacht, aber der neben ihm stimmt nicht mit ein.

»Florian. Hm.« Er schüttelt den Kopf, und ich bekomme auf einmal ein ganz mieses Gefühl. Jetzt zieht er ein Handy aus seiner Hosentasche. »Also ich glaube nicht, dass der Florian heißt. Ich habe den nämlich schon mal gesehen, und jetzt weiß ich auch wieder, wo. Guck mal hier.«

Ich kann nicht genau sehen, was der Typ jetzt macht, aber ich schätze mal, er zeigt Jarmo etwas auf dem Handy.

»Scheiße!«, ruft der auf einmal. »Der da auf dem Foto ist wirklich Florian. Und darunter steht es ja: *Promibesuch im Fahrradladen. Zwei Star-Reporter geben uns die Ehre: Franzi Mai und Janis Neubauer aka* Die Problemlöser *von Bäderland-Radio kaufen ein neues E-Bike für den Redaktionsfuhrpark. Möge der Akku im-*

mer voll sein, wenn sie wieder Verbrecher jagen! Scheiße, Scheiße, SCHEISSE! Der Typ ist hinter uns her!«

Genau das würde ich jetzt auch gern brüllen: Scheiße! Stattdessen nehme ich mein Handy und drücke mit zittrigen Fingern Janis' Nummer. Ich muss ihn unbedingt warnen. Es klingelt, aber Janis geht nicht ran. Logisch, er denkt vermutlich, dass er in dieser Situation nicht mit mir telefonieren kann. Oder er hört es einfach nicht.

Jarmo und der andere Typ sind wieder nach drinnen verschwunden, und ich versuche weiter, Janis ans Telefon zu bekommen. Weil das nicht klappt, schreibe ich ihm eine WhatsApp.

Komm sofort raus! ABBRUCH!!!

Ich tippe auf SENDEN, und zwei graue Haken zeigen mir, dass Janis die Nachricht bekommen hat. Aber leider scheint er sie nicht zu lesen, denn die Haken werden einfach nicht blau. Das darf doch alles nicht wahr sein! Wann wird der Wagen hier eintreffen? Soll ich noch darauf warten? Oder soll ich jetzt einfach bei Jarmo Sturm klingeln und Janis da rausholen? Ich wechsle von WhatsApp wieder zum Kartenausschnitt. Der Punkt hat die B 111 schon verlassen und ist auf der Landstraße nach Karlshagen unterwegs, wird also gleich hier sein. Aber was ist das? Nun wird der Punkt langsamer, hält an – und fährt wieder zurück Richtung B 111. Verdammt! Das kann nur eines bedeuten: Jarmo hat das Koks-Taxi gewarnt.

Es gibt jetzt keine Alternative mehr: Ich muss selbst in die Wohnung! Ich schnappe mir meine Tasche und verlasse mein Versteck. Kurz bevor ich aus dem Schatten der letzten Buche trete, fliegt die Haustür auf und Janis stürzt mit einem Stöhnen auf die Fußmatte. Hinter ihm hergesprungen kommt Jarmo, fällt über ihn her und packt ihn an der Jacke.

»Du verpisst dich jetzt und lässt dich hier nie wieder blicken, verstanden?!« Von Janis höre ich nur ein Stöhnen. »Ob du verstanden hast, will ich wissen!« Der Typ verpasst Janis einen Tritt in den Unterleib, als ihn von hinten eine Hand zurückreißt. Es ist Damian.

»Jarmo, beruhig dich! Das ist kein Bulle, sondern nur ein Journalist. Der kann dir gar nichts, es sei denn, du schlägst den jetzt krankenhausreif! Lass ihn in Ruhe. Der wird schon abhauen und die Klappe halten.«

Jarmo dreht sich zu Damian um, sein Gesicht ist wutverzerrt.

»Halt du dich da raus! Wer sagt mir denn, dass du keine gemeinsame Sache mit dem Typen machst, hä?«

Damian hebt die Hände.

»Easy, Mann, easy! Ich kenn den kaum. Hab ihn durch Zufall im Krankenhaus kennengelernt. Er hat irgendjemanden besucht, wir haben draußen zusammen eine geraucht, und er wollte wissen, wo man hier richtig Party machen kann. Er sah nach viel Kohle aus, da hab ich ihn mal mitgebracht. Jetzt atme mal durch, Mann.«

Zumindest schreit Jarmo nun nicht mehr rum. Er scheint Damian zu glauben, der hier allerdings wirklich eine ziemlich beeindruckende schauspielerische Leistung abliefert. Jarmo richtet sich auf und geht wieder zu Janis, der immer noch gekrümmt am Boden liegt.

»Hey, hör mir gut zu: Wenn ich durch dich Ärger kriege, bist du ein toter Mann. Du hältst die Fresse. Verstanden?«

Ein leises Stöhnen von Janis signalisiert wohl so etwas wie Zustimmung. Jarmo holt noch einmal aus für einen Tritt, wird aber von Damian zurück in den Hausflur gezogen.

»Wenn ich hier gleich noch mal eine rauche, will ich dich nicht mehr sehen«, knurrt Jarmo, dann schlägt er die Haustür zu. Ich warte, bis im Treppenhaus das Licht ausgeht, dann renne ich zu Janis.

»Scheiße, Janis!« Ich knie mich neben ihn auf den Boden und drehe ihn zu mir. Er hat eine aufgeplatzte Lippe und ein geschwollenes, feuerrotes Auge. Vermutlich ist darin eine Ader geplatzt, er sieht aus wie ein Boxer nach der letzten Runde. Aber, und jetzt macht mein Herz einen Riesensprung und es ist, als ob ungefähr 200 Kilo Steinbrocken von meiner Brust abfallen: Er lächelt mich mit seiner blutenden Lippe schief an.

»Eines sage ich dir«, bringt er mit gepresster Stimme hervor, »mit einer einfachen Spesenabrechnung kommt mir Raimund diesmal nicht davon. Hier muss mindestens eine Gefahrenzulage im dreistelligen Bereich drin sein! Oder ich bekomme auch ein E-Bike!«

22

»Das heißt, wir haben auch keine verwertbare Videoaufnahme? Ich habe mich da also völlig umsonst verhauen lassen?«

Ich senke schuldbewusst den Kopf, und Janis guckt mich so vorwurfsvoll an, wie man mit einem linken Auge nur gucken kann. Sein rechtes Auge ist heute Morgen komplett zugeschwollen, die gespannte Haut darüber changiert zwischen dunkelviolett und rot. Der Riss über der Lippe war zum Glück nur oberflächlich, es hat sich schon Schorf gebildet. Auch wenn Janis' Mund nun ein wenig schief aussieht – es ist immer wieder erstaunlich, wie schnell der menschliche Körper zur Regeneration fähig ist.

»Na ja, ich hab schon auf AUFNAHME gedrückt, und die ersten fünfzehn Minuten sind auch drauf. Aber dann habe ich versucht, dich anzurufen, und habe dir eine WhatsApp geschickt, und da bin ich dann wohl irgendwie durcheinandergekommen und habe das nicht gespeichert«, gebe ich kleinlaut zu. »Allerdings weiß ich nicht, ob es einen Unterschied machen würde, wenn wir jetzt beweisen könnten, dass irgendwer mit einem Mietwagen der Wunderlichs abends von Bansin nach Zinnowitz und wieder zurückgefahren ist.«

Janis seufzt.

»Wahr, wahr. So wie Frau de Santis drauf ist, würde sie sich über unseren gestrigen Abend eher schlapp lachen.«

»Was Kay dazu sagen würde, kann ich dir ganz genau sagen: keine Undercover-Einsätze von Amateuren! Und diesmal würden ihm die Fakten auch noch recht geben. Wie geht es dir denn jetzt?«

Mit einem Stöhnen steht Janis von seinem Bürostuhl auf. Er hat sich tatsächlich tapfer in die Redaktion gequält, allerdings hat er die Sonnenbrille erst in unserem Büro abgenommen.

»Beschissen ist noch geprahlt«, beschreibt er seinen Zustand sehr anschaulich. »Aber ich bilde mir ein, dass die Arnica-Kügelchen von Katja schon ein bisschen helfen. Vielleicht ist es aber auch eher das Novalgin, das mir mein Hausarzt heute früh verschrieben hat. Normalerweise würde ich mich ins Bett legen, aber mein Gefühl sagt mir, dass wir trotz dieses Fehlschlags ganz nah dran sind und einfach weitermachen müssen.«

Nachdenklich kaue ich auf dem Ende eines Kugelschreibers herum.

»Tja, *weitermachen* ist ein gutes Stichwort. Leider bist du aufgeflogen, und ich wüsste nicht, wie wir auf die Schnelle an die Nummer vom Koks-Taxi kommen könnten, um noch eine Lieferung zu bestellen. Ich fürchte, wir müssen darauf warten, was Kay in Hamburg herausfindet. Auch wenn es mir echt gegen den Strich geht.«

Es klopft an die Tür, und ehe ich noch *Herein* sagen kann, steht Raimund schon vor unserem Schreibtisch.

»Heiliger Strohsack, wie schaust du denn aus?«, ruft er, als er Janis sieht.

»Moinsen! Ich hatte bei unserer gestrigen Recherche einen kleinen Zusammenstoß mit einem … äh … Partygast.«

»Das sieht ja schlimm aus!« Raimund ist ernsthaft geschockt. »Ich bin nun wirklich niemand, der seinen Mitarbeitern einen gelben Schein aufdrängt, aber bist du sicher, dass du heute arbeiten kannst?«

Janis nickt.

»Doch, doch. Passt schon. Ich will Franzi jetzt nicht alleine lassen. Ich glaube, wir sind da etwas richtig Großem auf der Spur.«

»Hm.« Raimund dreht sich zu mir. »Vorbildlich, dein Volontär, das muss ich schon sagen. Und wo wir gerade bei *großer Sache* sind und ihr offenbar ganz eifrig seid, wann darf ich denn den nächsten Beitrag in der Mordsache Wunderlich einplanen?«

»Lustig, dass du es ansprichst«, erwidere ich gelassen, denn genau mit dieser Frage habe ich natürlich gerechnet. »Ich habe in einer halben Stunde ein Interview mit Staatsanwältin de Santis. Es geht um den Stand der Ermittlungen, denn wir wollen doch alle hoffen, dass die Gesetzeshüter genauso fleißig sind wie wir Journalisten.«

Tatsächlich habe ich gleich heute früh über die Polizeipressestelle ein Telefonat mit Frau de Santis klargemacht. Natürlich hätte ich sie am liebsten mit hammerharten Beweisen konfrontiert. Aber da wir die nicht haben, werde ich mich damit begnügen müssen, ihr zumindest einen O-Ton zu ihren bisherigen Erkenntnissen aus den Rippen zu leiern, und sei er noch so nichtssagend. Immerhin sieht Raimund so, dass wir aktiv sind und gibt sich damit hoffentlich zufrieden. Tut er – denn nun lächelt er und breitet die Arme aus.

»Ah, genau so liebe ich meine Reporter! Wie die Terrier an der Sache dran, selbst wenn sie sich kaum noch auf den Beinen halten können. Sehr gute Arbeit, wirklich sehr gut!« Er dreht sich zum Gehen, hält dann aber noch mal inne. »Und wenn ihr noch Spesen verbraten habt – bitte einfach Sonja geben, die kümmert sich sofort darum.«

Als er aus unserem Büro verschwunden ist, beugt sich Janis über unseren Schreibtisch zu mir hinüber.

»Hast du das gehört? Mit den Spesen? Ich glaube, Raimund ist heute in Geberlaune. Ich werde gleich mal eine Aufstellung machen. Denkst du, ich kann Schmerzensgeld mit auf die Liste nehmen? Oder eine Erschwerniszulage? Oder wenigstens die Reinigungskosten für meine vollgebluteten Klamotten?«

Ich zucke mit den Schultern.

»Kann sein. Versuch's. Solche Tage muss man nutzen. Und mach es besser, bevor wir uns den O-Ton bei de Santis abgeholt haben. Mein Gefühl sagt mir, dass es eine ziemliche Nullnummer wird. Dann ist von Raimunds guter Laune schnell nichts mehr übrig.«

»Ah, ein guter Hinweis! Dann mache ich mich gleich mal ans Werk.«

Mein Gefühl trügt mich nicht. Als ich zur vereinbarten Zeit auf der Nummer von de Santis anrufe, passiert erst mal gar nichts. Sie geht nicht ran. Na, super. Wofür mache ich überhaupt Termine? Ich warte noch zehn Minuten, dann rufe ich wieder bei der Pressestelle an und frage nach, was aus meinem Interviewtermin geworden ist. Man ist erstaunt und verspricht, sich zu kümmern.

Gut, dass ich im Büro noch andere Dinge zu tun habe, denn es tut sich weiterhin nichts. Ich schreibe ein paar Meldungen für unseren Nachrichtenredakteur Markus fertig, sortiere Hörerzuschriften nach spannenden und weniger spannenden Themen. Schließlich befassen wir uns in unserer Sendung *Die Problemlöser* nicht nur mit Gewaltverbrechen. Von denen gibt es auf Usedom zum Glück viel zu wenige, um damit eine ganze Sendereihe zu bestreiten. Routiniert fische ich aus dem Stapel der E-Mails und Briefe die Zuschriften, die die meisten Menschen interessieren dürften: Probleme mit Haustieren sind ein gern genommenes Thema, Nachbarschaftsstreit geht auch immer und dann wäre da noch die Kategorie Behördenwillkür. Ob ich auch mal eine Mail an den Sender schreibe? Hilfe, die leitende Staatsanwältin ignoriert Presseanfragen? Oder besser: ignoriert Franzi Mai, denn langsam habe ich das Gefühl, dass es etwas Persönliches ist.

Das Telefon auf dem Schreibtisch klingelt. Endlich! Ich reiße den Hörer von der Gabel.

»Bäderland-Radio, Sie sprechen mit Franziska Mai«, melde ich mich überkorrekt.

»Hallo, Franzi, hier ist Janine.«

»Janine – mit dir habe ich jetzt gar nicht gerechnet!«, bricht es aus mir heraus. »Ich bin eigentlich seit über einer Stunde mit Frau de Santis verabredet.«

»Äh, ja«, stottert Janine, »ich weiß, sie hat mich nämlich gebeten, dich anzurufen. Sie kann es heute leider nicht einrichten.«

»Sie kann es nicht einrichten? Ich brauche nur ein kurzes Statement von ihr für mein Update im Fall Wunderlich.«

Janine lacht unsicher.

»Ja, du, tut mir leid. Aber die Staatsanwältin hat einfach zu viel zu tun!«

Ich merke, wie mir der Kamm schwillt. Und zwar auf der Stelle.

»Zu viel zu tun? Sorry, aber das ist eine Unverschämtheit!«, poltere ich los. »Aber ich sage dir, was ich jetzt mache – ich sende mein kleines Update, packe alle Infos rein, die ich für richtig und wichtig halte, und zwar völlig egal, ob euch das passt oder nicht. Und dann binde ich es mit dem schönen Satz ab: *Die Staatsanwaltschaft war zu einer Stellungnahme leider nicht bereit.*«

Schweigen am anderen Ende der Leitung, dann ein Räuspern.

»Franzi, nun sei doch nicht so sauer. Das bringt doch wirklich keinem was, wenn du nun unsere gute Arbeitsbeziehung hier in Schutt und Asche legst, weil du Streit mit de Santis hast.«

Mein Kamm will einfach nicht abschwellen, im Gegenteil, ich habe das Gefühl, dass er mir gleich platzt!

»Janine, ich habe keinen Streit mit de Santis. Sie redet einfach nicht mit mir. Und wenn ich sie mal treffe, tut sie so, als ob ich eine Vollidiotin wäre. Was habe ich der eigentlich getan? Ich behindere eure Ermittlungen nicht, und ich halte mich immer an eure Bitte, wenn etwas noch nicht in die Presse soll. Aber was habe ich davon?« Ich schnaufe durch. »Nichts! Nichts habe ich davon. Und deswegen ist damit jetzt Schluss!«

»Ho, Brauner!«, ruft Janine. »Es stimmt, sie verhält sich nicht korrekt dir gegenüber. Ich weiß nicht, warum sie das macht. Aber ich verspreche dir, auf Arbeitsebene geben wir insbesondere dir immer gute Informationen. Das ist doch viel wichtiger als ein lächerlicher O-Ton von der Staatsanwältin. Und wenn du jetzt noch etwas für deinen Beitrag brauchst, dann gebe ich es dir. Kein Ding.«

Gut. Fachlich gesehen wird Raimund das sicherlich reichen – Beitrag ist Beitrag, und Sendezeit ist Sendezeit. Wütend bin ich trotzdem. Ich gebe es ungern zu, aber in de Santis' Gegenwart fühle ich mich irgendwie minderwertig, und das ärgert mich kolossal. Sagen will ich das Janine nicht, denn das geht sie gar nichts an. Nachher erzählt sie es noch Kay, und dann fühle ich mich noch blöder. Also bedanke ich mich für ihr Angebot, und wir verabreden, dass ich sie in zehn Minuten von dem Telefon im Studio aus anrufe, denn dort kann ich unser kurzes Interview gleich aufnehmen.

»Letzte Frage, bevor ich dich gleich für den offiziellen Teil zurückrufe«, werde ich dann noch etwas bei Janine los, was mich brennend interessiert, »aber nur, wenn du mir schwörst, es nicht weiterzuerzählen.«

Janine lacht.

»Ich schwöre. Was willst du wissen?«

»Hatte Kay in Hamburg eine Freundin? Ich meine, nach Maja?«

»Äh, was?« Janine ist perplex.

Ich merke, wie mich Janis von seiner Schreibtischseite aus mit dem linken Auge ungläubig anstarrt. Mir wird warm.

»Ach, vergiss es. War nicht so wichtig«, nuschle ich schnell. Gottogott, habe ich das gerade wirklich gefragt? Wie peinlich!

»Ich glaube nicht«, antwortet Janine langsam. »Aber mein ehrlicher Rat wäre: Frag ihn selbst.«

»Äh … ja, klar … ähm, mache ich. Dir noch einen schönen Tag.«

»Dir auch, Franzi.«

Sie legt auf, ich werfe den Hörer auf die Gabel. Janis holt Luft und scheint etwas sagen zu wollen, aber ich schneide ihm das Wort ab, bevor er dazu kommt.

»Stopp! Sag jetzt einfach nichts!«

*

»Ich bin immer wieder begeistert, wie gut Arnica hilft!« Katja, ihrer wahren Berufung nach eigentlich Heilpraktikerin und nicht Gastwirtin, guckt sich das geschwollene Auge von Janis an. »Sieh dir das an, Franzi, es ist doch schon viel besser als heute früh. Findest du nicht?«

»Hm, dreh dein Gesicht mal zum Licht, Janis.« Genau wie gestern um diese Uhrzeit sitzen wir wieder im *Inseltreff*, aber heute ist das Wetter nicht so gut und wir haben uns nach drinnen verzogen, wo die Beleuchtung einigermaßen schummrig ist. »Jo, also zumindest ist es nicht schlimmer geworden«, antworte ich diplomatisch.

»Willst du vielleicht ein paar Eiswürfel im Handtuch, um das noch etwas zu kühlen?«, will Katja von Janis wissen.

»Nein, schon gut.« Dann grinst er, was seinen schiefen Mund noch schiefer aussehen lässt. »Aber so ein Schnitzel wie gestern Abend wäre top!«

»Weil du so schwer verletzt bist, sollst du eins haben. Ich sage Manni Bescheid.« Katja steht auf und geht in den hinteren Teil des Gastraums, wo Manni über einem Stapel Quittungen sitzt und beim Sortieren flucht. Montag hat der *Inseltreff* Ruhetag, und Katja und Manni nutzen die Zeit meistens für so entspannte Dinge wie Buchhaltung oder gründliche Reinigungsarbeiten. In der Küche steht Manni montags hingegen eigentlich nie, weshalb die Erfüllung von Janis' Wunsch wirklich eine große Ausnahme ist und zeigt, wie sehr ihn Manni und Katja mittlerweile ins Herz geschlossen haben.

»Schon was von Kay gehört?«, will Janis wissen.

»Nein. Aber warum sollte er sich auch bei mir melden? Ich nehme an, er sitzt gerade mit seinen alten Kollegen in irgendeiner Kneipe, oder vielleicht geht er mit ihnen auch alte Fälle durch. Wer weiß.«

»Wenn es eine Knaller-Entdeckung gibt, wird er sich schon melden«, mutmaßt Janis.

»Vielleicht. Vielleicht bespricht er aber auch erst einmal alles haarklein mit der doofen de Santis und muss die dann um Erlaubnis fragen, bevor er uns was sagt«, gifte ich los.

Janis lacht.

»Hey, nun sei mal nicht so streng mit dem armen Kay. Der hat's doch auch nicht leicht. Stell dir mal vor, wir müssten immer an die Frau Staatsanwältin berichten. Das wäre garantiert kein Spaß.«

Da hat Janis natürlich recht. Verglichen mit Frau de Santis, ist Raimund pures Gold. Aber ich könnte sowieso niemals in einer so starren Hierarchie wie der Polizei oder der Staatsanwaltschaft arbeiten, egal, wie nett der Chef oder die Chefin wäre.

»Ach, ich glaube, ich habe einfach nur Frust, weil wir so nah dran waren herauszufinden, wer in dem Koks-Taxi sitzt. Noch fünf Minuten, dann wäre der Wagen da gewesen, und ich hätte Beweisfotos gemacht. Stattdessen scheitern wir daran, dass dich jemand auf Instagram wiedererkennt. Wie doof ist das denn?«, seufze ich.

Aus der Küche zieht der Geruch von heißem Butterschmalz zu uns herüber, und ich kann das Schnitzel in der Pfanne brutzeln hören. Na, super, jetzt habe ich auch Hunger! Als Katja wieder zu uns an den Tisch kommt, stelle ich zu meinem großen Entzücken fest, dass Manni tatsächlich zwei Schnitzel in die Pfanne gehauen hat. Ich habe einfach die besten Freunde der Welt! Wenn ich diesen Fall schon nicht aufklären kann, so kenne ich doch Menschen, die genau wissen, womit sie mich aufmuntern können: mit einem perfekt ausgebackenen, hauchdünnen Wiener Schnitzel und Pommes rot-weiß.

»So, bitte sehr!«, sagt Katja und stellt die Teller vor Janis und mir ab.

»Das sieht einfach großartig aus!«, freue ich mich. »Aber esst ihr nichts?«

»Oh, doch!«, ruft Manni, der in diesem Moment mit zwei weiteren Tellern ankommt. »Wenn ich mich an meinem freien Tag schon an den Herd stelle, dann richtig. Und für ein Essen mit Freunden mach ich das gern.«

Im Handumdrehen ist aus meiner Jammerrunde mit Janis ein

perfektes Abendessen geworden. Katja holt noch Weingläser und einen Weißwein, dann kann es losgehen. Herrlich! Eine echte Wohltat nach den anstrengenden letzten Tagen. Wir quatschen und lachen miteinander, das haben wir schon viel zu lange nicht mehr gemacht. Ich erzähle, wie wir versucht haben, das Koks-Taxi auffliegen zu lassen, wie Janis in heldenhafter Erfüllung seiner Pflicht übel zugerichtet wurde und trotzdem heute Morgen zum Dienst erschienen ist. Manni hört interessiert zu, trinkt seinen Weißwein, und kaum bin ich mit meiner Geschichte zu Ende, stellt er sein Glas ab und schaut in die Runde, als habe er eine Ankündigung zu machen.

»Schatz, was gibt es?«, wundert sich Katja.

»Franzi, das wollte ich dir gestern schon erzählen. Dann dachte ich, dass es doch nicht mehr so wichtig ist«, sagt er. »Wenn ich aber die Geschichte von eurer fehlgeschlagenen Verfolgung so höre, dann ist es das vielleicht doch.«

Wow, Manni macht es aber spannend! Das ist sonst gar nicht seine Art, ist er doch eher Typ trockenes Nordlicht. Liegt vermutlich am Alkohol, der verwandelt selbst Manni in einen großen Erzähler.

»Schieß los!«, ermuntere ich ihn.

»Ich habe unter meinen Inselbekanntschaften jemanden gefunden, der zwar Bruno Wunderlich nicht persönlich kannte, aber tatsächlich Kontakte in die örtliche Drogenszene hat. Und zwar gute!«

»Was kennst du denn für Leute?« Katja klingt ungläubig und ein bisschen beunruhigt.

»Mach dir keine Sorgen, Mausi. Es ist ja nicht so, dass ich selbst Kontakte zu Drogendealern hätte. Es geht um eine alte Schulfreundin von mir. Denise und ich sind zusammen in die Oberschule gegangen, sie zwei Klassen unter mir.«

»Denise?«, wiederhole ich.

»Ja, Denise Malottki. Hieß irgendwann mal einige Zeit Schröder, aber jetzt wieder Malottki.«

Katja kneift die Augen zusammen und guckt ihren Mann streng an. Erzählungen über alte Schulfreundinnen missbilligt sie eindeutig.

»Jedenfalls war Denise 'ne ganz Wilde«, fährt Manni fort, und diese Einschätzung von Frau Malottki ist nun wirklich nicht das, was Katja hören will – ich sehe es ihr genau an.

»Manni!«, schimpft sie. »Was willst du denn damit sagen?«

»Doch nicht das, was du jetzt denkst. Ich erzähle das doch nur, damit Franzi den ganzen Rest der Geschichte versteht. Also, Denise war eine ganze Zeitlang in Berlin. Sie war in der Musikszene unterwegs und hat Bands betreut. Na ja, und da hat sie für ihre Schützlinge auch ab und an was besorgt, wenn die feiern wollten. Gras, Kokain, LSD, was auch immer die so brauchten. Deswegen hat sie überall jemanden, den sie anrufen kann, wenn sie so was besorgen will. Selbst hier auf Usedom.«

Ach, nee! Nun wird es tatsächlich spannend!

»Lass mich raten, Manni«, mischt sich Janis ein, »deine alte Schulfreundin hatte auch die Nummer von Bruno und hat jetzt 'ne neue Telefonnummer geschickt bekommen, richtig? Genauso wie Jarmo.«

»Richtig«, bestätigt Manni. »Ich habe Denise nach Bruno gefragt, und da sagte sie sinngemäß: *Lustig, dass du fragst, Manni. Ich hatte mit dem ewig nicht mehr zu tun. Aber kaum ist er tot, schickt mir jemand eine Nachricht und stellt sich als sein Nachfolger vor.* Wenn ihr also die Nummer von dem neuen Taxifahrer braucht – ich glaube, die kann ich euch besorgen.«

Ich springe von meinem Stuhl auf und hauche Manni einen spontanen Kuss auf die Wange.

»Manni, du bist der Hit! Die Chance, dass Janis und ich den Fall auch ohne Kays Hilfe aufklären, sind gerade um tausend Prozent gestiegen.«

23

Denise Malottki ist trotz ihrer wilden Vergangenheit überraschenderweise eine Frau mit eisernen Prinzipien. Und eines davon ist, ohne Zustimmung keine Telefonnummern weiterzugeben. Manni hat schon am nächsten Tag ein Treffen mit ihr arrangiert, und sie ist auch wirklich sehr freundlich, aber an der Sache mit der Telefonnummer beiße ich mir gerade die Zähne aus.

»Bitte, Frau Malottki, es wäre echt wichtig. Hier geht es immerhin um Mord!«, appelliere ich noch einmal an ihr Pflichtgefühl als gesetzestreue Bürgerin, aber keine Chance. Sie streicht sich eine blonde Strähne aus ihrem sehr aparten Gesicht und lächelt bedauernd.

»Hören Sie, Frau Mai, ich helfe wirklich gern. Aber es muss einen anderen Weg geben. Ich kann Ihnen nicht einfach die Nummer in die Hand drücken, und ich möchte auch nicht, dass wir einen Scheinkauf verabreden und Sie bei mir im Gebüsch dem Lieferanten auflauern. Meine Branche lebt vom Vertrauen, und genau genommen möchte ich nicht mal, dass Sie wissen, wo ich wohne. Ich lebe mittlerweile sehr zurückgezogen und fahre damit gut.«

So ein Mist. Also keine Fotos von einem Drogengeschäft. Bye, bye, Beweismittel!

Janis räuspert sich.

»Wenn ich so darüber nachdenke: Wir müssten gar nicht bei

Ihnen im Gebüsch hocken. Es würde völlig reichen, wenn Sie etwas beim Taxi bestellen.«

»Oh, würde es?« Frau Malottki schaut auf einmal nicht mehr ganz so abweisend – stattdessen eher interessiert.

»Ja, klar. Denn dass die Mietwagen von Wunderlich hinter dem Koks-Taxi stecken, wissen wir bereits. Was wir nicht wissen, ist, wer genau der Kurierfahrer ist. Also wenn Sie eine Bestellung auslösen, dann hocken wir einfach in Bansin bei Wunderlich im Gebüsch.«

Ich schnipse mit den Fingern.

»Das ist die Idee! Wir beobachten das Gebäude und sehen, wer losfährt. Dann wissen wir, mit wem wir es zu tun haben. Und genau demjenigen werden wir dann mal richtig auf den Zahn fühlen.« Ich lächle Denise Malottki an. »Und Sie hätten rein gar nichts Unehrenhaftes gemacht. Weder hätten Sie uns die Nummer gegeben, noch uns verraten, wo die Übergabe stattfindet. Aber Sie würden uns helfen, das Zeitfenster möglicher Drogenlieferungen etwas einzugrenzen.«

Malottki wiegt den Kopf hin und her, dann lächelt sie auch.

»Das kann ich machen. Schließlich könnte jeder die Agentur observieren, der etwas von den Drogengeschäften mitbekommen hat. Vielleicht macht das die Polizei sogar schon.«

»Ja. Vielleicht«, antworte ich diplomatisch. »Allerdings kann man von einer reinen Beschattung nicht darauf schließen, dass jeder, der die Agentur verlässt, gerade Drogen ausliefern will. Dazu müsste man ihn schon durchsuchen. Oder eben genau wissen, dass dort gerade Drogen geordert worden sind. Also, wann können Sie bestellen? Heute Nachmittag schon?«

»Klar, warum nicht? Sagen Sie mir einfach die Uhrzeit, wann ich loslegen soll. Dann mache ich es.«

»Wie klingt heute Nachmittag um drei?«, schlage ich vor.

Denise Malottki zuckt mit den Schultern.

»Sicher, warum nicht? Fünfzehn Uhr. Ist notiert.«

*

Ich weiß nicht, warum es mir vorher nicht aufgefallen ist, aber ein richtig versecktaugliches Gebüsch gibt es an dem Gebäude, in dem sich die Agentur befindet, nicht. Vermutlich, weil es ein Neubau ist und die Außenanlagen noch etwas Zeit brauchen, um zuzuwachsen. Im Panda können Janis und ich auch nicht bleiben. Zum einen steht schräg gegenüber auf dem Parkplatz ein Wagen, in dem eindeutig Kerstin Riebesehl und Dennis Pawlak sitzen und offenbar immer noch das Gebäude observieren. Die würden uns sofort erkennen. Zum anderen würden auch Henning und Sven den Panda bemerken und wissen, wer darin sitzt. Suboptimal!

Ich fahre den Panda um die Ecke, und Janis und ich steigen aus und schauen rüber zum Parkplatz. Wo könnten wir uns hier verstecken?

Janis zeigt auf ein Nachbargebäude.

»Guck mal, Franzi. Was hältst du von der Eisdiele da drüben? Wir könnten uns reinsetzen und so tun, als ob wir ein Eis essen. Sie ist weit genug weg, damit man uns nicht gleich durch das Fenster sieht, aber nah genug dran, dass wir den Eingang der Agentur im Blick haben.«

Kann das funktionieren? Argwöhnisch starre ich zur Eisdiele rüber, muss Janis aber insofern zustimmen, als dass die großen Fenster der Eisdiele sehr das Außengelände reflektieren. Auch ich kann gerade nicht erkennen, ob Gäste an den Tischen sitzen. Außerdem ist die Fensterfront mit dem Schriftzug VENEZIA beklebt. Der Name der Eisdiele verbirgt die Gäste zusätzlich. Ein raffiniertes Versteck also!

»Komm«, sage ich zu Janis, »auf nach Venedig! Die Chefin gibt ein Eis aus.«

Wir laufen in einem großen Bogen zum *Venezia* rüber, so dass uns Pawlak und Riebesehl nicht sehen können. Ich öffne die Eingangstür der Eisdiele, ein Glöckchen erklingt. Kindheitserinnerungen an das Eiscafé *La Rosa* in meiner rheinischen Heimat werden wach. Genauso eine Türglocke gab es da auch, und der Klang erzeugt wie ein Pawlow'scher Reflex die schönsten Geschmäcker von Spaghettieis oder Schokobecher in meinem Mund. Verrückt!

Wir setzen uns an den Tisch, von dem aus man den Eingang der Agentur am besten im Blick hat. Er ist von hier aus zwar ziemlich weit weg, aber zumindest Janis müsste mit seinen Adleraugen erkennen können, um wen es sich handelt, wenn dort jemand herausspaziert. Wobei nach wie vor nur das linke Auge das eines Adlers ist. Das rechte geht immer noch schwer Richtung Mark Tyson nach Runde zehn. Aber wenn ich ein bisschen die Augen zusammenkneife, müsste ich eigentlich auch erkennen können, wer denn nun unser Taxifahrer ist.

Eine junge Frau mit schwarzen zurückgebundenen Locken kommt an unseren Tisch und lächelt uns freundlich an. Genau genommen lächelt sie Janis an, aber das will ich heute mal als guten Service gelten lassen.

»Was darf ich euch bringen?«, fragt sie.

»Für mich nur einen Cappuccino, vielen Dank«, antworte ich. »Und du Janis?«

»Einen Erdbeerbecher«, sagt er nach einigem Nachdenken. Ich muss lachen.

»War das so schwer?«

»Na ja, ich habe überlegt, ob ich hier noch ordentlich was auf Raimunds Rechnung draufhaue. Aber andererseits werden wir nicht besonders lange hier sitzen, schätze ich. Also wäre das Verschwendung von Lebensmitteln, und das muss ja nicht sein.«

»Sehr gewissenhaft«, lobe ich ihn und werfe dann einen Blick auf mein Handy. 14:55 Uhr. Hoffentlich hält sich Denise Malottki an ihr Versprechen. Der Cappuccino kommt und gleich darauf der Erdbeerbecher. Und dann auch Malottkis Nachricht in Form einer WhatsApp an mich:

Bestellung ist raus. D. M.

»Sehr gut«, freue ich mich. »Dann kann es ja losgehen!«

Es dauert keine fünf Minuten, und die Eingangstür der Agentur wird geöffnet. Janis und ich lehnen uns beide gespannt vor, fast pressen wir unsere Nasen an das Fenster. Heraus kommen: Sven UND Henning! Sie scheinen in ein Gespräch vertieft und marschieren zusammen zu einem der beiden schwarzen Passat. Henning nimmt auf dem Fahrersitz Platz, Sven steigt auf der Beifahrerseite ein. Dann fahren sie los, zügig vom Parkplatz runter und schnell Richtung Hauptstraße.

»So, Chefin«, sagt Janis mit fast salbungsvoller Stimme, »ich lege mich jetzt mal fest: Sven und Henning sind unsere Kandidaten. Es gibt nicht nur einen Drogenkurier, sondern zwei, die gemeinsame Sache machen.«

»Ja«, nicke ich, »vermutlich ist es so. Komm, lass uns mal bei Nele vorbeischauen und fragen, wohin die beiden gerade offiziell gefahren sind. Ich kann mir eigentlich nicht vorstellen, dass Nele mit denen unter einer Decke steckt.«

Ich lege zehn Euro auf den Tisch, dann gehen Janis und ich zur Agentur rüber und stehen kurz darauf am Empfang vor Nele.

»Oh, hallo, Frau Mai! Wie geht es Ihnen?«

»Gut, danke. Das hier ist mein Kollege Janis Neubauer. Wir planen ein Hintergrundstück darüber, wie es mit Ihrer Firma weitergehen wird. Eigentlich wollte ich dazu Sven Holtens und Henning Wiedemann interviewen. Herr Wiedemann arbeitet doch auch hier, richtig?«

Nele schaut ein bisschen misstrauisch, so, als würde sie sich fragen, ob die Reportage der wahre Grund unseres Kommens ist. Vielleicht ist sie aber auch nur irritiert von der großen Sonnenbrille, die Janis auch hier im Büro nicht absetzt und die ihm etwas leicht Schmieriges verleiht.

»Ja, Herr Wiedemann arbeitet hier gelegentlich. Aber er ist gerade nicht da. Herr Holtens auch nicht. Die beiden sind vorhin weggefahren, Sie haben sie knapp verpasst.«

»Wissen Sie, wo sie hingefahren sind?«, hake ich nach.

»Nein, tut mir leid. Das haben sie mir nicht gesagt. Aber vielleicht vereinbaren Sie das nächste Mal einfach einen Termin, wenn Sie ein Interview führen wollen? So spontan passt es meist schlecht, Herr Holtens hat einen sehr vollen Terminkalender, er muss ja jetzt auch die Arbeit von Herrn Wunderlich erledigen.«

»Also wirklich keine Ahnung, wo die beiden hin sind?«, versuche ich es noch einmal.

»Nein, wirklich nicht. Aber ich werde ihnen sagen, dass Sie hier waren.«

»Das ist eine gute Idee«, sage ich mit einem freundlichen Lächeln. Und das meine ich auch so. Denn nun werde ich mir die beiden Herren mal richtig vorknöpfen.

Wir gehen wieder nach draußen und bleiben vor der Tür stehen.

»Und jetzt?«, will Janis wissen. »Wieder in die Redaktion?«

»Würde ich sagen. Wir könnten wahlweise auch ins *Venezia* zurückgehen und noch ein Eis essen, aber der Erdbeerbecher sah ziemlich reichhaltig aus.«

»War er auch. Ich habe ihn allerdings nicht ganz aufgegessen. Ein bisschen Platz hätte ich in meinem Bauch schon noch.«

Ich klopfe sanft auf Janis' nicht vorhandene Plauze.

»Bleib lieber so rank und schlank. Wer weiß, wie viele Nahkampferlebnisse dein Job noch so mit sich bringt, und da bist du eindeutig im Vorteil, wenn du deine Topform behältst. Komm, wir fahren zurück nach Heringsdorf in die Redaktion.«

Als er auf dem Beifahrersitz Platz genommen hat, öffnet Janis sofort die Tracking-App auf seinem Handy.

»Hm, die sind schon wieder in Ückeritz«, stellt er fest. »Da muss doch irgendetwas Besonderes sein, dass die da ständig hinfahren. Ich meine, ist schon ein nettes Fleckchen, aber auch keines der sieben Weltwunder.«

»Vielleicht wollen sie dich besuchen, aber du bist nie zu Hause?«, sage ich und lache über meinen eigenen Witz. »Wir könnten natürlich jetzt hinfahren und nachschauen, was sie da so treiben.«

»Ja, gute Idee. Von hier aus brauchen wir mit dem Auto keine Viertelstunde nach Ückeritz.«

Ich starte den Motor und will gerade vom Parkplatz fahren, als mich Janis mit einem *Moment!* wieder stoppt.

»Was ist los?«

»Sie fahren weiter. Und zwar Richtung Norden.«

Ich überlege kurz, dann wähle ich über meine Freisprecheinrichtung Manni an.

»Hallo, Franzi, was gibt's? Alles in Ordnung mit Denise?«

»Ja, alles gut. Nur eine Frage: Weißt du, wo auf Usedom sie mittlerweile wohnt?«

Schweigen. Manni denkt nach.

»Ich glaube, in Loddin. Das ist zwischen Ückeritz und Zinnowitz. Aber wo genau da, weiß ich nicht. Hat sie mir nie erzählt, und ich war auch noch nie bei ihr. Ist aber nicht besonders groß, vielleicht fragt ihr mal rum, wenn ihr sie sucht.«

»Danke, Manni.«

»Das könnte klappen«, meint Janis, nachdem ich das Telefonat beendet habe. »Sollen wir einfach die Verfolgung aufnehmen?«

»Nein. Ich will nur wissen, ob sie wirklich zu Denise fahren, mehr nicht. Dann können wir sicher sein, unser Koks-Taxi identifiziert zu haben. Nicht dass es alles nur ein irrer Zufall ist und Denise jemand völlig anderen angerufen hat. Sie weiß schließlich selbst nicht, wer hinter der Nummer steckt.«

»Pfff!«, macht Janis und verzieht den Mund. »Das wäre aber schon ein sehr großer Zufall.«

»Egal. Wir haben ihr versprochen, da nicht aufzukreuzen, und daran halten wir uns.«

Besonders lange müssen wir nicht warten, um zu sehen, wo sich das nächste Ziel von Sven und Henning befindet. Schon fünf Minuten später blinkt der Punkt auf dem Kartenausschnitt in Loddin. Der Wagen hält dort ungefähr fünf Minuten, dann fährt er wieder zurück nach Süden.

»Wir können natürlich auch einfach hier auf die beiden warten«, schlägt Janis vor. »Die müssten gleich wieder in Bansin ankommen.«

»Nein, ich will nicht, dass sie sich von uns überwacht fühlen«, lehne ich ab. »Wenn wir aber immer noch hier sind, denken sie am Ende, wir hätten gewusst, dass sie nicht lange weg sein würden. Lass uns lieber in der Redaktion noch mal an unserer Taktik feilen.«

»Wie du meinst.«

Das klingt ein bisschen aufmüpfig. Offenbar findet Janis mittlerweile Gefallen daran, Bösewichter direkt mit ihren Taten zu konfrontieren. Ich hingegen denke, dass ein blaues Auge pro Woche reicht.

In der Redaktion angekommen, mache ich mich in der Küche erst einmal auf die Suche nach Kaffee, werde fündig und bringe dann zwei Pötte davon zu unserem Schreibtisch.

»Danke, ganz lieb«, sagt Janis, »aber Katja hat gemeint, dass sich ihre Arnica-Globuli nur sehr schlecht mit Kaffee vertragen. Ich soll deshalb die nächsten Tage keinen trinken.«

Tagelang keinen Kaffee? Das wäre für mich die Höchststrafe und definitiv ein Grund, auf Globuli zu verzichten. Ich behalte diese Erkenntnis aber für mich, denn wenn sie Janis helfen, will ich sie ihm auch nicht schlechtreden. Stattdessen mache ich nun etwas, das ich eigentlich auf gar keinen Fall tun wollte.

»Ich rufe mal Kay an«, versuche ich, möglichst beiläufig zu klingen, als ich das Schreibtischtelefon näher zu mir heranziehe.

»Du willst Kay anrufen?« Janis ist sehr überrascht. Wer könnte es ihm verdenken? »Ich dachte, das ist hier gerade so 'ne Art Wettbewerb, wer zuerst etwas rausfindet.«

»Ja, war es auch ein bisschen. Aber ich glaube, nur von meiner Seite aus. Das ist kindisch. Es ist besser, wir halten Kay auf dem Laufenden über das, was wir in Erfahrung bringen. Vielleicht kann er in Hamburg etwas damit anfangen.«

»Richtig, ruf ihn an. Aber ich will mithören!«

»Danke für deinen Segen«, lache ich und wähle Kays Nummer. Fünf Sekunden später habe ich ihn an der Strippe.

»Oh, hallo, Franzi!« Er klingt erfreut, fast ein bisschen schüchtern. »Was gibt's? Vermisst du mich?«

Ich ignoriere die Frage, denn ich wollte nicht flirten, sondern Informationen austauschen.

»Hier sind Janis und Franzi«, erkläre ich ihm, »und wir rufen an, weil wir uns in der Zwischenzeit ganz sicher sind, dass Sven Holtens und Henning Wiedemann gemeinsam hinter dem Koks-Taxi stecken.«

»Hallo auch an Janis! Wieso seid ihr euch da jetzt sicher?« Nun klingt Kay angefixt. »Erzählt!«

»Mit Methoden, die ich dir hier nicht näher erläutern will, ist es uns gelungen, die Fährte der beiden aufzunehmen und Beweise dafür zu sammeln, dass sie Drogen ausliefern und das Geschäft von Bruno übernommen haben.« Gottogott, ich klinge in etwa so sachlich und distanziert, als würde ich als zuständige Beamtin einen Fall auf *Aktenzeichen XY ungelöst* vorstellen. Kay hakt natürlich sofort nach.

»Moment mal – *Methoden, die du nicht näher erläutern willst*? Was habt ihr jetzt schon wieder angestellt?«

Ich will mich schon über diese Bemerkung ärgern, aber dann folge ich dem Rat von Raimund, dem alten Konfliktvermeider: *Unrat vorbeischwimmen lassen!*

»Wenn du es genau wissen willst: Wir haben die Autos mit Airtags versehen, und Janis hat undercover eine Bestellung aufgegeben. Dann haben wir Sven und Henning beim Ausliefern beobachtet. Wir wissen jetzt sicher, dass die Bruno's Brothers hinter dem Usedomer Koks-Taxi stecken.« Den Teil mit Denise lasse ich lieber mal weg, versprochen ist versprochen!

»Wow, okay – krass!« Kay ist beeindruckt. »Und vermutlich total verboten«, tadelt er mich dann. Er kann eben einfach nicht aus seiner Haut. Ich ignoriere auch das.

»Ich werde mir daher jetzt Sven und Henning vorknöpfen und sie mit meinen Entdeckungen konfrontieren. Dann sehen wir weiter. Ich dachte mir aber, dass es für dich in Hamburg auch hilfreich sein könnte, wenn du weißt, was wir herausgefunden haben.«

Erst schweigt Kay, dann höre ich ihn schlucken.

»Franzi, bitte macht das nicht. Ich möchte nicht, dass du dich in Gefahr bringst. Und Janis natürlich auch nicht.« Kay klingt so besorgt, dass ich lachen muss.

»Keine Sorge. Ich bin schon groß, und mit Henning werde ich locker fertig.«

»Nein, lass das. Meine Nachforschungen in Hamburg deuten eher darauf hin, dass Bruno nicht von seinen Lieferanten getötet wurde. Jedenfalls streiten das alle Kontakte hier ab – und das sind wirklich gute Kontakte. Niemand will von einem Mord wissen, und ehrlicherweise war Bruno auch ein viel zu kleiner Fisch. Jedenfalls aus Sicht der Hamburger Drogenmafia. Er hatte zwar tatsächlich eine schlechte Zahlungsmoral, aber es gibt noch andere Mittel und Wege, einen unzuverlässigen Mittelsmann zur Zahlung zu bewegen. Umbringen muss man ihn deswegen nicht gleich, vor allen Dingen nicht, wenn er so lange im Geschäft ist und eine so gut gefüllte Kundenkartei hat. Das ist jedenfalls die Meinung meiner Kollegen aus der Abteilung Organisierte Kriminalität hier in Hamburg. Und die haben sich gründlich für mich umgehört.«

»Aber …«, setze ich an, »wenn das so ist …«

»Aber wenn das so ist«, übernimmt Kay meinen Gedanken, »dann ist der Mörder vermutlich im alten Team von Bruno zu suchen.«

Jetzt bin ich es, die schlucken muss.

»Dann haben vielleicht Sven und Henning Bruno aus dem Geschäft drängen wollen? Und ihn deswegen umgebracht?«

»Es wäre immerhin denkbar. Ein Motiv hätten sie jedenfalls«, betont Kay mit ernster Stimme. »Sie wären Bruno losgeworden, hätten der Drogenmafia damit eine Referenz erwiesen und das lukrative Geschäft mitsamt Kundenkartei übernehmen können. Das würde auch die Aussage von Nele Kaczynski erklären: Wiedemann und Holtens hätten in Ruhe den Jetski von Holtens präparieren können und ihn dann nur in letzter Minute gegen den von Wunderlich tauschen müssen.«

»Stimmt«, erwidere ich knapp, obwohl mir in diesem Moment tausend Sachen durch den Kopf schießen. Und auch immer wieder dieser eine Gedanke: Ja, Henning ist ein mieser Kerl. Aber er ist doch kein Mörder! Das kann nicht sein!

»Also bitte ermittelt nicht weiter auf eigene Faust. Ich meine es ernst!«

Im Hintergrund wird es auf einmal turbulent, ich höre verschiedene Stimmen. *Hey, Lorenz, jetzt steck endlich mal das Handy weg! Wir wollen los!* Dann Gelächter. Kay räuspert sich.

»Du, ich muss hier noch etwas erledigen. Wirklich – hör auf mich, Franzi, okay?«

Ich nuschle ein *Okay*, dann verabschieden wir uns, und ich lege auf. Janis bläht seine Wangen auf und pustet dann aus.

»Puh, das war dem jetzt aber todernst. Vielleicht hat er recht, und wir sollten uns ab jetzt raushalten. Wenn er zurückkommt, dann kriegt er unsere Zeugenaussagen und kann dann daraus machen, was er will. Nichts gegen ein blaues Auge – aber ich habe keine Lust, im Leichenschauhaus zu landen.«

»Jetzt mal nicht so melodramatisch«, wiegle ich ab. Trotzdem habe ich jetzt auch ein ungutes Gefühl. Aber egal, was Kay sagt: Ich muss mit Henning sprechen. Und das werde ich auch.

24

Nele Kaczynski hat ihren Job offenbar gewissenhaft erledigt, denn im weiteren Verlauf des Tages versuchen sowohl Sven als auch Henning, mich auf dem Handy zu erreichen. Beide Male nehme ich die Anrufe nicht an. Ich habe das Gefühl, mich vorher erst mal ein bisschen sortieren zu müssen. Und vor allem muss ich mir selbst die Frage beantworten, ob ich Henning einen Mord zutraue. Dabei komme ich immer wieder zu derselben Antwort: Nein, das tue ich nicht.

»Ist alles in Ordnung bei dir?« Janis kommt auf meine Schreibtischseite und tippt mir sanft auf die Schulter.

»Äh, ja, entschuldige, ich war in Gedanken.«

»Ich habe gerade gesagt, dass ich jetzt nach Hause fahre. Aber du hörst mir gar nicht zu, sondern starrst nur vor dich hin.«

»Tut mir leid!«, entschuldige ich mich noch mal. »Es ist irgendwie …«, ich stocke, weil ich nicht weiß, wie ich es Janis erklären soll.

»Irgendwie ein erschreckender Gedanke, dass jemand, den man einmal geliebt hat, ein Mörder sein könnte?«, trifft er genau ins Schwarze. Ich nicke.

»Ja, das ist es wohl. Ich kann es mir einfach nicht vorstellen. Auch wenn ich in den letzten Jahren keinen Kontakt mehr zu Henning hatte. Hat er sich wirklich so verändert?« Ich schüttle den Kopf. »Das glaube ich nicht.«

»Tja, meine Oma sagt immer: Man kann den Menschen nur

vor den Kopf gucken.« Janis sieht mich nachdenklich an und legt dann eine Hand auf meine Schulter. »Möglicherweise ist er nicht mehr der Henning, in den du dich damals verliebt hast. Das hat nichts mit mangelnder Menschenkenntnis deinerseits zu tun. Ich meine – vor dieser Geschichte, wann hattest du da zum letzten Mal von ihm gehört?«

In diesem Moment durchfährt es mich wie ein Blitz, und ich springe mit einem Satz von meinem Stuhl auf.

»Janis, das ist es!«

»Was ist was?«, fragt Janis verwirrt.

»Na, das letzte Mal, als ich von ihm gehört habe. Er hat mich angerufen. Am Sonntagmorgen. Vor der Explosion! Er war in Hamburg. Das ist vier Stunden von Ahlbeck entfernt. Das hätte er niemals schaffen könne, verstehst du?«

»Äh, nein, ehrlich gesagt, verstehe ich kein Wort. Wovon redest du?«

»Henning hat mich am Sonntagmorgen von seinem Handy aus angerufen. Kurz vor unserer Sendung. Ich bin nicht rangegangen, weil ich zu gestresst war. Da hat er mir auf die Mailbox gesprochen.«

»Woher willst du wissen, dass er in Hamburg war? Das Schöne an Mobiltelefonen ist ja, dass man sie überall mit hinnehmen kann. Gut, man hat nicht in jeder Ecke Deutschlands Empfang, aber an ein paar anderen Orten als Hamburg schon«, kalauert Janis.

»Haha, sehr witzig! Und unter normalen Umständen würde ich dir auch recht geben. Aber ich konnte im Hintergrund die Ansage vom Hamburger Fischmarkt hören, und die wird nun mal jeden Sonntag um Punkt halb zehn gemacht. Glaub mir, ich habe sie oft genug gehört, um zu erkennen, wo Henning steht.«

»Oh!« Janis reißt die Augen auf, und zwar so weit, dass sich auch sein zugeschwollenes rechtes zu einem kleinen Schlitz öffnet.

»Ja«, bestätige ich. »Oh.«

»Aber wenn es nicht Henning war, dann muss es nach unserer neuen Theorie Sven gewesen sein«, stellt Janis fest. »Und Henning scheint trotzdem in der Drogengeschichte mit drin zu hängen.«

»Ja, was schlimm genug wäre, aus ihm aber noch keinen Mörder macht. Er wird vermutlich selbst glauben, dass die Hamburger Bruno auf dem Gewissen haben. Und dann ist da auch noch diese mysteriöse Warnung vom Strand – du weißt schon, die angeblichen Drogenpäckchen.«

»Aber von denen weiß Henning ja nichts. Oder nur aus dem Radio. Und da haben wir doch nicht ganz korrekt berichtet, oder? Wie auch immer: So richtig konnten wir mit der Meldung keinen hochschrecken«, gibt Janis zu bedenken.

»Klar, das macht ja auch Sinn. Ich tippe mal darauf, dass Sven sie selbst ins Meer gekippt hat, um uns auf die falsche Fährte zu locken. Und er hat mich auch im Sender besucht, nachdem die Falschmeldung rausgegangen ist. War angeblich gerade in der Gegend. Er hat so ganz beiläufig versucht, die Sprache auf den Fund zu bringen, aber ich habe ihn natürlich abblitzen lassen. War aber schon auffällig, finde ich. Der hätte sich doch nur verdächtig gemacht, wenn er bei mir nachgefragt hätte. Henning wiederum hat nichts dazu gesagt, weil er die Wahrheit gar nicht kannte«, mutmaße ich.

»Ja, so wird es gewesen sein«, meint auch Janis. »Und jetzt? Rufst du Kay noch mal an und erzählst ihm von Hennings Anruf aus Hamburg? Das ist für ihn doch auch eine wichtige Info.«

»Sollte ich vermutlich tun. Aber wenn ich ehrlich bin, will ich erst mal selbst mit Henning sprechen. Und zwar ohne dass mir Kay vorher eine Standpauke hält. So wie ich es sehe, gibt es zwei Möglichkeiten.«

»Und die wären?«, will Janis wissen.

»Entweder Henning weiß von gar nichts und denkt wirklich, er würde in einem Wassersportgeräte- und Autoverleih jobben. Oder aber, er hat auch mit dem Drogengeschäft zu tun. Dann hat er vielleicht etwas von dem Mord an Bruno mitbekommen. Also muss ich mich mit ihm treffen und versuchen, ihn in Widersprüche zu verwickeln. Wenn mir das gelingt, dann ist das auch gut für Kays Ermittlungen.«

»Sicher«, grinst Janis mit schiefem Mund. »Du willst einfach nur Kay helfen. Völlig nachvollziehbar. Klar wie Kloßbrühe.«

»So ist es«, gebe ich kühl zurück, entschlossen, mich nicht von Janis verunsichern zu lassen.

»Was soll ich sagen?« Janis hebt die Hände. »Du machst ja doch, was du willst. Ich würde mir allerdings wünschen, du würdest dich ein bisschen an das halten, was Kay gesagt hat. Aber mir ist klar, dass ich dich nicht bremsen kann.« Er seufzt und hängt sich seine Tasche über die Schulter. »Ich mach jedenfalls für heute Feierabend. So ganz fit bin ich noch nicht.«

»Genau. Ruh dich aus«, verabschiede ich ihn. »Wenn noch etwas Spannendes passiert, rufe ich dich an.«

»Mach das.« Janis nickt mir zu und geht aus dem Büro. Als er die Tür hinter sich geschlossen hat, rufe ich Henning an. Er geht sofort ran.

»Franzi, hallo!« Henning scheint sich über meinen Anruf zu freuen. »Wie schade, dass wir uns heute Nachmittag verpasst haben.«

»Ja, sehr schade. Ich hätte dich sonst zu einem Eis eingeladen«, behaupte ich.

»Na toll! Jetzt ärgere ich mich noch mehr.«

»Dann habe ich gute Nachrichten. Wie wäre es, wenn wir das Eis gegen ein Glas Rotwein tauschen? Heute Abend?«

»Wow, ist das etwa ein Date?«, fragt Henning nach.

Ich muss lachen.

»Na ja, fast. Du hast mich doch neulich nach der Zusammenarbeit mit Kay Lorenz gefragt, und ich dachte, ich erzähle dir mal, was dabei so rausgekommen ist.«

Bingo! Damit habe ich ihn. Henning schnappt hörbar nach Luft, er kann sein Glück offenbar kaum fassen.

»Toll!«, ruft er. »Wann und wo? Wieder in dieser Bar?«

»Hm, vielleicht keine so gute Idee. Es sind durchaus vertrauliche Informationen dabei, ich glaube, die sind in einer Bar nicht so gut aufgehoben.«

»Natürlich! Es ist nur so – normalerweise würde ich dich zu mir einladen. Aber ich bin jetzt gerade in dieses winzige Loch in Mellenthin gezogen. Nur als Übergang – trotzdem wäre es mir unangenehm, dich da zu empfangen.«

»Ts, ts, ts«, tadle ich ihn, »dabei hat Mellenthin doch so ein schönes Schloss.«

»Absolut. Und ich verspreche dir, wenn ich mich erst mal zum Schlossherrn hochgearbeitet habe, dann werde ich dich dort sehr standesgemäß empfangen. Aber das dauert noch ein kleines bisschen.«

»Alles gut, Henning. Ich wollte dich nur aufziehen. Komm doch einfach zu mir. Wir können was im *Inseltreff* essen und dann bei mir noch auf dem Balkon quatschen.«

»Perfekt!«, freut sich Henning. »Wann soll ich da sein?«

»Acht Uhr?«

»Bis später!«

*

Zwanzig nach acht, und Henning ist immer noch nicht da. Ich sitze auf der Terrasse des *Inseltreffs,* habe wieder eine Rhabarberschorle vor mir stehen und schaue andauernd auf mein Handy. Aber kein Anruf, keine Nachricht, kein *Sorry, verspäte mich etwas.* Weitere zehn Minuten vergehen. Eigentlich hatte ich mir um Viertel nach acht vorgenommen, es nicht zu tun – aber jetzt, um halb neun, werfe ich diesen Vorsatz über Bord und rufe Henning an.

Dieser Anschluss ist vorübergehend nicht erreichbar. The number you have called is temporarily not available.

Obwohl es ein warmer Sommerabend ist, wird mir kalt. Irgendetwas stimmt da nicht. Schon klar, Henning ist ein unzuverlässiger Idiot, aber versetzt hat er mich bisher noch nie, vor allem nicht, wenn er doch glauben muss, dass ich nützliche Informationen für ihn haben könnte.

»Wo bleibt denn Henning?«, erkundigt sich Katja, als sie mit einer Bestellung an meinem Tisch vorbeiläuft.

»Ich weiß es nicht«, seufze ich. »Und ich habe da auf einmal ein ganz mieses Gefühl.«

»Halbe Stunde zu spät jetzt?«

Ich nicke.

»Das muss noch nichts heißen«, tröstet sie mich. »Ich bin auch nie besonders pünktlich. Manni hat in seinem Leben vermutlich schon mehr Zeit damit verbracht, auf mich zu warten, als mit mir selbst.«

Mit diesem Spruch entlockt sie mir zumindest ein halbes Lächeln, und ich schaffe tapfer noch weitere 30 Minuten. Um neun Uhr halte ich es aber nicht mehr aus. Irgendetwas Schlimmes ist passiert, davon bin ich überzeugt. Ich rufe Janis an.

»Janis, ich glaube, Henning ist etwas zugestoßen! Würdest du mit mir losfahren, um ihn zu suchen?«, frage ich ihn.

»Ich habe zwar keinen blassen Schimmer, worum es geht«, antwortet der beste Volontär der Welt, »aber natürlich komme ich mit. Wo willst du ihn denn suchen?«

»Vielleicht erst mal bei ihm zu Hause?«

»Weißt du denn, wo er wohnt?«

»Nicht so genau. In einer kleinen Wohnung irgendwo in Mellenthin.«

Ein deutlich hörbares Seufzen.

»Gut, Mellenthin ist nicht besonders groß, aber ein paar Häuser stehen da trotzdem.« Dann lacht er auf. »Aber vielleicht haben wir Glück, und er ist immer noch mit dem Passat unterwegs. So quasi als Dienstwagen.«

»Ach, ja!«, rufe ich aufgeregt, nehme das Handy vom Ohr und öffne die Tracking-App. Volltreffer: In Mellenthin, ziemlich genau in der Ortsmitte, blinkt klar und deutlich das Ortungssignal eines Passats. »Janis, ich kann ihn sehen. Den Wagen, meine ich. In Mellenthin! Ich hole dich sofort ab, in fünf Minuten bin ich da!«

»Hey, ganz ruhig, Franzi! Von dir zu mir sind es ziemlich genau neun Kilometer, also fahr dich bloß nicht um Kopf und Kragen!«

»Mach ich schon nicht!«, rufe ich in mein Handy, schnappe mir meine Handtasche, in der noch meine Autoschlüssel sind, und stürze los. Nach einem Kavaliersstart, zwei grünen Ampeln und einer relativ leeren B 111 bin ich in immerhin sieben Minuten in Ückeritz und vor dem Haus von Janis. Der wartet zum Glück schon unten und springt sofort in den Panda.

»So, jetzt erzähl mal in Ruhe – selbst wenn du die STVO völlig außer Acht lässt, hast du mindestens zehn Minuten, um mir zu erklären, warum genau du glaubst, dass Henning etwas zugestoßen ist.«

Ich gebe Janis eine Kurzzusammenfassung meines Telefonats mit Henning und verweise auf die Tatsache, dass er ganz scharf darauf war, sich mit mir zu treffen.

»Okay, das klingt wirklich seltsam.«

»Außerdem ist sein Handy ausgeschaltet. Wenn nur der Akku leer wäre, hätte er ihn doch in der Zwischenzeit mal laden können.«

»Das stimmt. Vielleicht ist ihm schlecht geworden. Norovirus oder irgendetwas, das ihn sofort aus den Socken gehauen hat. Es wird schon eine logische Erklärung geben.«

Wir passieren den Ortseingang, und ich werde langsamer. Irgendwo hier muss der Wagen von Henning stehen.

»Da drüben!«, ruft Janis. »Da!« Er zeigt auf die rechte Straßenseite, und nun sehe ich ihn auch. Der Passat parkt vor einem hellgelb verputzten Häuschen, unweit der Kirche. Ich stelle den Panda direkt dahinter ab, und Janis und ich steigen aus.

»Dann wollen wir mal«, sagt Janis in einem Ton, der irgendwo zwischen *beruhigend* und *tatkräftig* angesiedelt ist. Wir gehen auf die Häuser zu, von außen ist niemand zu sehen. Janis lehnt sich über den Gartenzaun und ruft laut: »Hallo? Ist da jemand?«, aber niemand antwortet ihm. Wir gehen ein paar Schritte weiter, zu den nächsten Häusern. Auch hier – kein Mensch. Bei den Häusern dahinter haben wir mehr Glück. Als Janis ruft, kommt ein älterer Herr in den Vorgarten.

»Kann ich Ihnen helfen?«, erkundigt er sich freundlich.

»Ja, wir suchen einen Freund«, erkläre ich, »der in einem dieser Häuser in eine möblierte Wohnung gezogen ist. Also nicht als Feriengast, sondern eher so zur Zwischenmiete.«

Der Mann kratzt sich den Kopf.

»Das könnte die Wohnung von Erika sein, nicht? Die hat im Haus möblierte Zimmer, die sie auch länger vermietet. An Bauarbeiter und so. Das gelbe Haus, wo das schwarze und das rote Auto stehen.« Er zeigt auf den Passat und den Panda. »Ich glaube, da könnten Sie Glück haben. Erika wohnt im Haus gegenüber, die wüsste das genauer, aber die ist heute nicht da. Besucht die Tochter in Greifswald. Na ja, aber vielleicht klopfen Sie einfach mal, nicht? Die Gartenpforte ist nicht abgeschlossen, Sie können einfach zum Haus gehen.«

»Vielen Dank!«, sage ich, und Janis tippt sich seitlich an die Stirn. Der ältere Herr nickt uns zu, dann geht er wieder zu seinem Haus. Wie von ihm beschrieben, ist das Tor im Zaun des gelben Häuschens nicht abgeschlossen, wir können problemlos direkt zur Haustür gehen. Es gibt keine Klingel, also klopft Janis mehrmals kräftig an die Tür. Keine Antwort. Die Fenster, die nach vorne zur Straße zeigen, sind mit runtergelassenen Rollläden verschlossen.

»Und jetzt?« Janis schaut mich ratlos an.

»Jetzt machen wir, was investigative Journalisten so machen, wenn sie nicht durch den Vordereingang gehen können. Sie suchen nach dem Hintereingang. Komm!«

Wir laufen um das Haus herum. Zwar gibt es hier keine Hintertür, aber immerhin Fenster, durch die man hineinschauen kann, weil es weder Rollläden wie vorne noch Vorhänge gibt. Ich trete ganz dicht an das erste Fenster und schaue durch. Nichts Außergewöhnliches zu sehen. Ein Zimmer mit einem Tisch und vier Stühlen, in der Ecke eine kleine Couchgarnitur mit einem Beistelltisch, auf dem sich ein Fernseher befindet.

»So weit, so unspektakulär«, kommentiert Janis, der mittlerweile neben mir steht und ebenfalls durch das Fenster starrt. Diese Einschätzung ändert sich schlagartig, als wir vor dem nächsten Fenster stehen. Dieses hat zwar rechts und links Gardinen, die jedoch in der Mitte nicht zugezogen sind und deshalb den Blick auf den Wohnraum freigeben. Dort sehe ich, reglos neben einem umgeworfenen Bücherregal auf dem Boden: Henning. Er liegt in einem großen Blutfleck, der sich wie ein roter Heiligenschein von gut einem Meter Durchmesser um seinen Kopf herum gebildet hat. Seine Arme stehen grotesk verwinkelt vom Körper ab, Gesicht und Hals sind blutverschmiert, und obwohl wir ein paar Meter von ihm entfernt sind, habe ich in diesem Moment keinen Zweifel, dass Henning tot ist. Jemand schreit auf einmal furchtbar laut und schrill. Es dauert bestimmt zehn Sekunden, bis ich merke, dass ich es selbst bin.

25

Mir ist immer noch eiskalt. Irgendwer hat mir eine Wolldecke um die Schultern gelegt, aber ich friere, als hätten wir nicht angenehme zwanzig Grad, sondern höchstens fünf. Ich sitze auf den Eingangsstufen zu dem gelben Häuschen, um mich herum eine geschäftige Traube aus Sanitätern, Notärzten und sehr viel Polizei. Wie Bienen in den Stock schwirren sie alle immer wieder in das Haus hinein, zum *Tatort,* und wieder hinaus, um Ausrüstung aus ihren Wagen zu holen. Flatterband, Kameras, Schutzanzüge. So stelle ich mir eine große Kostümprobe am Stadttheater vor. Ich ziehe mir die Wolldecke fester um den Körper.

Neben mir steht Janis und unterhält sich mit Janine Lamott. Wobei – *unterhält sich* trifft es nicht ganz. Es ist vielmehr so, dass er ihr genau schildert, was wir bei unseren Recherchen bisher herausgefunden haben. Die ganze Geschichte mit dem Koks-Taxi, seinem Undercover-Einsatz bei Jarmo, den Airtags und der Bestellung von Denise. Er erzählt auch von unserem Verdacht, dass es Sven ist, der Bruno auf dem Gewissen hat. Und nun auch Henning. Denn dass dies die Tat von Sven war, ist für mich völlig klar. Warum habe ich Kay gestern nichts von dem Anruf vom Fischmarkt erzählt? Dann hätte er gewusst, dass nur Sven als Mörder von Bruno in Frage kommt. Vielleicht hätte er daraufhin seine Kollegen gebeten, Holtens zu verhören. Oder ihn zu beschatten. Oder irgendetwas zu machen, das ihn an dieser Tat gehindert hätte. Ich fühle mich grauenhaft.

Janine, die Janis anfangs noch ungläubig angeschaut hat, nickt nun immer wieder und macht sich Notizen. Dann wendet sie sich zu mir und tippt mir leicht auf die Schulter.

»Franzi, brauchst du vielleicht etwas von der Notärztin? Die ist noch da. Oder möchtest du ins Krankenhaus?«

Ich schüttle den Kopf.

»Nein, danke, es geht schon.«

Anscheinend will mich Janine noch etwas fragen, aber in diesem Moment kommt besagte Notärztin hinzu.

»Wir fahren jetzt wieder, Frau Lamott. Wir können hier nichts mehr tun, und ich bin ja keine Gerichtsmedizinerin.«

Janine dreht sich zu ihr.

»Ja, vielen Dank. Von der Gerichtsmedizin kommt gleich jemand. Können Sie mir vielleicht trotzdem Ihre Einschätzung geben, was hier passiert ist?«

»Unter Vorbehalt gerne. Ich schätze, das Opfer ist erstochen worden. Gewalteinwirkung am Hals mit einem scharfen, spitzen Gegenstand. Die Hauptschlagader am Hals ist fast vollständig durchtrennt worden. Aber eben nur fast. Und das ist vermutlich das Problem. Eine durchtrennte Ader kann sich gewissermaßen einrollen, und das stoppt den Blutfluss etwas. Aber wenn sie nicht vollständig durchtrennt ist, tut sie das nicht, und dann verliert der Patient innerhalb von kürzester Zeit sehr viel Blut, bestimmt einen halben Liter pro Minute. Ohne Intervention verursacht das nach drei, vier Minuten einen Schock, an dem der Patient stirbt. Ich konnte leider nichts mehr für den Mann tun. Er war sicher schon eine Stunde tot, als er gefunden wurde.«

»Danke«, sagt Janine. »Eine Frage noch – glauben Sie, er

könnte das Regal noch selbst umgerissen haben? Oder war das eher ein Kampf?«

Die Notärztin zuckt mit den Schultern.

»Schwer zu sagen. Aber ich denke, dass er noch etwa eine Minute Zeit hatte, bevor er zusammengebrochen ist. Vielleicht hat er versucht, sich festzuhalten oder hochzuziehen? Ich habe auf den ersten Blick keine Kampfspuren an ihm entdeckt. Er scheint von dem Angriff überrascht worden zu sein.« Sie lächelt entschuldigend. »Aber ab hier verlasse ich wirklich eindeutig meinen Kompetenzbereich.« Dann wirft sie mir einen Blick zu. »Sie haben das Opfer gefunden?« Ich nicke stumm. »Brauchen Sie etwas? Soll ich Sie mal angucken? Sie sehen gar nicht gut aus.« Sie mustert mich eindringlich. »Sie kannten ihn, oder?«

»Henning ist mein Ex-Freund. Ich meine, er war mein Ex-Freund und ...« Ich kann nicht weiterreden, meine Stimme bricht. Ich räuspere mich, aber das Gefühl in meinem Hals geht einfach nicht weg.

»Philip«, ruft die Notärztin einem der Sanitäter zu, »ihr habt doch meistens Tee an Bord.«

»Ja«, antwortet ein junger Mann mit roten Haaren. »Haben wir. Brauchst du welchen?«

»Wäre super, wenn du mir mal einen Becher bringen könntest. Der Frau hier geht es nicht gut.«

Zwei Minuten später steht der junge Mann mit einem Becher voll dampfender Flüssigkeit vor uns.

»Bitte sehr! Einmal Pfefferminz mit ein bisschen Zucker«, sagt er und drückt mir den Becher vorsichtig in die Hand. »Gibt fast nichts, was ein Pott Tee nicht besser macht.« Er lächelt freundlich, ich murmle ein leises *Dankeschön*.

Die Notärztin verabschiedet sich bei Janine, winkt Janis und mir zu und geht zu ihrem Notarztwagen zurück. Der Sanitäter wartet in Ruhe, bis ich ausgetrunken habe, lässt sich von mir den Becher geben und verabschiedet sich dann ebenfalls. Zurück bleiben Janine, Janis und ich und die Leute von der Spurensicherung.

Janine setzt sich neben mich auf die Stufen.

»Kann ich dich dann auch ein paar Sachen fragen, Franzi?«

»Natürlich. Was möchtest du wissen?«

»Siehst du das auch so wie Janis? Oder hast du noch etwas zu ergänzen?«

Ich schüttle den Kopf.

»Nein, es ist so, wie Janis sagt. Ich glaube auch, dass Sven Holtens Henning umgebracht hat. Erst hat er Bruno aus dem Weg geräumt, um dessen lukratives Geschäft mit dem Koks-Taxi zu übernehmen. Vielleicht war Henning sein neuer Partner, vielleicht nur sein Kurier. Und womöglich haben sie sich dann gestritten, oder Henning hat entdeckt, dass Sven für das Attentat verantwortlich war, und wollte mehr vom Kuchen – ich weiß es nicht. Was ich aber weiß, ist, dass Henning am Tag des Anschlags nicht auf Usedom war und Sven Holtens ein Drogendealer ist, der vor nichts zurückschreckt.«

Janine lässt ihr Notizbuch und den Stift sinken.

»Woher weißt du, dass Henning nicht auf Usedom war?«

»Er hat mich kurz vor der Explosion aus Hamburg angerufen. Eine halbe Stunde vorher.«

»Okay, das schafft man selbst mit einem Hubschrauber nicht«, pflichtet mir Janine bei. »Er könnte natürlich trotzdem Teil eines Mordkomplotts gewesen sein. Aber gegen ihn wird nun nicht mehr ermittelt. Konzentrieren wir uns also auf Sven Holtens. Ich werde ihm gleich mal einen Besuch abstatten.« Sie gähnt. »Ich fahre jetzt nach Heringsdorf rüber. Hast du es Kay schon gesagt?«

»Nein, ich habe zuerst die 112 angerufen. Ich dachte ja … ich hatte gehofft …«, wieder bricht meine Stimme.

»Wir hatten gehofft, dass Henning noch lebt«, bringt Janis meinen Satz zu Ende. »Er fühlte sich noch warm an, und irgendwie kam es uns falsch vor, nicht die Rettung anzurufen. Hat dann allerdings eine ganze Zeit gedauert. Als die hier ankamen, war uns längst klar, dass sie ihm nicht mehr helfen können. Sie waren fast genauso schnell da.«

»Ja, die Leitzentrale informiert auch die Polizei, wenn sie es für nötig hält. Und ich bin heute Abend für den Kriminaldauerdienst hier. Aber wenn Kay noch nicht Bescheid weiß, dann informiere ich ihn gleich. Wobei«, sie wirft einen Blick auf ihre Armbanduhr, »schon Viertel vor elf. Vielleicht mache ich es auch morgen. Jetzt kümmere ich mich erst mal um diesen Holtens.« Sie wendet sich wieder an Janis. »Können Sie Franzi nach Hause fahren? Ist garantiert besser, wenn sie jetzt nicht alleine durch die Nacht gurkt.«

»Ja, kein Problem. Franzi, kann ich den Panda fahren? Ich setze dich zu Hause ab und bringe dir dein Auto dann morgen in die Redaktion. Oder wieder nach Hause.«

In diesem Moment komme ich mir vor, als hätte ich irgendeine Krankheit, von der ich selbst gar nichts wüsste, aber allen anderen wäre klar, dass meine Tage gezählt sind. So will ich mich nicht fühlen!

»Schon gut, Janis«, sage ich, »ich kann fahren. Ich fahre dich auch nach Hause, das ist okay.«

»Bist du sicher?« Janis guckt mich sehr zweifelnd an.

»Absolut sicher.«

*

Auf der Fahrt nach Ückeritz schweigen wir beide. Ich setze ihn ab, winke ihm wortlos gute Nacht und fahre weiter. Wie sagt man? *Mir fehlen die Worte.* Und genauso ist es. Als ich zu Hause ankomme, räumt Katja gerade die letzten Gläser von den Tischen auf der Terrasse. Sie winkt mir beiläufig zu, aber als ich an ihr vorbeigehe, stutzt sie.

»Hey, Franzi, alles in Ordnung? Hast du Henning noch getroffen?« Dann sieht sie das Blut auf meinem T-Shirt. »Oh mein Gott, was ist passiert?«

Ich kann nicht darüber sprechen. Es geht einfach nicht. Anstatt zu antworten, falle ich Katja um den Hals und umarme sie. Nein, eigentlich halte ich mich eher an ihr fest, denn ich habe auf einmal das Gefühl, dass meine Beine mich nicht mehr tragen und ich zusammensacke.

»Manni, schnell!«, schreit Katja und stützt mich, und da kommt auch schon ihr Mann aus dem Gastraum gelaufen. Er hakt mich unter, gemeinsam führen sie mich hinein und setzen mich auf eine der Eckbänke. Katja hockt sich vor mich und nimmt meine Hände.

»Hattet ihr einen Unfall? Bitte, Franzi, sag doch was!«

»Henning. Er ist tot. Jemand hat ihn ermordet. Da war so viel Blut! Ich dachte, er lebt vielleicht noch, und habe versucht, ihn zu beatmen. Aber seine Lippen waren schon ganz kühl, er hatte keinen Puls mehr. Es war schrecklich!«

»Wie furchtbar!« Selbst Manni, der Fels in der Brandung, ist schockiert. »Wer macht so was? Einem anderen das Leben nehmen! Ich begreife es nicht! Tot. So ein junger Mensch. Was für eine entsetzliche Verschwendung.«

Mannis Stimme ist so fest und ruhig, aber seine Worte machen mir endgültig klar, dass ich Henning nie wieder sehen werde. Die Erkenntnis trifft mich mit Wucht, und ich fange an zu weinen. Erst rinnen mir still Tränen über die Wangen, dann muss ich schluchzen und schließlich schüttelt es mich so sehr, dass sich Katja neben mich setzt, mich umarmt und immer wieder *schschschsch* macht, während sie meinen Oberkörper hin und her wiegt. Schließlich beruhige ich mich tatsächlich etwas.

»Ich glaube, Henning hat sich mit den falschen Leuten eingelassen«, flüstere ich eine Erklärung. »Er war unzuverlässig, aber doch ein lieber Kerl. Also, meistens jedenfalls. Wir hatten auch glückliche Zeiten miteinander.« Dann fange ich wieder an zu weinen.

Manni streichelt mir über die Schulter.

»Lass es raus, Franzi. Das muss jetzt einfach mal raus.«

»Ich habe eine Idee!«, ruft Katja und steht von der Bank auf, nur um zwei Minuten später mit einem Tablett zurückzukehren, das sie auf dem Tisch neben uns abstellt. Darauf: drei Gläser, eine Flasche Gin, eine Flasche Tonic und eine Schale mit Eiswürfeln. Manni runzelt die Stirn.

»Als ob Alkohol jetzt die Lösung ist.«

»Hast du eine bessere?«, faucht Katja. Ihr Mann seufzt, verteilt dann aber brav das Eis auf die Gläser und füllt sie randvoll mit Gin und Tonic. Dann drückt er Katja und mir eines in die Hand, versorgt sich selbst und hebt das Glas zum Toast.

»Auf Henning! Der ein lausiger Freund war, aber der trotzdem ein anderes Ende verdient hätte!«

Fast hätte ich bei diesen Worten wieder losgeheult. Aber dann schnuppere ich an meinem Gin Tonic und stelle fest, dass der Geruch mich deutlich mehr anspricht als Pfefferminztee. Ich nehme einen großen Schluck. Ja. Er schmeckt auch besser als Pfefferminztee! Viel besser!

Ein Glas später geht es mir wirklich wesentlich besser. Ich bin immer noch schockiert und bestürzt über Hennings Tod und die Art und Weise, wie er uns verlassen hat. Aber der Schmerz brennt nicht mehr ganz so stark, und stattdessen entwickle ich fast so etwas wie ein Hochgefühl bei dem Gedanken, dass Janine Lamott vermutlich gerade die Wohnung von Sven Holtens auf links dreht. Ich hoffe, sie nimmt ihn sich richtig zur Brust! Ich hoffe, er wird noch heute Nacht in den Knast gesteckt! Ich hoffe, er wird dort verrotten!

Manni mixt mir noch ein Glas. Er scheint von einem vorsichtigen »Lieber nicht so viel für Franzi« zu einem »Jetzt ist es auch schon alles egal« umgeschwenkt zu sein, denn das Mischungsverhältnis meines Gin Tonics verschiebt sich eindeutig von Tonic zu Gin. Ich muss beim ersten Schluck husten, aber ab dem zweiten schmeckt es perfekt.

»Weiß Kay eigentlich, was passiert ist?«, erkundigt sich Katja. *Stimmt! Kay!,* durchfährt es mich. Ich wollte ihn doch noch anrufen. Ich krame mein Handy aus der Handtasche, die Manni fürsorglich ebenfalls auf die Bank gelegt hat, und suche seinen Namen. Entweder die Buchstaben sind kleiner geworden oder meine Finger größer, ich brauche jedenfalls mehrere Anläufe, bis ich seinen Kontakt erwische. Ich wähle, es klingelt, aber Kay meldet sich nicht. So ein Mist. Wenn ich noch ein Glas trinke, kann ich vermutlich nicht mehr mit ihm telefonieren. Die Alternative, jetzt auf Wasser umzusteigen, kommt mir allerdings nicht in den Sinn. Gin Tonic ist einfach zu tröstlich!

Draußen auf der Terrasse poltert etwas.

»Habt ihr das gehört?«, ruft Katja, und Manni springt von seinem Stuhl auf. Wieder ein Poltern, ein Stuhl scheint umgefallen zu sein. Manni geht mit großen Schritten nach draußen, er hat das Taschenlampenlicht seines Handys angeschaltet.

»Hallo, ist da jemand?«, ruft er und bekommt als Antwort

ein zaghaftes *Oh, entschuldigen Sie, haben Sie schon geschlossen?* Ich kenne die Stimme – es ist Bille, ich bin mir ganz sicher! Manni kommt wieder in den Gastraum und wird dabei tatsächlich von Bille begleitet. Sie sieht Katja und mich auf der Bank sitzen und bleibt stehen. Unsicher dreht sie an einem Ring, den sie an der linken Hand trägt.

»Was willst du hier?«, fahre ich sie unfreundlich an.

»Ich … äh … suche Henning und kann ihn nicht finden. Er geht nicht an sein Telefon, und seine neue Adresse habe ich nicht. Da dachte ich, er … äh … er ist vielleicht hier? Bei dir?« Sie fängt an zu heulen. »Ist er vielleicht schon wieder bei dir eingezogen? Bitte, du musst es mir sagen, Franzi! Ich liebe ihn so sehr! Ich werde um ihn kämpfen. Wo ist er?«

Das ist eindeutig zu viel für mich. Ob es die Erinnerung an den schrecklichen Anblick von Henning ist, der bizarre Auftritt von Bille oder auch einfach nur zwei viel zu starke und zu große Gin Tonic – mir wird auf einmal speiübel. Ich will mich von der Bank in Richtung Damentoilette retten, aber als ich aufstehe, kann ich es nicht mehr verhindern. Ich muss mich übergeben, und zwar genau auf die Füße von Bille, die immer noch wie angewurzelt vor der Bank steht.

»Ach, du Scheiße!« Manni läuft zur Spüle, holt ein Handtuch und einen Lappen, gibt mir das Handtuch und wischt mit dem Lappen das Erbrochene vom Boden und von Billes Füßen. Die ist geradezu erstarrt und sagt kein Wort.

Ich richte mich auf und wische mir den Mund ab.

»Tut mir leid, Bille«, murmle ich. »Du bist zwar ein Miststück, aber das war keine Absicht.«

Sie starrt mich an, dann zeigt sie auf mein T-Shirt.

»Ist das Blut?«

»Ja.«

»Deines?«

Ich schüttle den Kopf, sage aber nichts.

»Was ... was ... äh ... das ist ziemlich viel. Äh, ich meine, ein ziemlich großer Fleck. Von wem ist es dann?«

Ich räuspere mich.

»Das ist von Henning. Er ist tot. Erstochen.«

Bille entgleisen komplett die Gesichtszüge. Ich schleppe mich zurück zur Bank und lasse mich mit einem Stöhnen darauf sinken. Manni packt Bille bei den Schultern, schiebt sie zu einem Stuhl neben der Bank und drückt sie auf die Sitzfläche.

»Gin Tonic?«, fragt er knapp.

»Bitte«, antwortet sie tonlos. Manni holt ein weiteres Glas und mixt ihr einen Drink. Wenn die Situation nicht so absurd-grauenhaft wäre, wäre sie filmreif.

»Machst du mir auch noch einen?«, bitte ich Manni. Der zieht die Augenbrauen so zusammen, dass sie sich fast berühren.

»Meinst du nicht, du hattest schon genug? Nimm lieber ein Wasser.«

Ich atme tief durch und horche in mich hinein.

»Nein, tut mir leid«, sage ich dann. »Ich brauche noch einen Gin Tonic«

»Kompromiss!«, flötet Katja. »Du trinkst jetzt erst ein Glas Wasser, und dann bekommst du noch einen Gin Tonic.«

»Also gut«, seufze ich, »dann eben in dieser Reihenfolge.«

Manni wirft seiner Frau einen bösen Blick zu, tut aber, wie ihm geheißen, und kommt mit einem Glas Wasser vom Tresen zurück.

»Hier bitte«, sagt er und stellt das Glas auf den Tisch neben mir. »Vorsichtshalber *ohne* Kohlensäure.«

»Danke, Manni! Bist ein echter Freund!«

Bille hat mittlerweile auch die Hälfte ihres Drinks gekillt. Sie stellt das Glas ab, setzt sich gerade hin und mustert mich.

»Was ist passiert, Franzi?« Dann holt sie tief Luft und lehnt sich auf ihrem Stuhl vor, so dass sie mir direkt in die Augen schauen kann. »Sag mir die Wahrheit: Hast du ihn getötet?«

Ich verschlucke mich an meinem stillen Mineralwasser, weil ich hysterisch lachen muss.

»Ob ich ihn getötet habe? Tickst du noch sauber? Das Gleiche könnte ich dich fragen. Immerhin ist bei dir neulich die Polizei aufgekreuzt, weil ihr euch so gestritten habt – nicht bei mir!«

Bille reißt die Augen auf.

»Woher weißt du das?«

»Och, ich stand gewissermaßen daneben, als Henning Mobiliar bei dir aus dem Fenster geworfen hat. Ich bin gefahren, als die Polizei kam. Gab's da eigentlich noch Ärger?«

»Ich fasse es nicht – du verfolgst uns!«

»Nein. Ich habe lediglich in einer großen Geschichte über Drogenhandel auf Usedom recherchiert und war selbst überrascht, als mich das direkt vor deine Haustür geführt hat.« Zugegeben, das war jetzt etwas bösartig, aber die Frage von Bille war unter aller Kanone. Das scheint ihr nun auch selbst aufzufallen, denn sie schlägt die Augen nieder und murmelt etwas, was möglicherweise *Sorry, ich hab es nicht so gemeint* heißen soll. Sie räuspert sich und spricht deutlicher.

»Es tut mir leid, das war ätzend von mir. Es ist nur … du hast wirklich viel Blut an deinen Klamotten.«

»Ich habe versucht, ihn wiederzubeleben.«

Bille schüttelt sich.

»Wie schrecklich!« Dann lehnt sie sich wieder vor und greift nach meiner Hand, die ich normalerweise sofort zurückziehen würde. Aber was ist heute schon normal? Ich lasse meine Hand also in der ihren. Bille schaut mir wieder in die Augen. »Würdest du mir erzählen, was passiert ist?«

Ich atme einmal tief durch. Und dann erzähle ich ihr die ganze Geschichte. Von dem Moment an, als Henning mich aus Hamburg angerufen hat. Bis zu der Sekunde, als ich ihn in seinem eigenen Blut liegen sah.

26

Mein Schlafzimmer dreht sich. Und zwar sehr schnell um mein Bett herum. Das fühlt sich richtig mies an. Ich hänge mein rechtes Bein aus dem Bett – das Drehen wird langsamer, hört allerdings nicht vollständig auf. Es geht mir überhaupt nicht gut. Verdammt, warum habe ich bloß so viel getrunken? Ein Geräusch lässt mich hochschrecken. Hat es gerade an meine Tür geklopft? Oder bilde ich mir das in meinem umnebelten Gehirn bloß ein? Ich lausche ins Dunkle hinein. Nein, kein Zweifel. Da klopft jemand an meine Tür. Ich angle mir mein Handy vom Nachttisch. Akku leer. Na, großartig. Wie spät mag es sein? Ein Uhr? Zwei Uhr? Ich ringe mit mir, ob ich aufstehen soll, um nachzusehen, wer mitten in der Nacht vor meiner Tür steht. Am liebsten würde ich mir die Decke über den Kopf ziehen und weiterschlafen. Aber mit dem Weiterschlafen bei einem sich drehenden Bett ist es so eine Sache – ich kriege das nicht hin. Sobald ich die Augen schließe, wird mir speiübel. Also kann ich eigentlich auch aufstehen.

Ich winde mich aus dem Bett und wanke zu meinem Stuhl, auf dem ich meinen Bademantel abgelegt habe. Hat das Klopfen jetzt aufgehört? Einen Moment ist es still, aber dann klopft es wieder. Ich vermute, Katja will nach mir sehen, um sicherzugehen, dass alles mit mir in Ordnung ist. Mein Abgang aus dem Gastraum war womöglich nicht ganz trittsicher, so genau erinnere ich das aber nicht. Für Bille haben wir noch ein Taxi gerufen, gegen halb eins war unsere spontane Trauerfeier dann zu Ende. Wieder das Klopfen. Schnell werfe ich mir den Bademantel über und laufe zur Tür.

»Komme gleich«, rufe ich, während ich meinen Haustürschlüssel suche. Ich habe vorhin nämlich tatsächlich meine Tür abgeschlossen, das schien mir nach zwei Morden und einem Überfall innerhalb einer Woche in meiner unmittelbaren Umgebung ratsam. Aber was habe ich dann mit dem Schlüssel gemacht? Er hängt – natürlich! – nicht am Schlüsselbrett. Er liegt auch nicht auf der Kommode. Das Klopfen geht weiter.

»Warte kurz, ich muss erst den Schlüssel finden!«, rufe ich und laufe Richtung Küche. Wenn ich mich richtig erinnere, habe ich noch ein großes Glas Wasser getrunken, bevor ich ins Bett gegangen bin. Möglicherweise liegt der Haustürschlüssel neben der Spüle. Bei meinem kleinen Sprint habe ich außer Acht gelassen, dass ich Wollsocken statt Hausschuhe trage. Ich gerate ins Schlittern und krache mit voller Wucht gegen den Einbauschrank hinter der Küchentür. Aua! Das gibt garantiert einen riesigen blauen Fleck am Oberschenkel! Ich humple zurück in den Flur.

»Alles in Ordnung bei dir?«, höre ich eine Stimme aus dem Hausflur. Es ist nicht Katja, sondern Kay.

»Ja, alles in Ordnung«, antworte ich, »ich finde nur gerade meinen Haustürschlüssel nicht.« Hektisch suche ich weiter.

»In der Hosentasche? Auf dem Grund deiner Handtasche?«, gibt Kay Tipps. Ich laufe zurück ins Schlafzimmer und schüttle meine Jeans aus. Kein Schlüssel. Handtasche? Wo ist die eigentlich? Im Badezimmer am Handtuchhaken. Auch nach einigem Wühlen – kein Schlüssel.

»Wieso hängst du deinen Schlüssel nicht einfach immer ans Schlüsselbrett?«, erkundigt sich Kay von draußen. Schlaumeier! Als ob ich heute Nacht noch an das Schlüsselbrett gedacht hätte.

Aber natürlich weiß Kay noch nicht, in welchem Zustand ich mich befinde, und generell ärgere ich mich auch jedes Mal, wenn ich meinen Schlüssel wieder suche. Ratlos setze ich mich aufs Bett – und lande mit meinem Gesäß auf etwas Hartem, Spitzem. Ich greife unter meinen Po und habe den Schlüssel in der Hand. Warum habe ich den denn bloß mit ins Bett genommen? Ich kann mich überhaupt nicht mehr erinnern.

Egal, wenigstens bin ich nicht mehr gefangen in meiner eigenen Wohnung. Ich gehe zur Tür, schließe auf und stehe Kay gegenüber. Der schaut mich an und macht dann etwas für ihn völlig Untypisches. Er nimmt mich in den Arm und drückt mich ganz fest an sich.

»Franzi«, flüstert er in meine Haare, »es tut mir sehr leid! Janine hat mir alles erzählt, ich bin sofort zu dir losgefahren.«

»Wie viel Uhr haben wir?«, will ich wissen.

»Es ist drei Uhr. Du bist nicht ans Handy gegangen, und ich habe überlegt, ob ich dich überhaupt hier nachts stören kann. Deswegen habe ich nur geklopft. Ich dachte, wenn du noch wach bist, hörst du es.«

»Aber wie bist du ins Haus gekommen?«

Kay lässt mich los, macht einen Schritt zurück und lächelt verschmitzt.

»Ich hatte Helfer.«

»Du hattest Helfer?«

»Ich habe von unterwegs ein paarmal angerufen. Als ich dich nicht erreicht habe, habe ich es schließlich bei Katja versucht. Die ging zwar zuerst auch nicht ran, hat mich aber zurückgerufen, als sie dich ins Bett gebracht hatte. Sie hat mir erzählt, dass es dir nicht gut geht. Ich habe vorgeschlagen, dass ich noch vorbeikomme und nach dir sehe. Da hat sie versprochen, mich ins Haus zu lassen.«

»Um drei Uhr nachts?«

»Ja. Ich habe sie angerufen, als ich angekommen bin. Sie hatte ihr Handy mit ins Bett genommen, damit sie es klingeln hört.« Er streicht mir eine Haarsträhne aus dem Gesicht und hinters Ohr. »Du hast wirklich gute Freunde, die alles für dich tun würden. Das ist schön.«

Ich senke den Kopf und sage nichts dazu. Denn in diesem Moment wird mir bewusst, dass ich in meinem zwanzig Jahre alten, braun-weiß-gestreiften Frottee-Bademantel, kombiniert mit einem Babydoll-Nachthemd und Wollsocken, vor Kay stehe. Noch dazu schwanke ich leicht hin und her, weil ich heute Abend fünf Gin Tonic getrunken habe. Gut, einen davon habe ich Bille auf die Füße gekotzt. Sagen wir also viereinhalb.

»Franzi, findest du es doof, dass ich gekommen bin?« Kay klingt auf einmal ungewohnt unsicher. Ich schüttle den Kopf. »Aber warum sagst du nichts?«

Ich räuspere mich.

»Weil ich wahrscheinlich eine schlimme Fahne habe. Und überhaupt ganz schön betrunken bin.«

Jetzt lacht Kay, und ich schäme mich noch mehr. Ich bin mit Sicherheit ein scheußlicher Anblick. Aber anstatt auf Abstand zu gehen, nimmt mich Kay wieder in den Arm.

»Franzi, du hast heute schreckliche Dinge erlebt. Ein Mensch, den du einmal geliebt hast, ist auf furchtbare Weise gestorben. Du hast jedes Recht der Welt, dir die Kante zu geben. Ich bin vorbeigekommen, weil ich mir Sorgen um dich gemacht habe. Nicht weil ich die toughe Franzi besuchen wollte, die ich sonst kenne.«

Ich schlucke und hebe meinen Kopf, so dass ich direkt in Kays Gesicht schaue. Bestimmt ist er schon ganz benebelt von meiner Gin-Tonic-Fahne.

»Ehrlich? Es ist mir peinlich, dass du mich so siehst. So als Häufchen Elend.«

»Franzi! Es ist völlig in Ordnung, ein Häufchen Elend zu sein. Oder auch ein ganzer Haufen. Du kannst dich jetzt gern bei mir ausweinen. Ich kann dir einen Tee kochen oder dich in den Schlaf singen. Ich kann auch Ibuprofen besorgen, das wirst du in ein paar Stunden möglicherweise brauchen. Sag mir einfach, was ich machen soll. Oder soll ich lieber wieder verschwinden?«

»Nein! Auf keinen Fall!«, rufe ich verschreckt. »Tee klingt gut. Ich hatte heute schon einen Pfefferminztee, der war gar nicht schlecht.«

»Gut, dann lass uns mal in der Küche gucken, was du so vorrätig hast.«

Ich gehe vor, Kay folgt mir, deswegen konzentriere ich mich darauf, möglichst schnurgerade zu laufen. Ob es mir gelingt, kann ich selbst kaum beurteilen. Aber was soll's. Wenn Kay das, was er sagt, auch so meint, dann könnte ich auch auf allen vieren in die Küche kriechen.

»Meine Sammlung verschiedener Teesorten ist in dem Küchenschrank über dem Herd«, sage ich lahm. »Falls Tee allerdings ein Haltbarkeitsdatum hat, werden wir die gesamte Auswahl vermutlich vernichten müssen. Ich glaube, der Tee ist schon mit mir von meinem Studentenwohnheim in Aachen in meine Wohnung nach Köln, dann in das gemeinsame Appartement mit Henning nach Heringsdorf und zum Schluss hierher in den *Inseltreff* gezogen. Also zehn Jährchen kommen da locker zusammen. Hält Tee so lange?«

Kay zuckt mit den Schultern.

»Weiß nicht. Aber was soll daran verderben? Sind doch im Wesentlichen nur getrocknete Blätter.« Er wühlt in dem

Schrank herum und zieht eine Schachtel heraus. »Wie wäre es mit dem Klassiker? Roibusch Vanille!«

Ich verziehe den Mund.

»Ach, komm. Da ist wenigstens kein Koffein drin.« Kay dreht sich zur Spüle, füllt Wasser in meinen Kocher und schaltet ihn an. Dann holt er einen Becher aus dem Regal neben dem Schrank und hängt einen Teebeutel rein. Als das Wasser anfängt zu blubbern, gießt er den Tee auf.

»Roibuschtee enthält kein Koffein? Es wäre nicht die schlimmste legale Droge, die ich heute zu mir nehme«, sinniere ich laut.

»Wie man es nimmt«, lacht Kay. »Zu meinem Plan passt Koffein jedenfalls nicht. Denn der sieht vor, dass du gleich wieder ins Bett gehst, wenn ich mich davon überzeugt habe, dass wirklich alles in Ordnung ist.«

Nun bin ich es, die lachen muss.

»Ich kann jetzt nicht in mein Bett gehen. Das dreht sich nämlich noch wie ein Karussell auf dem Hamburger Dom.« Bei meinen letzten Worten muss ich wieder an Hennings Anruf vom Fischmarkt denken. Das wischt mir mein Lachen sofort aus dem Gesicht und gibt mir einen regelrechten Stich in die Brust. Ich zucke zusammen. Kay schaut mich erschrocken an.

»Was ist los? Hast du Schmerzen?«

»Nein. Es ist nur so, dass ich das Gefühl habe, ich hätte Hennings Tod verhindern können. Ich fühle mich schuldig.«

»Drüber reden?«, will Kay wissen, und ich nicke stumm. »Komm, lass uns mal hinsetzen. Dann kannst du mir alles erzählen.« Wir wandern zu meiner Couch, Kay nimmt den Teebecher mit und stellt ihn auf dem Tischchen vor mir ab. Als wir sitzen, erzähle ich Kay von dem Anruf von Henning am Sonntag vor der Explosion.

»Weißt du, ich hatte den völlig vergessen. Aber nachdem wir gestern telefoniert haben, ist es mir wieder eingefallen. Und dann war mir klar, dass Sven der Mörder von Bruno sein muss. Ich habe dich dann aber nicht noch mal angerufen, weil ich erst selbst mit Henning sprechen wollte.« Ich halte inne und beobachte Kay. Sieht er schon sauer aus? Nein. Er sitzt neben mir und lächelt mir nun aufmunternd zu, so als wolle er sagen: *Erzähl ruhig weiter.*

Mein Mund ist mittlerweile ganz trocken und mein Hals kratzig, ich nehme einen Schluck von dem Tee und fahre dann fort, Kay zu erklären, warum ich mich schuldig fühle. »Ich wollte sehen, ob Henning etwas mit der Sache zu tun hat. Wollte ihn in Widersprüche verwickeln. Also habe ich mich mit ihm verabredet. Wenn ich nicht diese idiotische Idee gehabt hätte, dann hättet ihr Sven verhaftet und Henning würde noch leben.«

Nun passiert, was ich auf keinen Fall wollte: Ich fange wieder an zu weinen. So ein Mist! Jetzt sehe ich noch pathetischer und armseliger aus als vorher. Ich blinzle mit den Augen, kann aber den Tränenfluss nicht stoppen. Sie rinnen über meine Wangen, ich wische sie mit dem Handrücken weg. Kay rückt ein Stück näher an mich heran und legt seinen Arm um mich. Es fühlt sich schön an, und anders als am Samstag bekomme ich kein Herzrasen davon, sondern einfach ein warmes Gefühl, das sich von seiner Berührung aus in meinem ganzen Körper ausbreitet. Ob es nun daran liegt, dass ich mich langsam daran gewöhne, von ihm umarmt zu werden, oder ob ich einfach zu müde und erschöpft für Herzrasen bin: Ich weiß es nicht und beschließe, es einfach zu genießen.

Nach einer Weile lässt mich Kay wieder los und streicht mir über den Kopf.

»Wenn Sven Holtens der Mörder ist, werden wir ihn überführen. Das verspreche ich dir. Du bist nicht verantwortlich für seine Taten und kannst nichts für Hennings Tod. Das musst du dir immer wieder klarmachen. Und das sage ich nicht, um dich zu beruhigen, sondern weil es schlicht und ergreifend so ist. Verstehst du?« Anstelle einer Antwort muss ich sehr laut gähnen. Wie unangenehm! »Okay, das ist ein deutliches Zeichen!«, ruft Kay. »Du trinkst jetzt deinen Tee aus, und dann bringe ich dich ins Bett.«

»Tut mir leid, dass ich keine so tolle Gesprächspartnerin mehr bin«, murmle ich müde. »Jetzt bist du extra noch zu mir gekommen, und dann so was. Eine angeduselte Jammereule im gestreiften Bademantel.«

»Unsinn. Mein Besuch hat genau seinen Zweck erfüllt: Onkel Kay hat sich davon überzeugt, dass du nicht völlig desolat bist, und kann jetzt beruhigt nach Hause fahren. Und morgen macht er sich gleich an die Arbeit und fängt zusammen mit Tante Janine böse Verbrecher ein. Oder besser gesagt – in ungefähr dreieinhalb Stunden.«

Als ich *böse Verbrecher fangen* höre, bin ich auf einmal wieder hellwach.

»Hat Janine noch etwas gesagt?«, frage ich aufgeregt. »Wurde sie bei Sven Holtens fündig? Hat sie ihn schon verhaftet? Sie wollte doch gleich bei ihm vorbeifahren. Nun sag doch schon!«

»Wow, ich dachte, du schläfst schon fast!«, wundert sich Kay. »Ich habe nur kurz mit ihr gesprochen. Sie war gerade bei Holtens angekommen, als sie mich angerufen hat. Aber ja: sie hat tatsächlich etwas Interessantes sichergestellt und für die KTU mitgenommen. Also, außer Sven. Den hat sie auch mitgenommen.« Er grinst.

»Was?! Sven ist wirklich verhaftet?«

»Sie hat ihn vorläufig festgenommen, denn sie hat bei ihm auf

Anhieb etwas gefunden, das den Herrn in einem sehr schlechten Licht dastehen lässt. Jetzt haben wir zwölf Stunden Zeit, dem Richter Gründe für einen Haftbefehl zu liefern. Morgen beziehungsweise gleich schauen wir uns deshalb die gesamte Wohnung mit Durchsuchungsbeschluss etwas genauer an.«

»Was hat Janine denn gefunden? Und warum hast du mir das noch nicht erzählt?« Ich boxe ihn in die Seite.

»Hey! Nicht so grob!«, beschwert er sich. »Ich weiß noch keine Details und wollte erst mal in Ruhe mit Janine sprechen, bevor ich hier halbe Sachen weitertrage.«

Nun stehe ich vom Sofa auf und stemme die Hände in meine Hüften, und es ist mir völlig egal, wie bescheuert ich gerade aussehe.

»Kay! Was hat Janine gefunden?«

Kay seufzt, redet dann aber weiter.

»Sie hat die Computer aus dem Büro von Wunderlich gefunden. Holtens fühlte sich offenbar so sicher, dass er Janine ohne Beschluss in seine Wohnung gelassen hat. Vielleicht war er auch einfach überrascht über ihren späten Besuch. Janine hat die Rechner jedenfalls sofort gesehen, als sie sich in seiner Wohnung umgesehen hat. Der Mac und die Laptops, er hatte sie einfach unter einen Tisch gestellt. Kein wirklich überzeugendes Versteck. Das war eindeutig ein Fehler von ihm. Und gut für uns!«

Unglaublich – Sven hat die Computer aus dem Büro mitgehen lassen.

»Dann war er es auch, der Nele Kaczynski niedergeschlagen hat?«, frage ich Kay nach seiner Einschätzung. Der zuckt mit den Schultern.

»Kann gut sein. Wahrscheinlich hatte er auch mitbekommen, dass seine Ex-Frau nicht begeistert über Neles Verdächtigungen war, und dachte, so könne er ihr all das in die Schuhe schieben. Er wusste ja, dass sich ihre Aktion mit dem Minigolfschläger mittlerweile herumgesprochen hatte.«

»Ich fasse es nicht – Sven Holtens machte auf mich einen echt netten Eindruck.«

Kay hebt die Hände.

»Du kannst den Menschen eben immer nur vor den Kopf gucken, nicht hinein.«

Hm, irgendwo habe ich diesen Spruch doch in den letzten Tagen schon mal gehört. Mir fällt nicht mehr ein, wo. Dafür bin ich mittlerweile tatsächlich viel zu müde. Ich gähne erneut so laut, dass es nicht zu überhören ist, obwohl ich mir die Hand vor den Mund halte.

»Ich glaube, ich muss jetzt echt ins Bett, Onkel Kay«, flachse ich.

»Gut, dann versuche ich, die nächsten zwei Stunden noch ein bisschen Schlaf zu bekommen. Wir müssen gleich schnell sein – ziemlich genau um zwölf Uhr laufen unsere zwölf Stunden ab, dann haben wir entweder einen Haftbefehl oder müssen Holtens wieder auf freien Fuß setzen. Keine Zeit für Pausen also.«

Ich nicke.

»Du bist doch direkt aus Hamburg gekommen, oder?« Kay hebt den Daumen zur Bestätigung. »Hast du deine Zahnbürste mit? Du kannst hier schlafen, wenn du möchtest. Dann sparst du bestimmt eine halbe Stunde.«

»Oh, danke, das ist ein nettes Angebot. Ich glaube, ich nehme es an«, freut sich Kay. Und dann, in salbungsvollem Tonfall: »Ich schlafe natürlich auf dem Sofa.«

Ich mustere ihn und versuche, dabei möglichst streng zu gucken.

»Natürlich! Wo denn sonst?«

27

Ich schrecke aus dem Tiefschlaf hoch, als mich ein Sonnenstrahl auf der Nase kitzelt. Wo bin ich? Und warum habe ich solche Kopfschmerzen? Dann fällt mir alles wieder ein, und sofort geht es mir noch schlechter. Ich sitze in meinem Bett und habe einen Kater, der gestrige Tag war der schlimmste in meinem bisherigen Leben, und überhaupt kann ich mir gerade nicht vorstellen, wie ich jemals wieder aufstehen soll. Ich bemitleide mich noch ungefähr fünf Minuten selbst, dann rapple ich mich unter Aufbietung all meiner Kräfte doch auf und verlasse mein Bett Richtung Badezimmer. Auf dem Weg dorthin mache ich einen kleinen Umweg über die Küche, um einen Blick auf die Uhr zu werfen: Es ist bereits kurz nach acht. Am liebsten würde ich mich krankmelden, aber eine ausgiebige Dusche wird meinen Lebenswillen hoffentlich wiederherstellen!

Tatsächlich geht es mir eine Viertelstunde später schon viel besser, und ich verwerfe den Plan mit dem Krankmelden. Stattdessen schlüpfe ich in saubere Klamotten und beschließe, mir einen sehr starken Kaffee zu kochen und dem Tag die Stirn zu bieten. Der verheißt immerhin aufschlussreich zu werden, denn wenn ich mich richtig an heute Nacht erinnere, dürften Kay und Janine gerade dabei sein, Beweise für Sven Holtens Schuld zu suchen. Ich hoffe sehr, dass sie dabei Erfolg haben! Für einen Moment taucht das Bild von Henning vor meinem inneren Auge auf, wie er da liegt – blutverschmiert und blass, mit weit aufgerissenen Augen. Ich schüttle mich und versuche, an etwas anderes zu denken. Zum Beispiel daran, dass ich vor ein paar Stunden einen sehr leckeren Roibuschtee von einem sehr netten Menschen serviert bekommen habe.

Auf dem Sofa liegt ordentlich gefaltet die Decke, die ich Kay für seine spontane Übernachtung gegeben habe. Als ich genauer hinsehe, entdecke ich einen kleinen Zettel, den Herr Lorenz mit einer Ecke unter die Decke geschoben hat. Ich hole ihn hervor.

Liebe Franzi,
hoffentlich geht es dir besser, und du hast keine schlimmen Kopfschmerzen... Danke für deine Gastfreundschaft – ich habe hier sehr gut geschlafen. Melde mich später, versprochen!
Kay

Melde mich später, versprochen – das ist aber niedlich! Aber damit sich Kay überhaupt melden kann, müsste ich endlich mal mein Handy finden. Vielleicht ist es hinter das Bett gefallen? Ich schaue im Schlafzimmer nach. Tatsächlich – da liegt es! Ich lege mich bäuchlings auf das Bett und angle kopfüber danach. Aua! Ich habe das Gefühl, mein Hirn würde von innen gegen meine Schädeldecke schlagen. Ich schließe das Handy an das Ladekabel auf meinem Nachttisch an und finde in der Schublade auch noch Ibuprofen, der Tag wendet sich also eindeutig zum Besseren. Und das ist auch gut so, schließlich will ich gleich in die Redaktion und muss dafür halbwegs fit sein. Da wird heute die Hölle los sein, denn zwei Morde innerhalb von nicht einmal zwei Wochen sind journalistisch betrachtet natürlich ein fetter Fang, der jetzt an Land gezogen werden will. Dass gleich zwei seiner Mitarbeiterinnen von Hennings Tod betroffen sind, wird Raimund auch nicht tragisch, sondern eher praktisch finden. Schön nah am Fall – das ist bestimmt genau nach seinem Geschmack!

Während ich über Raimund, Bille und mich nachdenke, fällt mir ein, dass Bille heute unsere reguläre Morgenmoderatorin ist. Bei *Boss und Bille* moderiert sie jede zweite Woche zusammen mit dem Kollegen Dennis Bossmann unsere Frühsendung von fünf bis neun Uhr. Ob sie es pünktlich in den Sender geschafft hat? Ich gehe in die Küche und schalte das Radio ein. Momentan schmettert Freddy Mercury stimmgewaltig die *Bohemian Rhapsody* in mein Ohr, ich warte auf den nächsten Wortbeitrag und koche mir einen Kaffee.

»Ein echter Klassiker, aber immer wieder schön!«, ertönt die sonore Stimme von Dennis, als das Lied zu Ende ist. *»Einen guten Morgen bei Bäderland-Radio, Sie hören Boss und Bille – die Morning-Show. Heute ohne unsere Bille, denn die ist leider krank.«*

Obwohl der Grund für Billes Ausfall ein trauriger ist, muss ich grinsen. Sie hat es also nicht in den Sender geschafft. Ein Grund mehr für mich, dort pünktlich um neun Uhr aufzuschlagen. Nur die Harten kommen in den Garten! Oder eben in den Sender. Dann sieht Raimund wenigstens mal, aus welchem Holz ich geschnitzt bin. Zum Glück war er gestern Abend nicht im *Inseltreff*!

Mein Handy ist endlich wieder geladen, ich bin angezogen und Kaffee habe ich auch intus – es kann also losgehen. Kurz denke ich darüber nach, ob ich schon fahrtauglich bin oder lieber mein schickes, neues E-Bike nehme, entscheide mich aber für den Panda. Für das Fahrrad fühle ich mich noch nicht fit genug, und den letzten Gin Tonic habe ich so gegen Mitternacht getrunken. Ich denke, meinen Lappen gefährde ich nicht durch eine Fahrt in den Sender.

Fünf Minuten später bin ich unterwegs, wenn ich Gas gebe, schaffe ich es noch bis neun Uhr. Als ich von der Hauptstraße abbiege und dann zwei Straßen weiter meinen Schleichweg zum Sender nehme, wird mir klar, dass das ein Fehler war. Vor mir taucht auf einmal ein riesiger, orangefarbener Wagen der Müllabfuhr auf. So ein Mist! Der fährt natürlich nur im Schneckentempo, zum Überholen ist die Straße zu eng und wenden kann ich nicht, weil es eine Einbahnstraße ist. Herzlichen Glückwunsch, Franzi Mai, neun Uhr kannst du vergessen! Ich atme tief durch und versuche, mich zu entspannen. So ein Beinbruch ist es auch wieder nicht, Raimund soll froh sein, dass ich überhaupt komme, und es reicht ja auch, wenn wenigstens Janis schon aufgetaucht ist und Flagge zeigt. Da er meist sportlich mit dem Fahrrad kommt, wird er auch nicht an der Müllabfuhr scheitern.

Gemütlich hält der Wagen vor jedem Haus, die beiden Müllmänner winken mir fröhlich zu, als ich eine Weile hinter ihnen hergetuckert bin.

»Sie haben es hoffentlich nicht eilig«, witzelt der Jüngere von den beiden. Ich schüttle den Kopf.

»Nee, alles gut. Jetzt bin ich sowieso schon zu spät«, rufe ich ihm durch mein geöffnetes Fenster zu und bemühe mich, extrem lässig zu klingen, was mir zugegebenermaßen nicht ganz leichtfällt.

»Das ist die richtige Einstellung«, lacht der Ältere, ein stämmiger Endvierziger mit Glatze und markantem Ziegenbärtchen. »Oder aber einfach mal früher losfahren. Wir hier sind zum Beispiel schon seit sechs Uhr auf Arbeit.«

Ja, vielen Dank auch für die guten Tipps. Ich kurble mein Fenster wieder hoch und hoffe einfach, dass wir schnell die nächste Kreuzung erreichen und ich den Müllwagen überholen kann. Nach zwei weiteren Tonnen hat der Fahrer ein Einsehen und zieht den Wagen bei einer Einfahrt so weit nach rechts, dass links eine Lücke entsteht, durch die der Panda gerade eben durchpasst. Vorsichtig schlängle ich mich an dem Müllwagen vorbei und winke dem Fahrer dankbar zu. Im öffentlichen Dienst arbeiten auch nette Menschen!

Um 9:15 Uhr stolpere ich in die Redaktion und direkt in Raimunds Arme. »Endlich bist du da!«, ruft er und klingt nicht sauer, sondern erleichtert. »Ich dachte schon, du meldest dich auch krank.« Er mustert mich. »Was ich durchaus verstanden hätte, du bist furchtbar blass um die Nase. Kein Wunder, schlimme Geschichte, das! Janis hat uns schon alles erzählt – aufgeschlitzter Hals und dann verblutet … das ist ja einfach grauenhaft. Die arme Bille!«

»Ja, schrecklich. Das war gestern wirklich kein schöner Anblick«, bestätige ich.

»Aber«, und nun lächelt Raimund beinahe hinterlistig, »was hilft am besten nach so einem schlimmen Schock? Richtig! Arbeit. Und deswegen ist es gut, dass du heute gekommen bist. Ich garantiere dir, wir werden dich ordentlich ablenken. Von dir bräuchte ich jetzt mal dringend ein Kollegeninterview mit Markus. Er wartet schon auf dich. Eigentlich wollen wir das in der Zehn-Uhr-Sendung drin haben. Das wird sehr knapp, aber wenn ihr euch beeilt, dann …«

»Stopp, stopp, stopp«, bremse ich ihn aus. »Was denn für ein Kollegeninterview?«

»Na, über den Mord gestern! Wann hat man schon mal das Glü … ähm, ich meine, wann hat man schon mal eine Augenzeugin, die berichten kann, was vor Ort zu sehen war? Ich stelle mir da einen richtig spannenden Talk mit dir und Markus vor. Das wird spitze!«

Ich stemme die Arme in die Hüften und schaue Raimund sehr böse an.

»Du tickst wohl nicht ganz sauber, mein Lieber! Auf gar keinen Fall werde ich mich von Markus dazu befragen lassen, wie wir Henning gestern gefunden haben! Geschweige denn mit ihm darüber *talken.* Was denkst du dir denn?«

»Ich denke mir, dass unsere Hörer ein Recht auf Informationen aus erster Hand haben«, giftet mich Raimund beleidigt an. »Du musst es ja nicht ausschmücken, aber wo ist denn das Problem, wenn du Markus erzählst, dass ihr diejenigen wart, die den Ermordeten gefunden haben. Das macht unseren Hörern deutlich, dass wir immer ganz nah dran sind. Sie werden es lieben!«

»Quatsch! Das macht unseren Hörern lediglich deutlich, dass wir skrupellos und sensationsgeil sind. Als ob wir die BILD-Zeitung in Radioform wären.«

Nun grinst Raimund.

»Ah, die BILD-Zeitung! Darf ich dich daran erinnern, dass du es warst, die eine Rubrik der BILD-Zeitung als Vorbild für deine eigene Sendung vorgeschlagen hat? *BILD kämpft für Sie* – das war doch die Vorlage für *Die Problemlöser.*«

Ups. Leider stimmt das. Genau so hatte ich ihm meine Idee für *Die Problemlöser* verkauft – quasi als Radioableger von *BILD kämpft für Sie.* Und der Erfolg hat mir bei dieser Idee auch recht gegeben. Weil ich Raimund jetzt nicht zustimmen will, sage ich einfach nichts, sondern gucke nur weiter böse.

»War doch so, oder nicht?«, hakt Raimund noch einmal nach.

»Mhm, ja, vielleicht«, murmle ich undeutlich.

»Wie bitte? Ich kann dich nicht verstehen.«

Raimund ist ein Arsch. Ich hätte mich doch krankmelden sollen. Gott sei Dank befreit mich das Klingeln meines Handys erst mal aus dieser unangenehmen Situation. Es ist Kay.

»Kommissar Lorenz«, sage ich zu Raimund. »Da muss ich leider mal rangehen. Ist wichtig.«

»Na klar. Ein paar mehr Infos für deinen Talk mit Markus schaden ja nicht. Aber denk dran – die Zeit drängt.« Dann lächelt er mir zu und geht wieder in sein Büro.

»Hallo, Franzi«, begrüßt mich Kay. Er ist offenbar blendend gelaunt.

»Lass mich raten – du hast den Haftbefehl.«

»So isses. Janis als Zeuge für das Koks-Taxi, die Aussage von Nele Kaczynski wegen der getauschten Jetski und die geklauten Rechner in Holtens Wohnung – das hat Frau de Santis überzeugt und schließlich auch den Haftrichter. Holtens ist dringend tatverdächtig des Mordes an Bruno Wunderlich.«

»Oh, und was ist mit dem Mord an Henning? Es ist doch wohl klar, dass diese beiden Taten zusammengehören.«

»Wir durchsuchen hier in Heringsdorf gerade die Wohnung von Sven Holtens und Umgebung. Ich bin mir sicher, wir werden dort auch noch etwas finden. Am liebsten wäre mir natürlich die Tatwaffe.«

»Ja, das wäre gut«, erwidere ich etwas lahm, was Kay natürlich sofort bemerkt.

»Wie geht es dir?«, will er wissen.

»Och, okay, schätze ich. Ibuprofen war eine gute Idee.«

»Sag ich doch!«

»Jedenfalls bin ich schon wieder in der Redaktion, und Raimund will mir irgendein dämliches Interview aus den Rippen leiern. Also eines, in dem Markus mich befragt, was ich gestern in Mellenthin gesehen habe. Grauenhaft!«

»Moment mal, das kannst du doch nicht bringen!«, empört

sich Kay. »Ihr wollt doch nicht Täterwissen über den Sender schicken!«

»*Ich* will sowieso gerade gar nichts berichten. Aber Raimund ist natürlich ganz scharf auf die nächste Sensation, und irgendwas werde ich schon machen müssen, ist ja mein Job. Auch wenn mir heute nicht danach ist.«

»Also dieser Raimund ist wirklich...«

»Mein Raimund ist deine Frau de Santis«, unterbreche ich ihn. Kay stutzt, dann lacht er.

»Ja, stimmt. Job ist Job. Man kann es sich eben nicht immer aussuchen. Aber ich bitte dich um eine gewisse Zurückhaltung.«

»Natürlich. Da musst du mich gar nicht drum bitten, du bist gerade meine beste Ausrede.«

Jemand tippt mir von hinten auf die Schulter, ich fahre herum. Es ist Markus.

»Ich störe nur ungern«, sagt er, »aber wenn wir um zehn Uhr senden wollen, müssen wir langsam loslegen. Ich würde es ja auch mit Janis machen, aber Cheffe will unbedingt dich. So von wegen emotionaler Betroffenheit und Authentizität.«

»Ich komme gleich zu dir, Markus«, sage ich und mache eine wedelnde Handbewegung, die er auch als *Geh schon mal vor* deutet und abzieht.

»Hab ich das gerade richtig gehört?«, regt sich Kay am anderen Ende der Leitung auf. Ich seufze.

»Ja, hast du. Aber ist nicht zu ändern. Ich muss los. Melde dich, wenn ihr was gefunden habt, okay?«

»Mach ich«, verspricht er mir und legt auf.

Bevor ich Markus in den Studiobereich folge, gehe ich noch mal in mein Büro, wo Janis an seinem Schreibtisch sitzt und hektisch irgendetwas in seinen Computer tippt. Als er mich sieht, steht er gleich auf, kommt zu mir rüber und umarmt mich.

»Franzi! Wie geht es dir?«

»Mittelprächtig, würde ich sagen. Jetzt noch das Kollegengespräch mit Markus – ich habe schon mal lauter gejubelt.«

»Glaube ich dir«, sagt Janis. »Liegt aber auch daran, dass die Berliner schon seit mindestens einer Stunde rumnerven, wann wir etwas Neues für den Sendeverbund anbieten können. Und du weißt ja – wenn Berlin sich meldet, ist Raimund immer kurz vor dem Herzinfarkt. Ich schreibe hier schon seit acht Uhr aktuelle Meldungen über den zweiten Mord, die wir bei den Nachrichten um halb und um voll senden können, aber das ist natürlich nicht das Gleiche.«

»Seit acht Uhr?«, staune ich. »Bist du aus dem Bett gefallen?«

»Nee, aber ich hatte so ein Gefühl, dass du – wenn überhaupt – etwas später kommen würdest, und wollte hier schon mal ein bisschen Vorarbeit leisten, damit nicht gleich alles so über dir zusammenbricht, kaum dass du im Sender auftauchst.«

»Das ist wirklich lieb von dir, Janis, und ich weiß es sehr zu schätzen«, sage ich. »Ich muss jetzt schnell dem Herzenswunsch von Raimund folgen und einen kleinen Talk mit Markus hinlegen. Trinken wir danach einen Kaffee? Ich glaube, ich muss Koffein nachfüllen. Meine Nacht war nicht besonders erholsam.«

»Geht klar. Sag einfach Bescheid!«

Ich nicke ihm zu und rausche pflichtschuldigst weiter zu Markus. Dass Raimund an dem nachfolgenden Talk seine helle Freude hat, glaube ich allerdings nicht. Eins steht fest: Mit Janis als Gesprächspartner wäre Markus besser bedient gewesen. Ich antworte im Wesentlichen nur mit *Ja* und *Nein.* Aber da ist Markus auch selbst schuld – was stellt der mir auch so viele geschlossene Fragen? Hat an der Journalistenschule offenbar nicht aufgepasst. Falls er überhaupt eine besucht hat. Von mir erfährt der geneigte Hörer jedenfalls nicht viel mehr, als dass ich gestern zusammen mit meinem Kollegen Janis Neubauer in Mellenthin eine männliche Leiche gefunden habe, die offenbar Opfer eines Gewaltverbrechens geworden ist. Aber: Auftrag erledigt.

»Kaffee JETZT?«, frage ich Janis, als ich aus dem Studio wieder zurück im Büro bin.

»Sí, claro!« Janis gibt mir ein Daumen-hoch-Zeichen.

»Prima, dann auf in die Teeküche.«

»Ich habe eine bessere Idee«, meint Janis. »Du hast gestern meinen Erdbeerbecher bezahlt, ich lade dich heute auf einen Cappuccino im Café ein. Ist ein bisschen netter als das Zeug, was aus unserer Büro-Kaffeemaschine kommt.«

Gut, da hat Janis einen Punkt. Fürchte nur, Raimund wird hier gleich wieder auftauchen und dann sehr bemängeln, wenn wir nicht vor Ort sind, zumal ich im Grunde genommen erst vor noch nicht einmal einer Stunde meinen Dienst angetreten habe.

»Ich glaube, Raimund dreht durch, wenn ich mich jetzt aus dem Sender entferne.«

Janis reißt die Augen auf.

»Seit wann interessiert sich denn meine toughe Ausbilderin dafür, was der große Meister sagt? Gute Journalisten machen das, was für die Geschichte wichtig ist. Nicht das, was der Redaktionsleiter sagt. Und ein Cappuccino ist für die Geschichte jetzt wichtig, wirst schon sehen.«

Verwundert runzle ich die Stirn.

»Janis, was bist du so entschlossen und zielstrebig? Sollten wir mittlerweile dein Ausbildungsziel erreicht haben?«

»Aber so was von. Komm mit!«

Wir gehen zusammen zum Ausgang, am Empfangstresen von Sonja macht Janis einen kurzen Stopp.

»Falls Raimund fragt: Franzi und ich müssen noch mal raus. Wir haben gerade einen extrem wichtigen Anruf bekommen. Ich kann noch nicht viel sagen, aber wenn sich das bestätigt, dann ist es ein echter Knaller!«

Sonja schaut tief beeindruckt.

»Na klar, sage ich ihm. Viel Erfolg!«

Und schwupp – sind wir draußen und beschließen, ein Café anzusteuern, das zwar in Fußnähe von Bäderland-Radio liegt, aber nicht so, dass Raimund uns sofort sieht, wenn er mal eben den Kopf aus dem Sender streckt. An der Strandpromenade werden wir schnell fündig und setzen uns auf die Terrasse. Bevor wir allerdings bestellen können, klingelt mein Handy. Es ist wieder Kay.

»Na, mein Lieber?«, begrüße ich ihn. In dieser Sekunde zeigt sich, dass Janis offenbar das zweite Gesicht hat. Denn anstelle einer Begrüßung serviert der Herr Hauptkommissar den Knaller, von dem Janis eben erst Sonja berichtet hat:

»Wir haben die Tatwaffe gefunden!«

28

»Da vorne muss es sein!«, lotst mich Janis zu der Stelle, an der Dennis Pawlak eben eine blutige Schere aus einer Mülltonne gefischt hat. Wir haben den Cappuccino natürlich Cappuccino sein lassen und sind mit dem Panda sofort zu der Adresse gefahren, die Kay mir am Telefon genannt hat. Vor einer hübsch restaurierten Villa im Bäderstil steht schon der schwarze VW-Bus der KTU, und Flatterband sperrt den Parkplatz ab, auf dem mehrere Mülltonnen stehen. Eine davon ist auf die Seite gezogen worden, der aufgeklappte Deckel ist ebenfalls mit Flatterband umwickelt. Ich zirkle den Panda in die nächste Parklücke und laufe mit Janis zu Kay und Janine, die direkt bei den Mülltonnen stehen. Sie unterhalten sich mit einer anderen Beamtin, die einen weißen Schutzanzug trägt und immer wieder zu den Häusern auf der anderen Seite des Parkplatzes deutet. Als Kay uns sieht, winkt er uns zu, und wir stellen uns zu ihnen.

»Manchmal hat man einfach Glück!« Kay ist blendend gelaunt. »Andrea, zeig den Herrschaften von der Presse mal unseren Fund.«

»Mach ich«, sagt die Dame in dem weißen Overall, geht zu dem VW-Bus und kommt gleich wieder mit einer durchsichtigen Plastiktüte zurück. Unschwer zu erkennen, beinhaltet diese eine ungefähr 15 Zentimeter lange Schere aus Edelstahl mit schwarzer Plastikeinfassung an den Griffen, wie sie vermutlich in jedem deutschen Büro drei- bis achtmal vorkommt. Nur dass diese Schere über und über mit Blut verschmiert ist. Ich merke, dass ich wieder anfange zu zittern. Kay sieht das offenbar auch, denn jetzt legt er seine Hand auf meinen Oberarm.

»Alles okay, Franzi?«

Ich schlucke. Für einen kurzen Augenblick sehe ich wieder Henning vor mir liegen.

»Ja, es ist nur…«, ich schlucke noch mal, »nein, alles gut.«

»Kein schöner Anblick, das ist mal klar«, kommentiert Janine den Fund. »Aber eine Schere passt perfekt zum Verletzungsmuster am Hals von Wiedemann. Zwei parallele Einstiche mit konisch verlaufenden Stichkanälen. Ich bin mir zu 99,9 Prozent sicher, dass der DNA-Abgleich mit dem Blut ein Volltreffer ist.«

»Jo, morgen wissen wir es genauer«, sagt die Frau von der KTU. »Mit Glück haben wir auch Fingerabdrücke auf den Griffen. Plastik ist da gar nicht mal so ein schlechter Spurenträger.«

»Und jetzt kommt das Beste«, sagt Kay und grinst von einem Ohr zum anderen, »ratet, wer da drüben wohnt!« Nun zeigt er in die gleiche Richtung wie eben schon seine Kollegin von der Spurensicherung.

»Sven Holtens«, ruft Janis wie aus der Pistole geschossen.

»Bingo!«, erwidert Janine. »Er wohnt in einem der Häuser hier um den Parkplatz, aber an der Straße, die dort drüben erst parallel verläuft, dann einen Bogen macht und da vorne in diese hier einmündet. Die Häuser teilen sich die Zufahrt von unserer Seite aus zum zentralen Parkplatz in der Mitte, Holtens hätte nur von dort drüben über den Hof laufen müssen und wäre von hinten an diese Mülltonnen hier gekommen.«

»Hätte, hätte – ach, was!«, brummt Kay. »Er hat. Kein Zweifel. Erst hat er im Streit um die Drogengeschäfte Henning Wiedemann erstochen, dann ist er vom Tatort geflohen. Wahrscheinlich hatte ihm Henning erzählt, dass er noch mit dir verabredet war. Holtens war deshalb unter Zeitdruck und hat die Schere eingesteckt. Zu Hause wurde ihm klar, dass er die Tatwaffe loswerden musste. Also wickelte er sie in ein Handtuch und versteckte sie in einer Mülltonne, die nicht zu seinem Haus gehört, aber für ihn trotzdem gut zu erreichen ist.«

Ich kann nicht genau sagen warum, aber irgendetwas an dieser Geschichte überzeugt mich nicht so recht. Es ist für meinen Geschmack ein bisschen zu einfach.

»Aber so richtig ausgebufft finde ich das Versteck jetzt nicht«, wende ich ein.

»Tja, aber die Rechner von Wunderlich hatte Sven Holtens auch nur unter seinen Schreibtisch gestellt«, antwortet Janine. »Er ist offenbar nicht der ausgebuffte Typ.«

»Gutes Stichwort. Was hat Holtens denn zu deiner Entdeckung gesagt?«

»Nichts. Nur dass er seinen Anwalt sprechen will. Mehr muss er auch nicht sagen. Aber er wird schon noch reden, wenn wir ihn mit unseren Beweisen konfrontieren. Zu denen jetzt vermutlich noch die Tatwaffe gehört.« Janine klingt sehr zuversichtlich.

»Außerdem«, meldet sich nun wieder Kay zu Wort, »ist die Mülltonne ja auch kein simples Versteck, sondern ein guter Ort, um etwas loszuwerden.«

Ha! Jetzt fällt es mir ein! Die Müllabfuhr! Ich gehe zu den anderen Mülltonnen, die etwas abseits von der stehen, in der die Schere gefunden wurde. In meiner Hosentasche finde ich zum Glück ein unbenutztes Taschentuch, hole es heraus, nehme es in meine linke Hand und öffne dann den Deckel einer der Tonnen damit. Ich werfe einen Blick hinein. Wie erwartet, ist sie leer. Ich öffne die Tonne daneben. Dito. Und bei den anderen beiden ist es genauso.

Ich gehe zur Gruppe zurück und zupfe Kay am Ärmel. »Kommst du mal mit?«, sage ich und ziehe ihn hinter mir her zu den anderen vier Mülltonnen. »Guck mal, alle leer.«

»Ja, weiß ich.«

»Aber dann ist das entweder nicht die Tatwaffe oder Sven Holtens nicht der Täter«, schlussfolgere ich. »Denn Janine hat ihn gestern Nacht festgenommen, die Tonnen sind aber heute früh geleert worden. Hätte er sie nachts hineingeworfen, wäre die Schere jetzt weg.«

Kay lächelt nachsichtig.

»Das haben wir natürlich gesehen, Franzi. Aber wir hatten diesmal einfach Ermittlerglück. Die Tonne mit der Schere wurde nicht geleert. Du kannst dich selbst überzeugen – sie ist noch voll. Das passiert hier öfter mal. In diesen Häusern sind viele Ferienwohnungen. Die Gäste vergessen, die Tonnen an den richtigen Ort für die Abholung zu stellen, und die Müllwerker leeren sie dann nicht. Wir haben den Hausmeister befragt, der für diese beiden Häuser zuständig ist. Es ist nichts Ungewöhnliches, dass Tonnen vergessen werden. Kommt bei fast jeder Leerung vor.«

Janine stellt sich zu uns, Janis folgt ihr.

»Wir haben mit allen Nachbarn gesprochen, Franzi«, sagt sie. »Gleiches Ergebnis. Die Müllabfuhr kommt alle zwei Wochen. In dieser Zeit gab es bei der Anzahl der Ferienwohnungen in den beiden Häusern, zu denen die Mülltonnen gehören, mindestens zehn Gästewechsel. Da kann sich niemand mehr erinnern, wer was in welche Tonne geschmissen hat und welche Tonne dann wo stand.«

Ich schaue zu den großen Mehrfamilienhäusern hinüber.

Villa Marion und *1905* steht in geschwungenen Jugendstil-Lettern an der weißen Fassade mit den hübsch hellblau abgesetzten Fenstern. Die Villa daneben heißt *Haus Gudrun*, es sieht der *Villa Marion* sehr ähnlich, nur dass die Fenster und Türen hier in Gelb abgesetzt sind. Janis guckt sich die beiden Häuser ebenfalls an und kratzt sich am Hinterkopf.

»Dann ist es so, wie Kay sagt: Glück für euch, Pech für Sven Holtens. Damit hat er bestimmt nicht gerechnet.«

Ja, so scheint es zu sein. Ich gehe zu der markierten Tonne, deren Deckel immer noch aufgeklappt ist, und schaue hinein. Sie ist tatsächlich noch voll. Zwar nicht unbedingt proppenvoll. Aber da sind eindeutig Müllbeutel aus durchsichtiger Folie drin. Ich sehe Kaffeefilter mit Pulver, Salatblätter und Eierschalen, zerknülltes Küchenpapier und Essensreste. Auch ein paar Joghurtbecher und Dosen – klassischer Hausmüll von Leuten, die im Urlaub oder auch sonst nicht so genau auf Mülltrennung achten.

»So, Janine und ich müssen jetzt zurück nach Anklam in die Polizeiinspektion«, meint der immer noch bestens gelaunte Kay. Das Glück über seinen Ermittlungserfolg leuchtet ihm aus jedem Knopfloch, und ich freue mich wirklich mit ihm, zumal Sven Holtens ja auch mein Hauptverdächtiger ist. Trotzdem – irgendwas gefällt mir hier nicht. Aber ich sehe ein, dass ich mit meinen Bedenken hier gerade nicht weiterkomme und die Kripo Anklam sich das Bauchgefühl von Franziska Mai nicht zu sehr zu Herzen nehmen kann und sollte.

»Klar«, sage ich also, »vielen Dank, dass ihr uns gleich Bescheid gesagt habt. Wir müssen dann auch mal wieder. Ab in den Sender und den wilden Raimund bändigen.«

Kay und Janine lachen, und auch Andrea muss grinsen, dann verabschieden wir uns voneinander. Kurz darauf sitzen Janis und ich wieder im Panda. Bevor ich den Wagen anlasse, drehe ich mich zu ihm.

»Jetzt mal unter uns: Glaubst du, dass es so war?«, frage ich ihn. Er zuckt mit den Schultern.

»Klingt doch alles plausibel. Wir halten ihn schließlich auch für den Mörder, oder nicht mehr? Und dann passt doch alles – er ersticht Henning, haut ab, will die Tatwaffe loswerden und schmeißt sie in die Mülltonne der Nachbarn, weil er ja weiß, dass die ein paar Stunden später geleert wird.«

»Und ausgerechnet die Tonne wird dann eben nicht geleert, sondern vergessen?«

»Tja!« Janis hebt die Hände. »Das war dann einfach Pech. Oder Glück. Wie man es nimmt.«

Ich schüttle den Kopf.

»Nee, Glück, Pech, Zufall – das glaube ich nicht. Das sind hier nicht die richtigen Kategorien. Das spüre ich! Wir fragen jetzt mal die Leute, die sich mit so etwas gut auskennen«, sage ich bestimmt und lasse den Motor an.

»Wen willst du fragen? Und womit sollen die sich auskennen?« Janis schaut mich sehr zweifelnd über die Schulter an, aber er unterschätzt natürlich meine exzellenten Kontakte. In diesem Fall in die Müllwerker-Szene. Ich fahre los und überlege, wie weit die drei Jungs mit ihrem Müllauto wohl in anderthalb Stunden gekommen sein könnten und in welchem Gebiet sie gerade unterwegs sein dürften. Das allerdings ist schwer zu erraten, ich beschließe deshalb, im Zickzackkurs durch Heringsdorf zu fahren. Irgendwo hier müssen Ziegenbart und seine Kollegen doch stecken.

Ich biege von der Hauptstraße aus immer wieder links und rechts in Seitenstraßen ab und fahre dann wieder zurück zur Hauptstraße.

»Was machst du da?«, will Janis entgeistert wissen.

»Ich suche ein Müllauto.«

»Wie bitte? Auf gut Glück?«

»Nein. Im bewährten Zickzackverfahren.«

»Bewährtes *Zickzackverfahren*? Das hast du dir doch gerade ausgedacht«, motzt Janis. »Das muss auch anders gehen!«, ruft er dann und zeigt nach vorn auf den Bürgersteig. »Da drüben – die zwei älteren Damen mit Dackel. Fahr mal ran.«

Ich tue, wie mir geheißen, und halte neben den Frauen. Janis kurbelt die Fensterscheibe runter.

»'tschuldigung die Damen! Haben Sie hier gerade ein Müllauto gesehen und können Sie uns sagen, wo das hingefahren ist?«

Beide kommen näher an meinen Wagen heran. Die eine guckt uns so an, als könnte sie jetzt tatsächlich einen sachdienlichen Hinweis raushauen.

»Das war gerade noch hier. Ich glaube, die fahren von hier immer nach Neuhof und dann nach Gothen. Oder jedenfalls wieder zurück zum Entsorger, also landeinwärts. Sie müssen nur da vorn einmal links und dann gleich wieder rechts fahren. Wie zum Bahnhof.«

Endlich mal eine klare Anweisung!

»Danke!«, rufe ich begeistert und gebe Gas, Janis winkt der Dame noch durch das geöffnete Fenster zu, schon sind wir verschwunden. Und nach dem vorgeschlagenen Links und einem Rechts sehen wir ihn: den Müllwagen. Hurra!

Ich setze mich direkt hinter ihn und hupe kurz. Der Müllwerker mit dem Ziegenbärtchen erkennt mich sofort. Er kommt zum Panda und klopft wie zur Begrüßung auf die Motorhaube. Ich steige aus.

»Juten Tach, junge Frau!«, begrüßt er uns freundlich im breitesten Brandenburgisch. »Da fraje icke mich doch direkt – verfolgense uns? Oder is ditte Schicksal?«

»Sie haben recht«, strahle ich ihn so gewinnend an, wie es mir nach einer durchwachten Nacht nur möglich ist. »Ich verfolge Sie. Ich habe nämlich eine Fachfrage.«

»Eine Fachfrage?«, erkundigt sich der Jüngere, der nun auch dazugekommen ist, neugierig.

Ich nicke.

»Es ist schon ein paar Stunden her, aber können Sie sich noch an die Schmidtkestraße erinnern? Das ist eine Straße weiter runter zur Promenade, die ein Dreieck mit der Lindwurmstraße bildet. In der Mitte liegt ein Parkplatz. In der Schmidtkestraße stehen zwei große Jugendstilvillen mit Ferienwohnungen. Sind so ganz hübsch und auffällig gestaltet, in Weiß-Hellblau und Weiß-Gelb. Die Villa Marion und das Haus Gudrun. Die haben jedenfalls zusammen fünf Tonnen für den Hausmüll, und die haben am Rand des Parkplatzes ihren festen Stellplatz.«

Ziegenbart und der Jüngere gucken nachdenklich. Der Jüngere geht zum Müllwagen, der mittlerweile auch angehalten hat.

»Jürgen, kommste mal?«, ruft er dem Fahrer zu, der nun aussteigt und zu uns kommt. Janis, der bis eben noch im Auto saß, will mittlerweile auch nicht verpassen, worum es hier geht, und verlässt den Panda.

»Jürgen, Villa Marion, ditte ist doch das Haus an dem Parkplatz.«

Jürgen, ein Mann in meinem Alter und von beeindruckender Körpergröße, überlegt.

»Ja, isses. Warum? Gibt es da ein Problem? Hat der Wernicke wieder gemeckert?«

»Wer ist Wernicke?«, will ich wissen.

»Das ist der Hausmeister der beiden Häuser«, erklärt der Jüngere. »Hat sich schon häufiger über uns beschwert.«

»Wenn Sie eine Tonne nicht geleert haben?«

Alle drei Männer nicken.

»Aber wissense – wir leeren die Tonnen nur dann nicht, wenn sie nicht am Fahrbahnrand stehen. Wir haben gar nicht die Zeit, die aus dem Unterstand zu holen. Sonst wird alles geleert, egal, was der Wernicke da immer behauptet. Der sagt, wir seien nicht gründlich genug.«

»Ist natürlich Quatsch«, sekundiert Jürgen. »Wir sind genau so gründlich, wie wir sein müssen. Da müssen diese Verwalter ihren Feriengästen einfach mal richtig erklären, wie das hier bei uns funktioniert.«

»Interessant, dass Sie es erwähnen«, mischt sich nun Janis ein, dem mittlerweile dämmert, was genau ich von den Herren möchte. »Denn exakt das wäre unsere Frage: Können Sie sich noch erinnern, ob Sie alle fünf Tonnen der beiden Häuser geleert haben?«

Die drei schütteln den Kopf.

»Nee, bedaure«, sagt Ziegenbart, »erinnern können wir uns daran nicht. Dafür sind das einfach zu viele Häuser. Wir bewegen hier jeden Tag 30 Tonnen Müll. Also 30 mal 1000 Kilo. So meine ich.«

Schade! Meine Mundwinkel sinken nach unten. Ich muss sehr enttäuscht aussehen, denn jetzt knufft mich der Jüngere in die Seite.

»Hey, wofür auch immer Sie das wissen müssen – nicht traurig sein. Wir können uns zwar nicht erinnern. Müssen wir aber auch gar nicht. Denn wir haben es dokumentiert.« Er grinst mich breit an, offenbar äußerst zufrieden damit, mich ein bisschen gefoppt zu haben.

»Sie haben es dokumentiert?«, frage ich ungläubig. Diesmal nicken alle drei Müllwerker.

»So isses. Seit dieser Appartementservice sich so oft über uns beschwert hat, führen wir gewissermaßen Buch. Oder besser gesagt: eine Strichliste. Es gibt viele große Appartementhäuser in Heringsdorf. Die, bei denen es häufiger Ärger gibt, werden von uns abgehakt. Ein Haken bedeutet: Alle Tonnen geleert. Haken fehlt: Nicht alle Tonnen standen draußen. So können die uns nicht mehr ans Bein pinkeln. Ich muss nur in die Liste gucken.«

Ich mache innerlich einen kleinen Luftsprung.

»Und würden Sie jetzt mal gucken? Schmidtkestraße? Ich glaube, Hausnummern zehn und zwölf.«

»Momentchen.« Jürgen geht zum Müllwagen, ich folge ihm. Er steigt ins Fahrerhaus und kommt mit einer Liste wieder, die aus mehreren Blättern besteht. Er schlägt vier Seiten zurück und deutet auf eine Zeile.

»Hier steht's. Marion und Gudrun. Fünf Gefäße, ein Haken. Ich sehe im Rückspiegel das Handzeichen von Günther und Murat. Daumen hoch und fünf, ich mach den Haken. Daumen hoch und vier – dann frage ich noch mal nach, ob sie eine vergessen haben, und sie können das korrigieren. Daumen runter: kein Haken, Tonnen nicht korrekt abgestellt.«

Jetzt mache ich den Luftsprung wirklich, die drei Männer lachen. Janis guckt noch etwas skeptisch.

»Und das machen Sie in ganz Heringsdorf? Scheint mir sehr aufwendig.«

»Nein. Das machen wir nur bei den Kunden, bei denen es nötig ist«, brummt Jürgen und grinst. »Wir kennen unsere Pappenheimer. Sind eigentlich immer die Gleichen. Aber mit so einer Liste ist ganz schnell Ruhe im Karton.«

Ich hole mein Handy aus der Hosentasche, öffne das Adressbuch und lächle die drei Männer noch einmal besonders freundlich an.

»Letzte Frage: Würden Sie mir Ihre Namen und Telefonnummern verraten?«

29

»Du bist dir ganz sicher?«

»Absolut. Es kann nicht anders sein, Janis.«

Er seufzt.

»Wahrscheinlich hast du recht. Aber ...« Er verstummt und seufzt noch einmal so tief, als wolle er das ganze Elend dieser Welt wegatmen. Nachdem sich meine erste Begeisterung über unsere Entdeckung gelegt hat, ist mir allerdings auch nicht gerade zum Jubeln. Denn meine Erkenntnis ist erschreckend. Es kann nicht anders sein: Bille hat Henning ermordet.

Janis und ich sind nicht in die Redaktion zurückgefahren. Wir sitzen immer noch im Panda, den ich auf dem Seitenstreifen der L 266 abgestellt habe. Ich kann auf meinem Handy sehen, dass Raimund und Sonja beide schon 4396 Mal versucht haben, uns zu erreichen. Aber das spielt jetzt keine Rolle. Wir gehen immer wieder die letzten beiden Tage durch, immer wieder mit demselben Ergebnis.

Sven kann die Schere nicht in die Mülltonne geworfen haben. Die Tonne wurde heute früh geleert, die Schere und der angebliche Hausmüll der Feriengäste wurden erst danach dort hineingeworfen. Von jemandem, der Sven belasten wollte. Jemand, der wusste, dass Sven unter Verdacht stand. Und der das wusste, weil ihm das nämlich jemand erzählt hat. Womit wir beim entscheidenden Punkt wären: Ich selbst habe Bille gestern Nacht davon erzählt. Ich habe ihr erzählt, dass ich Sven verdächtige und das auch schon Janine Lamott gesagt habe, die ihn deswegen vernehmen wollte. Natürlich, ich war betrunken, aber trotzdem: Ich bin einfach ein Schaf!

»Ich bin einfach ein Schaf«, teile ich diese Erkenntnis mit Janis. Der tut mir wenigstens den Gefallen und nickt nicht, sondern schweigt. Ich rede also weiter. »Bille war die einzige Person außer uns beiden und der Polizei, die wusste, dass Henning ermordet worden ist und Sven der Hauptverdächtige ist.«

»Und ich bin nicht der Mörder«, grinst Janis, der gerade seinen Humor wiedergefunden zu haben scheint. Ich ignoriere diesen unsachlichen Einwand.

»Und mit diesem Verdacht habe ich sie überhaupt erst auf die Idee gebracht, Sven zu belasten, indem sie ihm die Tatwaffe unterschiebt. Sie hatte die Schere noch und musste die nur irgendwie mit Sven in Verbindung bringen. Die Idee mit der Mülltonne bei Sven war wirklich naheliegend. Sie konnte sichergehen, dass die Polizei dort heute jede Ecke und jeden Winkel und natürlich alle Mülltonnen durchsuchen würde.«

Nun nickt Janis doch.

»Das hätte auch funktioniert, wenn sie nicht an die drei pfiffigsten Müllmänner von ganz Usedom geraten wäre. Dass Mülltonnen aus Versehen nicht geleert werden, hat doch jeder von uns schon mal mitbekommen. Wie du an Kays Reaktion gesehen hast, schöpft da normalerweise niemand großartig Verdacht.«

»Stimmt«, bestätige ich. »Als Bille festgestellt hat, dass die Müllabfuhr ausgerechnet heute in Heringsdorf ist, musste sie nur warten, bis die Tonnen bei Sven geleert waren. Dann hat sie die Tonne entsprechend mit neuem Müll präpariert.«

»Woher wusste sie das? Ich meine, dass heute in Heringsdorf Leerung war?«

»Bille arbeitet seit Jahren in Heringsdorf. Wahrscheinlich weiß sie es deshalb«, mutmaße ich. »Ich bin mir aber sicher, dass der Abfuhrkalender auch online zu finden ist. Oder sie hat es gesehen, als sie nach Heringsdorf gefahren ist. Die Mülltüten muss sie allerdings irgendwie dabeigehabt haben. Das spricht eher für einen Blick in den Online-Kalender oder Allgemeinwissen.«

»Oder sie ist drei Straßen weitergefahren und hat nach Mülltonnen gesucht, die noch nicht geleert waren. Alles ohne großen Aufwand möglich. Zeit hatte sie heute Morgen nach ihrer Krankmeldung dafür reichlich.«

Dann schweigen wir beide wieder eine Weile.

»Willst du es Kay jetzt sagen? Ihm die Aussage der Müllmänner geben?«

Ich gehe in mich, dann schüttle ich den Kopf.

»Nein. Lass uns zu Bille fahren. Ich will mit ihr sprechen. Ich will ihr in die Augen sehen, wenn ich ihr sage, dass sie Henning ermordet hat.«

»Puh!«, schnauft Janis. »Heavy stuff! Aber wenn du meinst…«

»Ja, meine ich. Es geht nicht anders. Diesmal nicht.«

*

Bille ist überrascht, als Janis und ich auf einmal vor ihrer Tür stehen, lässt uns aber trotzdem rein.

»Wir wollten nur mal nach dir schauen«, sagt Janis mit maximaler Harmlosigkeit und Anteilnahme. »War ja ganz schön viel, was du so verkraften musstest.«

»Danke, das ist lieb von euch. Wollt ihr einen Kaffee?«

»Gern«, sage ich, und wir folgen ihr ins Wohnzimmer. Janis und ich setzen uns auf die ausladende Ledercouch, die vor einem Bücherregal steht. Bille kommt kurz darauf mit drei Tassen wieder. Nachdem wir eine Weile über Belanglosigkeiten gequatscht haben, beschließe ich, dem Schauspiel ein Ende zu machen. Ich hole mein Handy aus meiner Hosentasche, rufe das Foto auf, das ich von Jürgens Strichliste gemacht habe, und reiche mein Handy an Bille.

»Weißt du, was das ist?«, frage ich.

Sie schüttelt den Kopf und lächelt unsicher.

»Nee, was denn?«

»Das ist ein Foto, das ich von einer Liste gemacht habe, die ein gewisser Jürgen Patschull führt.«

»Jürgen Patschull? Nie gehört.«

»Herr Patschull ist Müllfahrer bei der Entsorgungsgesellschaft Vorpommern-Greifswald. Die EGVG ist zuständig für die Müllentsorgung in Heringsdorf.«

»Äh ... ja, und?« Bille scheint immer noch nicht zu ahnen, worauf ich hinauswill. Gut, die hellste Kerze auf der Torte war sie nie.

»In Heringsdorf stehen sehr viele Häuser, in denen Ferienwohnungen vermietet werden. Villa Marion und Haus Gudrun sind solche Objekte. Sie stehen auf der Liste von Herrn Patschull, die dieses Foto zeigt. Weil es immer viele Beschwerden über angeblich nicht geleerte Mülltonnen bei der EVGV gab, dies nach Meinung von Herrn Patschull aber vor allem auf unzuverlässige Feriengäste zurückzuführen war, hat er angefangen, besagte Liste zu führen.«

Langsam, ganz langsam, breitet sich so etwas wie Erkenntnis auf Billes Gesicht aus.

»Was willst du damit sagen?«, fragt sie mit rauer Stimme.

»Ich will damit sagen, dass Herr Patschull bei den fraglichen Häusern, also denen mit vielen Beschwerden, genau dokumentiert, ob alle Tonnen geleert wurden. Die Häuser Marion und Gudrun gehören dazu. Die Liste zeigt den heutigen Tag. Wie du siehst, gibt es bei der Villa Marion und dem Haus Gudrun einen Haken. Alle Tonnen wurden von Patschull und seinen Kollegen geleert.« Ich sehe Bille fest in die Augen. »Was ich damit sage will …«

»Ich weiß, was du damit sagen willst«, unterbricht mich Bille mit tonloser Stimme. »Aber dann muss ich dir auch etwas zeigen.«

Sie steht auf, geht zu dem Bücherregal hinter dem Sofa und zieht ein längliches Buch heraus. Dann kommt sie zurück und gibt es mir. Ich erkenne es sofort wieder. Es ist ein Fotoalbum. Ich habe es für Henning nach unserem ersten gemeinsamen Jahr gebastelt. Henning hat es behalten und bei seinem krawallartigen Auszug bei Bille offenbar vergessen. Schon beim Anblick des Albums schießen mir sofort Tränen in die Augen.

»Franzi, was ist los?« Janis guckt besorgt. Ich sage nichts, sondern mache nur eine abwehrende Handbewegung. Dann blättere ich in dem Album herum, während mir Janis dabei über die Schulter schaut und sich bestimmt fragt, was hier eigentlich gerade abgeht. Aber ich fühle mich nicht in der Lage, es ihm in diesem Moment zu erklären. Stattdessen kämpfe ich mit den Tränen und betrachte jede Seite, als müsste ich sie später aus dem Gedächtnis abmalen können. Längst vergessene Zeiten fallen mir wieder ein. Ich hatte damals nicht nur Fotos, sondern auch Konzertkarten, Flugtickets und andere Erinnerungsstücke in das Album geklebt.

Auf einer Seite ist sogar die Traueranzeige für Hennings Opa. Als ich diese betrachte, stutze ich. Die einigermaßen auffällige Gestaltung der Anzeige habe ich doch neulich erst gesehen! Richtig! Auf den »Trauerkarten« für Bruno, die am Strand von Ahlbeck angeschwemmt wurden. Die gleichen Trauerweidenzweige, das Wort *Abschied* in der unteren rechten Ecke der

Karte, die gleiche Typo. Was für ein unglaublicher Zufall. Oder kein Zufall?

Auch Bille hat offenbar gesehen, dass mein Blick an der Traueranzeige hängen geblieben ist. Und genau darauf scheint sie gewartet zu haben, denn nun tippt sie auf die Karte.

»Du erkennst sie wieder, oder?«

Ich nicke.

»Ja.«

Sie setzt sich auf den Boden vor dem Sofa.

»Es war die Vorlage für Henning. Ich habe die Fotos gesehen, die du von den Päckchen gemacht hast. Die Ausdrucke lagen auf deinem Schreibtisch. Ich habe dort eine Meldung für meine Moderation gesucht.«

»Und du hast sie gleich erkannt?«, wundere ich mich. »Ich meine, ich habe das Album gebastelt. Aber das ist schon eine ganze Weile her, und ich habe jetzt erst gemerkt, dass ich die Karte schon mal gesehen habe.«

Bille hebt den Kopf und schaut mich an. In ihren Augenwinkeln sehe ich Tränen glitzern.

»Ich habe mir dein Album in den letzten Monaten bestimmt hundert Mal angesehen. Ich dachte, dass ich darin vielleicht eine Antwort darauf finde, was Henning bei mir fehlt. Warum wir so unglücklich miteinander waren. Oder ob er sich wirklich so sehr verändert hatte, wie es mir vorkam. Diese Karte und dein Foto waren die Antwort. Da wusste ich, dass Henning ganz tief in dieser Sache mit drinhängt. Ich hatte schon die ganze Zeit so ein ungutes Gefühl. Aber jetzt war es mir klar. Er hat Bruno umgebracht, weil er sein Geschäft übernehmen wollte. Und dann hat er die Päckchen ins Meer geworfen, um von sich abzulenken und so zu tun, als steckte die Drogenmafia hinter dem Mord.«

»Und dann?«, fragt Janis.

»Ich kam nach Hause und habe mir das Album genommen und es weggeschlossen. Er hat es überall gesucht, als er ausgezogen ist. Ich habe so getan, als wüsste ich von nichts. Deswegen ist er auch so ausgeflippt und hat angefangen, Möbel aus dem Fenster zu schmeißen. Er war völlig außer sich.«

»Wir haben es gesehen«, bestätigt Janis. »Ich dachte allerdings, das wäre nur das sehr leidenschaftliche Ende einer Beziehung.«

Bille lacht bitter auf.

»Nein, leidenschaftlich war da gar nichts. Henning war nur total in Panik geraten, weil er natürlich wusste, dass ihn diese Karte überführen könnte. Seine falsche Fährte würde auffliegen, und er wäre sofort als Mörder enttarnt worden. Bis dahin war es für ihn ja blendend gelaufen. Seine Kollegen haben ihm blindlings vertraut.«

Falsche Fährte. Das ist ein gutes Stichwort. Bin ich etwa auch einer falschen Fährte gefolgt? Hennings Anruf aus Hamburg – war das eine solche? Hat er mich nur angerufen, um sich selbst ein Alibi für die Tatzeit zu verschaffen? Weil er wusste, wie eng ich mit Kay zusammenarbeite? Das würde auch erklären, warum er versucht hat, mich im *Detroit* dazu auszuhorchen. Vielleicht wollte er wissen, was ich Kay schon erzählt habe.

»Bille, weißt du, ob Henning an dem Sonntag, als Bruno getötet wurde, in Hamburg war?«

»Wie sollte er? Er war in Ahlbeck und hat den Jetski in die Luft gejagt!«

»Na ja, er könnte ja auch einen Helfer dafür gehabt haben. Weißt du hundertprozentig, dass er selbst in Ahlbeck war?«

Bille zögert.

»Ich… ich kann dir mittlerweile nicht mehr sagen, wer dieser

Mann wirklich war und was er gemacht hat, wenn er behauptet hat, Bruno Wunderlich in der Firma zu helfen. Er war allerdings häufiger mal in Hamburg, das stimmt.«

Gut, Bille weiß es nicht. Allerdings spricht einiges dafür, dass er mich ebenso reingelegt hat wie alle anderen auch.

»Und was ist dann passiert?«, will ich wissen. »Ich meine, nachdem er an dem Sonntag seine letzten Sachen bei dir rausgeholt hat?«

»Ich habe ihn angerufen und wollte mich mit ihm treffen. Ich konnte nicht glauben, dass er mich einfach verlässt. Aber er hat nur gelacht und gesagt, dass er mich jetzt nicht mehr braucht. Da bin ich zu ihm gefahren.« Ihre Stimme beginnt zu zittern. »Weißt du, Franzi, ich habe über 50 000 Euro in sein Hotel gesteckt, als es so schlecht lief. Ich habe meine gesamten Ersparnisse in angeblich neue Projekte von ihm gesteckt. Dabei gab es die nie. Stattdessen hatte Henning angefangen zu koksen. So hat er auch Bruno kennengelernt. Das war der Anfang vom Ende, er hat sich komplett ruiniert. Aber nicht nur sich selbst. Sondern auch mich. Ich habe mich für ihn hoch verschuldet. Aber bis zum Schluss wollte ich nicht wahrhaben, was wirklich vor sich ging. Ich war blind, habe immer an ihn geglaubt. Und jetzt stand er vor mir und hat mich ausgelacht.«

Aus dem Zittern in ihrer Stimme ist ein Schluchzen geworden, sie unterbricht sich und holt tief Luft, bevor sie weiterredet.

»Dann hat er gesagt, dass ich abhauen soll. Hat von seinen tollen Geschäften erzählt, und dass er auf meine paar Kröten nicht mehr angewiesen sei, weil er jetzt die perfekte Einnahmequelle gefunden habe. Und dass ihm sowieso keiner was kann, weil er der Superchecker ist und bei allen seinen Kunden unter dem Namen Sven auftritt und die Polizei im Zweifel seinen

Kollegen verdächtigen würde und nicht ihn. Wenn er Drogen ausgeliefert hat, hat er den ahnungslosen Holtens sogar manchmal mitgenommen, wenn es von der Route her gut passte. Der dachte, Henning würde Material für die Boards oder Boote abholen, in Wirklichkeit hat Henning Koks ausgeliefert und wollte, dass Sven auch mit im Koks-Taxi sitzt. Falls mal was schiefgegangen wäre und die Polizei sie hopsgenommen hätte. Er ist einfach so ein mieses Schwein!«

Sie senkt den Kopf und schweigt. Ich lege meine Hände auf ihre Schultern.

»Ihr habt euch also heftig gestritten an dem Abend.«

Sie stöhnt auf, die Erinnerung scheint sie zu quälen.

»Ja. Ich habe ihm gesagt, dass ich mir sicher bin, dass er den Jetski manipuliert hat, um Bruno loszuwerden. Und dass er das Gerücht gestreut hat, Bruno und Sven hätten getauscht. Diese Sekretärin, Nele, die hat ihm sowieso alles geglaubt. Ich glaube, die war in ihn verknallt. Wenn er gesagt hat *Spring!*, hat die nur gefragt *Wie hoch?*. Wenn er ihr das so erzählt hat, wird sie am Ende davon überzeugt gewesen sein, dass sie es selbst gesehen und erlebt hat.«

Bille schluchzt wieder, ich streiche ihr weiter über die Schulter. Nach einer Weile beruhigt sie sich.

»Als ich gesagt habe, dass ich damit zur Polizei gehen würde, hat sich Henning fast totgelacht und gemeint, dass ich in der Psychiatrie landen würde, wenn ich das bei der Polizei aussage. Ich hätte schließlich keinen einzigen Beweis.«

Sie macht eine Pause, in Gedanken scheint sie die Situation noch einmal zu durchleben. Dann schüttelt sie sich und spricht weiter.

»Und dann … ja, dann habe ich ihm gesagt, dass ich das Album gefunden habe. Mit der Traueranzeige. Ich habe ihm auch die Schere unter die Nase gehalten, die ich in seinen Sachen gefunden habe. Hab ihm gesagt, dass man bestimmt feststellen könnte, dass er damit die ganzen Päckchen gebastelt hat. Und dass ich beweisen könne, dass er etwas mit dem Mord an Bruno zu tun hat. Dass die Polizei dann garantiert bei ihm graben und etwas finden werde. Und dass er ein mieser Junkie sei.«

»Und dann?«

»Dann ist er ausgerastet.« Sie schluckt. »Er hat sich auf mich gestürzt und mich gewürgt. Ich dachte, er würde mich umbringen, er war wie von Sinnen. Ich habe versucht, mich zu wehren, habe um mich geschlagen – und dann hatte ich auf einmal wieder die Schere in der Hand. Und dann …«, ihre Stimme bricht ab, sie schüttelt den Kopf. »Ich wollte das nicht, wirklich nicht! Du musst mir glauben, Franzi!«

Ich bin fassungslos. Bille hat ihn also tatsächlich erstochen! Eine ganze Weile sitzen wir schweigend zusammen, dann räuspere ich mich.

»Warum hast du nicht den Notarzt angerufen?«

»Ich war völlig panisch. Henning hat so stark geblutet und schlimm geröchelt, dann war er auf einmal ganz still. Mir war klar, dass ich ihn umgebracht hatte. Ich wollte einfach nur weg, ich konnte nicht mehr klar denken.«

»Aber als du bei mir aufgetaucht bist und so getan hast, als würdest du Henning bei mir suchen, da wirktest du ziemlich klar«, sage ich mit fester Stimme. »Und als du die Schere in der Nachbarschaft von Sven entsorgt hast, da konntest du offenbar auch schon wieder sehr klar denken. Du wolltest es einem Unschuldigen unterschieben. Ich hatte dir erzählt, dass die Polizei Sven schon unter Verdacht hatte, da ist dir diese Idee gekommen. Du hast dir sogar die Mühe gemacht, die leere Mülltonne mit vollen Mülltüten zu präparieren.«

»Wo hattest du die eigentlich her?«, meldet sich Janis nun mit einer fast naturwissenschaftlichen Frage zu Wort. Bille dreht den Kopf zu ihm und starrt ihn an.

»Was meinst du?«

»Franzi und ich haben uns gefragt, wann du gemerkt hast, dass die Tonnen in Heringsdorf am Mittwoch geleert werden und das mit der Schere nicht so einfach werden würde.«

Bille schaut zwischen uns hin und her und ringt mit sich, als wäre das nun der schlimmste Teil ihres Geständnisses. Dabei kann das doch höchstens illegale Müllentsorgung sein. Ich bin mir sicher, dass Frau de Santis das im Verhältnis zum Rest der Geschichte eher nebensächlich finden wird. Schließlich räuspert sich Bille.

»Es ist mir erst auf dem Rückweg aufgefallen. Ich hatte die Schere in die Mülltonne geschmissen und irgendwie noch gesehen, dass sie leer war, aber ich war wahnsinnig unter Strom. Auf der Hauptstraße habe ich dann das Müllfahrzeug bemerkt und sofort gewusst, dass ich einen Fehler gemacht hatte. Wenn die Tonne schon geleert war, konnte Sven nicht der Täter sein. Das würde auffallen. Also bin ich in ein anderes Viertel abgebogen und habe geguckt, ob dort noch volle Mülltonnen stehen. Ich hatte Glück. Ich habe mir einfach drei Beutel aus einer Tonne rausgeholt, bin noch mal zurückgefahren und habe sie in die mit der Schere geworfen. Es war wahnsinnig stressig, aber ich dachte, ich hätte es geschafft.«

»Tja, wenn da nicht die Müllmänner gewesen wären«, stelle ich trocken fest. »Ich kann das fast alles nachvollziehen, Bille. Bis zu dem Punkt, an dem du einen Unschuldigen ans Messer liefern wolltest.«

»Nein, das wollte ich doch gar nicht! Also – ja, in dem Moment, in dem ich es getan habe, natürlich schon. Ich wusste, wo

Sven wohnt, weil ich Henning dort schon mal abgeholt hatte. Da schien mir das die naheliegendste Lösung zu sein.« Sie seufzt. »Aber als ich wieder vernünftig denken konnte, da wusste ich, dass das so nicht geht. Und deshalb habe ich beschlossen, dir alles zu erzählen. Ich wäre dafür auch zu dir gekommen und hätte dir das Album gebracht, aber nun warst du schneller. Bitte, glaub mir!« Sie wirft mir einen Blick zu, der gleichzeitig tieftraurig und fest entschlossen ist.

»Ich … ich weiß nicht«, gebe ich offen zu. »Ich weiß nicht, was ich glauben soll.« Langsam stehe ich vom Sofa auf, und auch Bille erhebt sich vom Boden. Wir stehen uns nun direkt gegenüber, Auge in Auge.

»Rufst du jetzt Kay Lorenz an?«, fragt sie.

Ich nicke.

»Das ist wohl das Beste.«

Sie ringt sich ein müdes Lächeln ab.

»Ja, das ist es wahrscheinlich.« Sie zögert, bevor sie weiterspricht. »Kannst du mir noch einen Gefallen tun?«

»Welchen denn?«

»Kannst du ihn von hier aus anrufen? Und warten, bis sie mich holen kommen? Ich will jetzt nicht allein sein.«

30

»Ich kann nicht glauben, dass Bille das alles gewusst hat und trotzdem nicht zur Polizei gegangen ist.« Janis beißt voller Empörung in sein Croissant, Kay grinst ihn an.

»Ganz deiner Meinung, mein Lieber! Ich finde auch, dass die Leute ihr Wissen viel häufiger mit den Ermittlungsbehörden teilen sollten.«

»Unbedingt!«, kichert nun auch Janine. Wir sitzen zusammen in dem kleinen Café nicht weit von der Polizeiinspektion in Anklam. Vorhin hat Staatsanwältin de Santis dort eine Pressekonferenz gegeben und über die neuen Entwicklungen in den Fällen Bruno Wunderlich und Henning Wiedemann informiert, die sich nun genau genommen als *ein* Fall herausgestellt haben. Kay hat die versammelte Presse zudem sehr kenntnisreich über Plastiksprengstoff und Drogenlieferungen per Koks-Taxi informiert, Janine über die tödlichen Folgen von Stichverletzungen mit Küchenscheren. Ihre Frühstückspause im Anschluss verbringen sie nun mit uns, was uns schon neidische Blicke der Journalistenkollegen eingebracht hat, die sich hier auch gerade mit Kaffee und Brötchen versorgen. Mir egal – Bäderland-Radio ist eben der Sender mit den Top-Kontakten!

»Wie wird es für Bille nun weitergehen?«, frage ich mich laut. »Ich sage es ungern, aber ich mache mir fast ein bisschen Sorgen um sie.«

Wir sind gestern noch so lange bei ihr geblieben, bis Kay und Janine eingetroffen sind. In dieser Zeit ist noch einmal alles aus ihr herausgesprudelt: Dass Henning als Kurierfahrer an Brunos Drogengeschäften beteiligt war. Dass Sven nichts davon wusste und sich Henning immer darüber amüsiert hat, dass Sven naiv genug war zu glauben, man könne mit dem Verleih von Sportgeräten so viel Geld verdienen. Und dass er schließlich Bruno ermordet habe, weil der ihn nicht als Partner beteiligen wollte. Was wiederum daran lag, dass Henning selbst mittlerweile so stark kokste, dass Bruno ihn für unberechenbar hielt. Damit sollte er auf tragische Weise recht behalten.

»Wenn Billes Geschichte stimmt, dann hat sie in Notwehr gehandelt«, erklärt Janine. »Er hat sie gewürgt, sie hat sich gewehrt – unser Forensiker hat tatsächlich Würgemale an ihrem Hals gefunden.«

»Ach, deswegen das Tuch – hatte mich gestern schon gewundert, warum sie sich im Hochsommer so ein Teil umtüddelt«, sagt Janis und schüttelt den Kopf. »Aber Notwehr – und dann die Nummer mit der Mülltonne? Ich finde, das passt nicht zusammen. Das war doch völlig berechnend!«

Kay zuckt mit den Schultern.

»Warum nicht? Man kann jemanden in Notwehr töten und trotzdem in Panik geraten. Das ist eine Ausnahmesituation. Sie wird vielleicht gedacht haben, dass ihr niemand geglaubt hätte, wenn sie die Polizei nach Mellenthin gerufen hätte. Bisher stimmt jedenfalls alles, was sie uns erzählt hat.«

Janine nickt.

»Ja. Es gibt auch keine Widersprüche zu Svens Aussagen. Er wusste offensichtlich wirklich nichts von dem Kokain.«

»Also hat er bei seinem Besuch in der Redaktion auch lediglich versucht, aus mir herauszukriegen, ob Bruno vielleicht in Drogengeschäfte verwickelt war. Und ob das wiederum irgendwie mit seinem Tod zu tun haben könnte«, denke ich laut nach.

»So ist es«, bestätigt Janine. »In Ückeritz war er auch nur aus einem völlig harmlosen Grund. Er wollte sich dort einen gebrauchten Jetski anschauen, den er für die Firma kaufen wollte. Deswegen war er zweimal da. Also, einmal, um sich den Jetski zusammen mit Henning anzuschauen, und ein zweites Mal, um über den Preis zu verhandeln. Henning wiederum hatte die zweite Fahrt mit Sven dorthin genutzt, um ganz bequem das Kokain an Denise ausliefern zu können. War ja um die Ecke. Sven ist im Auto sitzen geblieben, denn Henning hatte ihm gesagt, dass er nur kurz etwas abgeben wollte.«

»Stimmte ja auch«, lacht Janis.

»Und was wollte er mit den Computern?«, will ich wissen. »Das hatte gar nichts mit den Drogengeschäften zu tun?«

»Hatte es wirklich nicht«, antwortet Janine. »Es hat sich herausgestellt, dass ein erheblicher Teil des Verleihgeschäfts schwarz am Finanzamt vorbeilief. Sven war dafür zuständig, die Bücher entsprechend zu frisieren. Sven hatte deswegen zwei unterschiedliche Bücher geführt. Ein offizielles, manipuliertes und ein korrektes, aber geheimes, für sich. Als die Ermittlungen immer mehr um die Firma kreisten, hatte er Sorge, wir könnten ihm draufkommen. Deswegen hat er den Rechner verschwinden lassen – und das Ganze als Überfall getarnt und gleich alle Computer abgeräumt.«

»Und wusste Nele davon?«

»Ja«, sagt Kay. »Sven hat ihr alles gestanden, als er sie in den Plan mit dem Überfall eingeweiht hat. Groß überzeugen musste er sie nicht – es zeigt sich, dass Nele Sven sehr in ihr Herz geschlossen hat. Da lag Bille also mit ihrem Verdacht, Nele könnte in Henning verschossen sein, falsch. Sie hat sich von Sven sogar einen Cut am Hinterkopf verpassen lassen samt Beule, um es echt aussehen zu lassen. Henning wusste von der Nummer übrigens nichts. Der Überfall hat ihn kalt erwischt, und er war im Krankenhaus, um Nele in die Mangel zu nehmen und aus ihr herauszupressen, was wirklich geschehen war.«

»Ach, deswegen war er auch so geschockt, dort auf mich zu treffen.« Mir geht ein Licht auf! »Henning hatte Sorge, dir zu begegnen und dass du dann auf ihn aufmerksam werden könntest. Das erklärt seinen schnellen Abgang!«

»Schätze mal, so war es«, bestätigt Kay. »Was jedenfalls wirklich so war, wie Bille es gesagt hat: Henning hat Nele in der Geschichte mit den vertauschten Jetski bestärkt, obwohl das natürlich Unsinn war. Nele ist nur so fixiert in ihrem Hass auf Anna Holtens, dass es leicht war, sie davon zu überzeugen. In Wirklichkeit hat Henning vor dem Auftritt in Ruhe den Jetski von Bruno präpariert und war auch nah genug am Geschehen, um den Zünder auszulösen.«

»Er war also nicht in Hamburg?« Eine falsche Fährte, ich habe es geahnt! Wie konnte ich nur so leicht darauf reinfallen?

»Nein. Er war in Ahlbeck«, antwortet Janine. »Wir haben uns seine Telefonverbindungen an besagtem Sonntag angeschaut. Er beziehungsweise sein Handy war die ganze Zeit vor Ort. Was auch immer er dir da vorgespielt hat, er muss es vorher aufgenommen haben.«

»Na ja, er war oft genug für die Drogenlieferungen in Hamburg«, meint Kay. »Da wird er es schon mal zum Fischmarkt geschafft haben. Und vermutlich haben ihm seine Kontakte auch geholfen, an Semtex zu kommen. Aber das finden wir noch heraus.«

»Ach, sieh an – findet hier noch ein informelles Pressegespräch statt?« Frau de Santis steht plötzlich an unserem Tisch. Hat die sich angeschlichen? Ich habe sie wirklich nicht kommen sehen, und an Kays überraschtem Gesicht sehe ich, dass es ihm ähnlich geht.

»Frau Staatsanwältin«, setzt er zu einer Erklärung an, aber sie unterbricht ihn sofort.

»Schon gut, Herr Lorenz. Alles in Ordnung.« Sie lächelt. »Ihre Assistentin Frau Fischer hat mir gesagt, dass ich Sie hier mit Frau Mai finden würde.«

Auweia! Gibt es jetzt Gemecker? Sie dreht sich zu mir, und ich spiele kurz mit dem Gedanken, ob ich mich besser unter dem Tisch verstecken sollte.

»Das gibt mir praktischerweise die Gelegenheit, mich bei Ihnen zu bedanken, Frau Mai. Wir hatten ja bisweilen unsere kleinen Kabbeleien, aber ich muss sagen: Ihr kriminalistischer Instinkt hat dazu geführt, dass ein Unschuldiger keinen Tag länger als nötig in Haft saß. Hätten Sie nicht die Aussagen der Müllwerker beschafft, dann hätte Herr Holtens noch länger in Untersuchungshaft gesessen. Da hatten Sie genau den richtigen Riecher. Und wer weiß, ob wir Frau Trenker so schnell als Täterin ausgemacht hätten. Also, im Namen der Staatsanwaltschaft – und ich spreche hier sicherlich auch für die Kriminalpolizei – sage ich: Vielen Dank!«

Ich bin völlig sprachlos. Frau de Santis hat sich bei mir bedankt! Als ich meine Muttersprache nach drei Sekunden wiedergefunden habe, krächze ich ein verschämtes *Gern geschehen!* Janis ist da wesentlich schneller.

»Danke!«, sagt er und zeigt dann auf den letzten freien Stuhl an unserem Tisch. »Wollen Sie auch einen Kaffee?«

»Nein, danke. Für mich gibt es jetzt noch sehr viel zu tun,

ich muss wieder in mein Büro. Aber das wollte ich doch noch persönlich loswerden.«

Sie nickt uns allen zu und geht wieder. Ich starre ihr hinterher, als ob ich eine Erscheinung gehabt hätte. Janine klatscht in die Hände.

»Was für ein schönes Schlusswort! Aber ich muss jetzt auch mal wieder los. Kay, was ist mit dir? Kommst du mit?«

»Ja, klar.« Er legt zwanzig Euro auf den Tisch und steht auf. »Habt noch einen erfolgreichen Tag. Ihr produziert jetzt bestimmt erst mal zwei bis zehn Beiträge für Raimund, oder?«

Ich lache.

»Mindestens. Vermutlich eher zwanzig bis dreißig. Er ist natürlich in seinem Glück, dass wir in kürzester Zeit wieder so einen spannenden Fall aufgeklärt haben.« Ich gucke auf mein Handy. »Er hat vorhin auch schon angerufen. Aber wir sehen uns ja später im Salsa-Kurs, oder? Ist schließlich Donnerstag.«

Kay zögert einen Moment.

»Ich ... tut mir leid, ich muss für heute Abend absagen.«

»Was?«, entfährt es mir. »Warum denn?«

»Ich bin mit meiner Mutter verabredet. Sie fährt morgen für ein paar Tage weg, und ich muss vorher unbedingt etwas mit ihr besprechen. Es ist wichtig.« Offenbar sehe ich sehr enttäuscht aus, denn nun räuspert Kay sich und schiebt noch eine Erklärung hinterher. »Nicht böse sein. Es ist wegen Alvaro. Nächste Woche nehmen wir unser Training wieder auf, Ehrenwort! Schließlich haben wir doch große sportliche Ziele!«

Er zwinkert mir zu, winkt und folgt Janine, die schon auf dem Weg nach draußen ist. Ich schaue ihm hinterher und sage erst mal nichts. Janis starrt mich überrascht an.

»Was war das denn? Trouble in paradise? Ich dachte, es wäre alles wieder gut bei euch. Und wer zum Geier ist Alvaro?«

Ich seufze.

»Das ist eine lange Geschichte. Aber ich kann dich beruhigen. Alles ist gut.« Dann lächle ich – hoffentlich sphinxenhaft! »Und ich glaube, es wird noch sehr viel besser!«

SALSA UND MEHR

»Hätten Sie die hier in Größe 38? Die finde ich auch sehr schick, und sie haben nicht ganz so viel Absatz.«

Die Verkäuferin nimmt mir den Schuh aus der Hand und dreht ihn, um einen Blick auf die Sohle zu werfen.

»Muss ich aus dem Lager holen. Aber der, den Sie jetzt anhaben, sieht perfekt an Ihnen aus!«

Ich seufze und drehe mich noch einmal vor dem Spiegel hin und her. Die Strasssteinchen glitzern auf dem schwarzen Satin und geben den Schuhen etwas Glamouröses, durch die Riemchen, die wie Fächer links und rechts vom Spann angeordnet sind, sehen sie gleichzeitig sehr filigran aus. Allerdings muss ich dann an den Abend im Club 110 Denken und dass hohe Absätze mir beim Tanzen nicht gerade helfen.

»Ja, das stimmt. Aber er ist schon ein bisschen hoch, oder? Ich habe Angst, in ihm zu stolpern. Und das wäre mir furchtbar peinlich. Mein Partner ist ein sehr guter Tänzer, ich will ihn auf keinen Fall blamieren. Es ist unser erstes Turnier, und wir trainieren erst seit ein paar Wochen regelmäßig.«

Die Verkäuferin lächelt nachsichtig.

»Aber Kindchen! Das sind richtig gute Tanzschuhe. Die geben Ihnen den perfekten Halt, machen Sie sich keine Sorgen. Sie haben ein Fußbett, die Riemchen an den Seiten sichern das Fußgelenk und mit der Wildledersohle sind Sie fürs Parkett bestens gerüstet. Sieben Zentimeter sind zwar viel, aber nicht zu viel für lateinamerikanische Tänze. Oder ist der Herr kleiner als Sie?«

»Nein, auf keinen Fall. Er ist im Gegenteil einen ganzen Kopf größer, eher mehr.«

»Na also! Dann nehmen Sie die. Und mal unter uns«, sie schlägt einen verschwörerischen Tonfall an, »für den guten Halt ist ja auch der Herr zuständig. Der muss bei aller Dynamik dafür sorgen, dass Sie fest in seinen Armen liegen. Dann kann nichts passieren.«

Ich muss kichern.

»Ja, dann …«

In diesem Moment beginnt jemand vor dem Geschäft, laut und penetrant zu hupen. Ich habe sofort eine Idee, wer das sein könnte.

»Okay, ich nehme die Schuhe«, sage ich, ziehe sie aus und drücke sie der Verkäuferin in die Hand. Sie geht zur Kasse, ich folge ihr und bezahle schnell.

»Dann wünsche ich Ihnen viel Freude damit und viel Erfolg«, sagt sie und bringt mich zur Tür. Ich haste nach draußen. Wie ich es mir schon dachte: Der ungeduldige Autofahrer ist Kay. Ich steige zu ihm ins Auto.

»Meine Güte, was machst du denn so einen Stress?«, will ich von ihm wissen.

»Stress? Ich stehe hier seit einer halben Stunde im absoluten Halteverbot. Du hast gesagt, du willst nur mal kurz rein und was gucken!«

»Hab ich ja auch. Und kurz ist nun mal relativ. Aber es hat sich gelohnt. Guck mal!« Stolz präsentiere ich ihm meine »Beute«.

Er lacht und streicht mir über die Wange.

»Am Material werden wir beim Turnier schon mal nicht

scheitern.« Dann, mit gesenkter Stimme: »Und auch nicht an der Leidenschaft.«

Mir wird ganz warm. Bevor ich aber noch etwas erwidern kann, verwandelt sich Kay in Sekundenschnelle wieder von einem heißblütigen Kubaner in einen nüchternen Norddeutschen. »Schon eher daran, dass du wieder führst.«

Ich lache.

»Das kann ich mir nun mal nicht abgewöhnen, mein Lieber. Ich weiß eben, wo ich lang will.«

Kay mustert mich und sieht dabei überraschend nachdenklich aus. Dann bekommen seine Augen wieder diesen Schimmer.

»Das weiß ich endlich auch.«

Er beugt sich zu mir herüber und küsst mich erst sanft, dann immer leidenschaftlicher. Ich lasse die Schuhe fallen und erwidere seinen Kuss, auf den ich so lange gewartet habe. *Das kommt davon, wenn man in entscheidenden Dingen selbst zu schüchtern ist,* schimpfe ich mit mir, bevor endlich mein Verstand aussetzt und ich nur noch eines fühlen kann: Mein Herz, das in diesem Moment überläuft vor lauter Glück.

DANK AN …

… zunächst einmal die künstlerische Freiheit. Ja, ich weiß, dass die Ansage auf dem Hamburger Fischmarkt insgesamt deutlich länger ist. Und die Müllabfuhr kommt normalerweise auch nicht mittwochs, sondern donnerstags nach Heringsdorf. Bestimmt habe ich auch an weiteren Stellen minimalinvasive Eingriffe an der Wahrheit vorgenommen. Die geneigte und ortskundige Leserschaft möge mir verzeihen und die Schönheit der Dichtung genießen.

… meine Lektorinnen Katja Korintenberg und Iris Kirschenhofer, die mir wieder mit großer Leidenschaft und Rat und Tat zur Seite standen. Ich bin wirklich glücklich, jetzt schon den dritten Krimi mit euch geschrieben zu haben.

… wie immer – meine leidensfähige und verständnisvolle Familie. Irgendwann wird meine Zeiteinteilung besser, versprochen! Ich kann nur noch nicht sagen, wann es so weit sein wird …

… den Erfinder der Schoko-Kekse, denn diese haben mich bei der Manuskriptwerdung begleitet und Trost und Zuversicht gespendet.